PETER SWANSON

Ein Tod ist nicht genug

PETER SWANSON

Ein Tod ist nicht genug

Thriller

Deutsch von Fred Kinzel

blanvalet

Die Originalausgabe erschien 2018 unter dem Titel
»All the Beautiful Lies« bei William Morrow,
an imprint of HarperCollins Publishers, New York.

FSC www.fsc.org
MIX
Papier aus verantwortungsvollen Quellen
FSC® C014496

Verlagsgruppe Random House FSC® N001967

1. Auflage

Neumarkter Str. 28, 81673 München
Redaktion: Bernd Stratthaus
Umschlaggestaltung: www.buerosued.de
Umschlagmotive: Johannes Hulsch/EyeEm Premium/Getty Images
AF · Herstellung: sam
Satz: Uhl + Massopust, Aalen
Druck und Bindung: GGP Media GmbH, Pößneck
Printed in Germany
ISBN 978-3-7341-0554-8

www.blanvalet.de

Für Nat Sobel

TEIL 1

GREY LADY

KAPITEL 1

JETZT

Harry war für einen kurzen Moment geblendet, als er in die mit Muschelschotter bedeckte Einfahrt des Hauses in Kennewick Village bog und die Sonne genau im richtigen Winkel auf seine Windschutzscheibe traf. Er stellte seinen Honda neben dem orangefarbenen Volvo-Kombi ab – sein Vater hatte den Wagen geliebt –, legte die Hände vors Gesicht und hätte beinahe geweint.

Alice, die zweite Frau seines Vaters, hatte Harry am Vortag morgens angerufen, um ihm mitzuteilen, dass sein Vater Bill tot sei.

»Was? Wie?«, hatte Harry gefragt. Mit dem Handy am Ohr war er gerade durch den von Bäumen gesäumten Innenhof seines Colleges zu seinem Zimmer spaziert. Er hatte an seine Abschlussfeier gedacht, die in nicht einmal einer Woche stattfinden würde, und sich den Kopf darüber zerbrochen, was er mit dem Rest seines Lebens anfangen sollte.

»Er ist ausgerutscht und gestürzt.« Alice sprach abgehackt. Harry begriff, dass sie weinte, es sich aber nicht anmerken lassen wollte, dass sie versuchte, ruhig und vernünftig zu klingen.

»Wo?«, fragte Harry. Ihm war plötzlich kalt, und seine

Beine fühlten sich wie Gummi an. Er blieb stehen, und das Mädchen hinter ihm, das ebenfalls gerade telefonierte, streifte im Vorübergehen seinen Rucksack.

»Draußen auf dem Klippenpfad, wo er so gern spazieren gegangen ist.« Alice weinte jetzt hörbar, die Worte klangen wie durch ein nasses Handtuch gesprochen.

»Wer hat ihn gefunden?«

»Touristen. Keine Ahnung. Sie kannten ihn nicht, Harry.«

Ein zweites Telefongespräch später am Tag war nötig, damit er alle Einzelheiten erfuhr. Alice war am Nachmittag zum Einkaufen außer Haus gewesen. Sie hatte bei Bill im Laden vorbeigeschaut, und er hatte ihr gesagt, er beabsichtige, vor Einbruch der Dunkelheit noch einen Spaziergang zu unternehmen, werde zum Abendessen aber zu Hause sein. Wie immer hatte sie ihn ermahnt, vorsichtig zu sein, und gesagt, sie werde ihm einen Shepherd's Pie zubereiten, so wie er ihn mochte, mit gewürfeltem Lammfleisch statt Hackfleisch. Das Essen war um sechs Uhr abends fertig gewesen, zu ihrer gewohnten Essenszeit – von Bill aber keine Spur, und an sein Telefon war er auch nicht gegangen. Sie hatte John angerufen, den einzigen Angestellten im Buchladen, und der hatte nur das wiederholt, was Alice bereits wusste: Bill sei kurz vor fünf zu einem Spaziergang aufgebrochen. Inzwischen war es dunkel, und Alice verständigte die Polizei und wurde zu einem Officer Wheatley durchgestellt. Als dieser ihr eben erklärte, dass die Polizei nichts tun könne, wenn eine Person nur seit etwas über einer Stunde vermisst werde, hörte sie, wie eine zweite Stimme im Hintergrund den Beamten unterbrach. Wheatley bat Alice um einen Moment Geduld, und da wusste sie Bescheid. Als er sich wieder meldete, klang seine Stimme verändert, und er sagte, er werde sie an einen Detective Dixon weiterleiten. Nicht weit von Kennewick Harbor sei eine Leiche entdeckt worden und ob Alice für eine Identifizierung zur Verfügung stehe.

»Wie ist er gestorben?«, fragte Harry.

»Sie schließen nichts aus, aber offenbar glauben sie, dass er ausgerutscht ist und sich den Kopf angeschlagen hat.«

»Er hat diesen Spaziergang jeden Tag gemacht.«

»Ich weiß. Das habe ich ihnen auch gesagt. Bald werden wir mehr erfahren, Harry.«

»Ich verstehe es einfach nicht.« Er hatte das Gefühl, diese Worte schon hundertmal an diesem Tag gedacht zu haben. Heute war Donnerstag, und die Abschlussfeier sollte am Sonntagnachmittag stattfinden. Sein Vater und Alice hatten geplant, am Samstagabend nach New Chester in Connecticut zu kommen, bis Montag zu bleiben und Harry dann beim Packen für seine vorübergehende Rückkehr nach Maine zu helfen.

Stattdessen war Harry die halbe Nacht auf gewesen und hatte selbst gepackt. Zwischen seinen Lehrbüchern und Heften hatte er die Taschenbuchausgabe von Hillary Waughs *Eine perfekte Indizienkette* entdeckt, die ihm sein Vater zu Beginn des letzten Semesters geschenkt hatte.

»Es ist ein Krimi, der an einer Universität spielt«, hatte sein Vater erklärt. »Ich weiß, du magst Ed McBain, deshalb dachte ich, dass dir das auch gefallen könnte, natürlich nur, wenn du Zeit findest, es zu lesen. Es ist ein sehr frühes Beispiel für einen Krimi, in dem die Arbeitsweise der Polizei beschrieben wird.«

Harry hatte die Zeit bisher nicht gefunden, aber jetzt schlug er das Buch auf. Ein Zettel mit der Handschrift seines Vaters steckte darin. Es hatte zu den Lieblingsbeschäftigungen seines Vaters gehört, Listen zu erstellen, die fast immer einen Bezug zu Büchern hatten. Diese hier lautete:

Die fünf besten Campus-Krimis:
»Aufruhr in Oxford« von Dorothy Sayers
»Mord vor der Premiere« von Edmund Crispin
»Eine perfekte Indizienkette« von Hillary Waugh
»Die schweigende Welt des Nicholas Quinn« von Colin Dexter
»Die geheime Geschichte« von Donna Tartt

Harry starrte auf den Zettel und versuchte zu verarbeiten, was es bedeutete, dass sein Vater – der einzige noch verbliebene Mensch in seinem Leben, den er aufrichtig geliebt hatte – nun von ihm gegangen war. Am selben Morgen schrieb er noch eine E-Mail an Jane Ogden, die Betreuerin seiner Abschlussarbeit, teilte ihr mit, dass er das Abendessen der Fakultät für Geschichte am selben Tag ausfallen lassen müsse, und erklärte ihr auch, wieso. Dann ging er auf die Homepage seines Colleges und fand eine E-Mail-Adresse, unter der er seine Teilnahme an der Abschlusszeremonie absagen konnte. Auf der Seite hieß es zwar in Fettdruck, eine Absage sei in den letzten beiden Wochen nicht mehr möglich, aber was sollten sie machen? Wen interessierte es schon, wenn sein Name aufgerufen wurde und er nicht da war?

Sonst blieb nur wenig zu tun. Seine Arbeiten und Examen

waren abgeschlossen, alle Anforderungen erfüllt. Natürlich mussten Freunde besucht werden. Und dann war da noch Kim. Er war ihr am vergangenen Wochenende auf dem Fest im St. Dun über den Weg gelaufen. Sie hatten sich im Billardraum geküsst und einander versprochen, dass sie sich vor der Abschlussfeier noch einmal sehen würden. Aber er wollte Kim jetzt eigentlich nicht sehen. Er wollte niemanden sehen. Seine Freunde würden die Neuigkeit früher oder später auf die ein oder andere Weise erfahren.

Harry rieb sich die Augen mit den Handflächen, stellte den Motor ab und trat in die salzige Seeluft hinaus, die viel kühler war als in Connecticut. Er entdeckte Alice an einem Fenster im ersten Stock – das Schlafzimmer von ihr und seinem Vater –, und als sie sah, dass Harry sie bemerkt hatte, winkte sie kurz. Sie trug einen weißen Morgenmantel, ihre Haut und ihr Haar waren wie bleiches Gold, und in dem viktorianischen Bogenfenster wirkte sie beinahe geisterhaft. Nachdem sie gewinkt hatte, verschwand sie aus seinem Blickfeld. Harry atmete tief durch, er bereitete sich auf die Begegnung mit Alice und darauf vor, das Haus zu betreten, das er immer nur als das Haus seines Vaters gekannt hatte und das voller Dinge seines Vaters war.

In der Tür umarmte er Alice. Ihr Haar roch nach einem teuren Shampoo, etwas mit Lavendel.

»Danke, dass du so früh zurückgekommen bist«, sagte sie, und ihre Stimme klang vom Weinen heiserer als sonst.

»Ist doch selbstverständlich«, sagte Harry.

»Ich hab dir dein altes Zimmer hergerichtet. Soll ich dir beim Reintragen helfen?«

»Nein, nein«, sagte Harry. »Es ist nicht viel.«

Er musste nur dreimal zwischen dem Wagen und dem Raum im ersten Stock hin- und herlaufen. Harrys altes Zimmer war eigentlich nie sein Zimmer gewesen; zumindest hatte er es nie als solches betrachtet. Seine Mutter war an Lungenkrebs gestorben, als Harry fünfzehn Jahre alt gewesen war. Damals hatten sie in einer Dreizimmerwohnung über dem ersten Laden seines Vaters – Ackerson's Rare Books – im West Village in New York gewohnt. Da Harry gerade mit der Highschool angefangen hatte, als seine Mutter starb, hatte sein Vater beschlossen, es wäre am besten, wenn sie in Manhattan blieben, bis Harry die Schule abgeschlossen hätte. Mit seinem Vater in der dunklen, engen Wohnung zusammenzuleben, die durch das Fehlen seiner Mutter irgendwie kleiner wirkte, war furchtbar und tröstlich zugleich gewesen. Solange sie dort gewohnt hatten, konnten sie Emily Ackersons Anwesenheit und die kalte Wirklichkeit fühlen, dass sie für immer fort war.

Im Sommer verbrachten Harry und sein Vater meist mehr Zeit in Sanford, Maine, als in New York. Es war Bills Heimatstadt. Seine Schwester und ihre Familie sowie ein Cousin, dem er nahestand, lebten immer noch dort. Während dieser Aufenthalte begann Bill Standorte für einen zweiten Laden für seltene Bücher an der Küste auszukundschaften. Sie mieteten ein Cottage am Kennewick Beach, damit Bill mehr Zeit hatte, sich Liegenschaften anzusehen. Auf diese Weise lernte er Alice Moss kennen, die bei einem Immobilienmakler arbeitete. Sie verlobten sich, als Harry in seinem Abschlussjahr an der Highschool war, und als er aufs College ging, zog sein Vater dauerhaft nach Maine, heiratete Alice und kaufte das renovierungsbedürftige viktorianische Haus, das er Grey Lady taufte. Ron Krakowski, sein Geschäftspartner, betrieb den Laden in New York indessen weiter, und Bill und Alice eröffneten einen zweiten Laden in Kennewick Village, nur einen kurzen Fußmarsch vom Haus entfernt.

Der Sommer nach seinem ersten Studienjahr war der einzige ganze Sommer gewesen, den Harry mit seinem Vater und dessen neuer Frau Alice in Maine verbracht hatte. Alice war nie verheiratet gewesen, hatte keine Kinder, und sie hatte voller Begeisterung eins der Gästezimmer in etwas verwandelt, was in ihrer Vorstellung offenbar dem Zimmer eines jungen Mannes entsprach. Sie hatte die Wände in einem dunklen Rotbraun getüncht – »Jagdrock-Rot« nannte sie es – und bei L. L. Bean Möbel gekauft, die aussahen, als gehörten sie in eine Anglerhütte. Sie hatte sogar ein Originalplakat von *Gesprengte Ketten* gerahmt, weil Harry ihr einmal erzählt hatte, es sei sein Lieblingsfilm. Er war dankbar für das Zimmer gewesen, hatte sich aber leicht unwohl darin gefühlt. Sein Vater war wie immer durchs Land gereist und hatte auf Flohmärkten und bei Räumungsverkäufen nach Büchern gesucht. Harry blieb allein mit Alice zurück, die sich alle nur erdenkliche Mühe gab, ihm ein Muttersatz zu sein, ständig für ihn kochte, sein Zimmer sauber machte, seine Sachen ordentlich faltete. Sie war dreizehn Jahre jünger als sein Vater und damit genau dreizehn Jahre älter als Harry, allerdings sah sie für ihr Alter sehr jung aus. Obwohl sie ihr ganzes Leben an der Küste von Maine verbracht hatte, mied sie wegen ihres blassen Teints die Sonne, ihre Haut war faltenfrei und fast durchscheinend. Ihr einziger Sport war Schwimmen, entweder im öffentlichen Schwimmbad oder, wenn es warm genug war, im Meer. Sie aß wie ein Scheunendrescher, trank ganze Gläser Vollmilch wie ein Teenager und war weder sonderlich dünn noch übergewichtig, sondern kurvig, mit breiten Hüften, schmaler Taille und langen Beinen, die sich zu geradezu kindlichen Knöcheln verjüngten.

Es war feucht und heiß gewesen in jenem Sommer, und im Haus gab es keine Klimaanlage. Alice war den ganzen Juli und August in abgeschnittenen Jeans und einem hellgrünen Bikinioberteil herumgelaufen, ohne zu bemerken, welche Wirkung sie auf ihren jugendlichen Stiefsohn hatte. Sie war auf eine seltsame Art schön, ihre Augen standen zu weit auseinander, und ihre Haut war so blass, dass man immer die blauen Adern direkt unter der Oberfläche sehen konnte. Sie erinnerte Harry an eine dieser scharfen Alienrassen aus *Star Trek*, ein wunderschönes weibliches Wesen, das nur zufällig eine grüne Haut hatte oder Wülste auf der Stirn. Sie war außerirdisch. Harry fand sich in einem permanenten Zustand der Verwirrung und des sexuellen Aufruhrs wieder und dachte schuldbewusst ständig an Alice. Und die Art und Weise, wie sie ihn bemutterte – dafür sorgte, dass er genug aß und dass es ihm gut ging –, machte ihre Anziehungskraft nur umso verstörender.

Nach diesem ersten und einzigen Sommer in Kennewick hatte Harry seine Semesterferien entweder bei Freunden verbracht oder war in New Chester geblieben und hatte einem seiner Professoren bei seiner Forschung geholfen. Seinen Vater sah er dennoch recht häufig, da dieser immer noch viel Zeit in New York verbrachte, um sich mit Ron Krakowski zu treffen und Kauf- und Verkaufsverhandlungen zu führen. New Chester war mit dem Zug weniger als zwei Stunden von der City entfernt.

»Du solltest öfter nach Maine kommen«, hatte sein Vater erst kürzlich zu ihm gesagt. Sie hatten gerade in neu eingetroffenen Büchern im Housing Works Bookstore in Soho gestöbert. »Alice würde sich freuen.«

Bill sprach ihren Namen selten aus, als würde es irgendwie das Andenken an Harrys tote Mutter beflecken, wenn er es tat.

»Ich komme diesen Sommer«, hatte Harry versprochen. »Wie geht es ihr?«

»Wie immer«, sagte sein Vater. »Wahrscheinlich ist sie zu jung für mich.« Er hatte innegehalten und dann angefügt: »Sie ist eine treue Frau. Ich hatte zweimal Glück, weißt du?«

Das Zimmer – Harrys Zimmer – war fast noch genauso, wie es gewesen war, als Alice es drei Jahre zuvor eingerichtet hatte. Der Hauptunterschied bestand darin, dass der leere Bücherschrank, den sie ursprünglich bereitgestellt hatte – »Du kannst ein paar von deinen Lieblingsbüchern hierlassen, Harry« –, inzwischen mit einer Reihe Erstauflagen der Krimi-Taschenbücher seines Vaters gefüllt war, und auf dem Schrank standen gerahmte Fotos, wahrscheinlich von Alice ausgesucht. Auf den meisten waren Harry und sein Vater zu sehen, aber eines war ein Bild seiner Eltern, das er nicht kannte, aus der Zeit ihres Kennenlernens Anfang der 1980er. Sie saßen zusammen auf einem Balkon und hielten jeweils eine Zigarette zwischen den Fingern. Sie waren etwa im selben Alter, in dem Harry jetzt war, und doch wirkten sie irgendwie älter, reifer. Harry fühlte sich, als hätte er gerade mal die Pubertät hinter sich, und er wusste, dass er auch so aussah. Er war hochgewachsen und sehr dünn, mit dunklem, dichtem Haar, das ihm in die Stirn hing. Kim hatte ihn liebevoll »Bohnenstange« getauft. Auf Partys sagten wildfremde Mädchen manchmal zu ihm, wie sehr sie ihn um seine Wangenknochen und Wimpern beneideten.

»Harry.« Es war Alice, die vor der Tür stand. Sie hatte seinen Namen geflüstert, und er war ein wenig erschrocken. »Tut mir leid, ich wusste nicht, ob du Tee oder Kaffee willst, deshalb habe ich beides gemacht.« Eine Tasse in jeder Hand betrat sie das Zimmer. »Beide mit Milch und Zucker, das stimmt doch, oder?«

»Danke, Alice. Ja, stimmt.« Er nahm den Kaffee, hatte jedoch nicht vor, viel davon zu trinken, denn was er wirklich wollte, war schlafen. Allein die Ankunft im Haus hatte ihn schon erschöpft. »Ist es in Ordnung, wenn ich ein Nickerchen mache? Ich hab letzte Nacht nicht viel geschlafen.«

»Natürlich«, sagte Alice und entfernte sich rückwärts. »Schlaf, so lange du willst.«

Nachdem er die Tür geschlossen hatte, trank Harry einen Schluck Kaffee, dann zog er Schuhe und Gürtel aus und schlüpfte unter die karierte Wolldecke. In seinem Kopf tauchten unerwünscht Bilder von seinem Vater in dessen letzten Augenblicken auf. War er sofort gestorben, ohne zu wissen, was geschah? Vielleicht hatte er einen Herzinfarkt oder Schlaganfall erlitten und war deshalb gestürzt.

Harry öffnete die Augen und gab den Versuch zu schlafen auf. Er ertrug es nicht, noch weiter an seinen Vater zu denken, also dachte er stattdessen an das College, das vier Jahre lang sein Leben beherrscht hatte und nun so abrupt zu Ende gegangen war. Ein surreales Gefühl überkam ihn, wie wenn man nach zwei Wochen im Ausland zurückkehrt und die Reise einem sofort wie ein Traumgebilde vorkommt, als hätte sie gar nicht wirklich stattgefunden. So ging es ihm jetzt, wenn er an die vier Jahre College zurückdachte. Diese Jahre, sein kleiner Freundeskreis, Kim Petersen, die Professoren, mit denen er engeren Kontakt gehabt hatte, das alles lag jetzt für alle Zeit in Trümmern wie eine reich verzierte Vase, die in tausend Scherben zerspringt. Sein Vater war ebenfalls von ihm gegangen und ließ ihn ohne Familie zurück, abgesehen von Alice und einigen Cousins und Cousinen, die er mochte, mit denen er jedoch sehr wenig gemeinsam hatte.

Er stand neben seinem Bett und wusste nicht, was er tun sollte. Alice staubsaugte gerade, er hörte das vertraute Summen irgendwo in dem riesigen Haus.

Sein Handy läutete – Paul Roman, sein bester Freund im College. Er würde ihn zurückrufen; im Moment war Reden das Letzte, wonach ihm zumute war. Stattdessen ging er ans Fenster und öffnete es einen Spaltbreit, um Luft hereinzulassen. Er blickte über die Wipfel der sattgrünen Bäume. Das Dach der Gemeindekirche war sichtbar, ebenso das Schindeldach des Village Inn und in der Ferne ein winziger Ausschnitt des Atlantiks, grau unter einem dunstigen Himmel. Eine junge Frau mit dunklem Haar, das von einem Stirnband zurückgehalten wurde, kam die Straße heraufspaziert. Harry sah, wie sie ihr Tempo merklich drosselte, als sie an dem viktorianischen Haus vorbeiging, und einen Blick zu den Fenstern hinaufwarf. Instinktiv trat er einen Schritt ins Zimmer zurück. In dem kleinen Dorf Kennewick, wo viel getratscht wurde, hatte sich die Nachricht sicher schon herumgesprochen.

Sein Telefon läutete wieder. Es war Gisela, eine weitere Freundin aus dem College. Offenbar hatte sich die Nachricht auch bei seinen Freunden dort herumgesprochen. Sein Vater war tatsächlich gestorben. Er hielt das Smartphone in der Hand. Er wusste, er würde einen seiner Freunde zurückrufen müssen, schaffte es aber nicht, seine Finger in Bewegung zu setzen. Das Staubsaugergeräusch war jetzt näher. Er setzte sich mit dem Rücken zur Wand auf den Dielenboden, schaukelte vor und zurück und weinte immer noch nicht.

KAPITEL 2

FRÜHER

Alice Moss zog mit vierzehn nach Kennewick, Maine.

Nachdem ihre Mutter, Edith Moss, endlich ihren Scheck von dem Vergleich mit der Saltonstall Mill erhalten hatte, zog sie von der Zweizimmerwohnung im Zentrum von Biddeford, die sie mit ihrer Tochter bewohnt hatte, in ein Einfamilienhaus in Kennewick Village um. Jetzt, da sie Geld hatten und in einem Haus wohnten, würde Alice anfangen müssen, sich wie eine kleine Dame zu benehmen, sagte ihre Mutter. Alice war einfach glücklich, am Meer zu sein. Sie behauptete, es noch nie gesehen zu haben, obwohl Biddeford, das keine zwanzig Meilen nördlich von Kennewick lag, ebenfalls ein Küstenort war.

»Natürlich hast du das Meer schon gesehen«, sagte ihre Mutter. »Ich war ständig mit dir am Meer, als du noch klein warst.«

»Daran erinnere ich mich nicht.«

»Alice Moss, natürlich erinnerst du dich daran. Du hast dich immer vor den Möwen gefürchtet.«

Die Erwähnung der Möwen weckte eine Erinnerung in ihr. Alice sah ihre Mutter vor sich, wie sie die schmutzigen Vögel mit Tortilla-Chips fütterte und lachte, als sie um sie herumschwärmten. Sie erinnerte sich auch an das Jucken ihrer sonnenverbrannten Haut und daran, wie Sandklumpen an ihrem Saftkarton klebten. Dennoch sagte sie zu ihrer Mutter: »Ich erinnere mich an nichts. Das muss ein anderes kleines Kind gewesen sein.«

Ihre Mutter lachte und entblößte ihre schiefen Zähne, die fleckig waren, wo sie einander überlappten. »Na ja, jetzt kannst du jedenfalls so oft an den Strand gehen, wie du willst. Deinen tollen Körper vorführen.« Edith ließ eine Hand in Richtung der Brüste ihrer Tochter vorschnellen, wahrscheinlich um in eine davon zu kneifen, aber Alice entzog sich ihr blitzschnell.

»Echt krass, Mom«, sagte sie und verließ die Küche. Es war zum Kotzen, wie glückselig ihre Mutter seit dem Eingang des Geldes aus dem Vergleich war. Die Explosion des Heizkessels hätte sie um ein Haar getötet, aber als der Scheck eintraf, war sie wie ein Teenager in der Wohnung herumgetanzt, und dann war sie losgezogen und hatte eine Stange ihrer Lieblingszigaretten und eine Flasche Absolut Wodka gekauft. Alice hatte panische Angst gehabt, ihre Mutter könnte das ganze Geld auf einen Schlag ausgeben und etwas Dämliches tun, wie ihre Freundinnen zu einer Kreuzfahrt einzuladen oder sich einen brandneuen Sportwagen zuzulegen, aber nach dem teuren Wodka und den Zigaretten kaufte sie nur noch ein paar Klamotten, dann teilte sie Alice mit, sie würden von Biddeford in einen wirklich hübschen Ort namens Kennewick ziehen. Alice tat, als wäre sie entsetzt, aber eigentlich hatte sie nichts dagegen, vor allem, als sie erfuhr, dass sie in dem Haus, das sie mieteten, ihr eigenes Zimmer *mit* Bad haben würde. Das machte den Umstand wett, dass sie ihre Freundinnen zurücklassen und an einer neuen Highschool anfangen musste. Und das Haus war ziemlich hübsch, mit großen Fenstern und Holzböden statt des fleckigen Teppichbodens, der nach Zigaretten roch.

Sie zogen Ende Mai um, und Alice hatte den ganzen Sommer für sich. In Biddeford hatte sie nirgendwo hingehen können, außer zu Earl's Famous Roast Beef und auf die Rollschuhbahn, aber hier konnte sie zum Kennewick Beach spazieren, einem langen Sandstrand, an dem sich den ganzen Sommer über die Touristen drängten. Und auch wenn sie sich selbst eingestanden hatte, dass sie tatsächlich schon das Meer gesehen hatte, fühlte es sich trotzdem wie das erste Mal an. Sobald die Sonne herauskam, funkelte das kalte, klare Wasser, und es war fast wie auf Bildern, die sie von tropischen Stränden gesehen hatte. Das erste Mal war sie am Memorial Day, Ende Mai, allein ans Wasser gegangen. Am Strand hatte es von Leuten gewimmelt, hauptsächlich Familien, aber auch jede Menge Teenager, muskelbepackte Jungs und dürre Mädchen in Bikinis. Unter ihrer Jeans-Shorts mit dem hoch sitzenden Bund und dem Ocean-Pacific-T-Shirt trug Alice einen dunkelroten Einteiler, der ein bisschen zu eng war. Sie hatte ihn im Sommer zuvor gekauft, um im Pool ihrer Freundin Lauren zu schwimmen, aber ihre Mom hatte ihn selten gewaschen, sodass er an den Nähten von dem Chlorwasser ausgebleicht war.

An diesem ersten Tag am Strand ging sie direkt am Wasser entlang, sie trug ihre Sandalen in der Hand und genoss es, wie der nasse Sand ihre Zehen festsaugte. Aber sie schwamm nicht. Im Verlauf der Woche kaufte sich Alice von ihrem eigenen Geld zwei neue Badeanzüge in einem Souvenirladen an der Route 1A: einen schwarzen Bikini, von dem sie nicht sicher war, ob sie ihn je tragen würde, und einen grünen Einteiler, irgendwie langweilig, aber an den Seiten hoch geschnitten. Sie kaufte außerdem eine Strandtasche, ein Handtuch und eine Flasche Sonnenöl. Danach fing sie an, nach einem strengen Zeitplan täglich an den Strand zu gehen. Sie stellte rasch fest, dass sie es hasste, zu viel Sonne abzubekommen. Es reizte ihre Haut, und sie wurde nicht braun; ihre weiße Haut verbrannte nur, oder sie bekam einen grässlichen Ausschlag. Sie tauschte das Sonnenöl gegen Sunblocker – mit dem höchsten Lichtschutzfaktor, den sie fand – und verteilte ihn im Sommer jeden Morgen nach dem Duschen dick auf ihrem ganzen Körper. Dadurch fühlte sie sich undurchdringlich. Dann packte sie ein Thunfisch-Sandwich, eine Thermosflasche Limonade und einen der Liebesromane ihrer Mutter in die Tasche und brach zu einem Tag am Strand auf. Dort angekommen breitete sie ihr großes Badetuch aus und legte Steine auf alle vier Ecken, damit es schön flach liegen blieb. Sie las den Liebesroman und machte gelegentlich eine Pause, um zuzusehen, wie andere Strandbesucher Frisbee spielten oder im Wasser umhertollten. Niemand sprach sie je an, aber gelegentlich ertappte sie Jungen und manchmal sogar ältere Männer dabei, wie sie wiederholt Blicke in ihre Richtung warfen. Dabei spielte es keine Rolle, ob sie nur ihren Badeanzug trug oder an einem kühleren Tag noch Shorts und T-Shirt, aber es schien häufiger zu passieren, wenn sie ihren schwarzen Bikini anhatte.

Vor dem Mittagessen schwamm sie an jedem Strandtag

ein Mal und zwang sich, ohne zu zögern ins eiskalte Wasser zu gehen. Solange sie im Wasser blieb und wenigstens zwei Minuten hin und her schwamm, stellte sie fest, dass ihre Haut taub wurde und sie die Kälte nicht mehr spürte. Durch das Salz im Meer hatte das Wasser sehr viel mehr Auftrieb als das in Laurens Pool, und wenn sie die Arme über ihrem Kopf ausbreitete, konnte sie sich treiben lassen und zum Himmel hinaufsehen.

Sie schwamm bei jedem Badeausflug nur ein Mal, weil es so lange dauerte, bis sie wieder trocknete. Dabei achtete sie darauf, dass nicht ein einziges Sandkorn auf ihr Handtuch geriet. Dann aß sie ihr Sandwich, trank ihre Limonade und widmete sich wieder ihrem Buch.

Ihre Mutter kam in diesem Sommer nur ein einziges Mal mit Alice an den Strand. Es war an einem Samstag Ende Juli. Edith war früh aufgestanden, hatte geduscht und sich geschminkt, weil ihre Freundin Jackie aus Biddeford zu Besuch kommen wollte. Aber dann rief Jackie an und sagte ab. »Man könnte meinen, ich hätte sie gebeten, durch den halben Bundesstaat zu fahren«, sagte Edith nach dem Anruf. »Dabei wohnt sie verdammt noch mal zwei Orte entfernt. Was treibst du heute, Al?«

»Strand.«

»Natürlich, der *Strand*. Ich sollte mal mitkommen, um herauszufinden, ob du überhaupt hingehst. Wie kann es sein, dass du jeden Tag am Strand bist und trotzdem eine Haut wie Kreide hast?«

»Ich benutze Sunblocker.«

»Als ich in deinem Alter war, bin ich auch ständig an den Strand gegangen, und ich war praktisch schwarz. Vielleicht komme ich tatsächlich mit, es sei denn, du willst nicht.«

»Doch, du solltest wirklich mitkommen. Ich mache noch ein Sandwich.«

Es dauerte eine Ewigkeit, bis Edith fertig war. Die Hälfte ihrer Sachen war noch in Kisten verpackt, und sie kramte darin herum, bis sie den richtigen Badeanzug gefunden hatte; wie sich herausstellte, war es ein Einteiler mit Leopardenmuster, der einen großen Teil ihrer Brust entblößte, deren Haut ledrig und voll dunkler Flecken war. Auch ihr linker Arm war gut zu sehen, mit den Narben und Runzeln von ihrem Unfall in der Papierfabrik.

»Ich bin dann so weit, Al. Kann ich eine Flasche Wein an den Strand mitnehmen, oder geht das gar nicht?«

»Ich kann dir welchen in eine Thermosflasche füllen«, sagte Alice und riss bereits den Kühlschrank auf, in dem ihre Mutter ihren Mateus Rosé aufbewahrte.

Es war fast Mittag, als sie sich endlich am Strand hinsetzten, jede auf ihr eigenes Handtuch. Es war ein perfekter Badetag, nur am Horizont waren ein paar Schleierwolken zu sehen. Die Luft roch nach Meer, aber auch nach Sonnencreme, und gelegentlich trug der leichte Wind einen Hauch Zigarettenrauch heran. Alice fing an zu lesen, sie steckte mitten in der x-ten Lektüre von Shirley Conrans *Love*. Ihre Mutter schlug ebenfalls ihr Buch auf, sah aber nicht hinein. Sie war unruhig und zappelig und fing an, am Wein in ihrer Thermosflasche zu nippen. »Sollen wir spazieren gehen?«, fragte sie nach einer Weile.

»Klar, warum nicht«, sagte Alice.

Sie liefen einmal den ganzen Strand entlang und wieder

zurück, wobei Edith die ganze Zeit ihr Tuch über den Schultern behielt. »Schau mal, Al, eine Möwe«, sagte sie ständig und stieß Alice an.

»Ich hab keine Angst mehr vor Möwen, Mom«, sagte Alice.

»Dann erinnerst du dich also doch an sie.«

»Nein. Du hast mir erzählt, dass ich Angst vor Möwen hatte. Ich erinnere mich nicht mehr an die Ausflüge, falls wir sie überhaupt gemacht haben.«

Als sie zu ihren Strandtüchern zurückkamen, war Alice heiß, ihr Nacken war feucht vor Schweiß. »Willst du schwimmen gehen?«, fragte sie ihre Mutter.

»Um Gottes willen, nein. Es ist doch eiskalt.«

Alice ging allein ins Wasser und schwamm über die Linie hinaus, an der die Wellen brachen, damit sie sich auf den Rücken legen und in der Dünung auf- und abschaukeln konnte. Sie schloss die Augen und beobachtete die kleinen Farbexplosionen hinter ihren Lidern, und wenn sie den Kopf weit genug in den Nacken legte und mit den Ohren unter Wasser tauchte, hörte sie nur noch das dröhnende Rauschen des Ozeans.

Als sie zu ihrer Mutter zurückkehrte, stand ein älterer Mann vor Ediths Handtuch, die Beine leicht gespreizt, die Hände in die Hüften gestemmt. Er trug eine schwarze Badehose, die an den Oberschenkeln hoch geschnitten war. Sein Haar war zur Seite gescheitelt und an den Schläfen bereits grau. Auch wenn er körperlich in guter Verfassung war, sah man, dass er sich extra in Positur warf und den Bauch leicht einzog.

»Alice, das ist Jake«, sagte Edith und blinzelte in die Sonne.

»Hi, Alice«, sagte der Mann und wechselte eine brennende Zigarette von der rechten in die linke Hand, um ihr die Hand zu schütteln. Er trug eine verspiegelte Fliegerbrille, und Alice fragte sich, ob er hinter den Gläsern ihren Körper betrachtete. Als er sie wieder losließ, bückte sie sich, hob das Handtuch auf, das sie zum Abtrocknen benutzte, und wickelte sich darin ein.

»Deine Mutter hier …«, begann Jake.

»Jake hat mir geholfen, hier ein Bankkonto zu eröffnen. Daher stammt der neue Radiowecker, der in der Küche steht.«

»Aha«, sagte Alice. Sie hatte sich ihr Haar abgetrocknet, setzte sich nun auf den Rand ihres Handtuchs und passte auf, dass die nassen Füße im Sand blieben.

Der Mann namens Jake ging in die Hocke. Edith stützte sich auf einen Ellbogen. Sie hielt jetzt ebenfalls eine Zigarette zwischen den Fingern, die Hitze der Glut brachte die bereits warme Luft darüber zum Flimmern.

»Ich habe gerade zu deiner Mutter gesagt«, ergriff der Mann nun wieder das Wort, »dass ich mich freuen würde, euch beiden Kennewick zu zeigen. Aus der Sicht eines echten Einheimischen. Wo es die besten Krabbenbrötchen gibt und solche Dinge.«

Alice musste das Gesicht verzogen haben, denn der Mann lachte. »Also gut, dann eben die besten Eisdielen.«

»Warum nicht«, erwiderte Alice und rutschte auf ihrem Handtuch ein bisschen weiter zurück. Der Mann wandte seine Aufmerksamkeit wieder Edith zu. Alice legte sich auf den Rücken und konzentrierte sich darauf, wie die Sonne die Wassertropfen auf ihrem Gesicht trocknete. Sie konnte beinahe spüren, wie sie verdunsteten und winzige Salzkrusten auf ihrer Haut hinterließen.

»Okay, dann haben wir also eine Verabredung«, sagte der Mann, und Alice öffnete die Augen. Er stand inzwischen wieder, und zwar ihr in der Sonne. Eigentlich sah er nicht schlecht aus, dachte Alice. Er sah aus, als könnte er in einem Werbespot für Newport-Zigaretten mitspielen.

Der Mann ging erneut in die Hocke, und seine Badehose spannte um den Zwickel, sodass Alice sah, wie sich seine Genitalien abzeichneten. Sie konzentrierte sich lieber auf seine Sonnenbrille, ein silbriges Blau im hellen Sonnenlicht. »Hat mich gefreut, dich kennenzulernen, Alice. Wenn du noch ein bisschen erwachsener bist, wird das andere Geschlecht keine Chance haben.«

»Das erzähle ich ihr auch ständig«, pflichtete Edith ihm bei. »Werd nicht erwachsen. Es lohnt sich nicht.«

Der Mann stand auf, er und Alices Mutter lachten dieses erkennbar aufgesetzte Lachen älterer Leute. Er verabschiedete sich und spazierte davon, wobei er sich immer noch so steif hielt, als würde er gleich zusammenklappen, sobald er vollständig ausatmete.

Edith drückte ihre Zigarette aus – die Marke des Mannes, nicht ihre eigene – und fragte: »Was hältst du von Jake?«

Sie fragte es erwartungsvoll, und ihre Stimme klang eine Idee zu hoch. Alice wurde plötzlich klar, dass diese Begegnung zumindest teilweise eingefädelt gewesen war, dass der Mann und ihre Mutter sich nicht einfach zufällig am Strand über den Weg gelaufen waren, oder falls doch, dass sie sich schon früher miteinander getroffen hatten – und zwar nicht nur in der Bank.

»Er scheint nett zu sein.«

»Er ist sehr erfolgreich«, erwiderte Edith und fischte eine ihrer eigenen Zigaretten aus der Handtasche, die sie sich gekauft hatte.

Alice streckte sich wieder auf dem Rücken aus. Sie befürchtete, sie könnte am Morgen nicht genügend Sunblocker auf ihrem Gesicht aufgetragen haben, deshalb breitete sie das Handtuch über ihren Kopf. Es fühlte sich angenehm an, feucht und kühl. Sie dachte an den Mann, den ihre Mutter kennengelernt hatte. Er war alt und wirkte ein bisschen gekünstelt, aber insgesamt war er nicht so übel. Als Edith noch als alleinerziehende Mutter in einer Papierfabrik gearbeitet hatte, hatte sie mit einem Hausverwalter ausgehen müssen, der ärmellose T-Shirts trug und dicke Muttermale auf den Schultern und am Hals hatte. Jetzt, da sie nicht mehr arbeiten musste und in einer hübschen Stadt wie Kennewick wohnte, konnte Edith mit Männern ausgehen, die in einer Bank arbeiteten und auf ihr Äußeres achteten. So funktionierte die Welt eben, das wusste sie aus ihren Büchern: Reiche Mädchen heirateten reiche Typen und hatten ein besseres Leben. So einfach war das.

Sie konnte es nicht sehen, aber eine Wolke musste sich vor die Sonne geschoben haben, denn sie fühlte plötzlich eine Kühle auf der Haut. Sie setzte sich zu schnell auf, sodass sie leichter Schwindel überkam. Offenbar war sie eingeschlafen. Am Strand waren inzwischen weniger Leute, und ihre Mutter packte gerade zusammen.

»Können wir gehen, Al?«, fragte sie.

KAPITEL 3

JETZT

Harry konnte an diesem Nachmittag nicht schlafen. Er dachte ständig an die Zeit zurück, als seine Mutter dem Krebs schließlich erlegen war, und an die gewaltige Wut, die er, der damals ein übellauniger und aufsässiger Teenager gewesen war, empfunden hatte.

»Wir haben noch einander«, hatte Bill nach dem Begräbnis gesagt. »Es ist wichtig, daran zu denken, was uns bleibt, nicht, was wir verloren haben.«

»Wie du meinst«, hatte Harry gesagt, war seinem Blick ausgewichen, und sein Vater hatte es ihm durchgehen lassen. Doch die Worte seines Vaters waren Harry während der folgenden Jahre im Gedächtnis gehaftet. Er vermisste seine Mutter ständig, aber er fühlte sich seinem in Bücher vernarrten, zurückhaltenden Vater tatsächlich nahe. Sie waren eine Familie, auch wenn sie nur zu zweit waren. Nicht annähernd genug, aber es war eben, wie es war.

Das Staubsaugergeräusch hatte aufgehört, und Harry verließ sein Zimmer, ging nach unten und hustete am Fuß der Treppe absichtlich, um Alice nicht zu erschrecken. Er betrat das große, zur Straße hinausgehende Wohnzimmer und sah sie auf einem der Sofas liegen, einen angewinkelten Arm über den Augen, als hätte sie Kopfschmerzen. Er wollte eben schon kehrtmachen, als sie sagte: »Komm rein, Harry. Sprich mit mir.«

»Schon gut. Schlaf weiter.«

»Nein, nein. Komm her.«

Harry setzte sich auf die Kante des ältesten Polstersessels im Raum, der aus der Wohnung in Manhattan hierher verpflanzt worden war, und fragte: »Hat die Polizei dir sonst noch irgendwas gesagt?«

»Nein. Aber sie werden eine Obduktion durchführen.«

»Es kommt mir merkwürdig vor, dass er gestolpert sein soll.«

»Vielleicht ist etwas anderes passiert. Er könnte einen Herzinfarkt gehabt haben.«

»Glaubst du das?«

»Es kommt mir logischer vor, als dass er plötzlich ausgerutscht ist und ...«

»Hatte es geregnet?«

»Äh, ein paar Tage zuvor, wenn ich mich recht erinnere, aber ich glaube nicht, dass der Weg rutschig war. Nach der Obduktion wissen wir mehr. Das kann auch für dich wichtig sein, Harry, zum Beispiel, falls er ein schwaches Herz hatte.«

»Ach so, ja.« Daran hatte er noch gar nicht gedacht: dass der frühe Tod seines Vaters ein schlechtes Vorzeichen für ihn selbst sein konnte, falls es sich um einen natürlichen Tod gehandelt hatte. Er biss sich auf die Innenseite der Wange, eine alte Gewohnheit, die plötzlich wieder auftauchte, und fragte sich, ob ihn die ärztliche Auskunft interessieren würde, dass er das schwache Herz seines Vaters geerbt hatte. Er bemühte sich, etwas wie Zukunftsangst zu empfinden, aber es gelang ihm nicht. Welche Rolle spielte es schon?

Alice rutschte auf dem Sofa ein Stück nach vorn. »Dein Vater hat sich wirklich darauf gefreut, dass du den Sommer über hierherkommen wolltest. Er hat viel davon gesprochen.«

Harry traute seiner Stimme nicht, deshalb nickte er nur, und Alice fragte sofort: »Wie war der Kaffee? So, wie du ihn magst?«

»Oh, er war in Ordnung«, antwortete Harry, dann fügte er schnell hinzu: »Mehr als das. Er war wirklich gut.«

»Danke«, sagte Alice und legte die Hände auf die Knie, als wollte sie aufstehen, und Harry sagte eilig: »Bleib doch liegen. Ich wollte dich nicht stören.« Er stand auf. »Vielleicht mache ich einen Spaziergang oder so was.«

»Okay, Harry, das klingt doch gut«, erwiderte sie. »Wenn John im Laden ist, kannst du ja vielleicht vorbeischauen und guten Tag sagen. Wir hoffen beide, dass du ein bisschen aushelfen kannst. John wird allein nicht ...«

»Ja, natürlich«, pflichtete Harry ihr bei.

Alices Blick wanderte zu dem Erkerfenster. »Es bleibt um diese Jahreszeit so lange hell«, sagte sie. »Geh ruhig spazieren.«

Draußen bog Harry links auf die York Street und ging zu der Handvoll Läden hinunter, aus denen Kennewick Village bestand. Das Geschäft seines Vaters wurde von einem Blumenladen und einer Eisdiele flankiert; die drei teilten sich einen einstöckigen Ziegelbau, der früher einmal ein Sägewerk gewesen war. Harry blickte durch das getönte Schaufenster, auf dem die Worte ACKERSON'S RARE BOOKS prangten. Drinnen war es dunkel – John Richards, der Mitarbeiter seines Vaters, war nicht da –, aber das Licht reichte aus, um zu erkennen, dass der Laden übervoll mit Büchern war, sie stapelten sich auf jeder verfügbaren Regalfläche. Harry erschrak, als sich plötzlich etwas im Inneren bewegte. Es war Lew, ein Maine-Coon-Kater, der im Laden lebte. Lew sprang in die Auslage, senkte den Kopf und rieb die buschigen Ohren an einer Erstausgabe von *Peyton Place*. Harry hoffte, die Katze war seit dem Tod seines Vaters nicht völlig vergessen worden. Er würde Alice später danach fragen.

Harry ging weiter Richtung Osten, vorbei an dem kleinen Supermarkt Cumberland Farms, dann bog er auf die Old Post Road in Richtung Kennewick Beach. Er wusste, dass er denselben Weg nahm, den sein Vater höchstwahrscheinlich bei seinem Klippenspaziergang eingeschlagen hatte, aber es war eben diese Richtung, in die es ihn zog, zum Meer hin. Er hatte sich noch nicht entschieden, ob er über den Pfad gehen wollte, um zu sehen, ob die Stelle, an der sein Vater gestürzt war, irgendwie kenntlich gemacht war. Für den Augenblick wollte er nur die Beine bewegen und nicht im Haus bleiben.

Die Old Post Road führte Harry zur Sohier Road. Kennewick bestand aus vier Teilen. Es gab Kennewick Center, das sich inzwischen hauptsächlich entlang der Route 1A erstreckte, Kennewick Village mit den ältesten Gebäuden des Orts, Kennewick Beach mit seinen erschwinglichen Ferienhäusern und dem Campingplatz und schließlich Kennewick Harbor, das exklusivste Viertel des Orts mit seinen alten Villen und den beiden größten Hotelresorts.

Harry blieb auf der Sohier Road und erreichte den zwölfhundert Meter langen Strand, der von der Micmac Road mit ihren Parkuhren neben dem schmalen Fußweg gesäumt wurde. Der Strand selbst war halb Sand und halb Kies, bei Ebbe weit ausgedehnt, aber bei Flut auf einen schmalen Streifen reduziert. Er ging den Gehweg entlang und fand das Ferienhaus mit den grauen Schindeln, das er und sein Vater in dem Sommer, in dem Bill beschloss, einen zweiten Laden in Maine zu eröffnen, für einen ganzen Monat gemietet hatten. Es schien jetzt leerzustehen, aber es war noch früh in der Saison. Nur vor wenigen Ferienhäusern parkten Autos, und der Strand war fast menschenleer. Eine Frau in einem Kapuzenshirt benutzte den Strandweg, und ein Steinesammler schlenderte an der Gezeitenlinie entlang und bückte sich gelegentlich, um einen Fund aufzuheben. Die See war ruhig, das Wasser so spiegelglatt, wie Harry es nur jemals gesehen hatte. Ein Lkw rumpelte vorüber, der Mann im Führerhaus warf unter einer ausgebleichten Sea-Dogs-Mütze hervor einen Blick auf Harry.

Harry beschloss, bis zum Buxton-Point-Leuchtturm hinaufzuspazieren. Er musste ständig an den Sommer mit seinem Vater denken und wie dieser so viel Zeit mit Alice Moss verbracht hatte, der Immobilienmaklerin, die ihm Gewerberäume in der Gegend gezeigt hatte. Harry hatte die Vorstellung gefallen, dass sein Vater einen neuen Laden aufmachte, dass er die Chance ergriff, New York zu verlassen, und sich in der Nähe seines Herkunftsorts niederließ. Und er hatte Alice gemocht. Für eine Maklerin war sie zurückhaltend, nicht schrill oder laut. Sie mochte blond und langbeinig sein, aber sie war nicht zu stark geschminkt, sie fuhr keinen weißen Lexus, und ihre Fingernägel waren kurz geschnitten und nicht lackiert. Das waren nicht unbedingt Eigenschaften, die Harry aufgefallen waren, seinem Vater aber schon, und er hatte sie bei einer Reihe von Gelegenheiten erwähnt. Im Nachhinein betrachtet war klar, dass sein Vater damals bereits schwer in Alice Moss verliebt gewesen war und bei seinem Sohn vorfühlte, weil er befürchtete, Harry könnte mit der Beziehung nicht einverstanden sein. Erst am Ende des Sommers, nachdem sie gepackt hatten und nach New York zurückfuhren, damit Harry sein letztes Highschooljahr beginnen konnte, gestand Bill ihm, dass aus seiner Beziehung zu Alice eine Liebesgeschichte geworden war.

»Ich freue mich für dich, Dad. Ich mag Alice.«

Die Erleichterung seines Vaters war mit Händen zu greifen gewesen. Seine ganze Körperhaltung entspannte sich, und er fing an, von Alice zu reden, wie viel sie gemeinsam hatten, dass sie beide sehr früh Elternteile verloren hatten und sich in dieser neuen, modernen Welt alleingelassen fühlten.

Es war tatsächlich in Ordnung für Harry, dass sein Vater mit Alice zusammen war, aber im Oktober kam sie zu Besuch nach New York, und ihre Anwesenheit in ihrer Wohnung, in der Wohnung, in der es noch immer so viele Dinge gab, die ihn an seine Mutter erinnerten, verunsicherte ihn. Alice war glückselig und brachte mehrmals zum Ausdruck, wie viel es ihr bedeutete, dass Harry seinen Segen zu der Verbindung gegeben hatte. Beim ersten Mal schloss sie an diese Beteuerung eine Umarmung an, küsste Harry sogar auf die Wange und flüsterte »Mein kleiner Liebling« in sein

Ohr. Der Kuss und ihr warmer Atem in seinem Ohr ließen Harry unwillkürlich erschaudern, und Alice löste sich erkennbar verlegen wieder von ihm. Harry zog sich in sein Zimmer zurück und versuchte, den peinlichen Moment zu vergessen, aber es war nicht einfach. Er konnte immer noch spüren, wie weich sich ihre Taille angefühlt hatte, und hörte ihre Stimme noch in seinem Ohr. Es war schön gewesen, aber zugleich auch unangenehm. In seinem tiefsten Inneren empfand er Ekel, weil er sich sexuell zu derselben Frau hingezogen fühlte wie sein Vater. Es fühlte sich unnatürlich an, aber je mehr er die Bilder aus seinem Kopf zu verbannen versuchte, desto hartnäckiger hielten sie sich.

Harry war plötzlich am Buxton Point draußen, am Rand des Parkplatzes, der den weißen Leuchtturm mit der roten Kuppel umgab, der jetzt unter Denkmalschutz stand und Kennewicks einzige große Touristenattraktion war. Er umrundete ihn und das Haus des Leuchtturmwärters und machte sich auf den Rückweg nach Kennewick Beach. Er war inzwischen eine gute Stunde gegangen, und die Sonne stand so tief, dass lange Schatten auf den Strand fielen. Dennoch beschloss er spontan, über den Klippenweg bis Kennewick Harbor zu laufen. Er würde es früher oder später tun müssen, und er wollte nachsehen, ob auf dem Pfad irgendeine Spur von seinem Vater und dessen Schicksal zu finden war.

Harry ging auf der Micmac Road nach Süden. Nachdem er den Strand hinter sich gelassen hatte, begann sich die Straße zu schlängeln und gab gelegentlich den Blick über die Steilwand hinaus aufs Meer frei. Die Grundstücke wurden breiter und die Häuser größer; die meisten waren alt, aber hier und da standen neue Villen, darunter ein Monstrum, das eher wie ein Hotel als wie ein Wohnhaus aussah.

Er musste ein Stück zurückgehen, aber dann fand Harry den Pfad durch das Kieferngestrüpp, der zum nördlichen Ausgangspunkt des Klippenwegs führte. Er kam ihm schmaler vor, als er ihn in Erinnerung hatte, Hagebuttensträucher und Stechpalmen kratzten an seinen Beinen, und er fragte sich, ob den Pfad überhaupt noch jemand benutzte. Vielleicht befand er sich inzwischen auf privatem Grund, und die Eigentümer hofften, er würde in Vergessenheit geraten. Trotzdem führte er ihn zum Klippenweg mit seinem Blick über die Felsküste und zum sichelförmigen Strand am Hafen. Das war der übliche Spaziergang seines Vaters und der Weg, auf dem sein Leben geendet hatte. Harry ging langsam eine Viertelmeile weiter und hielt nach Anzeichen dafür Ausschau, wo genau sein Vater gestürzt sein konnte. Er überlegte, ob es vielleicht ein Absperrband der Polizei geben könnte, dann verwarf er den Gedanken wieder. Es handelte sich hier ja um keinen Tatort, sondern es war ein Unfall gewesen. Er machte eine Pause und setzte sich auf eine der Bänke am Wegesrand. Eine kleine Metallplatte informierte darüber, dass sie in Gedenken an Blanche Audet gestiftet worden war, gestorben 1981. Harry blickte aufs Meer hinaus und überlegte, wie oft sein Vater genau diesen Weg gegangen sein musste und ob er sich je auf diese Bank gesetzt hatte. Die Aussicht war wunderschön, aber es hatte auch etwas Trübsinniges, aufs Meer hinauszustarren. All dieses tosende graue Wasser, das sich nie änderte und nie ändern würde. Bis auf das neue Hotelresort am anderen Ende des Kennewick Harbor Beach musste der Blick bereits für Blanche Audet derselbe gewesen sein, außerdem für jeden, der vor ihr hier gewesen war, selbst für jeden, der hier gewesen war, bevor man diesen Weg überhaupt in den Fels gehauen hatte.

Harrys Handy vibrierte in der Jeanstasche, aber er ignorierte es. Er blieb auf der Bank sitzen, bis ihm kalt war, dann zog er seinen Pulli an und blieb noch eine Weile.

Als er schließlich aufstand, waren seine Beine steif. Er war außer Form, nachdem er das ganze letzte Semester an seinem Laptop gesessen und an seiner Abschlussarbeit geschrieben hatte. Er hatte aufgehört zu schwimmen und seit Weihnachten nicht mehr Squash gespielt.

Er checkte sein Handy. Mehrere Freunde vom College hatten angerufen oder eine SMS geschickt. Er steckte das Gerät wieder ein und empfand einen irrationalen, ungerechten Zorn über ihre Besorgnis. Sie nahmen Anteil, aber Harry fürchtete die unvermeidlichen Gespräche. Reden war nicht immer seine Stärke. Worte und Sätze füllten zwar sein Gehirn – es kam ihm vor, als würde er pausenlos sein eigenes Leben erzählen –, aber diese Worte aus seinem Kopf in die Welt hinauszubringen, war ihm immer schwergefallen. In seiner Kindheit hatte er unter einem Sprachfehler gelitten, bei dem die S-Laute oft als peinliches Zischen herausgekommen waren. Der Fehler war durch Logopädie behoben worden, und er hatte gelernt, die Worte über die Zunge fließen zu lassen anstatt seitlich daran vorbei, aber das Lispeln hatte einen bleibenden Schaden hinterlassen.

Er stellte sein Handy auf stumm und beschloss, den Klippenweg zu Ende zu gehen, ehe er nach Grey Lady zurückkehrte.

Er erklomm eine kurze Steigung und bückte sich dann unter einem windgebeugten Baum hindurch. Es war der höchste Punkt des Wegs und eine der schmalsten Stellen des Pfads. Ein jähes Gefälle endete in einer Ansammlung schwarzer Felsen weit unten, die so weit grün und glitschig waren, wie das Seewasser bei Flut hinaufreichte. Wellen schlugen an die Felsen und ließen Gischt aufspritzen. Der Pfad bestand aus festgetretenem Kies und Schieferplatten. Er war nicht rutschig, aber er war auch nicht vollkommen eben. Harry ging weiter und hätte beinahe den kleinen Strauß übersehen, der an der knorrigen Wurzel einer Weymouth-Kiefer lag.

Er bückte sich und hob den Strauß auf. Er war aus Bittersüß mit seinen charakteristischen roten Beeren – manche noch gelb gerändert –, der im Herbst blühte. Diese hier hatten irgendwie den Winter überlebt, die Beeren waren geschrumpft und fast schwarz. Sie waren lose mit einem langen Grashalm zusammengebunden. Harry betrachtete die Stängelenden des Bittersüß. Sie waren abgebrochen worden, nicht geschnitten. Wer immer diesen Strauß gebunden hatte, hatte es spontan getan, ohne Werkzeug oder richtigen Faden. Und war er überhaupt für seinen Vater gedacht? War das die Stelle, an der er abgestürzt war? Er würde Alice fragen, ob sie den genauen Unglücksort kannte. Es erschien ihm plötzlich wichtig. Er würde sie außerdem fragen, ob sie den Strauß dort hinterlassen hatte, aber er bezweifelte es. Er legte den Bittersüß wieder dorthin zurück, wo er ihn gefunden hatte, einige der schrumpeligen Beeren sprangen ab, als er ihn gegen den Baum lehnte.

Als er die Einfahrt von Grey Lady erreichte, war es vollständig dunkel. Er blieb stehen und überlegte, ob er nicht einfach direkt in sein Zimmer gehen könnte, wenn er das Haus betrat. Er hatte billigen Bourbon aus dem College mitgebracht, und vielleicht konnte er sich sinnlos betrinken und während der nächsten Tage in diesem Zustand verharren. Aus den Erkerfenstern, wo inzwischen die Vorhänge zugezogen waren, drang ein schwacher Lichtschein.

Statt direkt zur Haustür ging Harry diagonal durch den kleinen Vorgarten und blieb vor den Fenstern stehen. Durch eine Lücke zwischen den Vorhängen konnte er das Wohnzimmer und bis in die Küche sehen, die hell erleuchtet war und in der sich Alice zu schaffen machte. Auf der Kücheninsel stand ein Glas Wein, auf einem Schneidebrett lag ein Berg Gemüse, aber Harry sah zu, wie Alice sich bewegte, wie sie sich leicht in den Hüften wiegte, als würde sie einer Musik lauschen. Sie drehte sich um, griff nach ihrem Weinglas und trank einen großen Schluck. Ihr Gesicht war durch das Fensterglas leicht verzerrt, aber sie wirkte, als wäre sie … *glücklich*? Nein, nicht direkt, aber sie machte einen friedlichen, gelösten Eindruck. Harry beobachtete sie noch eine Weile und fror allmählich immer mehr, er wollte sehen, ob sich ihr Gesichtsausdruck veränderte, aber er blieb, wie er war – sie lief weiter leichtfüßig durch die Küche, und ihre Lippen bewegten sich jetzt zu der Musik, die Harry nicht hören konnte.

KAPITEL 4

FRÜHER

Edith und Jake heirateten im darauffolgenden Sommer im Standesamt von Portland, Maine. Alice nahm an der Zeremonie teil, außerdem einer von Jakes öden Freunden aus der Bank. Hinterher fuhren sie alle zurück in Richtung Kennewick und hielten in Ogunquit, um ein spätes Mittagessen in einem schicken Restaurant einzunehmen, das beinahe gänzlich verglast war. Es stand an einem Steilufer mit Blick auf ein Stück Felsenküste. Edith und Jake zeigten auf Häuser, die sie gern kaufen würden, falls sie je im Lotto gewännen. Alice bestellte die Hochrippe, weil ihre Mom gesagt hatte, sie dürfe aussuchen, was sie wolle.

Nach der Hochzeit zogen Edith und Alice in Jakes Vierzimmerwohnung am nördlichen Ende von Kennewick Beach, nicht weit vom Leuchtturm entfernt. Von seiner Lage abgesehen, machte das Gebäude von außen nicht allzu viel her, es war nur ein mit grauen Schindeln verkleideter Kasten, der in vier baugleiche Eigentumswohnungen unterteilt war, mit jeweils zwei Parkplätzen unterhalb der Einheit. Allerdings war das Innere der Wohnung sehr eindrucksvoll. Jake hatte eine Innenarchitektin engagiert, und alles war makellos und glänzte, die Küche voller ausgefallener Geräte und Pflanzen. Das Einzige, was Alice von ihrem gemieteten Haus vermisste, waren die Holzböden und wie sie sich unter ihren nackten Füßen angefühlt hatten. Hier gab es einen weißen Langhaarteppich, der immer strahlend sauber war – denn Jake hatte eine Putzfrau, die jede Woche kam. Außerdem erklärte Jake das Haus zur rauchfreien Zone. Er selbst rauchte gelegentlich eine Zigarette auf der Veranda im ersten Stock, und er bestand darauf, dass Edith es genauso hielt, selbst wenn es draußen eiskalt war.

»Er erwartet nicht, dass du sauber machst?«, fragte Alice ihre Mutter, als sie von der Putzfrau erfuhr.

»Nein«, erwiderte Edith, als wäre sie gefragt worden, ob sie Kannibalin sei. »Natürlich nicht. Er verdient ordentlich, verstehst du?«

Alice fragte sich, was ihre Mutter mit all der Freizeit anfangen würde, wenn sie sich jetzt nicht einmal mehr um ein Haus kümmern musste. Aber eigentlich war das leicht zu beantworten: Edith würde mehr trinken. Es hatte Alice nicht allzu sehr gestört, solange sie beide allein gewesen waren, aber jetzt beunruhigte es sie, weil es eine dritte Person in der Familie gab. Wusste Jake, wie seine Frau in Wirklichkeit war? Würde er die Scheidung verlangen, und würden sie ihr wohlriechendes Zuhause wieder verlassen müssen?

Wie sich allerdings herausstellte, brauchte Alice sich keine Sorgen zu machen. In den ersten beiden Ehejahren vertrieb sich Edith die Vormittage mit Aerobic im Wohnzimmer; Jake besaß einen Videorekorder, und Edith hatte einen Haufen Aerobicbänder angeschafft. An den Nachmittagen plante sie das Essen für den jeweiligen Abend, das sie nach komplizierten Rezepten aus Kochbüchern mit französisch klingenden Namen zubereitete. Wenn Alice von der Schule nach Hause kam, stand ihre Mutter für gewöhnlich in der Küche und schaute eine Talkshow im Fernseher auf einem der Küchenschränke, während sie Zutaten vorbereitete und einen roten Smoothie trank, der genauso viel Wodka wie Erdbeeren enthielt, wie Alice wusste. Sobald Jake zur Tür hereinkam, machte sie richtige Drinks, meist Martinis, und einen Shirley Temple für Alice, und der Fernseher wurde ausgeschaltet.

Wenn sie dann schließlich zu Abend aßen, lallte Edith bereits und rührte ihr Essen kaum an. Hinterher war es Alices Aufgabe abzuwaschen, auch wenn Jake ihr meistens half, das Geschirr in die Küche zu tragen. Edith setzte sich in der Zwischenzeit mit einem Brandy ins Wohnzimmer. »Ich muss mich entspannen«, sagte sie immer. Sie schaltete den Fernseher an, trank ihren Brandy aus und schlief ein. Jake schien das nie zu stören. Er schob sie sanft auf der weißen Ledercouch zur Seite, nahm die Fernbedienung an sich und fand meist ein Spiel, das er sich ansehen konnte. Wenn Alice nicht in ihrem Zimmer Hausaufgaben machte, sah sie mit ihm fern, und manchmal ließ er sie auch das Programm aussuchen.

Normalerweise blieb Alice jedoch in ihrem Zimmer. Es war nicht so, dass sie nicht mit Jake fernsehen wollte. Sie liebte Fernsehen. Aber sie konnte den Anblick ihrer Mutter nicht ertragen, die bewusstlos und mit offenem Mund schnarchend auf der Couch lag. Jake schien es nicht zu bemerken, nur manchmal bettete er sie in eine andere Stellung, wenn das Schnarchen zu laut wurde.

Eines Abends kam Alice ins Wohnzimmer, als sie mit

ihren Hausaufgaben fertig war. Jake schaute Eishockey, und Edith lag mit dem Gesicht nach unten auf der Couch, neben ihrem Mund sammelte sich Speichel. »Igitt«, entfuhr es Alice.

Jake lachte. »Deine Mutter trinkt gern«, sagte er, als wäre ihm diese Erkenntnis gerade eben gekommen.

»Stört es dich denn?«

»Nicht allzu sehr. Menschen sind nun mal, wie sie sind, meinst du nicht?«

»Doch, wahrscheinlich.«

»Bist du fertig mit den Hausaufgaben?« Jake warf einen Blick auf den leeren Fernsehsessel, und Alice nahm ihren üblichen Platz ein und bekam von ihrem Stiefvater die Fernbedienung ausgehändigt.

»Ja, ich hatte nicht allzu viel zu tun. Nur Algebra und ein bisschen Lesestoff.« Alice zappte zu CBS, wo *My Sister Sam* lief.

»In der Schule läuft es gut bei dir?«

Alice zuckte mit den Achseln. »Ja, alles bestens.«

»Hast du Freunde?«

»Gina.«

»Ach ja, richtig. Gina.«

Alice wandte den Kopf und sah Jake an, der mit zusammengepressten Lippen auf den Fernseher starrte, als würde er sich auf das Geschehen auf dem Bildschirm konzentrieren. Alice nahm an, er stellte diese Fragen nur, weil Edith ihn darum gebeten hatte oder weil sie miteinander darüber gesprochen hatten. Doch worüber genau hatten sie gesprochen? Über die Tatsache, dass Alice nur eine Freundin in der Schule zu haben schien?

Die Wahrheit war, dass Alice die Kennewick High School und ihre Mitschüler hasste. Der Zwischenfall, der diesen Hass ausgelöst hatte, war in ihrem ersten Jahr passiert, als sie einen Schüler der Abschlussklasse namens Scott Morgan kennenlernte, weil ihre Spinde nebeneinanderlagen. Er spielte Lacrosse, hatte ein hübsches Lächeln und schlimme Akne auf der Stirn. Als Alice ihm erzählte, dass sie aus Biddeford sei, sagte er, seinem Vater gehöre ein Autohandel dort, und er erwähnte eine Pizzeria, die Alice kannte. Immer wenn sie sich danach bei den Spinden trafen, fragte er: »Was macht Biddeford?«, als würde sie immer noch dort wohnen. Am ersten warmen Tag im April erzählte er ihr von einer Party, die um Mitternacht am Strand stattfinden sollte. Es war leicht für Alice, sich davonzuschleichen. Sie musste nicht einmal leise sein, denn sie wusste, dass so gut wie nichts ihre Mutter aufwecken konnte. Sie trug abgeschnittene Jeans und einen weiten Kapuzenpulli und hatte eine Flasche Sprite dabei, die sie mit dem Wodka ihrer Mutter gestreckt hatte – nicht, weil sie das trinken wollte, sondern weil man zu einer Party eben Alkohol mitbrachte. Als sie zu dem Strandabschnitt kam, den Scott ihr genannt hatte, war er allein dort. Er gab ihr eine offene Dose Bier und sagte: »Ich habe gelogen wegen der Party.«

»Wieso das?«

»Um dich allein hierherzukriegen.«

Sie saßen am südlichen Ende des öffentlichen Strands, nahe dem Spielplatz und einem Picknickbereich unter ein paar Kiefern. Sie gingen zur dunkelsten Bank und fingen an, sich zu küssen. Scott fummelte sofort unter ihrem Pulli herum und zerrte am Reißverschluss ihrer Shorts.

»Bist du noch Jungfrau?«, fragte er, als er Alice die Shorts bis zu den Knöcheln hinuntergeschoben hatte.

»Ja.«

»Mein Freund hat mir erzählt, in Biddeford machen es alle Mädchen schon in der Mittelschule.«

»Tja, ich nicht.«

»Willst du es jetzt machen?«

»Warum nicht?«, erwiderte Alice. Sie hatte es zwar nicht geplant, aber nun, da es passierte, kam es ihr richtig vor. Offenbar machten sie es in Kennewick so, und wenn sie es jetzt geschehen ließ, würde sie sich später nicht mehr den Kopf darüber zerbrechen müssen. Und Scott riss ein Plastikpäckchen auf, das nach einem Kondom aussah, deshalb brauchte sie sich keine Sorgen zu machen, ob sie schwanger werden könnte. Alice streckte die Hand aus, um ihn zu berühren, aber er zog die Hüften zurück und sagte: »Ich will noch nicht kommen.« Doch selbst ohne Berührung schaffte er es nur halb in sie hinein, bevor er erschauderte und die Kiefer zusammenpresste, dass sich die Sehnen an seinem Hals abzeichneten.

»Erzähl es verdammt noch mal niemandem, okay?«, sagte er, als er ihn wieder herauszog und dabei das Kondom festhielt.

»Okay.«

Am Montag in der Schule stand das Wort HURE in silbernen Großbuchstaben quer über Alices Spind geschmiert, und als sie die freie Fläche zum naturwissenschaftlichen Trakt durchquerte, schrie ein Mädchen, das Alice nie zuvor gesehen hatte, aus der Raucherecke: »Lass die Finger von Scott, du verdammte Nutte.« Es war eine Blondine mit gelocktem Haar. Eine ihrer Freundinnen hielt sie am Oberarm fest, damit sie nicht auf Alice losging. Alice marschierte weiter, und ihr Herz hämmerte in der Brust. Wieso hatte Scott es herumerzählt, wo er ihr doch befohlen hatte, es niemandem zu sagen? Den ganzen restlichen Tag in der Schule hatte sie das Gefühl, als würden alle sie anstarren, sie entweder auslachen oder verurteilen. Scott sah sie dabei kein einziges Mal, und sie vermutete, dass er ihr aus dem Weg ging.

Als sie ihn am nächsten Tag schließlich traf, mied er ihren Blick, stopfte stattdessen nur etwas in seinen Spind und eilte davon. Alice sah ihm nach und fragte sich immer noch, was passiert war, als ein Mädchen – eine weitere Freundin der Blondine – Alice anrempelte und sagte: »Wehe, du schaust ihn auch nur an, Bitcheford.« Einige Schüler, die gerade vorbeikamen, prusteten los. Einen Moment lang war Alice versucht, auf das Mädchen loszugehen. Sie stellte sich vor, wie sie sie an den Haaren packte, auf den Boden zog und ihr gegen den Hals trat. Aber Alice beherrschte sich und ließ sich nichts anmerken.

Erst ganz am Ende dieses ersten Jahres erfuhr Alice die vollständige Geschichte. Gina Bergeron war ebenfalls eine Schülerin, deren Familie erst kürzlich nach Kennewick gezogen war. Sie war groß und schlaksig und sprach so schnell, dass sich manchmal Speichelblasen auf ihren Lippen bildeten. Alice und sie hatten sich in Biologie kennengelernt, wo sie zusammen einen Schweinefötus hatten sezieren sollen. Gina hatte zwei ältere Brüder und zwei jüngere Schwestern, alle waren sie etwa im Abstand von einem Jahr zur Welt gekommen. Alice und sie wurden mehr oder weniger mangels Alternative Freundinnen. Sie waren beide neu in Kennewick und hatten keine anderen Freunde, damit endeten die Gemeinsamkeiten auch schon. Immerhin mussten sie mittags in der Cafeteria nicht allein essen.

Ginas Brüder waren beide Sportler. Der im zweiten Jahr spielte Tennis, und der im dritten, Howie, war gut in Lacrosse. Gina hatte die Geschichte von Howie. In der Nacht, in der Alice Sex mit Scott hatte, hatte tatsächlich eine Party stattgefunden, aber nicht am Kennewick Beach, sondern unten am Harbor Beach. Scott hatte sich davongeschlichen, um mit Alice zusammen zu sein, doch nach seiner Rückkehr hatte er sich betrunken und vor all seinen Freunden damit geprahlt, dass er gerade ein Mädchen aus dem ersten Jahrgang gefickt hatte. Seine Freundin Stacy Homstead, das Mädchen mit dem gelockten Haar, bekam das mit, und sie war dann diejenige, die in der Schule die Geschichte von der nuttigen Neuen aus Biddeford verbreitet hatte, die einem den Freund ausspannte: die *Bitcheford*.

»Hast du wirklich Sex mit ihm gehabt?«, fragte Gina. Sie gingen zusammen über den Strandweg Richtung Alices Haus.

»Irgendwie schon. Es hat nicht sehr lange gedauert.«

Gina legte die Hand vor den Mund und lachte, es war mehr ein Schnauben.

»Und wie war es?«

»Es war gar nichts«, sagte Alice und meinte es genau so.

»Oje«, sagte Gina. Alice wusste, dass Gina sie trotz aller Bewunderung ebenfalls verurteilt hatte. Sie wusste außerdem, dass Gina, die mit ihren Giraffenbeinen und dem Wackelkopf jetzt noch so unbeholfen daherkam, zum Ende ihrer Highschoolzeit eine Schönheit sein würde, und dass ihre Freundschaft nicht von Dauer war. Es war ihr im Grunde egal. Sie hatte bereits beschlossen, einfach allein durch die Highschool zu kommen. Schließlich war sie auch allein durch ihre ganze Kindheit gekommen, ohne Vater und ohne Geschwister. Sie hatte ihre Mutter gehabt, die kaum zählte. Alice wusste gar nicht mehr, wie lange sie schon die Tage herunterzählte, bis sie endlich als Erwachsene für sich sein würde. Sie brauchte eigentlich keine Freunde, auch wenn sie und Gina sich die gesamte Highschoolzeit hindurch irgendwie nahe blieben. Alices erste Prophezeiung erfüllte sich allerdings: Zwischen dem dritten und dem vierten Schuljahr verlor Gina ihre Unbeholfenheit und verwandelte sich in ein Laufstegmodel. Dadurch wurde sie jedoch nicht so beliebt, wie Alice es vermutet hatte. Die Mädchen schienen es ihr übel zu nehmen, und die Jungs trauten sich nicht mehr an sie heran.

Alice selbst war im Abschlussjahr fast ebenso so hübsch wie Gina. Trotz ihrer Reserviertheit flirtete gelegentlich ein Junge mit ihr, manchmal wollte auch einer mit ihr ausgehen, aber sie war nicht interessiert. Sie hatte ihre Lektion von Scott gelernt. Sie wusste, wie Jungs im Teenageralter waren, und bevorzugte die Gesellschaft von Männern. Was sie insbesondere bevorzugte, war die Gesellschaft von Jake Richter, ihrem Stiefvater. Ediths nachmittägliche Trinkerei hatte sich verschlimmert, und die meiste Zeit vergaß sie entweder Abendessen zu kochen, oder sie war bereits weggetreten, wenn ihr Mann nach Hause kam. Eines Freitagabends trafen Alice und Jake zur gleichen Zeit in der Wohnung ein und fanden Edith schlafend im Fernsehsessel vor, einen Wodka-Erdbeer-Smoothie zwischen den Beinen. Im

Ofen entdeckten sie ein Hähnchen, aber niemand hatte den Ofen eingeschaltet. Jake lachte.

»Das ist nicht komisch«, tadelte Alice.

»Nein, du hast recht, Ali.« Er war der Einzige, der sie so nannte. »Ich sag dir was. Deine Mutter geht heute nirgendwo mehr hin. Was hältst du davon, wenn wir beide essen gehen?«

»Okay.«

»Gut. Ich mach mir noch rasch einen Drink, während du dich umziehst, und dann gehen wir aus.«

Alice nahm an, sie würden zu Papa Gino's an der 1A gehen – dort aßen sie für gewöhnlich, wenn Edith kein Essen zustande gebracht hatte –, und fragte, wieso sie sich umziehen solle.

»Wir gehen in ein besonderes Lokal«, sagte Jake. »Zieh dein hübschestes Kleid an.«

Sie fuhren bis nach Kennebunkport und aßen in einem Restaurant am Hafen, das zu einem Hotel gehörte. Jake hatte noch seinen Anzug von der Arbeit an, auch wenn er die Krawatte gelockert hatte, und sie trug ein hellrosa ärmelloses Kleid, das sie sich für die dritte Hochzeit ihres Onkels im Sommer zugelegt hatte.

»Hast du schon mal französisch gegessen?«, fragte Jake, nachdem sie an einem Ecktisch Platz genommen hatten.

»Zählen Pommes frites?«

Jake lächelte über ihren Scherz, seine Lippen teilten sich, und seine Zähne blieben zusammen. »Nein. Heute Abend nicht. Darf ich für dich bestellen?«

»Warum nicht?«

Jake bestellte *escargots* als Vorspeise, was sich als Schnecken herausstellte. Alice erklärte sich bereit, sie zu probieren, und sie waren nicht übel. Zum Hauptgang aßen sie beide ein Steak mit Sauce béarnaise. Jake trank Wein, und Alice trank Sprudelwasser. Es war klar, dass ihre Bedienung sie für Vater und Tochter hielt, aber in Alices Fantasie waren sie ein kultiviertes Paar, das am Ende einer arbeitsreichen Woche zu einem zwanglosen Essen ausging. Sie versuchte, nicht an ihre Mutter zu Hause im Fernsehsessel und daran zu denken, ob sie aufgewacht war und sich fragte, wo Mann und Tochter abgeblieben waren. Stattdessen ließ sie ihre Mutter in eine Nichtexistenz verschwinden und die Welt zu einer Blase schrumpfen, in der nur für sie und Jake Raum war.

»Lass noch Platz für ein Dessert«, sagte Jake, als sie den Rest der fantastischen Sauce mit einem Stück von dem noch immer warmen Brot auftunkte.

Nach einer Mousse au Chocolat für sie und einem Cappuccino für Jake fuhren sie in Jakes BMW zurück und hörten eine seiner Roxy-Music-Kassetten. Es war Frühherbst, aber noch so warm, dass man mit offenen Fenstern fahren konnte, und Jake nahm die Küstenstraße. Alice tat weiter so, als würde ihre Mutter nicht existieren, und stellte sich vor, sie würden zu einer Wohnung zurückfahren, in der sie und sonst niemand lebten. »Avalon« lief gerade, Alices Lieblingsstück. Als sie nach Hause kamen, war Edith jedoch immer noch da, allerdings lag sie jetzt ausgestreckt auf der Couch, und der Fernseher war viel zu laut gedreht.

»Wo wart ihr beide denn?«, fragte sie, als Jake den Ton leiser stellte. Sie hatte sich halb auf die Ellbogen gestützt und zog eine Haarsträhne aus ihrem Mund.

»Wir sind essen gegangen, Ed«, antwortete Jake. »Du hast unsere Reservierung vergessen, und ich wollte dich nicht wecken.«

»Was? Wo?« Ediths Stimme war belegt und schläfrig.

»Die Brasserie in Kennebunkport.«

»Ach so, ja. Tut mir leid, Schatz. Hab ich total vergessen.«

Alice ging in ihr Zimmer, während Jake sich zu Edith hinunterbeugte und sie auf die Stirn küsste. Sie schloss die Tür, setzte sich auf ihr Bett und fragte sich, ob Jake und Edith wirklich vorgehabt hatten, in das Restaurant zu gehen und Edith es tatsächlich vergessen hatte. Oder hatte sich Jake das nur ausgedacht? Sie dachte an das Hähnchen im Ofen, an den Versuch ihrer Mutter, ein Abendessen zuzubereiten, aber das hatte nicht viel zu bedeuten. Ihre Mutter war vergesslich, und selbst wenn sie einen Tisch reserviert hatten, hieß das nicht, dass sie sich noch daran erinnerte. Wenn Alice darüber nachdachte, bekam sie sofort Kopfschmerzen, deshalb nahm sie vier Ibuprofen, zog ihren Pyjama an und kroch unter die Bettdecke. Sie lag noch lange wach und starrte an die Decke, die der Decke ihres Hauses in Biddeford sehr ähnlich war, allerdings hatte diese Glitzersteinchen enthalten. Sie atmete tief und regelmäßig und versuchte, in die Blase zurückzufinden, in der Jake sie immer in französische Restaurants ausführte, sie Reisen nach Europa unternahmen und ihre Mutter nicht länger existierte. Sie spürte, wie der Kopfschmerz langsam nachließ, wie Gift, das ins Kissen sickerte, dann wurden ihre Glieder schwer, ihre Augen fielen zu, und sie schlief ein.

KAPITEL 5

JETZT

Das Begräbnis fand am Sonntagnachmittag statt, zur selben Zeit wie die Abschlussfeier, die Harry dadurch versäumte. Obwohl Harry es ihm verboten hatte, ließ Paul Roman die Feier ebenfalls sausen und fuhr zu ihm nach Maine. Er traf kurz vor Mittag ein. Harry war in seinem Zimmer, das Fenster stand offen, und er hörte den Wagen scharf in der Einfahrt bremsen. Er fing Paul an der Haustür ab. Alice war hinten im Garten und schnitt Blumen, doch Harry wollte unbedingt kurz allein mit Paul reden, bevor er seinen Anzug anziehen und an der Messe für seinen Vater teilnehmen musste. Er führte ihn direkt in sein Zimmer.

»Hast du eine Ahnung, was passiert ist?«, fragte Paul, sobald die Tür geschlossen war.

»Du meinst, wie er gestorben ist?«

»Ja. Ist er einfach nur gestolpert?« Harry hatte Paul in ihrem ersten Jahr kennengelernt, als sie im Studentenwohnheim beide Einzelzimmer auf demselben Flur gehabt hatten. Nachdem Paul Harry nach seinem Namen gefragt hatte, war seine zweite Frage gewesen: »Schläfst du mit Jungs oder Mädchen oder mit beiden?«

Harry war so verdutzt gewesen, dass er eine ehrliche Antwort gab: »Mädchen. Theoretisch jedenfalls, in Wirklichkeit nicht, bis jetzt.«

»Also gut. Dann lass uns auf die Suche gehen. Mädchen für dich, Jungs für mich.«

Sie blieben während der ganzen vier Studienjahre die besten Freunde und bauten eine Gruppe um sich herum auf. Besser gesagt hatte Paul die Gruppe aufgebaut, denn er war einer jener Menschen, die Freunde so mühelos anzogen wie eine Blume Bienen. Harry empfand seine Gesellschaft als Privileg, manchmal hatte er auch das Gefühl, in Pauls Schatten zu stehen. Paul war witzig und kontaktfreudig, gelegentlich zu direkt, aber er wusste immer, was er sagen und tun musste. Insgeheim sah Harry Paul als einen Kameraden im Krieg des gesellschaftlichen Lebens an, der das feindliche Feuer auf sich zog, damit Harry langsam Graben für Graben vorrücken konnte.

»Sie werden ihn obduzieren«, sagte Harry zu Paul, der jetzt auf dem einzigen Stuhl im Zimmer saß. »Aber wahrscheinlich ist er nur gestürzt. Einfach ein Unfall.«

»Du glaubst nicht, dass eine andere Person beteiligt war?«

»Wie meinst du das? Dass ihn jemand gestoßen hat oder so?«

»Keine Ahnung. Ich überlege nur.«

»Ich halte es für wahrscheinlicher, dass er vielleicht so etwas wie einen Herzinfarkt oder einen Schlaganfall gehabt hat, dass er deshalb abgestürzt ist und sich den Kopf angeschlagen hat. Es ging ziemlich steil runter.«

»Was sagt Alice dazu?«

»Sie glaubt auch, dass es ein gesundheitliches Problem

war. Sie sagte, es wäre gut, das zu erfahren. Für mich, meine ich, falls es sich um eine erbliche Geschichte handelt.«

»Ach so, ja«, erwiderte Paul, dann fügte er an: »Und was hast du jetzt vor? Ich meine, willst du hierbleiben?«

»Ich weiß es nicht. Ich schätze, ich bleibe den Sommer über. Ich kann Alice nicht einfach so mir nichts, dir nichts allein lassen, und sie hat mich bereits gebeten, im Laden auszuhelfen. Ehrlich gesagt, habe ich keine Ahnung.«

»Versuch nicht, dir heute darüber klar zu werden.« Paul zog den Reißverschluss des Rucksacks auf, den er aus dem Wagen mitgebracht hatte. »Willst du was trinken?«

Sie mixten zwei Gin Tonic (Paul hatte Zutaten und Gläser mitgebracht, selbst einen Verschlussbeutel halb geschmolzenes Eis), während Harry seinen einzigen dunklen Anzug anlegte, der ihm an den Ärmeln schon ein bisschen zu kurz war. Dann gingen sie zusammen nach unten, wo Alice in der Küche die frisch geschnittenen Blumen sorgfältig arrangierte. Harry dachte an das Sträußchen auf dem Fußpfad und fragte sich wieder, wer es wohl dort hingelegt hatte. Er hatte vergessen, Alice zu fragen, ob sie es gewesen war.

Paul war Alice insgesamt höchstens dreimal begegnet, aber er umarmte sie, als wären sie verwandt, und hielt sie fest, bis sie leise schniefte. »Paul, übernachtest du? Ich habe das Gästezimmer noch nicht zurechtgemacht.«

»Nein. Ich bleibe nur für die Messe, dann fahr ich nach Mathers zurück. Ich lasse die Abschlusszeremonie sausen, aber nicht die Party hinterher. Es sei denn, Harry …« Paul sah Harry mit einem fragenden Blick an.

»Nein, nein, nein. Bitte, fahr zurück. Ich komm schon klar.«

»Ich komme im Sommer mal zu Besuch«, sagte Paul, während Alice sich mit dem Zeigefinger ein paar Tränen aus dem Gesicht wischte. Ihr blondes Haar war zu einem französischen Zopf geflochten, der ihr auf den Rücken hing. Sie trug ein tief ausgeschnittenes dunkelgraues Kleid und einen schwarzen Schal über den Schultern. Ihr Gesicht war kreideweiß, was wegen des leuchtend roten Lippenstifts noch auffälliger wirkte. Harry überlegte, ob er sie schon einmal mit Lippenstift gesehen hatte, und kam zu dem Schluss, dass es wahrscheinlich der Fall gewesen war, als sie seinen Vater bei der schlichten Zeremonie in einem Hotel in Ogunquit geheiratet hatte. Das schien schon sehr lange her zu sein, aber es waren nicht einmal vier Jahre.

Die Messe wurde in der First Parish Unitarian Universalist abgehalten, einer weißen Holzkirche mit hohem Turm, die an der Old Post Road stand. Harry, Alice und Paul trafen vorzeitig ein, und Harry und Alice sprachen mit der Pfarrerin, einer grauhaarigen, einen Meter achtzig großen Frau, die mit ihnen die Trauerrede durchging. Harry wusste das meiste bereits. Es würde eine kurze Andacht werden: zwei Lieder, eine Rede, eine Lesung von Carl Ridley, Bills Cousin aus Sanford. Alice hatte sich vorher bereits mit der Pfarrerin getroffen, um einige Punkte aus Bills Leben zu besprechen, und die Geistliche wiederholte sie nun. Harry war froh, dass seine Mutter gebührend Erwähnung fand und wie zärtlich Bill an ihr gehangen hatte. Es war seine einzige Sorge gewesen: dass Bills Leben aus Alices Sicht womöglich erst begonnen hatte, als sie ein Teil davon geworden war. Die Ansprache der Pfarrerin würde jedoch Bills ganzes Leben umfassen, seine beiden Ehen, seinen Sohn, seine lebenslange Liebe zu Büchern, selbst seine berüchtigten Kochkünste. Während Harry und Alice mit der Pfarrerin sprachen, betraten die ersten Trauergäste bereits die Kirche. Harry fragte sich, wie viele es am Ende sein würden und wie viele von ihnen er wohl kannte. In der Kirche war es kühl, aber Harry hatte feuchte Hände, und er fühlte, wie ihm der Schweiß über den Brustkasten lief. Er war in seinem Leben erst auf zwei Beerdigungen gewesen: bei der seiner Mutter und jetzt bei seinem Vater. Harry hatte seine Großeltern väterlicherseits nie kennengelernt, da sie vor seiner Geburt gestorben waren. Seine Großeltern mütterlicherseits lebten noch, aber sie hatten ihren Altersruhesitz in Florida seit vielen Jahren nicht mehr verlassen.

»Und wie steht es mit Ihnen, Harry?« Die Pfarrerin sprach mit ihm, doch er hatte nicht mitbekommen, was sie gefragt hatte.

»Verzeihung?«, sagte er und merkte, dass er heftig blinzelte.

»Möchten Sie die Gelegenheit vielleicht ergreifen, ein paar Worte zu sprechen?«

»Oh… Äh, nein. Alice hat mich schon gefragt. Aber vielen Dank.«

»Warum setzen Sie beide sich nicht, hier ganz vorn?«

Es tat gut zu sitzen, das Murmeln der Leute hinter sich zu hören und zu wissen, dass er sie nicht begrüßen musste, zumindest jetzt nicht. Er hatte ein schlechtes Gewissen, weil er beim Begräbnis seines Vaters nichts sagte, aber er konnte sich nicht dazu überwinden. Er traute sich nicht zu, vor Menschen zu sprechen, er hatte Angst, er könnte von Zorn oder Schmerz oder einer Kombination aus beidem überwältigt werden. Sogar wegen seines Lispelns machte er sich noch Gedanken, obwohl es längst nur mehr in seinem Kopf existierte, wo er oft einen Widerhall dessen hörte, wie er früher gesprochen hatte. Nach der Andacht würde es eine Kondolenzschlange geben, dann würde er natürlich reden müssen, aber jeweils nur mit einer Person. Dennoch lief es ihm beim Gedanken daran kalt über den Rücken, und er wagte kaum zu atmen.

Bevor die Messe begann, nahmen seine Tante Anne und ihre drei schweigsamen, muskelbepackten Söhne, die inzwischen alle in der Highschool waren, in der Bank direkt hinter Harry Platz. Er beugte sich zurück, um ihr einen Kuss zu geben, und sie sagte: »Ich kann es immer noch nicht glauben, Harry.« In ihrer Stimme lag echter Schmerz.

»Ich weiß«, sagte er. »Mir geht es genauso.«

»Ich wollte dich anrufen, Harry, aber ich hatte deine Telefonnummer nicht. Ich habe mit Alice gesprochen, und sie sagte, du würdest bald nach Hause kommen, aber ich möchte, dass du uns besuchen kommst, sobald du glaubst, du kannst sie allein lassen.«

Harry sagte ihr das zu.

Sie erklärte gerade noch einmal, wie sehr sie immer noch unter Schock stehe, als die Messe begann. Harry drehte sich um, als die Pfarrerin das Mikrofon an der Kanzel zurechtrückte. Er holte tief Luft, um sich zu wappnen, aber die Messe verlief relativ schmerzlos. Bis auf die Eingangs- und Schlussgebete beschränkte die Pfarrerin das Religiöse auf ein Minimum, da sie wusste, dass Bill Ackerson bestenfalls zweimal im Jahr zur Kirche gegangen war (Heiligabend und vielleicht noch Ostersonntag). In ihrer Trauerrede erzählte sie einfach sein Leben nach, seine Kindheit in Maine, den Dienst beim Friedenskorps auf irgendwelchen Pazifikinseln, die Jahre als Scout und dann als Buchhändler in Manhattan, die Begegnung mit seiner ersten Frau und wie sie einen Sohn bekamen, der tapfere Kampf seiner Frau gegen den Krebs, dann seine Rückkehr nach Maine und seine zweite Ehe. Sie sprach davon, wie sehr er die Küste von Maine geliebt hatte. »Alice hat mir erzählt, dass Bill das Meer einfach jeden Tag sehen musste. Dass es ihn geerdet hat. Er hat sein wahres und spirituelles Zuhause hier in Kennewick gefunden, und dafür sollten wir alle dankbar sein.«

Alice ließ neben Harry den Kopf hängen und bedeckte das Gesicht mit beiden Händen. Er rutschte näher zu ihr und legte ihr den Arm um die schmalen Schultern. Hinter sich hörte er unterdrücktes Weinen.

Nach der Rede ging Carl Ridley vorsichtig zur Kanzel, ein zitterndes Blatt Papier in der Hand. Noch bevor er es vor sich ausgebreitet hatte, liefen ihm Tränen über die faltigen Wangen. Nach einer langen Pause, in der sich Carl über sein schütteres Haar strich, begann er zu sprechen und sagte, dass zwei Dinge Bills Büro geschmückt hätten: unzählige Bücherstapel und ein an die Wand gepinntes Gedicht. Das Gedicht war »Wenn« von Rudyard Kipling (er sprach es »Kiplin'« aus). Harry hatte das Gedicht schon einmal gehört, oder zumindest diese eine Zeile, die lautete: »Wenn du Triumph und Niederlage hinnimmst, beide Betrüger gleich willkommen heißt«, aber er hatte vergessen, dass das Gedicht die Botschaft eines Vaters an seinen Sohn war. Harry biss die Zähne zusammen. Von hinten legte ihm seine Tante die Hand auf die Schulter, was alles nur noch schlimmer machte. Aber am Ende des Vortrags, als es hieß: »Dann bist du ein Mensch, mein Sohn«, beugte sich Paul zu ihm und flüsterte ihm ins Ohr: »Mann, der streut ja ganz schön Salz in die Wunde«, und Harry musste innerlich lachen, und es ging ihm sofort besser.

Als das letzte Lied gesungen und das Schlussgebet gesprochen war, drehte Harry sich schließlich um und sah eine beträchtliche Menge von Menschen, viel mehr, als er erwartet hatte. Viele, die ihm in der Kondolenzschlange die Hand schüttelten und ihr Beileid bekundeten, waren Fremde, andere waren nähere und entfernte Verwandte, an die er sich kaum erinnerte. Niemand wusste, was er sagen sollte, also beteuerten alle, wie leid es ihnen tue, Harry nickte und dankte ihnen.

Während er mit einem Mann sprach, der sich als der beste Kunde von Ackerson's Buchhandlung bezeichnete, bemerkte Harry eine dunkelhaarige Frau, etwa Mitte zwanzig, die in ihrer Bank im hinteren Teil der Kirche sitzen geblieben war. Harry meinte, dass sie ihn ansah, aber er war sich nicht sicher. Vielleicht sah sie zu der Schlange der Kondolierenden allgemein und überlegte, ob sie sich ihr anschließen sollte. Sie kam Harry vage bekannt vor, und er überlegte, welche Verbindung sie wohl zu seinem Vater haben konnte. War sie die Tochter eines Freundes? Als hätte sie Harrys Blick auf sich gespürt, drehte sie plötzlich den Kopf und ließ ein kräftiges Kinn und eine aufwärtsgebogene Nase erkennen. Da fiel Harry plötzlich wieder ein, wo er sie schon gesehen hatte. Sie war am ersten Abend nach seiner Ankunft auf der Straße am Haus seines Vaters vorbeispaziert. Sie hatte ein Stirnband getragen und zum Haus hinaufgesehen, als wüsste sie, was passiert war.

»Interessieren Sie sich ebenfalls für Bücher?«, sagte der Mann, der immer noch mit Harry sprach.

Er stand zu nahe, und sein Atem roch bitter nach Kaffee. Harry zwang sich, nicht zurückzuweichen, und sagte: »Nicht so wie mein Vater. Aber ich mag Bücher.«

»Also kein Besessener, hm?«

»Nein, kein Besessener.«

Der Mann ging weiter, und hinter ihm rückte die ganze Schlange auf. Als Harry dann wieder nach der dunkelhaarigen Frau sah, konnte er sie nirgends mehr entdecken.

Alices beste Freundin, Chrissie Herrick, hatte die Messe ausgelassen, um in Grey Lady Essen und Getränke für eine kleine Gedenkfeier vorzubereiten. Sie hatten hin und her überlegt, ob sie es zu Hause oder in einem Restaurant machen sollten, aber Chrissie hatte Alice zum Haus überredet und gesagt, sie werde sich um alles kümmern.

Als Harry, Paul und Alice zum Haus kamen, waren einige der Gäste bereits eingetroffen und bedienten sich schweigend von den Salaten und kalten Platten auf dem Esszimmertisch. Chrissie hatte ein Kondolenzbuch gekauft, in das man sich eintragen konnte, und eine Diashow mit Bildern von Bill auf einem Laptop zusammengestellt. »Wenigstens gibt es Eis«, sagte Paul und zog zwei Flaschen Shipyard aus einer Kühlbox. Harry sagte sich, er solle mit seinen Verwandten reden, von denen er die meisten seit zwei Jahren nicht gesehen hatte. Aber bevor er zu ihnen gehen konnte, nahm ihn John Richards in Beschlag und fragte, ob Alice schon zur Sprache gebracht hatte, ob er während des Sommers im Laden aushelfen könne.

»Ja, hat sie«, antwortete Harry.

»Ah, gut. Und, kannst du?« John war ein Witwer aus dem Ort und bereits im Ruhestand, und er hatte angeboten, in Bills Laden mitzuhelfen. Bill hatte ihn erst nur für ein paar Stunden am Tag angestellt, aber John hatte sich schnell unverzichtbar gemacht, sowohl als Angestellter als auch als später Freund.

»Ich kann den Sommer über aushelfen. Sie wollen den Laden also weiterbetreiben?«

»Das weiß ich noch nicht. Was ich aber weiß, ist, dass ich ihn nicht sofort schließen kann. Wir haben noch Spezialaufträge zu erfüllen und müssen katalogisieren. Selbst wenn wir beschließen zuzumachen, ist noch eine Menge Arbeit zu erledigen.«

»Ich weiß. Was ist mit dem Laden in New York?«

Harry war überrascht gewesen, dass Ron Krakowski, der den Anteil seines Vaters am ursprünglichen Ackerson's Rare Books in New York gekauft hatte, nicht zur Trauerfeier gekommen war. Ron war viele Jahre lang Bills engster Freund gewesen, ein wahrer Gelehrter mit einem enzyklopädischen Wissen über den Handel mit seltenen Büchern. Harry erinnerte sich, dass sein Vater einmal gesagt hatte, Ron sei mit der Zeit einer dieser Stadtbewohner geworden, denen es schreckliche Angst mache, die zubetonierte Insel Manhattan zu verlassen. Das war wohl auch der Grund, warum er nicht nach Maine gekommen war.

»Was soll mit dem Laden in New York sein?«, fragte John verwundert.

»Ich dachte, vielleicht würden sie den Bestand hier kaufen, falls Sie den Laden schließen.«

»Ja, stimmt. Daran habe ich gar nicht gedacht, aber wahrscheinlich würden sie es tun. Wann kannst du anfangen?«

Harry sagte, er werde am Dienstag kommen und im Laden helfen. Der Gedanke, schon am nächsten Tag anzufangen, war einfach zu viel. John wirkte sichtlich erleichtert, weil Hilfe unterwegs war.

Als er sein Bier ausgetrunken hatte, sah Harry kurz nach den Kindern von Tante Anne. Alle drei trieben sich am Buffet herum und vertilgten eine Schale Kartoffelchips mit französischem Zwiebeldip. Es war klar, dass er sich besser an sie erinnerte als sie sich an ihn, oder vielleicht waren sie auch in dieser Phase der Pubertät, in der die Fähigkeit zur Konversation und zu einem Gesichtsausdruck verschwinden. Tante Anne kam ihm zu Hilfe und wiederholte mehrmals, dass Harry sie jederzeit besuchen und so lange bleiben dürfe, wie er wolle. Während er mit seiner Tante sprach, behielt er Alice im Auge, die auf einem Stuhl saß, einen Teller mit Nudelsalat auf dem Schoß, den sie nicht angerührt hatte. Carl Ridley stand neben ihr, eine Hand an der Rückenlehne des Stuhls, während eine bekannt aussehende Frau – eine Bibliothekarin? – sich gerade vorbeugte, um Alice ihr Beileid zu bekunden.

»Du solltest nach Mather zurückfahren«, sagte Harry zu Paul, der sich gerade aus einem verkrampften Zwiegespräch mit Billy Herrick befreit hatte, Chrissies Gatte und einer jener Männer, die eine redselige Frau heirateten, damit sie sich selbst nicht mit Small Talk abgeben mussten.

»Bestimmt?«, sagte Paul.

»Ja, bitte. Ich wünschte, ich könnte mitkommen.«

»Du weißt schon, dass du es könntest.«

Harry verzog das Gesicht. »Nicht wirklich. Ich meine, Alice… und selbst wenn sie nichts dagegen hätte, glaube ich nicht, dass ich es gerade ertragen könnte, mich mit einem Haufen Betrunkener herumzutreiben, die ihren Studienabschluss feiern.«

»Du müsstest zu keiner Party gehen. Wir könnten einfach einen letzten Abend in meinem Zimmer im Wohnheim abhängen. Kim würde sich natürlich freuen, dich zu sehen.«

Harry zog es kurz in Erwägung: Alice erklären, er müsse noch ein paar Dinge im College regeln, dafür sorgen, dass Chrissie über Nacht blieb, damit sie nicht allein war und dann mit Paul für eine letzte Nacht ins College zurückfahren, bevor der Rest seines Lebens begann. Die Vorstellung war verlockend, aber auch ermüdend. Noch mehr besorgte Menschen, noch mehr Beileidsbekundungen. Was Harry wirklich gern getan hätte, wäre, in sein Zimmer hinaufzugehen und die Tür hinter sich zu schließen, seinen zu engen Anzug auszuziehen und unter die Bettdecke zu kriechen. Und dann gab es noch einen Teil von ihm, der in Alices Nähe bleiben, sie nicht allein lassen wollte. Er erklärte Paul, dass er den Eindruck habe, bleiben zu müssen, und dann wartete er, während Paul sich von Alice verabschiedete.

Er brachte Paul zum Auto, und sie umarmten sich zum Abschied. »Du bist nicht allein, Alter«, bekräftigte Paul, und Harry lief es bei diesen Worten kalt über den Rücken, da er begriff, dass genau das sein vorherrschendes Gefühl gewesen war, seit er vom Tod seines Vaters erfahren hatte:

Er hatte sich allein gefühlt, ohne eine Familie in dieser Welt.

»Also dann …«, sagte Harry und machte Anstalten, ins Haus zurückzugehen.

»Ist irgendwas, außer dem, was sowieso klar ist?«, fragte Paul.

»Was meinst du?«

»Du bist schon das ganze Jahr irgendwie nicht du selbst.«

»Wovon redest du?«

»Egal. Dafür ist jetzt natürlich nicht der richtige Zeitpunkt. Ich mach mir nur Sorgen um dich und Kim ebenso.«

»Bist du jetzt Kims Pressesprecher?«

»Klar, warum nicht?«, sagte Paul und zog ein Päckchen Zigaretten aus seiner Jackentasche. »Ich bin dann mal weg. Wenn dir was fehlt, wenn ich zurückkommen soll, oder du jemanden zum Reden brauchst, schick einfach eine SMS. Und halt durch!«

Die Räder des Prius rollten über den Muschelschotter, dann beschleunigte der Wagen auf die York Street hinaus. Harry sah Paul nach, bis er außer Sichtweite war, aus dem offenen Autofenster wehte Zigarettenrauch. Die Temperatur war gefallen, der Himmel war inzwischen dunkel, voller Wolken, die wie schraffiert wirkten. Pauls offenkundiges Mitleid ärgerte Harry, und er atmete einige Male tief durch. Er überlegte, sich von den Trauergästen zu verabschieden und sich auf sein Zimmer zurückzuziehen, aber nachdem er das Haus wieder betreten hatte, ging er automatisch sofort die Treppe hinauf. Er hatte mit allen gesprochen, mit denen er hatte sprechen müssen, und niemand würde ihm einen Vorwurf machen, wenn er allein sein wollte.

In seinem Zimmer dachte er wieder an die dunkelhaarige Frau von der Andacht und fragte sich, wer sie wohl war. Es war leichter, an das Rätsel zu denken, das sie umgab, als an das größere Rätsel, das der Tod seines Vaters darstellte. Vielleicht kannte Alice sie. Sie hatte seines Wissens schon immer in Kennewick gelebt und kannte eine Menge Leute. Er würde sie morgen fragen. Dann hatten sie etwas zu reden.

KAPITEL 6

FRÜHER

Eine Woche bevor Alice die Highschool verließ, verkündete Edith, dass sie eine Abschlussparty für sie schmeißen wolle. Alice war zunächst dagegen und erklärte ihrer Mutter, das Letzte, was sie brauche, sei irgendeine Art von Feier, aber schließlich stimmte sie einem netten Essen zu Hause zu.

»Lad doch deine Freundin Gina ein«, sagte Edith. »Sie war noch nie hier, oder?«

Und zwar aus gutem Grund, hätte Alice am liebsten gesagt, antwortete stattdessen aber, sie werde Gina fragen, ob sie Zeit habe, was sie bezweifle.

Der Termin wurde am Freitagabend vor der Abschlussfeier angesetzt. Obwohl Gina alles über Alices Mutter wusste – dass sie nichts weiter tat, als zu trinken und Tabletten zu schlucken, und dass es immer ein kleines Wunder war, wenn sie das Abendessen bei Bewusstsein überstand –, war sich Alice nicht sicher, ob sie wirklich wollte, dass Gina das alles mit ansah. Davon abgesehen war das nicht ihr richtiges Leben. Alices richtiges Leben waren die Abendessen mit Jake in dem französischen Restaurant, die jetzt regelmäßig stattfanden, und die Abende, die sie zu Hause zusammen fernsahen, während ihre Mutter nur halb bei sich war.

Manchmal, wenn sie alle drei zusammen waren, dachte sich Alice kunstvolle Fantasien aus, in denen sie und Jake verheiratet waren und Edith ihr kränkliches Kind war – eine Last, aber eine, die sie gemeinsam trugen. Aber meistens stellte sich Alice vor, dass sie nur zu zweit waren, nur sie und Jake, und dass sie Jahr um Jahr ein perfektes Leben führten. Irgendwie wurde Alice in diesen Tagträumen älter, aber Jake blieb, wie er war. Niemand würde sie mehr irrtümlich für Vater und Tochter halten. Vielleicht würden sie eines Tages sogar ein eigenes Kind haben, eine Tochter. Alice sah diese Tochter manchmal im Geiste vor sich, und es kam ihr vor, als wäre sie real. Sie würde im Meer schwimmen und zweisprachig aufwachsen, Englisch und Französisch, weil sie so viel Zeit in Frankreich verbrachten. Geneviève würde ihre Mutter lieben, aber am meisten würde sie ihren Vater lieben, sie würde ihn vergöttern.

»Meine Mom veranstaltet ein supertolles Abendessen am Abend vor der Abschlussfeier«, sagte Alice zu Gina.

»Ist das etwa eine Einladung?« Gina lachte.

»Ich habe darüber nachgedacht.«

»Ich komme. Ich muss die echte Edith unbedingt mal in Aktion erleben.«

Alice biss die Zähne zusammen und wünschte, sie hätte ihrer Mutter einfach erklärt, Gina habe keine Zeit. »Tut mir leid, Al«, sagte Gina rasch. »Das war eine unsensible Bemerkung, aber doch, ja, ich würde gern zum Abendessen kommen. Was kocht sie denn?«

»Kornische Stubenküken, glaube ich. Ich habe vor ungefähr hundert Jahren mal gesagt, dass ich die am liebsten mag, deshalb …«

»Wer wird denn noch dabei sein?«

»Nur wir beide, Edith und Jake. Wird bestimmt zum Totlachen.«

»Das ist perfekt, weil meine Mom die halbe Familie für die ganze Woche einlädt, einschließlich der Cousins, von denen ich dir erzählt habe, die so auf Autorennen stehen, und bis Freitagabend brauche ich bestimmt eine kleine Auszeit. Meine Mom wird auf keinen Fall Nein sagen, wenn ich zu dir zum Dinner gehe. Aber du musst mir eins versprechen, Al. Hinterher gehen wir noch auf diese Party bei Justin. Du musst nicht lang bleiben, aber du musst mit mir hingehen. Ich gehe auf keinen Fall allein. Versprochen? *Und* ich darf aussuchen, was du anziehst.«

Alice versprach es. Jetzt, da Gina noch andere Freunde außer Alice hatte, darunter einen beschränkten, aber netten Freund, den sie bei der Arbeit am Jahrbuch kennengelernt hatte, wollte sie immer, dass Alice auf Partys mitkam oder etwas zusammen mit anderen Jugendlichen unternahm. Alice ließ sich gelegentlich breitschlagen, nicht weil sie es wollte und nicht so sehr, um Gina eine Freude zu machen, sondern weil sie es als Übung für das Erwachsenenleben sah. Es war wichtig zu wissen, wie man in Gesellschaft mit jemandem sprach, selbst wenn dieser Jemand ein dummer Highschooljunge mit einer Dose Bier in der Hand war. Und jetzt, in ihrem letzten Jahr, war der Zwischenfall mit Scott Morgan im ersten Jahr eine alte Geschichte. Alice war nicht mehr die Schlampe aus Biddeford, die es mit jedem trieb. Das hatte sie gründlich geändert, man kannte sie jetzt als das abgehobene Mädchen, das zu weltgewandt war für Jungs aus der Highschool.

»Ja!«, sagte Gina. »Ich sag Justin Bescheid, der macht sich garantiert ins Hemd vor Freude.«

Laut Gina war Justin Lashaway, den sie vom Geländelauf kannte, schwer in Alice verknallt. »Wie auch immer. Ich komme mit, aber ich bleibe nicht lange. Damit bist du einverstanden, ja?«

»Ja, in Ordnung. Um welche Zeit soll ich bei dir sein?«

Am Tag der Dinnerparty blieb Alice den ganzen Tag daheim und half ihrer Mutter. Sie putzten die bereits makellos saubere Wohnung, bereiteten die Vorspeise vor – in Schinken gewickelter Spargel –, deckten den Tisch und taten, was sonst noch zu tun war. Dann war es 16.00 Uhr, drei Stunden bevor Gina erwartet wurde, und alles war fertig. Edith hatte nichts getrunken, zumindest hatte Alice nichts davon bemerkt, aber sie redete wie ein Wasserfall und mahlte mit den Zähnen – es war klar, dass sie *irgendetwas* eingeworfen hatte.

»Alles okay, Mom?«, fragte Alice.

»Natürlich. Ich möchte ein perfektes Dinner für meine perfekte Tochter machen, um zu feiern, dass sie die Schule abgeschlossen hat und eine Frau wird.«

»Du bist nur so nervös und sprunghaft.«

»Ich?«, sagte Edith. Dann verzog sie das Gesicht zu einem Grinsen und begann auf- und abzuspringen, dass ihre Schuhe auf dem Fliesenboden klackerten. Alice sah sie nur an. Sie war daran gewöhnt, ihre Mutter besinnungslos betrunken und mit offenem Mund zu sehen, aber sie war nicht daran gewöhnt, sie völlig durchgeknallt zu erleben. Sie war eindeutig auf irgendeiner Droge.

»Mom, hör auf. Du jagst mir eine Scheißangst ein. Vielleicht solltest du was trinken.«

»Wie spät ist es denn?«, fragte Edith und warf einen Blick auf eine imaginäre Armbanduhr. Zumindest hörte sie auf herumzuspringen. »Ich habe meinem Jakey versprochen, dass ich erst etwas trinke, wenn er zu Hause ist. Ich glaube, er hat Angst, ich könnte dich vor deiner Freundin blamieren.«

»Du wirkst nur ein bisschen aufgedreht. Komm, ich mach dir einen Drink. Was möchtest du?«

»Aber nur, wenn du Jake erklärst, dass es deine Idee war und nicht meine, falls er sich aufregt. Lass uns Champagner trinken. Ich habe ihn extra für uns beide gekauft. Ich dachte, etwas Spritziges wäre in Ordnung für deinen Geburtstag.«

»Warum nicht?«, sagte Alice und korrigierte ihre Mutter nicht dahingehend, dass es sich um ihren Schulabschluss handelte und nicht um ihren Geburtstag.

Sie tranken den Champagner auf der Veranda, damit Edith rauchen konnte. Sie qualmte vier ihrer langen, dünnen Menthol-Zigaretten in rund einer halben Stunde und redete die ganze Zeit über Nichtigkeiten. Alice war einfach nur erleichtert, dass ihre Mutter ein wenig ruhiger zu werden schien, aber sie achtete kaum auf das, was sie sagte. Stattdessen starrte sie in Richtung Strand. Es war ein warmer, böiger Tag, mit Schaumkronen auf der aufgewühlten See. Als ihre Mutter davon sprach, dass sie nach ihrem eigenen Schulabschluss keine andere Wahl gehabt habe, als in der Papierfabrik zu arbeiten – eine Geschichte, die Alice schon unzählige Male gehört hatte –, überlegte sie, ob sie ihre Mutter jemals geliebt hatte. Es musste wohl so gewesen sein, als sie noch ein Baby war und ihr Überleben davon abhing, aber seitdem und mit Sicherheit seit dem Vergleich empfand Alice so gut wie nichts, wenn sie an Edith dachte. Ihre Mutter war eine Alkoholikerin, die zwanzig Jahre älter aussah, als sie war. Früher war sie einmal hübsch gewesen, aber Zigaretten und Alkohol hatten ihr Äußeres ruiniert, und jetzt war sie eine langweilige, verdorbene Platzverschwendung, genau wie die Trockenfäule, die Jake in der hölzernen Treppe vom Obergeschoss in die Garage entdeckt hatte. Er hatte alles herausgerissen, damit sie sich nicht weiter ausbreiten konnte, und dann hatte er jemanden angeheuert, der eine neue Treppe baute. Genau das war Edith: Trockenfäule, die nie mehr besser wurde. Das einzig Gute, was sie getan hatte, war, Jake zu heiraten, und Alice wusste wahrhaftig nicht, warum er bei ihr blieb. Sie dachte nicht gern darüber nach, denn wenn sie zu sehr grübelte, gelangte sie zu der Überzeugung, dass Jake irgendwann so schnell wieder aus ihrem Leben verschwinden würde, wie er gekommen war, und dann wären sie und ihre Mutter wieder auf sich allein gestellt, und die Trockenfäule würde von der Mutter auf die Tochter übergreifen.

Als die Flasche leer war – Alice hatte nur ein Glas davon getrunken –, verkündete Edith, sie sollten die letzten Vorbereitungen für die Ankunft des Gastes treffen. Sie bat Alice, die Kerzen anzuzünden und die Sofakissen aufzuschütteln, während sie in der Küche die Füllung vorbereitete. Der Champagner hatte die Wirkung der Pillen, die sie vorher genommen haben musste, abgeschwächt. Alice fand, dass ihre Mutter wieder wie immer war – ein leichtes Lallen und schlaffe Gesichtszüge –, und sie wusste, bevor sie mit der Füllung anfing, würde sie sich in der Küche einen ihrer Gesundheitsdrinks brauen.

Jake kam als Erster. Er trug seinen dunkelblauen Anzug und die Krawatte mit den kleinen Ankern darauf, und er hatte zwei Flaschen Wein in der Armbeuge. »Riecht gut hier drin, meine Damen«, rief er laut.

Gina kam nicht lange nach ihm, sie trug einen glänzenden Blazer über einem weißen T-Shirt und engen Jeans. Sie hatte ihr Haar frisiert und sich die Augen geschminkt, statt nur Lippenstift und Rouge aufzutragen wie sonst. Jake musterte sie von Kopf bis Fuß. »Ich kann es nicht glauben. Gestern warst du noch ein kleines Mädchen«, staunte er. Gina lächelte, und Alice war froh, dass ein kleiner Fleck von dem Lippenstift an einem ihrer großen Vorderzähne hing. Sie hatte gar nicht daran gedacht, dass Jake Gina attraktiv finden könnte, aber natürlich tat er das. Er hatte sie seit mindestens einem Jahr nicht gesehen, und Gina sah inzwischen aus wie ein Filmstar.

Die Eifersucht verflog, als Gina Alice packte und sagte: »Führ mich herum. Kaum zu glauben, dass ich noch nie hier war.« Dann fügte sie flüsternd hinzu: »Was macht das Momster?«

»Steht noch aufrecht«, erwiderte Alice.

Sie führte Gina nach oben und präsentierte ihr ihr Zimmer mit dem eigenen Bad, dann gingen sie auf die Veranda, und Gina rauchte eine von Ediths Zigaretten.

»Ich dachte, du würdest es gern erfahren, jetzt ist es offiziell. Ich gehe auf die NYU.« Gina hatte zwischen der NYU und der University of Maine geschwankt. Alice hatte gewusst, dass sich Gina für New York entscheiden würde, und dass sie sich eine Modelagentur suchen würde, sobald sie dort war. »Warum kommst du nicht mit?«

»Wohin? Nach New York?«

»Ja. Wir könnten zusammenwohnen, du könntest Kurse belegen und dich für ein Stipendium bewerben.«

»Ich komm dich besuchen. Was hältst du davon?«

Alice hatte bereits entschieden, dass sie verschiedene Fächer im Maine Community College belegen würde. Sie hatte zu Gina gesagt, dass sie Bedenken habe, ihre Mutter allein zu lassen, aber in Wahrheit wollte sie weiter bei Jake bleiben.

»Versprochen?« Gina drückte ihre schlanke Zigarette im Aschenbecher aus. Auf dem Filter war ein Abdruck ihres Lippenstifts zu sehen, ein dunkler Pflaumenton.

»Ja«, sagte Alice, meinte es aber nicht ernst, und sie glaubte im Grunde auch nicht, dass Gina sich noch an das Versprechen erinnern würde, wenn sie erst einmal in New York war.

»Hallo, ihr beiden«, rief Jake von unten, und sie gingen zum Aperitif zu Jake und Edith hinunter. Edith hatte sich beruhigt und war in ihren üblichen Zeitlupenmodus verfallen, dazu lächelte sie Gina und Alice so glückselig an, als hätten die beiden etwas sehr viel Beeindruckenderes zuwege gebracht als einen Abschluss an der Kennewick High. Jake hielt das Gespräch in Gang und stellte Gina eine Menge Fragen zu ihren Plänen. Alice war wieder ein bisschen eifersüchtig und eigentlich froh, dass Gina Maine verlassen und wahrscheinlich nie mehr zurückkommen würde. Nach den Appetithäppchen zogen sie an den Esstisch um, wo jeder Teller mit einem Stubenküken samt Füllung aus Wildreis und einem Berg karamellisierten Karotten geschmückt war. Es sah hübsch aus, aber alles war inzwischen kalt geworden. Alice und Gina durften weiter Wein trinken, und Edith war zu etwas gewechselt, das wie Wodka auf Eis aussah. Ihre Sprechweise wurde mit jeder Minute unverständlicher. Sie schob das winzige Huhn auf dem Teller hin und her und aß gelegentlich einen kleinen Bissen. Gina schlang heißhungrig wie immer alles hinunter und konzentrierte sich auf ihr Essen, bis nichts weiter davon übrig war als ein kleiner Berg Knochen. Alice wusste, dass sie mit vier Geschwistern aufgewachsen war und deshalb in der ständigen Furcht lebte, es könnte nicht für alle reichen.

»Ihr beide solltet jetzt zu eurer Party gehen. Ed und ich räumen auf«, sagte Jake. Er hatte nur halb aufgegessen, was Alice merkwürdig fand. Er wirkte verlegen, wahrscheinlich weil es eine neue Zeugin für das Benehmen seiner Frau gab. Jake wusste nicht, dass Gina auf das Schauspiel vorbereitet gewesen war.

»Es war köstlich«, sagte Gina, faltete ihre Serviette zusammen und legte sie auf den Teller.

»Tut mir leid wegen … Meine Frau trinkt manchmal zu viel.«

Edith riss den Kopf hoch und prustete verächtlich in Richtung ihres Mannes. »Ich hatte drei Drinks heute Abend, sehr viel weniger als andere Leute hier. Aber keine Angst, keine Angst, ich räum schon ab.« Sie stand abrupt auf und wollte sich an der Stuhllehne festhalten, die sie aber verfehlte, worauf sie unsanft auf den Boden plumpste. Alle sprangen auf, aber Jake war als Erster bei ihr, half ihr aufzustehen und führte sie zur Couch im Wohnzimmer. Während er sie zum

Schlafen bettete, räumten Alice und Gina das Geschirr ab. »Ich hab nicht übertrieben, oder?«, flüsterte Alice.

»Nein«, sagte Gina und lächelte, aber aus ihren Augen sprach Besorgnis.

An der Tür sagte Jake: »Seid heute besonders vorsichtig, ihr beiden. Gina, du passt auf Alice auf, ja?«

»Ich bleibe höchstens eine halbe Stunde«, entgegnete Alice, während Gina sie an den Schultern packte und zur Tür hinausschob.

»Vielen Dank für die Einladung, Mr. Richter«, sagte Gina. »Und danken Sie Mrs. Richter in meinem Namen.«

»Mach ich«, sagte Jake und wischte sich über ein feuchtes Auge. Alice hatte ihren Stiefvater noch nie weinen sehen. Sie öffnete den Mund, um zu sagen, dass sie zu Hause bleiben wolle, doch da wurde sie von Gina schon den Flur entlanggezerrt.

KAPITEL 7

FRÜHER

Justin Lashaway wohnte in einem Haus mit umlaufender Veranda am Rand von Kennewick Village. Das Haus lag im Wald, in der langen Zufahrt standen dicht gedrängt Autos, und überall wuselten Kids mit Bierdosen in der Hand umher. Justins Eltern waren zu Hause, aber sie hatten ihm das gesamte Untergeschoss, das ein großer Hobbyraum war, für die Party überlassen. Sie hatten massenhaft Essen und Eimer voll Softdrinks bereitgestellt, aber die Mehrheit der Jugendlichen – fast der gesamte Abschlussjahrgang – war in den Kiefernwald um das Haus herum geströmt, wo sie Alkohol tranken und kifften. Nach einem Blick in den Hobbyraum und nachdem Gina zwei Kekse und ein Stück Kuchen verspeist hatte, spazierten die beiden zum Waldrand, wo sie Justin beim Bierzapfen antrafen. Alice wusste, dass Justin in sie verknallt war, das war seit mindestens zwei Jahren so. Er hatte gefragt, ob sie mit ihm zum Abschlussball gehen wolle, und sie hatte ihn mühelos abgewiesen, indem sie ihm erklärte, wenn sie an solchen Dingen interessiert wäre, dann wäre er der Junge, mit dem sie hingehen würde.

»Alice! Ich glaub's ja nicht!«, rief er. Er füllte Bier für Schwärme von Schülern in Plastikbecher.

»Du hast ein Fass?«, fragte Gina.

»Mein Bruder ist zu Hause und hat es für mich besorgt. Meine Eltern tun so, als wüssten sie von nichts.«

Justin gab ihnen beiden einen Becher Bier, der hauptsächlich aus Schaum zu bestehen schien. Alice trank, während Gina ihren Freund suchen ging. Als sie das Bier ausgetrunken hatte, sagte sie zu Justin, sie wolle nach Hause gehen, weil sie eigentlich nur gekommen sei, um Hallo zu sagen.

»Ach komm, fahr noch nicht«, bettelte Justin. »Außerdem, wie kommst du überhaupt heim?«

»Ich kann meinen Stiefvater anrufen. Der holt mich ab.«

»Ich kann dich doch fahren. Lass mich dich wenigstens fahren.«

Alice erklärte sich einverstanden, und Justin marschierte los, um sich einen Wagen zu leihen. »Mein Wagen ist zugeparkt, aber Brads muss hier noch irgendwo rumstehen.« Alice überlegte, ob sie Gina suchen sollte, um sich zu verabschieden, aber sie wusste, dass Gina ihr nur das Leben schwermachen würde, weil sie so früh ging. Justin kam zurück und schwenkte einen Schlüsselbund. »Brads Mustang. Um die musste ich kämpfen.«

Justin fuhr langsam, erst nach Kennewick Harbor hinüber, dann an der Küste entlang. Zunächst dachte Alice, Justin würde so langsam fahren, weil er getrunken hätte und befürchtete, angehalten zu werden, aber dann wurde ihr klar, dass er einfach mehr Zeit mit ihr verbringen wollte. Er stellte ihr pausenlos Fragen, wollte wissen, was für ein Gefühl sie bei ihrem Schulabschluss hatte, welche Fächer sie am MCC belegen werde warum er sie nie auf Highschoolpartys sah. Sie antwortete, so gut sie konnte, und lachte, als er einfach an ihrer Wohnanlage vorbeifuhr. »Ich dachte, wir könnten zum Leuchtturm hinausfahren und noch ein bisschen spazieren gehen«, sagte er achselzuckend.

»Sicher, warum nicht?«, stimmte sie zu. Ein Teil von ihr wollte sehen, wie es war, mehr Zeit mit einem Jungen zu verbringen, der sie zu mögen schien. Und er war harmlos, so viel wusste sie.

Am Buxton Point standen keine weiteren Fahrzeuge. Sie gingen die kurze Mole hinaus und setzten sich auf einen flachen Granitfelsen, der gerade so nahe am Wasser war, dass die Gischt der Brecher sie hin und wieder erreichte. Sie ließ sich von Justin küssen und erlaubte ihm, ihren BH aufzumachen, aber sie stoppte ihn, als er am obersten Knopf ihrer Jeans herumzufummeln begann.

»Ich mag dich so sehr, Alice. Das kannst du dir gar nicht vorstellen.«

»Ich habe einen Freund«, erwiderte Alice. Es war zwar gelogen, aber als sie es sagte, sah sie Jake vor sich.

»Du hast einen Freund?«

»Er ist älter. Du kennst ihn nicht.«

»Wie viel älter?«

»Nur ein bisschen. Es tut mir leid, Justin.«

»Warum bist du dann mit mir hier?« Er hatte sich zurückgelehnt und sah im hellen Mondlicht aufrichtig betroffen aus. Er ist ein netter Kerl, dachte Alice, aber nur ein Junge. Er sah ziemlich süß aus, aber seine Augen standen zu nahe beisammen und ließen ihn ein wenig nach Inzucht aussehen, und das dunkle Haar begann vorn bereits schütter zu werden. Mit fünfundzwanzig wäre er wahrscheinlich vollkommen kahl.

»Das sollte ich eigentlich nicht, Justin. Ich weiß nicht, was ich tue. Es ist eine schwere Zeit für mich, meiner Mutter geht es nicht gut, und ich sollte eigentlich zu Hause sein. Ich hätte das hier nie zulassen dürfen.« Es war ein Trick, den sie manchmal bei Gina anwandte – plötzlich eine Gefühlsregung zu zeigen, um sich aus einer Situation zu befreien. Da sie sonst immer so stoisch war, erzielte sie damit jedes Mal Wirkung, wenn sie sich aufgewühlt gab. Es funktionierte bei Gina, und es funktionierte jetzt bei Justin. Er fuhr sie zurück und setzte sie vor Jakes Wohnung ab. Sie küsste ihn einmal heftig auf den Mund, sodass sich ihre Zungen berührten, dann stieg sie rasch aus. Das Mindeste, was sie tun konnte, war, ihm das Gefühl zu geben, als fiele es ihr schwer, Lebewohl zu sagen.

Sobald sie die Tür der Wohnung aufgesperrt hatte und eingetreten war, wusste sie, dass etwas nicht stimmte. Es war still – nur das gurgelnde Geräusch von Spülwasser, das in der Küche lief –, aber es roch schlecht. Sie konnte ihre Mutter auf dem Rücken auf der Couch liegen sehen, aber der Fernseher war nicht eingeschaltet. Sie hängte die Wohnungsschlüssel an den Haken und ging zu ihr. Der Geruch wurde stärker, und als sich ihre Augen an das Halbdunkel gewöhnt hatten, sah sie, dass ihre Mutter sich übergeben hatte. Erbrochenes hatte sich auf der Couch gesammelt und lief an ihren Wangen hinab. Es war früher schon vorgekommen, aber da war der Kopf ihrer Mutter immer zur Seite gedreht gewesen. Dieses Mal war er nach hinten geneigt, die verklebten Lippen waren leicht geöffnet, ebenso die Augen.

Alice sah einen Moment wie erstarrt zu, dann hob sich die Brust ihrer Mutter ruckartig, und sie gab ein nasses Husten von sich. Alice trat erschrocken einen Schritt zurück. Ihre Mutter erstickte vor ihren Augen. Alice überlegte, ob sie nichts weiter tun musste, als einen Schritt vorwärts zu machen und den Kopf ihrer Mutter zur Seite zu drehen, damit sie wieder Luft bekam. Aber stattdessen sah sie einfach zu. Sie war angewidert, nicht nur von dem Erbrochenen und den gurgelnden, stockenden Atemzügen, sondern von allem anderen auch. Sie war so unfähig, hätte nur ihren Kopf zur Seite drehen müssen, um weiterzuleben, aber nicht einmal das bekam sie hin. Es war erbärmlich. Edith bäumte sich wieder auf, aber das nasse Hustengeräusch kam nicht mehr.

Alice merkte, dass sie die ganze Zeit auf den Fußballen balancierte, als wäre sie im Begriff, einen Schritt nach vorn zu machen. Doch stattdessen ließ sie sich langsam wieder auf die Fersen sinken. Sie wollte nicht mehr zusehen, aber sie konnte die Augen einfach nicht abwenden. Ein seltsames Gefühl der Erleichterung erfasste sie. Ihre Mutter wurde von ihr fort und an einen besseren Ort geführt. Alices Körper wurde leichter, und ihre Kopfhaut juckte. Ihre Mutter bewegte sich nicht mehr, und Alice wusste, dass sie tot war. Dennoch betrachtete sie sie noch eine Weile und nahm wahr, wie das Blut durch ihre Adern rauschte. Sie fühlte sich benommen, und ihre Brust war kalt. Ein Gedanke tauchte in ihr auf: *Mein Wunsch ist in Erfüllung gegangen.* Und dann ein zweiter: *Ich hätte nichts für sie tun können.*

Aus dem Augenwinkel nahm Alice eine Bewegung wahr, und sie drehte sich zur Treppe um.

Jake stand auf der untersten Stufe, sein Gesicht lag halb im Schatten, und er hatte gesehen, was eben geschehen war.

KAPITEL 8

JETZT

Harry wachte kurz nach elf benommen und orientierungslos auf. Er war den ganzen restlichen Vorabend in seinem Zimmer geblieben und immer wieder eingenickt, ehe er schließlich in einen tiefen Schlaf voller schrecklicher Träume gesunken war, die nun im Wachzustand knapp außerhalb der Reichweite seines Bewusstseins lagen. Er hatte unglaublichen Hunger, zum ersten Mal, seit er vom Tod seines Vaters erfahren hatte. Auf seinem Smartphone war eine SMS von Kim, die sie um vier Uhr morgens abgeschickt hatte. WARUM BIST DU NICHT DA? Fünf Minuten später hatte sie ihm ein Foto von Paul und Pauls derzeitigem Freund Rich geschickt, die beide vollständig bekleidet auf ihrem Bett schliefen. Dann schickte sie ein Foto von sich selbst, die Lippen zu einem Kuss gespitzt, das Make-up um ihre Augen verschmiert. Er machte das Telefon aus und stieg aus dem Bett.

Unten war gründlich sauber gemacht worden, keine Spur davon, dass am Vortag dreißig Leute hier gewesen waren. Auf der Kücheninsel lag eine Nachricht von Alice.

Harry,
ich bin heute Vormittag bei Chrissie. Bitte ruf an, wenn du etwas brauchst!
Liebe Grüße, A.

Er war froh, dass er das Haus zum ersten Mal seit seiner Ankunft für sich allein hatte. Er riss die Tür des Kühlschranks auf, der mit den Resten vom Vortag vollgepackt war. Dann machte er sich ein Schinken-Käse-Sandwich. In der Kanne war noch Kaffee von gestern, nicht viel, aber er goss ihn über Eis und gab Milch dazu, dann trug er sein Frühstück zur Eingangstreppe hinaus. Gerade setzte ein kühler, sanfter Regen ein. Außer dem Gezwitscher der Vögel war kein Laut zu hören, und Harry konnte das Meer riechen. Das war in Kennewick Village nicht immer der Fall, es lag so weit landeinwärts, dass es sich je nach Windrichtung oft nicht mehr wie ein Küstenort anfühlte als New Chester, Connecticut. Aber wenn der Wind richtig stand, hatte die Luft diesen unverkennbaren Geruch nach Salzwasser und dem Schlick der Ebbe. Harry war in Manhattan aufgewachsen, aber er hatte genügend Sommer in Maine verbracht, um es als eine Art Zuhause seiner Kindheit anzusehen.

Er trank seinen Kaffee und aß das Sandwich, dann kehrte er ins Haus zurück. Er überlegte, ins Arbeitszimmer seines Vaters zu gehen, entschied sich aber dagegen. Er war noch nicht bereit für einen Raum, der so voller Erinnerungen an seinen Vater steckte. Stattdessen spazierte er ins Wohnzimmer, das mit seinen Beigetönen und den Aquarellen von Küstenlandschaften eher nach Alice als nach Bill aussah. Der eine Gegenstand, der außer dem dunkelgrauen Sessel unbestreitbar zu Bill gehörte, war einer seiner geliebten Bücherschränke, bei dem jedes Regalfach eine eigene Glasfront hatte. Harry betrachtete den Inhalt, ausschließlich Hardcover, darunter eine komplettes Fach Agatha Christie. Harry hob die Glasfront an und schob sie beiseite, um die Bücher anzusehen. Es gab eine Hardcover-Ausgabe von *After the Funeral – Der Wachsblumenstrauß* – und daneben eine Ausgabe desselben Buchs unter seinem amerikanischen Titel *Funerals Are Fatal*. Harry, der die enorme Liebe seines Vaters zu Kriminalromanen teilweise geerbt hatte, tendierte eher zu amerikanischen Autoren als zu gemütlichen englischen Krimis aus der Blütezeit des Genres, aber er hatte eine kurze Agatha-Christie-Phase in der Mittelschule durchgemacht, nachdem sein Vater ihm *Zehn kleine Negerlein* geschenkt hatte. Er hatte noch die Stimme seines Vaters von damals im Ohr. »Solltest du beschließen, alles von Agatha Christie zu lesen, dann behalte im Hinterkopf, dass manche ihrer Bücher mehr als einen Titel haben, sonst liest du sie womöglich doppelt.« Dann hatte er die vielen verschiedenen Titeländerungen in der Reihenfolge ihres Erscheinens aufgezählt, so wie ein anderer Vater seinem Sohn vielleicht von den jeweils jahresbesten Schlagmännern im Baseball in den 1930ern und 1940ern erzählt hätte. Mit zwölf Jahren war Harry beeindruckt gewesen, aber jetzt fragte er sich, ob sein Vater sein Leben mit Belanglosigkeiten vergeudet hatte, die nur ihn (und eine Handvoll anderer Außenseiter) interessierten. Wie viele nutzlose Fakten und komplizierte Sachverhalte waren im Augenblick seines Todes ausgelöscht worden?

Harry sah sich gerade ein Hardcover von *Das unvollendete Bildnis* an, als es an der Haustür läutete. Er stellte das

Buch wieder an seinen Platz zurück und ging zur Eingangshalle. Eine hochgewachsene Gestalt war im Milchglasfenster an der Seite der Tür zu erkennen, und Harry war für einen Moment besorgt.

Er öffnete die Tür. Auf der anderen Seite des Fliegengitters stand ein Mann in einem braunen Anzug, der eine Dienstmarke in die Höhe hielt.

»Ich bin Travis Dixon vom Kennewick Police Department«, stellte er sich vor. »Ich suche nach Alice Ackerson.«

»Sie ist nicht zu Hause. Kann ich Ihnen vielleicht weiterhelfen?«

»Sind Sie Bill Ackersons Sohn?«

»Mhm.«

»Haben Sie etwas dagegen, wenn ich kurz hereinkomme und Ihnen einige Fragen stelle? Es betrifft den Tod Ihres Vaters.«

»Nein, in Ordnung«, sagte Harry und stieß die Gittertür auf, damit der Detective eintreten konnte.

»Danke – Harry, hab ich recht?«, fragte er und zog den Kopf ein, als er in die Diele trat, dann streckte er Harry eine große, knochige Hand entgegen.

»Richtig«, sagte Harry und schüttelte die Hand. Der Anzug des Detectives war auf den Schultern von Regentropfen gesprenkelt. Der Himmel war jetzt dunkler als heute Morgen.

»Können wir uns irgendwo unterhalten?«, fragte der Polizeibeamte.

Harry führte ihn ins Wohnzimmer, wo sie auf zwei Sofas Platz nahmen, die einander gegenüberstanden. »Worum geht es?«, fragte Harry.

»Wir haben heute Morgen einen vorläufigen Bericht der Tatortermittler bekommen, Harry«, sagte er und legte die Hände auf die Knie. »Auch wenn wir einen Unfall immer noch nicht ausschließen, behandeln wir das, was Ihrem Vater zugestoßen ist, im Augenblick als einen verdächtigen Todesfall.«

»Ach ja?«

»Es lässt sich im Moment noch nicht eindeutig feststellen, aber es besteht die Möglichkeit, dass Ihr Vater einen Schlag auf den Kopf erhalten hat, bevor er von dem Weg abgestürzt ist.«

»Sie glauben, jemand hat ihn geschlagen?«, fragte Harry, der zu verarbeiten versuchte, was er gerade gehört hatte.

»Ja, das denken wir.«

»Was hat das zu …?«

»Was das bedeutet? Es kann vieles bedeuten. Er könnte mit jemandem gestritten haben. Es könnte sich um einen versuchten Raub handeln, auch wenn Ihr Vater seine Brieftasche noch bei sich hatte, als man ihn fand. Vielleicht hat ein Kind den Stein geworfen, der Ihren Vater traf, und es war nichts weiter als ein Zufall. Wir wissen es einfach nicht. Deshalb bin ich hier, um Ihnen ein paar Fragen zu stellen.«

»Okay«, sagte Harry, dann fügte er an: »Soll ich meiner Stiefmutter eine SMS schicken? Sollte sie dabei sein?«

»Im Augenblick würde ich gern mit Ihnen allein sprechen.«

»Natürlich«, sagte Harry. Er beobachtete, wie der Detective ein Spiralbuch und einen Kugelschreiber aus der Jackentasche zog. Harry schätzte ihn auf höchstens vierzig Jahre, auch wenn er bereits eine hohe Stirn hatte, was trotz seines Kurzhaarschnitts ins Auge fiel. Er hatte eine lange Nase und schmale Lippen, und die dunklen Augen lagen tief in den Höhlen.

»Darf ich Ihnen ein paar Fragen über Ihren Vater stellen?«

Harry nickte.

»Gab es in seinem Leben kürzlich irgendwelche Veränderungen? Wie war seine Ehe?«

»Ehrlich gesagt, weiß ich nicht sehr viel über die Ehe meines Vaters.«

»Wie lange waren die beiden …«

»Seit ich auf dem College war, also etwa vier Jahre.«

»Können Sie sich sonst jemanden denken, der einen Grund gehabt haben könnte, Ihrem Vater etwas anzutun?«

»Nein.«

»Unzufriedene Kunden? Exfreundinnen?«

Harry schüttelte den Kopf.

»Wissen Sie etwas über die finanzielle Lage Ihres Vaters?«

»Sie meinen, ob er Geld hatte?«

»Das, oder ob er Geldsorgen hatte. Wie lief der Laden?«

»Gut, glaube ich. Das Geschäft ging gut, gut genug, damit er mich aufs College schicken konnte. Ich glaube, er hat auch noch eine Erbschaft gemacht. Und meine Mom hatte etwas Geld von ihren Eltern. Meine leibliche Mutter.«

»Ihre Mutter ist …?«

»Sie ist tot. Sie ist vor sieben Jahren gestorben.«

Der Detective notierte diese Tatsache in sein Buch, als wäre es die erste Information, die er nicht bereits gekannt hatte. »Wie ist sie gestorben?«

»An Lungenkrebs.«

»Hatte Ihr Vater Ihres Wissens enge Freunde hier in Kennewick?«

»Er war mit John Richards befreundet, der für ihn arbeitet.«

»Was wissen Sie über ihn?«

»Nicht viel. Er ist ein Ruheständler, der zunächst angeboten hat, im Laden auszuhelfen, aber inzwischen betreibt er ihn so ziemlich mit meinem Vater zusammen.« Harry geriet ins Stocken, als er merkte, dass er die Präsensform benutzt hatte.

»Und die beiden waren befreundet?«

»Oh ja. Ich weiß nicht, ob sie außerhalb des Ladens viel miteinander unternommen haben, aber mein Vater hat sich auf ihn verlassen.«

»Was ist mit anderen Angestellten?«

»Ich weiß, dass er im Sommer manchmal Aushilfen beschäftigt hat, wenn viel Laufkundschaft im Laden war, aber das waren meist Schüler oder Studenten.«

»Sie sind nie hergekommen und haben im Sommer geholfen?«

»Nein«, sagte Harry.

»Okay. Was ist mit anderen Freunden? Hatten Ihr Vater und seine Frau überhaupt Umgang mit anderen Paaren?«

»Das weiß ich wirklich nicht, aber ich glaube nicht. Alice hat eine Freundin namens Chrissie Herrick – bei der ist sie gerade –, und die ist verheiratet, aber ich weiß nicht, ob sie alle gemeinsam etwas unternommen haben.«

Der Detective zog ein vibrierendes Handy aus der Hosentasche. Er sah auf das Display, dann steckte er es wieder in die Sakkotasche. »Entschuldigung«, sagte er und rutschte ein Stück auf dem Sofa nach vorn. »Fällt Ihnen sonst noch jemand ein, mit dem Ihr Vater regelmäßig Kontakt hatte? Irgendwer in New York vielleicht?«

»Sein alter Geschäftspartner Ron Krakowski ist dort. Sie standen sich immer noch nahe, aber Ron verlässt die Stadt praktisch nie.«

Dixon notierte den Namen und steckte anschließend sein Notizbuch weg. Es war klar, dass er aufbrechen wollte. »Sie haben mir sehr geholfen, Harry«, sagte er beim Aufstehen.

Harry erhob sich ebenfalls und nahm die Karte entgegen, die ihm der Detective entgegenstreckte.

»Rufen Sie mich an, wenn Ihnen noch etwas einfällt, selbst wenn es Ihnen unwichtig erscheint. Da steht meine Handynummer drauf«, fügte er hinzu.

An der Tür fragte der Polizeibeamte noch, ob Harry beabsichtige, länger in Kennewick zu bleiben.

»Ich habe bis jetzt keine anderen Pläne«, antwortete Harry »Wahrscheinlich helfe ich ein bisschen im Laden.«

Kaum hatte sich der Detective ein paar Schritte entfernt, sah Harry, wie er sein Smartphone zückte, das Display bearbeitete und es dann an sein Ohr hielt. Er sprach, während er in seinen Chevrolet Impala mit den getönten Scheiben stieg und die Tür hinter sich schloss.

Harry ging ins Haus zurück und überlegte, ob er Alice anrufen sollte, entschied sich aber dagegen. Stattdessen spazierte er ins Wohnzimmer zurück, sah in den verregneten Tag hinaus und bemühte sich, die neue Information zu verarbeiten. Er hatte das Gefühl, als würde sein Körper schneller auf die Neuigkeit reagieren als sein Verstand: Seine Brust schmerzte, und seine Gliedmaßen kribbelten, als müsste er sich unbedingt körperlich betätigen. Er begriff, dass er Zorn empfand. Sein Vater war vielleicht getötet worden. Harrys Gedanken wanderten kurz zu der jungen brünetten Frau, die er vor dem Haus und bei der Begräbnisfeier gesehen hatte. Ihm fiel ein, dass er Alice heute nach ihr hatte fragen wollen. Er starrte auf das Fenster. Es regnete noch immer, aber über der Baumreihe im Westen war ein Streifen blauer Himmel aufgetaucht. Harry hatte plötzlich das Bedürfnis, das Haus zu verlassen. Er griff sich einen der Regenmäntel seines Vaters von einem Haken neben der Tür und trat auf die Eingangstreppe hinaus. Als er die feuchte Luft einatmete, fühlte er sich augenblicklich besser. Er ging zum Ende der Zufahrt, wandte sich aufs Geratewohl nach rechts und lief mit gesenktem Kopf los, während der schwächer werdende Regen auf die Kapuze des Regenmantels trommelte.

KAPITEL 9

FRÜHER

Die Trauerfeier für Edith Moss fand in einer Kirche in Biddeford statt, und sie wurde in einem Familiengrab beigesetzt. Alice fragte sich, ob sie sich das gewünscht hätte, wenn man bedachte, wie sie zu ihren Lebzeiten über ihre Familie gesprochen hatte, aber Alice wusste auch, dass es keine Rolle mehr spielte. Ihre Mutter war tot und würde es nie erfahren.

Ediths zwei Brüder waren anwesend, außerdem einige der Kinder, die sie von verschiedenen Freundinnen und Exfrauen hatten. Seit ihrem Umzug nach Kennewick hatte Alice niemanden von ihnen mehr gesehen. »Nur gut, dass wir die los sind«, hatte Edith gesagt. Alice mochte ihren Onkel Claude eigentlich, obwohl er angeblich der schlimmere der beiden Moss-Brüder war; er arbeitete selten und trank den ganzen Tag. Aber er war immer guter Laune, und als Alice noch klein gewesen war, hatte er ihr immer Kaugummis mit Fruchtgeschmack geschenkt. Ihr Onkel Theo, der ihr nie etwas schenkte, war Vorarbeiter auf dem Bau gewesen und inzwischen wegen eines Rückenleidens in Frührente. Beim Kondolieren sagte er zu Alice: »Schätze, jetzt kriegst du die ganze Kohle von dem Saltonstall-Vergleich.«

»Wahrscheinlich«, sagte Alice und beschloss, niemanden aus ihrer Biddeford-Verwandtschaft je wiederzusehen.

Ein paar von Jakes Freunden aus der Bank waren da, aber keine Verwandtschaft. Gina kam natürlich und Justin ebenfalls, dazu ein paar andere Kids aus der Highschool, die Alice kaum kannte. Justin konnte während des kurzen, schrecklichen Empfangs im Untergeschoss der Kirche den Blick nicht von Alice wenden, und sie fragte sich, ob er herauszufinden versuchte, ob ihr »Freund« hier war. Würde er ahnen, dass sie gelogen hatte? Doch eigentlich interessierte es sie nicht besonders. Sie hatte nicht erwartet, dass sie ihn nach der Party bei ihm zu Hause noch einmal wiedersehen würde, und war sich jetzt ziemlich sicher, ihn nach der Beerdigung ihrer Mutter wirklich nie mehr wiederzusehen.

Alice wurde pausenlos nach ihren Plänen gefragt. Hatte sie vor, aufs College zu gehen? Würde sie nach Biddeford zurückgehen? Sie sagte immer, sie wisse es noch nicht, aber sie wusste es sehr wohl. Sie wollte weiter mit Jake zusammenleben. Sie würde Kurse am MCC belegen, nur damit sie etwas zu tun hatte, aber jetzt hatte sie Jake für sich allein. Sie malte sich aus, wie sie neue Restaurants die Küste rauf und runter ausprobierten und vielleicht sogar zusammen verreisten.

Nach dem Empfang fuhr Jake mit Alice auf der Route 1A von Biddeford zurück, und sie kamen durch Kennebunkport. »Ich will nicht sofort nach Hause zurück«, sagte er.

»Ich auch nicht.«

Sie nahmen ein frühes Abendessen in der Brasserie ein. Alice trug ein Kleid von Laura Ashley und mehr Make-up als üblicherweise. Jake bestellte für sie beide, außerdem eine Flasche Wein. Die Kellnerin brachte die Flasche, zwei Gläser und fragte nicht nach Alices Ausweis. Alice hatte nichts von den Schinkenbrötchen oder dem Kartoffelsalat in der Kirche angerührt und war am Verhungern. Sie aß das ganze Brot allein, nachdem sie es in die Knoblauchbutter der Schnecken getunkt hatte. Sie versuchte ihr Steak *rare*, so wie Jake es aß, statt *medium*, wie sie es normalerweise bekam, und es schmeckte besser, viel besser, vor allem wenn man nicht über die rote Fleischsaftpfütze auf dem Teller nachdachte.

Sie hatten seit der Nacht, in der es passiert war, nicht über Ediths Tod gesprochen. Nachdem Alice ihrer Mutter beim Ersticken zugesehen hatte, nachdem sie sich umgedreht und festgestellt hatte, dass Jake sie beobachtete, hatte sie sofort gesagt: »Wir müssen den Notarzt rufen«, und Jake war zum Wandtelefon geeilt und hatte 911 gewählt. Dann war er zu Edith gestürzt und hatte zwei Finger gegen ihren Hals gepresst.

»Sie war schon so … sie war schon so, als ich nach Hause kam«, sagte Alice und fing am ganzen Leib an zu zittern.

»Wann bist du gekommen?«, fragte Jake.

»Gerade eben. Vor einer Minute. Seit wann bist du denn hier unten?«

Jake fasste Alice an den Schultern und führte sie von der Leiche ihrer Mutter weg. »Mir war, als hätte ich etwas gehört, und ich bin nach unten gekommen. Es tut mir so leid, Alice. Deine Mutter hat getrunken, und ich hätte sie nicht allein lassen dürfen.«

»Nein, nein. Ich hätte heute Abend nicht weggehen sollen.«

»Pst«, sagte Jake, nahm sie in die Arme und hielt sie fest, während Alice von einem unkontrollierbaren Weinkrampf geschüttelt wurde.

Als die Rettungskräfte eintrafen, wollte einer von ihnen von Alice wissen, ob sie ihre Mutter genauso vorgefunden habe.

»Sie hat sich nicht bewegt«, antwortete Alice. »Sie lag einfach nur da.«

Nach dem Dessert sagte Jake: »Lass uns heute Nacht hierbleiben. Ich ertrage die Vorstellung nicht, nach Hause zu fahren. Ich miete uns zwei Zimmer.«

»Okay«, sagte Alice.

Er ließ Alice allein am Tisch zurück, während er zur Rezeption ging, um die Zimmer zu buchen. Sie hätte gern zu ihm gesagt, dass er einfach nur ein Zimmer besorgen könne, aber ihre Stimme funktionierte nicht mehr. Er kam mit zwei Schlüsseln zurück. An der Rezeption hatten sie ihm außerdem zwei Zahnbürsten und eine Tube Zahnpasta verkauft.

Beide Zimmer waren hübsch, aber eins von ihnen – Jake bestand darauf, dass Alice es nahm – ging zum Meer hinaus und hatte eine Veranda. Jake hatte eine zweite Flasche Wein im Restaurant gekauft, die er mit nach oben nahm, und sie saßen zusammen draußen, während die Nacht kühler wurde, und tranken sie. Alice nippte nur daran, sie wollte sich nicht betrinken, nicht sein, wie Edith gewesen war, aber der Wein schmeckte gut, er ließ ihre Muskeln kribbeln und entspannte sie.

»Du warst heute tapfer«, sagte Jake.

»Ja? Ich habe doch gar nichts getan.«

»Nein, aber du warst da. Du bist hingegangen. Wie fühlst du dich?«

Sie dachte kurz nach und beschloss dann, nicht zu lügen. »Ich fühle nichts. Nur Kälte.«

»Kälte ist nicht nichts.«

»Nein, mir ist im Moment kalt. Ich friere hier draußen.« Sie lachte, und Jake lachte ebenfalls.

Im Zimmer zog er sie in seine Arme. Seine Haut roch nach Eau de Cologne, und er war so groß, dass sein Kinn auf ihrem Scheitel ruhte. Sie legte den Kopf schief und küsste seinen Hals, und er fasste sie unter dem Kinn und hob es an, damit er sie ebenfalls küssen konnte. Er brachte sie zum Bett, seine Hände glitten an ihren Schenkeln hinauf zum Gummiband der Strumpfhose. Sie hob die Hüften an, als er sie abstreifte.

Hinterher sagte er in der Dunkelheit des Zimmers: »Niemand, absolut niemand darf davon erfahren.«

»Ich werde es niemandem erzählen«, versprach Alice. »Ich will überhaupt niemanden sonst kennen. Nur dich.«

»Mir geht es genauso.«

Alice wachte im Morgengrauen vom Lärm der Möwen auf. Es fröstelte sie. Sie hatten die Balkontür einen Spalt offen gelassen. Alice stand auf, um sie zu schließen, und im selben Moment ging die Zimmertür auf, und Jake kam aus dem Flur herein. Sie erschrak, da sie gar nicht bemerkt hatte, wie er gegangen war. »Wo bist du gewesen?«, fragte sie.

»Im anderen Zimmer. Ich hab es so aussehen lassen, als hätte jemand dort geschlafen. Nur für alle Fälle. Ich wollte nicht, dass jemand denkt …«

»Nein, ich verstehe schon.«

Er sah sie an, und Alice wurde bewusst, dass sie nackt war. Sie stand da und ließ ihn sie anschauen, und dann kam er zu ihr.

Sie kehrten am Nachmittag in die Wohnung zurück und gingen die Außentreppe zur Eingangstür hinauf. Alice sperrte mit ihrem eigenen Schlüssel auf, aber bevor sie hineingehen konnte, sagte Jake: »Warte.« Dann hob er sie in seine Arme und trug sie wie eine Braut über die Schwelle.

KAPITEL 10

JETZT

Harry kam kurz nach drei ins Haus zurück. Er war meilenweit gelaufen und schließlich im York Hill State Park gelandet, wo er über einen schlammigen Pfad zum York Hill hinaufgestiegen war, der sich kaum zweihundert Meter über den Meeresspiegel erhob, was jedoch genügte, um die White Mountains im Westen und den Atlantik im Osten zu sehen. Der Regen hatte ganz aufgehört, als er oben ankam, der Himmel war teils klar, teils mit dunklen Wolken verhangen. Seine Schuhe waren durchnässt, er war allein, und ihm war danach zumute, aus Leibeskräften zu schreien. Aber er konnte sich nicht dazu überwinden. Irgendwo in seinem Hinterkopf meldete sich eine spöttische Stimme, wie klischeehaft das gewesen wäre. Stattdessen setzte er sich auf einen Felsen und fragte sich, was passieren würde, wenn er sich einfach nur auf den Rücken legte und nicht mehr rührte. Würde er in der Nacht erfrieren? Er versuchte es, seine Schultern landeten in einer kleinen Pfütze Regenwasser, und er setzte sich sofort wieder auf. Er brachte nicht einmal einen richtigen Zusammenbruch zustande, deshalb beschloss er, zum Haus zurückzukehren und zu sehen, was Alice zu den neuesten Entwicklungen zu sagen hatte.

Überraschenderweise traf er sie in der Küche an, wo sie Zutaten über die Insel verteilt hatte. »Ah, gut«, sagte sie, als sie Harry sah. »Ich fange gerade mit dem Abendessen an. Du isst doch mit, hoffe ich?«

»Natürlich«, sagte Harry und fügte dann hinzu: »Hast du heute mit einem Detective gesprochen?«

»Ja. Du auch?«

»Sie glauben, es war vielleicht kein Unfall.«

»Das haben sie gesagt, ja. Ich weiß nicht, was ich davon halten soll, außer dass er so oder so nicht mehr bei uns ist, Harry.«

»Ich weiß. Aber wenn jemand etwas damit zu tun hatte …«

»Vielleicht wollte ihn nur jemand überfallen, und dein Vater hat sich gewehrt. Vielleicht war es trotzdem nur ein Unfall.«

»Wenn ihn jemand überfallen wollte, war es doch kein Unfall.«

»Nein, ich weiß«, ruderte Alice zurück und begann eine Zwiebel zu schneiden. »Die Polizei wird es schon herausfinden.«

»Wo haben sie mit dir gesprochen?«, fragte Harry.

»Wer? Die Polizei? Sie sind zu Chrissie gekommen. Ich nehme an, du hast ihnen erzählt, dass ich dort bin. Chrissie war auch nicht überrascht. Wir dachten beide, dass vielleicht eine andere Person verantwortlich war.«

»Aber wer?«, fragte Harry und gab sich Mühe, sich die zunehmende Verärgerung über Alices Gleichgültigkeit nicht anmerken zu lassen. »Haben sie dich gefragt, ob du eine Idee hast, wer damit zu tun haben könnte?«

Sie hörte zu schneiden auf und sah Harry in die Augen. »Das haben sie. Ich habe aber keine Ahnung, und das habe ich ihnen auch gesagt.« Sie hielt seinem Blick stand, fast als wollte sie ihn dazu herausfordern, sie eine Lügnerin zu nennen. Er spürte, dass sie ihm etwas verschwieg, sagte aber nichts. »Es spielt doch keine Rolle, oder, Harry?«

»Wie meinst du das?«

»Dein Vater ist tot. Er wird nicht zurückkommen.«

»Das weiß ich. Aber das bedeutet nicht, dass ich nicht wissen will, was ihm zugestoßen ist.« Er war allmählich lauter geworden, und Alice ließ den Kopf hängen und sah auf die perfekt geschnittenen Zwiebelscheiben auf dem Brett hinab. Als sie wieder aufblickte, entdeckte Harry leuchtend rote Flecken auf ihren Wangen.

»Du hast recht. Es tut mir leid. Die Nachricht heute Morgen war schwer zu verdauen, und im Augenblick will ich nichts weiter als Essen kochen und nicht darüber nachdenken. Es ist schlimm genug, dass er nicht mehr da ist, und jetzt auch noch zu wissen, dass ... dass ...« Sie wandte sich ab, ihre Schultern begannen zu beben, und Harry ging zu ihr und nahm sie in die Arme. Sie schluchzte in seine Schulter, während er ihr über den Rücken strich.

»Tut mir leid«, lenkte Harry ein. »Abendessen hört sich wunderbar an. Wann ist es denn fertig?«

Sie löste sich von ihm und sagte mit einem Ausdruck fast kindlicher Freude im Gesicht: »Sieben Uhr? Vielleicht einen Drink um halb sieben? Hast du zu Mittag gegessen? Ich kann dir vorher schon eine Kleinigkeit machen.«

Harry nahm einen Apfel an, den Alice in Viertel schnitt und auf einen Teller legte, dann ging er in sein Zimmer hinauf.

Bis halb sieben kam er nicht mehr nach unten. Er packte noch ein paar Sachen aus, sah die Bücher seines Vaters durch und suchte sich einen Roman von Ed McBain aus, den er noch nicht gelesen hatte, einen aus der Reihe über das 87. Revier mit dem Titel *Sadie im letzten Moment*. Er glaubte nicht, dass er in der Lage wäre zu lesen, aber er versuchte es trotzdem. Er musste ständig daran denken, wie es sich angefühlt hatte, Alice in den Armen zu halten, während sie geweint hatte, wie ihr Körper gebebt, ihre Haut sich an seine geschmiegt hatte. Er versuchte, sich nicht vorzustellen, wie die Umarmung plötzlich eine Wendung ins Sexuelle nahm, wie sie die Hand in seine Jeans schob und sagte, das sei das Einzige, was gegen ihren Schmerz helfe. Er fing mit dem Buch an, las eine Seite, ohne ein einziges Wort zu verstehen, dann fing er noch einmal an und schaffte es tatsächlich hineinzukommen. Er hatte es halb ausgelesen, als er feststellte, dass es schon fast sechs war. Er duschte und ging nach unten. Musik lief – das David-Bowie-Album mit »China Girl« –, und im Ofen schmorte etwas.

Alice hatte sich umgezogen. Sie trug ein langes Kleid, aus einem Stoff, der aussah, als wäre er handgefärbt. Es war tief ausgeschnitten und an der Taille gegürtet. »Kann ich dir was helfen?«, fragte Harry.

Alice hatte gerade einen Salat gemischt und zuckte leicht zusammen, als sie seine Stimme hörte. »Nein, nein«, sagte sie. »Das heißt, doch, du kannst uns beiden einen Drink machen, wenn du magst. Für mich einen Martini, bitte.«

Harry ging zu dem Beistelltisch im Esszimmer, wo die hochprozentigen Sachen aufbewahrt wurden. Es war offensichtlich, dass Alice ungeachtet der Tatsache, dass ihr Mann tot war, etwas wie einen normalen Abend zuwege bringen wollte. Harry kam zu dem Schluss, dass es so vielleicht gut war. Er selbst hatte heute Nachmittag ein Buch gelesen, vielleicht musste das Leben einfach weitergehen. Und wenn Alice gelöster war, würde sie sich ihm gegenüber vielleicht öffnen. Er glaubte immer noch, dass sie ihm etwas verschwieg.

Er fand eine große Flasche Plymouth Gin, die Lieblingsmarke seines Vaters, und nachdem er oft gesehen hatte, wie sein Vater Punkt sechs jeden Abend seinen einzigen großen Martini trank, wusste er, wie er ihn mochte: sehr kalt, geschüttelt, kein Wermut und in einem Wasserglas mit drei Cocktailzwiebeln serviert.

»Wie trinkst du deinen Martini, Alice? So wie Papa?«

»Ja, aber mit Oliven. Und ungefähr die halbe Menge, bitte.«

Harry mixte den Drink und nahm sich selbst ein Bier, dann fragte er noch einmal, ob er helfen könne, und bekam die Anweisung, sich auf einen Hocker an die Kücheninsel zu setzen. Dort standen Snacks – Minikarotten mit Hummus und Cracker mit Portweinkäse.

»Dein Freund Paul ist so nett«, sagte Alice und nippte an ihrem Drink.

»Es war toll, dass er gekommen ist. Er hat dafür die Abschlussfeier sausen lassen, weißt du.«

»Ja, ich weiß. Es ist schön, einen solchen Freund zu haben. Wenn man jung ist, schließt man leichter Freundschaften als später im Leben, lass dir das gesagt sein.«

Der Timer summte, und Alice zog ein großes Backblech aus dem Ofen. »Es gibt Hähnchen-Cordon-bleu-Kasserolle«, sagte sie. »Hast du das schon mal gegessen?«

»Nein, aber hört sich köstlich an. Allerdings ist mein Appetit …«

»Oh ja, ich weiß. Ich konnte noch gar nichts essen.« Sie kniff sich in den Nasenrücken. »Jedenfalls wollte ich was kochen, einfach um einen Anschein von … Normalität zu erleben. Und um mich irgendwie zu beschäftigen.«

Alice wandte sich wieder der Kasserolle zu und stocherte mit einer Gabel darin herum, während Harry sein Bier austrank. Beide schwiegen, und Harry suchte nach einem Gesprächsthema, das sich nicht um den Tod seines Vaters drehte.

Dann fiel ihm jedoch die Fremde bei der Trauerfeier ein und er sagte: »Ich hab gestern in der Kirche dieses Mädchen gesehen. Sie hatte dunkles, schulterlanges Haar und trug ein graues Kleid. Sie hat sich nicht in der Kondolenzschlange angestellt.«

Alice runzelte die Stirn. »War es Ginny Wells?«

»Nein, Ginny kenne ich. Dieses Mädchen war allein da, im hinteren Teil der Kirche. Und sie hatte eine rote Handtasche bei sich. Ich wusste einfach nicht, wer sie ist, und das ist merkwürdig, weil ich glaube, ich hab sie am Freitag kurz nach meiner Ankunft hier schon mal gesehen, draußen auf der Straße.«

»In unserer Straße?«

»Ja. Ich glaube, ich habe sie oben vom Zimmer aus gesehen.«

»Seltsam.«

»Deshalb frage ich ja. Bestimmt war es nur eine von Dads Kundinnen.«

»Die meisten seiner Kunden waren alte Männer wie er

selbst, aber ich weiß nicht. Ich kann mich nicht erinnern, sie gesehen zu haben. Sollen wir ins Esszimmer gehen?«

Alice ließ Harry die heiße Kasserolle und den Salat an den langen, aus restauriertem Scheunenholz gezimmerten Esstisch bringen. Auf dem Tisch stand ein Untersetzer bereit, und er stellte die Kasserolle darauf ab, die groß genug war, um eine Armee zu verköstigen. Der Tisch war mit Weingläsern und zwei Gabeln gedeckt – eine für den Salat, vermutete Harry.

»Ist Weißwein in Ordnung?«, fragte Alice, als sie mit einer ungeöffneten Flasche hereinkam.

»Ja, klar.«

»Kannst du ihn aufmachen und einschenken, Harry, dann essen wir endlich.«

Obwohl ihm nach dem morgendlichen Besuch des Detectives der Appetit vergangen war, schmeckte das Essen gut. Es war klar, dass Alice nicht in der Stimmung war, über ernste Themen zu sprechen. Sie bombardierte Harry mit Fragen nach seinen Zukunftsplänen, die er alle ausweichend beantwortete. Sie stocherte in ihrem Essen, nippte an ihrem Wein, und ihre Wangen röteten sich.

»Und wie sieht es mit einer Freundin aus?«, fragte sie, nachdem sie ihm ein Karamelleis aus der Küche gebracht hatte. »Musstest du ein Mädchen zurücklassen, das dir am Herzen liegt?« Die Frage klang einstudiert.

»Nein, eigentlich nicht.«

»Dann einen Freund, vielleicht?« Harry dachte, dass sie sich bemühte, beiläufig zu klingen, aber sie begleitete ihre Worte mit einem gekünstelten Lachen, und ihre Wangen waren rot gesprenkelt.

»Nein, auch so einen gibt es nicht.«

»Ich hoffe, ich war nicht… es ist nur, weil ich dachte, dass Paul vielleicht…«

»Paul ist schwul, ja.«

»Ich bin zu neugierig.«

»Nein, schon in Ordnung.«

Sie schwiegen einen Moment, dann sagte Harry: »Hat sich mein Vater diese Frage gestellt?«

»Welche Frage?«

»Ob ich schwul bin. Fragst du deshalb?«

»Wenn er es getan hat, dann hat er es mir gegenüber nie zur Sprache gebracht. Und ehrlich gesagt, du weißt ja, wie er war. Mehr an den Geschehnissen in einem seiner Bücher interessiert als an dem, was wirklich um ihn herum vorging. Und es wäre ihm auch egal gewesen, das weißt du.«

Harry aß sein Dessert auf, Alice trank den Rest des Weins und strich geistesabwesend mit den Fingerspitzen über den Holztisch. Ihre Augen waren leicht glasig. Im flackernden Kerzenschein sah sie nicht viel älter aus als Harry. Bis auf die Augenpartie war ihre Haut vollkommen faltenfrei. Sie klopfte auf den Tisch, sah dann auf und ertappte Harry dabei, wie er sie beobachtete.

»Du siehst müde aus«, sagte er. »Lass mich den Abwasch machen, wo du doch gekocht hast.«

Sie setzte sich gerade hin. »Nein, ich mach das schon. Ich will es so. Du kannst mir helfen, alles in die Küche zu tragen, aber das reicht. Ich bestehe darauf.«

Harry fügte sich und ließ Alice im großen doppelten Spülbecken den Abwasch erledigen. Er sagte gute Nacht und wandte sich zum Gehen, als sie die Hand nach ihm ausstreckte. Er ergriff sie und spürte ein leichtes Ziehen, dann beugte sie sich vor und küsste Harry auf die Wange. Ihre Haut war etwas feucht vom Wasserdampf aus der Spüle. »Ich bin so froh, dass du hier bist, Harry. Ich weiß nicht, was…« Sie beendete den Satz nicht.

»Danke noch mal für das Essen, Alice.«

»Harry, eins noch. Ich habe heute mit John gesprochen, und er braucht morgen wirklich deine Hilfe im Laden. Könntest du…?«

Harry erwiderte, es ginge in Ordnung.

Oben in seinem Zimmer öffnete er das Fenster einen Spaltbreit und versuchte, sich wieder in das Buch von Ed McBain zu vertiefen, aber er musste ständig an Alice und an ihre feuchte Wange denken, als sie ihm den Gutenachtkuss gegeben hatte. Er dachte auch an ihre Weigerung, darüber zu sprechen, was mit ihrem Mann passiert war. Lag es daran, dass sie mehr wusste, als sie zugab, oder war sie schlicht ein Mensch, der sich nicht gern mit unangenehmen Dingen beschäftigte? Ihm wurde klar, wie wenig er von ihr wusste. Lag es daran, dass er nie nachgefragt hatte, oder weil sein Vater ihm nie etwas erzählt hatte? Nun würde er einen Sommer mit dieser fremden Frau verbringen, die praktisch die einzige Familie war, die ihm noch blieb.

Er schlief auf der Bettdecke ein und erwachte frierend. Er stand auf, schloss das Fenster und kroch unter die Decke zurück. Dann lauschte er auf das Haus, in dem es viel leiser war als in seinem Studentenwohnheim, wo er stets die gedämpften Geräusche anderer Bewohner hörte, wenn er im Bett lag. Hier hörte er nur gelegentlich ein Geräusch, wie es alte Häuser machen, dieses fast unmerkliche Knacken und

Seufzen. Es gefiel ihm nicht, die Stille hatte etwas Erdrückendes, und er fühlte sich einsamer als sonst. Er spürte, wie die negativen Gedanken auf ihn zurollten, und wusste, wenn er sie in seinen Kopf ließ, würde er stundenlang nicht mehr einschlafen können. Er sagte das Vaterunser auf, auch wenn die Worte längst keine Bedeutung mehr für ihn hatten, aber es war zu spät. Die schreckliche Furcht – dieses inzwischen vertraute Gefühl der Bedeutungslosigkeit – durchströmte ihn. Wie immer fühlte es sich mehr wie Angst als wie Trauer an. Er wusste, dass es wieder vergehen würde, und konzentrierte sich auf seine Empfindungen, lauschte dem Haus.

Gerade war er dabei, wieder einzuschlafen, als er die Treppe knarren hörte, vielleicht weil Alice zu Bett ging. Dann hörte er schwache Geräusche genau vor seiner Tür. Er horchte angestrengt, manchmal hörte er etwas, manchmal nicht. Langsam und geräuschlos stieg er aus dem Bett und schlich zur Tür. Er legte das Ohr dagegen. Es war eindeutig. Er konnte Alice auf der anderen Seite der Tür atmen hören. Er verlagerte sein Gewicht, und ein Bodenbrett knarzte leise. Im nächsten Moment hörte er, wie sich Alices Schritte rasch durch den Flur entfernten.

KAPITEL 11

FRÜHER

Nach Ediths Tod richteten sich Jake und Alice schnell und wie selbstverständlich in einem neuen gemeinsamen Leben ein. Alice schrieb sich wie geplant für Kurse am Community College ein und pendelte dorthin. Sie behielt ihr eigenes Zimmer in der Eigentumswohnung am Strand, verbrachte aber jede Nacht im Schlafzimmer bei Jake, obwohl vieles dort noch an ihre Mutter erinnerte.

»Sollen wir ein paar von den Sachen wegpacken?«, fragte Jake eines Morgens. Er hielt eine halb volle Parfümflasche in die Höhe, während Alice sich im Badezimmer mit einem Handtuch abtrocknete.

»Es stört mich nicht«, sagte sie. »Ich meine, tu, was du willst. Dieses Parfüm kannst du wegschmeißen, ich benutze es nie.«

Jake zuckte mit den Achseln und stellte das Fläschchen wieder dorthin zurück, wo er es gefunden hatte. Er beobachtete, wie Alice sich abtrocknete.

»Was schaust du?«, fragte sie lächelnd. Sie beugte sich vor und frottierte ihre Waden.

»Du weißt nicht, was du hast, oder?«

»Was ich *habe*?«

»Was du bist. Wie du aussiehst. Im Augenblick bist du in jeder Hinsicht absolut vollkommen. Weißt du das? Jung und schön.«

»Und ich vergeude das an dich.« Sie richtete sich auf und lächelte, damit er wusste, dass sie nur Spaß machte. Dennoch huschte ein besorgter Ausdruck über sein Gesicht wie eine Wolke, die vor der Sonne vorbeizieht.

»Ich würde dich nie hier festhalten«, sagte er.

»Ich werde nie gehen.«

Er zog sie aus dem Badezimmer zum Bett. Wie immer fing es langsam und ehrfürchtig an, weil Jake sie wie eine Art Kultgegenstand behandelte, und es endete immer in animalischer Raserei, bei der Jake vollständig die Kontrolle übernahm. Später entdeckte Alice dann meist blaue Flecke auf ihrer Haut und hatte keine Ahnung, wie sie zu ihnen gekommen war.

Sie war so glücklich wie noch nie. Die Beerdigung war einen Monat her.

Wenn Alice allein im Haus war, was ziemlich oft vorkam, sah sie manchmal die Sachen ihrer Mutter durch: ihre Kleidung und Schuhe, ihre Bücher und die wenigen Erinnerungsstücke. Einiges davon wollte Alice behalten, ein anständiges Cocktailkleid zum Beispiel und die Gucci-Tasche, die Edith in dem schicken Secondhandladen in Portland gekauft hatte. Aber das meiste war Schrott, und Alice trug tütenweise Sachen zum Müllcontainer der Wohnanlage hinaus, wenn auch nie zu viel auf einmal. Aus irgendeinem Grund wollte sie es nicht vor Jake tun, obwohl sie glaubte, dass es ihm gefallen hätte. Dennoch musste er bemerkt haben, dass immer weniger von Ediths Zeug da war und immer mehr von Alices Sachen den Weg ins Elternschlafzimmer fanden.

Auf dem Boden des Kleiderschranks stand ein alter Karton aus dem Schnapsladen mit einigen persönlichen Gegenständen, die Edith aufbewahrt hatte, darunter ihr Jahrbuch von der Biddeford High. Alice hatte schon Bilder von Edith als junger Frau gesehen, aber noch nie Bilder von ihr als Teenager. Hier war sie nun in Schwarz-Weiß mit auftoupiertem Haar und sah hübscher aus als jedes andere Mädchen der Abschlussklasse. Alice fand außerdem ein Bild von ihr als Cheerleader und eins beim Autowaschen für einen guten Zweck. Sie trug enge weiße Shorts und ein entzückendes, ärmelloses Top und lächelte ein anderes Mädchen an. Beide hatten Seifenblasen im Haar, und Edith hielt einen Schlauch in der Hand. Alice konnte nicht aufhören, das Bild zu betrachten, zum Teil, weil ihre Mutter so wunderschön und so glücklich aussah, aber hauptsächlich, weil sie genauso aussah wie Alice jetzt. Wie war sie nur zu diesem schlampigen, betrunkenen Wrack geworden, das sabbernd auf einer Couch herumlag?

Alice sah den Rest des Kartons durch. Es gab einen billigen ausgestopften Affen, den sie vermutlich auf einem Jahrmarkt gewonnen hatte, ein Band für einen zweiten Platz, das bereits ausfranste, eine Bibel mit weißem Einband und Ediths Name darin sowie zwei Briefe, auf dünnes, zwiebelartiges Papier getippt, die zu Alices großem Schrecken von Gary Shurtleff stammten, ihrem leiblichen Vater. Beide waren in San Diego, Kalifornien, abgestempelt, sie waren kurz und voller Rechtfertigungen, wenngleich er Edith im zweiten als hochnäsiges Miststück bezeichnete, weil sie ihm nicht antwortete. In keinem der Briefe war von einem Baby die Rede, auch wenn Alice annahm, dass sie geschrieben worden waren, nachdem er ihre Mutter geschwängert hatte. Edith hatte Alice einmal erzählt, dass sich ihr Erzeuger Richtung Westen aus dem Staub gemacht hatte, als er erfuhr, dass er Vater wurde. Jetzt fragte sie sich, ob er überhaupt je von ihrer Existenz erfahren hatte. Sie fragte sich außerdem, wo er jetzt war. Immer noch in Kalifornien? Sie legte die Briefe zurück zu dem Jahrbuch, der Bibel und dem anderen sentimentalen Kram, den Edith aufgehoben hatte, und brachte den ganzen Karton zum Container hinaus, um ihn zu entsorgen.

Der erste Winter nach der Highschool – der erste Winter, in dem Alice mit Jake allein war – war lang und ungewöhnlich kalt. Von Januar bis weit in den März hinein wurde die Küste beinahe wöchentlich von einem Sturm gepeitscht, und die Temperaturen stiegen nur selten über den Gefrierpunkt. Alice machte es nichts aus. Wenn sie nicht am College war, wo sie Betriebswirtschaft mit Schwerpunkt Rechnungswesen belegte, genoss sie es, sich in der warmen Wohnung mit ihrem Blick auf das graue Meer aufzuhalten, in dem sich der graue Himmel spiegelte. Das Wetter machte sie träge und hungrig. Jeden Tag aß sie Nudeln mit Käse zum Lunch, dann döste sie mit einem Lehrbuch im Schoß auf der Couch, während im Fernsehen Seifenopern liefen. Sie achtete nicht groß darauf, außer bei *General Hospital*, aber sie mochte das Hintergrundgeräusch. Jake rief immer an, bevor er in der Bank aufbrach, sodass sie Zeit hatte, zu duschen, etwas Hübsches anzuziehen und sich ein wenig zu schminken. Am ersten wirklich warmen Tag im Frühjahr – irgendwann

Mitte Mai – empfing sie Jake an der Tür in ihrer Lieblingsshorts und einem Bikinioberteil.

»Der Sommer ist da«, rief sie.

Er zwickte sie knapp über der Gürtellinie der Shorts in die Taille und sagte: »Ich bin überrascht, dass du noch in dieses Ding passt.«

In dieser Nacht schlüpfte Alice aus dem Bett, nachdem Jake eingeschlafen war, ging ins Badezimmer und stellte sich auf die Waage. Sie hatte tatsächlich zugenommen, mindestens fünf Kilo. Natürlich lief sie nicht mehr, seit sie mit der Highschool fertig war. Sie trieb eigentlich überhaupt keinen Sport, deshalb war es kein Wunder, dass sie fett wurde.

Nachdem Jake am nächsten Tag zur Bank aufgebrochen war, zog sie einen einteiligen Badeanzug an und ging an den Strand hinunter. Ein paar Muschelsammler waren unterwegs, aber die trugen Jeans und Sweatshirt. Es würde ein warmer Tag werden, aber noch war es nicht so weit, und ihre Knöchel wurden taub vom Wasser. Aber sie dachte an Jakes Worte, glitt in das eiskalte Wasser und schwamm zwanzig Minuten lang, so schnell sie konnte, bis ihre Lunge brannte und ihre Arme schwer und kraftlos wurden. Als sie über den festen Sand zur Wohnung zurückging, nahm sich Alice vor, jeden Tag so lange und so schnell zu schwimmen, wie sie konnte. Ihr Körper würde in den Normalzustand zurückkehren. Sie fragte sich, wie lange es dauern würde, bis Jake bemerkte, dass sie wieder abnahm. Sie stellte sich vor, wie er sie eines Abends ansah, wenn sie in die Wäsche schlüpfte, in der sie schlief, wie er die Hand ausstreckte, ihren flachen Bauch berührte und ihr sagte, wie fantastisch sie aussah.

Es spielte sich nicht genau so ab, aber nachdem sie einen

Monat lang täglich geschwommen war, bat Jake sie eines Abends im Juni, sich langsam im Wohnzimmer für ihn auszuziehen, während er auf der Couch saß und zusah. Es war nicht das erste Mal, dass er Alice um so etwas gebeten hatte, aber es geschah selten und meist, nachdem sie nett auswärts gegessen hatten. An diesem Abend im Juni waren sie bis Portland gefahren, um in ein französisches Restaurant zu gehen, das erst vor Kurzem eröffnet hatte. Das Essen war gut gewesen, aber als Jake eine Flasche Wein für beide bestellt hatte, hatte die Bedienung nach Alices Ausweis gefragt. »Oh, tut mir leid«, hatte Jake erwidert. »Du hast ihn sicher nicht dabei, oder, Alice?« Die Bedienung errötete leicht und schlug Jake dann vor, seine Tochter könne ja etwas anderes bestellen.

»Wir nehmen beide Wasser«, presste Jake hervor.

Als Alice an diesem Abend nackt war, bat Jake sie, sich auf seinen Schoß zu setzen, und sagte: »Du bist perfekt.«

»Danke«, sagte Alice und dachte an ihr tägliches Schwimmen im kalten Meer.

»Ich muss dich etwas fragen«, sagte Jake, und seine Stimme klang ein wenig heiser. »Du musst es nicht tun, wenn du nicht willst, aber ich würde gern ein paar Bilder von dir machen, so wie du jetzt bist.«

»Wie meinst du, nackt?«

»Nur für mich, das verspreche ich. Niemand sonst wird sie je zu Gesicht bekommen.«

»Wozu brauchst du Bilder, wenn du mich jederzeit so sehen kannst.« Sie lehnte sich in seinem Schoß zurück, bis sie fast herunterrutschte, und öffnete die Arme.

»Die Sache ist die, Alice, und mir ist klar, dass du das in

deinem Alter unmöglich verstehen kannst, aber so, wie du jetzt aussiehst, wirst du nicht ewig aussehen. Und du wirst es irgendwie konservieren wollen. In Bildern. Verlass dich drauf.«

»Willst du die Bilder jetzt sofort machen?«

»Nein, nicht sofort. Ich wollte es nur vorschlagen. Wenn wir sie machen, möchte ich, dass alles perfekt ist. Die Beleuchtung, einfach alles.«

»Von mir aus, aber ich will nicht, dass die Bilder außer dir jemand sieht. Niemals.«

»Das verspreche ich«, bekräftigte er. »Sie sind nur für mich. Und für dich. Eines Tages wirst du froh über sie sein.«

Am folgenden Wochenende machten sie die Bilder. Jake kaufte extra zu diesem Zweck eine teuer aussehende Kamera, dazu ein Lichtmessgerät, und Alice posierte auf dem Bett in seinem Schlafzimmer. Am Anfang war sie nervös und befangen, aber irgendwann begann es, Spaß zu machen und sexy zu wirken. Jake war die ganze Zeit überraschend still; Alice hatte gedacht, er hätte vielleicht konkrete Vorstellungen, wie sie posieren sollte, aber die hatte er nicht – er ließ sie tun, was sie wollte. Doch als Alice glaubte, sie wären fertig, sagte Jake: »Lass uns noch ein paar Bilder in deinem alten Zimmer machen.«

»Wieso das denn?«, fragte Alice.

»Dort bist du mehr du selbst«, erklärte Jake. »Hier drin wirkt es, als würdest du schauspielern. In deinem Zimmer sieht es natürlicher aus.«

Sie tat, was er verlangte, und kam sich ein bisschen komisch vor, als sie unter dem Duran-Duran-Poster und dem kleinen Regal mit ihren Geländelauf-Pokalen auf dem Einzelbett posierte. Aber es machte Jake glücklich, und nachdem er die Kamera weggelegt hatte, schliefen sie zum ersten Mal in ihrem alten Zimmer miteinander. Hinterher fragte Alice: »Wo wirst du die Bilder entwickeln lassen?«

»Ich habe einen Freund bei der Arbeit, der hat eine Dunkelkammer, und er sagt, ich darf sie benutzen.«

»Aber du zeigst ihm die Bilder nicht?«

»Nein, natürlich nicht. Sie sind nur für uns beide.«

»Ich will nicht, dass mich jemand so sieht. Niemals. Nur du.«

»Eines Tages wirst du es wollen. Eines Tages werde ich zu alt für dich sein – ich bin es wahrscheinlich jetzt schon –, und dann wirst du jemand anderen finden, jemand Jüngeren. Es wird mir nichts ausmachen. So ist es nun mal.«

Alice antwortete nicht sofort. Es war nicht so, als hätte sie nicht gewusst, dass Jake mit beinahe fünfzig als zu alt für sie galt – selbst wenn sie an Richard Gere in *Pretty Woman* und daran dachte, wie heiß er war –, aber irgendwie hatte sie sich nie vorgestellt, dass er noch älter wurde. Sie sah *sich selbst* älter werden, aber er blieb immer gleich. »Das glaube ich nicht«, widersprach sie.

»Es wird so kommen«, beharrte Jake.

Sie blieben noch eine Weile auf dem Bett liegen. »Hast du das immer gewollt?«, fragte sie.

»Was?«

»Mich. Hast du mich immer mehr gewollt als meine Mom?«

Alice hörte ein Klicken. Es war Jake, der leise mit den Zähnen klapperte, was er immer tat, wenn er nachdachte. »Ja«, sagte er schließlich.

In diesem ganzen ersten Winter nach dem Tod ihrer Mutter hatte Alice erfolgreich jeden Kontakt mit den Jugendlichen vermieden, die sie von der Kennewick High kannte – außer mit Gina, die häufig Briefe aus New York schrieb, auf die Alice gelegentlich antwortete. Am Ende ihres ersten Studienjahrs hatte Gina, wie vorauszusehen war, einen Modelvertrag erhalten und musste den Sommer über in der Stadt bleiben. Aber im August kam sie für zwei Wochen nach Hause und tauchte an einem Donnerstagnachmittag unangemeldet bei Alice auf.

»Ich wusste, du würdest nicht ans Telefon gehen, deshalb dachte ich mir, ich komme einfach vorbei.« Sie hielt eine Flasche Erdbeerwein in der Hand.

Alice schlug vor, an den Strand zu gehen, aber Gina sagte, es sei ihr zu heiß. Am Ende tranken sie den Wein im Wohnzimmer und aßen Cracker mit Rotweinkäse dazu. Gina war dürrer und hübscher denn je. Sie hatte ihr Haar aufgehellt, und es war so frisiert, dass es von ihrer Stirn abstand und über ihren Rücken floss. Ihre dunklen, dichten Augenbrauen waren in Form gezupft und ihre Fingernägel leuchtend orange lackiert worden.

»Erzähl mir vom Modeln«, sagte Alice.

»Willst du die schönen Seiten hören oder die schmutzigen?«

»Was glaubst du denn?«

Gina erzählte ein paar Geschichten. Wie sie zum ersten Mal Kokain probiert hatte (»Ich hab mich benommen wie meine kleine Schwester oder wie Stephanie Richmond aus der Laufgruppe, erinnerst du dich an sie?«), eine Unmenge Partys, endlose Anmache von älteren Männern, von denen ihr einer zehntausend Dollar angeboten hatte, wenn sie mit seiner Frau schlief, während er zusah. »Die sind so eklig«, sagte sie. »Je älter sie werden, desto ekliger sind sie.«

»Hast du einen festen Freund?«, fragte Alice in der Hoffnung, vom Thema »ältere Männer« abzulenken. Gina hatte noch kein Wort von Jake gesagt, aber Alice wusste, das würde kommen. Sie hatte in ihren Briefen über den Winter mehrmals angedeutet, wie seltsam sie es fand, dass Alice noch bei ihm wohnte, und dass Alice nach New York ziehen und eine Weile bei ihr wohnen solle. Es war nur eine Frage der Zeit, bis sie es zur Sprache bringen würde. Und es war nur eine Frage der Zeit, bis Jake nach Hause kam. Er war spätestens um fünf immer da, manchmal auch früher, da die Bank um vier zumachte.

»Lass uns schwimmen gehen«, schlug Alice vor, nachdem Gina ihr erzählt hatte, dass es keinen festen Freund gab.

»Ich habe keinen Badeanzug dabei«, sagte Gina.

»Du kannst dir einen von mir leihen.«

»Okay. Von mir aus.«

Alice wandte sich der Treppe zu, um nach oben zu gehen, und Gina machte bereits Anstalten, ihr zu folgen, als Alice plötzlich bewusst wurde, wie offensichtlich es wäre, dass sie sich ein Schlafzimmer mit Jake teilte. Die Hälfte ihrer Sachen war inzwischen in seinem Schlafzimmer untergebracht, und in dem Bett in ihrem alten Zimmer hatte seit Monaten niemand mehr geschlafen.

»Ich bringe ein paar Badeanzüge runter«, sagte sie und stürmte die Treppe hinauf.

»Meinetwegen«, sagte Gina und zuckte mit den Achseln.

Alice zog oben ihren Lieblingsbikini an und brachte ein

paar andere für Gina nach unten. Sie war schockiert, als sich Gina einfach mitten im Wohnzimmer nackt auszog. Gina musste es ihr angesehen haben, denn sie sagte: »Tut mir leid. Das Leben als Model. Ich habe null Schamgefühl.«

»Schon gut.«

Gina suchte sich einen schwarzen Bikini mit weißen Borten aus. Das Höschen passte gut, aber das Oberteil war zu groß für ihre flache Brust. Alice holte ihr ein T-Shirt, das sie über den Bikini ziehen konnte, dann gingen sie über den weich gewordenen Asphalt des Parkplatzes und den sengend heißen Sand bis dorthin, wo die Wellen an den Strand schlugen.

»Es ist kalt«, kreischte Gina, als sie hineinwateten.

»Du gewöhnst dich daran«, sagte Alice und sprang hoch, als eine Welle auf sie zurollte. Sie tauchte unter und wieder auf, als sich Gina gerade zögerlich in die Gischt sinken ließ. Sie schwammen über die sich brechenden Wellen hinaus, dann drehten sie sich auf den Rücken, breiteten die Arme aus und schaukelten in der Dünung. Ginas weißes T-Shirt blähte sich um sie herum auf.

»Okay, das ist schön jetzt«, sagte Gina. »Maine ist gar nicht so übel.«

»Besser als New York?«

»Großer Gott, nein. Ich komme gern im Sommer hierher zu Besuch, aber davon abgesehen … Nein, danke.«

Alice erwiderte nicht sofort etwas, und Gina sagte: »Tut mir leid, das war ein bisschen harsch. Ich spreche natürlich nur für mich selbst.«

Sie schaukelten über einen hohen Wellenberg und glitten auf seiner Rückseite wieder nach unten. Alice schmeckte

Salzwasser. »Dann hast du es also aufgegeben, mich zu einem Umzug in die Großstadt überreden zu wollen?«

»Woher willst du wissen, dass es dir nicht gefällt, wenn du es nicht versuchst? Wir könnten so viel Spaß haben, Ali. Ich meine es ernst. Ich würde dich meinem Manager vorstellen, und ich wette, du könntest selbst Modeljobs bekommen, wahrscheinlich nichts auf dem Laufsteg wegen deiner Körpergröße, aber es würde bestimmt was geben. Ich meine, schau dich doch mal an, wie fantastisch du aussiehst.«

Alice lachte. »Ich denke darüber nach«, sagte sie, nur damit Gina aufhörte. In Wahrheit hätte sie gern geantwortet: *Warum soll ich mich auf die Suche nach einem besseren Leben machen, wenn ich es bereits gefunden habe? Mein Märchen ist schon wahr geworden.*

»Ist das da drüben dein Stiefvater?«, fragte Gina plötzlich. Sie hatte eine Hand über die Augen gelegt und spähte zum Ufer. Alice tat dasselbe, und da stand tatsächlich Jake, direkt am Wasser, und sah zu den Schwimmern hinaus. Er trug noch seinen Anzug – den hellblauen aus Leinen.

Alice hätte es fast abgestritten, aber er war es ganz offensichtlich. Deshalb winkte sie, um auf sich aufmerksam zu machen, und sagte: »Ja, da ist Jake.«

»Großer Gott, du schläfst mit ihm, hab ich recht?«, sagte Gina, während sie beide im Wasser auf- und abschaukelten und sahen, wie er zurückwinkte.

KAPITEL 12

JETZT

»Glaubst du, er hatte Feinde? Verärgerte Kunden?«, wollte Harry von John wissen. Sie machten eine Kaffeepause, nachdem sie den ganzen Vormittag lang Bestellungen eingepackt hatten, die über das Internet hereingekommen waren.

John trank von seinem Kaffee und hielt die angeschlagene Tasse in beiden Händen. Er dachte kurz nach. »Feinde, nein. Verärgerte Kunden eigentlich auch nicht. Wenn jemand nicht zufrieden war mit den Büchern, die wir verschickt haben, haben wir immer den Kaufpreis erstattet. Und selbst wenn nicht …« Johns Gesicht drückte aus, für wie unwahrscheinlich er es hielt, dass ein verärgerter Sammler seltener Bücher als Mörder infrage kam.

»Und an dem Tag war nichts auffällig?«

»Nicht, dass ich mich erinnere. Alles lief wie immer, er ist ein bisschen früher gegangen, aber nur, weil er noch einen Spaziergang machen wollte, bevor es dunkel wurde. Das hat er oft gemacht. Glaubst du, es war eine vorsätzliche Tat?« Die von grauem Star getrübten Augen drückten Besorgnis aus, wie schon die ganze Zeit, seit Harry ihm von den neuesten Erkenntnissen erzählt hatte.

»Nein, ich glaube, es gibt keinen konkreten Verdacht, außer dass er einen Schlag auf den Kopf erhalten hat.«

»Vielleicht waren es einfach Hooligans«, vermutete John, als wäre das Hooligan-Problem in Kennewick allgemein bekannt. Dann fragte er: »Was sagt Alice dazu?«

»Nichts. Sie will im Grunde gar nicht darüber sprechen.«

John legte die Finger aneinander und dachte nach. Harry betrachtete seine großen, kräftigen Hände und dachte nicht zum ersten Mal, dass John eher wie ein Landarbeiter im Ruhestand aussah als wie ein ehemaliger Finanzberater. Er war beinahe vollständig kahl, und seine Platte war mit Sonnenflecken gesprenkelt. Er trug einen dunklen Nadelstreifenanzug und eine eng am Hals geknotete, rosa Krawatte. Er besaß nur Anzüge, die ihm eine Spur zu groß waren, anscheinend ein Überbleibsel aus seiner berufstätigen Zeit. »Ich würde mir keine Gedanken darüber machen, Harry«, sagte er schließlich. »Sie steht wahrscheinlich unter Schock und will es noch nicht verarbeiten. Außerdem muss sie sich überlegen, wie es in ihrem Leben weitergehen soll. Mein Schatz ist recht jung gestorben, und danach dachte ich nicht, dass ich je wieder einen glücklichen Moment erleben würde. Doch eines Tages ging es mir dann ein wenig besser, und mit der Zeit wurde ich wieder ich selbst. So läuft es immer. Andernfalls wäre niemand in der Lage weiterzuleben. Tut mir leid, Harry, ich wollte nicht…« John rieb sich den weißen Schnurrbart, das Zittern in seinem Arm war deutlicher als sonst zu erkennen. Harry fragte sich, ob er Parkinson hatte oder ob er einfach nur alt war und seine Muskeln schwächer wurden.

»Ist schon in Ordnung, John.«

»Wenn jemand etwas damit zu tun hatte, wird die Polizei ihn finden. Sie haben Mittel und Wege. Und jetzt wieder an die Arbeit, würde ich sagen.«

Harry sah zu, wie John aufstand und dann vor einem der vielen ungeöffneten Pakete auf ein Knie sank und das Klebeband mit einem Teppichmesser aufschlitzte. Lew, der Kater, kam angeschlichen und rieb sich an Johns Oberschenkel. Harry, der von der Arbeit des Vormittags müde war, wollte noch ein wenig sitzen bleiben und seinen Kaffee trinken. Wie alt war John wohl? Er musste mindestens Mitte siebzig sein, wahrscheinlich schon fast achtzig.

Harry erinnerte sich an die Geschichte, die ihm sein Vater erzählt hatte, wie John kurz nach der Eröffnung des neuen Ladens aufgetaucht war und gefragt hatte, ob er ein paar Stunden in der Woche unentgeltlich aushelfen könne, vielleicht die Regale ordnen oder sich um Kunden kümmern. Er war im Ruhestand und hatte zu viel Zeit, und Bill hatte sich widerstrebend bereit erklärt, ihn einige Stunden pro Woche zu beschäftigen. Am nächsten Tag war John bei Öffnung des Ladens erschienen und geblieben, bis Bill ihn irgendwann am Nachmittag nach Hause geschickt hatte. So war es weitergegangen, und John hatte sich alle Facetten des Geschäfts angeeignet, bis Bill darauf bestand, ihn zu bezahlen. Sie feilschten und einigten sich auf den Mindestlohn. Seitdem hielt sich John immer im Laden auf und trug stets Anzug und Krawatte. Er hatte sich unentbehrlich gemacht.

Harry trank seinen Kaffee aus und stand dann auf, um die neuen Bücher auf einen der beiden Kartentische im Lagerraum des Ladens zu stapeln. Es gab rund dreißig dieser ungeöffneten Kartons, und alle enthielten Bücher einer einzigen Haushaltsauflösung, die Bill unbesehen mit einem telefonischen Angebot erstanden hatte, nachdem ihm zu Ohren gekommen war, dass der Verstorbene Hardcover-Ausgaben der Romane von P. G. Wodehouse gesammelt hatte. Harrys Vater hatte mit der Jagd nach seltenen Büchern begonnen, als er noch englische Literatur an der Columbia University studierte und Schriftsteller zu werden hoffte. Einer seiner Professoren hatte ihn dazu gebracht, indem er ihn im Sommer vor seinem Abschlussjahr zu Garagenverkäufen und Flohmärkten nördlich von New York geschickt hatte. Er hatte ihm beigebracht, wonach er die Augen offen halten musste und wie man verhandelte. Eine der Lektionen lautete, dass man sich nie um einzelne Bände zankte. Wenn es in den Regalen etwas von Wert gab, machte man ein schnelles Angebot für *alle* Bücher. Die Hinterbliebenen waren davon fast immer begeistert und erleichtert, und man wusste nie, welche Juwelen noch auftauchen mochten.

Bill hatte sich in die Bücherjagd verliebt – »Schatzsuche für Nicht-Abenteurer« nannte er sie –, und in den ersten zehn Jahren nach dem College verdiente er sich seinen mageren Lebensunterhalt damit. Er beschränkte sich auf die Ostküste und verkaufte seine Funde an die damals noch ungeheuer zahlreichen Secondhandbuchläden in New York City. Mit dreißig konnte er sich dann wegen der Bücherstapel in seiner kleinen Wohnung in Greenwich Village kaum noch bewegen. Er nahm ein Darlehen bei einer Bank auf und eröffnete Ackerson's Rare Books. Seine erste Angestellte war eine schüchterne Absolventin des Barnard College namens Emily Vetchinsky. Sie heirateten drei Monate, nachdem er sie eingestellt hatte, und neun Monate danach kam Harry zur Welt.

»Bis jetzt hauptsächlich Schrott«, sagte John, als er einen weiteren Karton aufschlitzte und einen Blick auf den Inhalt warf.

»Woran siehst du das?«, fragte Harry.

»Das lernt man mit der Zeit.« Er hielt eine interessant aussehende Hardcover-Ausgabe von der *Der weiße Hai* in die Höhe – mit schwarzem Einband und einem stilisierten weißen Hai darauf. Die legte er beiseite. »Allerdings überprüfe ich alles noch einmal anhand von Preislisten im Internet. Dein Vater musste das nicht tun.«

Die Türglocke läutete, weil jemand den Laden betreten hatte. »Kannst du eben nachsehen?«, fragte John, und Harry ging nach vorn und stellte sich hinter die Kasse. Die Kundin war eine ältere Dame in einem langen Wintermantel und einer Wollmütze, obwohl es zwanzig Grad hatte.

»Kann ich Ihnen behilflich sein?«, fragte Harry, und sie blickte erschrocken auf.

»Oh, ich habe Sie gar nicht gesehen. Ich war natürlich schon hier, aber ich habe vergessen … Können Sie mir sagen, wo die Kriminalromane stehen?«

Harry kam hinter dem Ladentisch hervor und brachte die Frau zur Krimiabteilung. Es war die größte im Laden nach allgemeiner Belletristik. Krimis waren das Lieblingsgenre seines Vaters gewesen, als Leser wie als Sammler. Er hatte eine umfangreiche private Sammlung von Erstausgaben besessen, dazu etwas, wovon er behauptete, es sei womöglich die einzige vollständige Sammlung von *»Map-*

backs« – von Dell Mitte des Jahrhunderts herausgebrachte Taschenbücher, fast ausschließlich Kriminalromane, jeweils mit einer illustrierten Karte auf der Rückseite. Sie waren sein ganzer Stolz. »Die sind zwar nicht allzu viel wert«, hatte er einmal zu Harry gesagt, »aber der Tag, an dem ich das letzte Buch der Serie ergattert habe, war einer meiner allerglücklichsten. Albern, ich weiß.«

»Ach, so viele«, sagte die Frau mit einem Blick auf die Regale.

»Hinten gibt es noch mehr«, sagte Harry. »Falls Sie an Sammlerstücken und Erstausgaben interessiert sind.«

»Ich glaube nicht. Was ich mag, sind Mordgeschichten, aber ich mag *keine* Gewalt.«

Harry wollte schon John wegen einer Empfehlung holen, aber dann beschloss er, dass er das Problem selbst bewältigen konnte. Er war kein Fanatiker wie sein Vater, aber er las durchaus sehr viel. Er suchte drei Bücher für die Frau aus – zwei von Jacqueline Winspear allein aufgrund ihres Covers und eins von M. C. Beaton, von dem die Frau meinte, es noch nicht gelesen zu haben. Er brachte die Bücher zur Kasse und tippte den Verkauf selbst ein, froh, dass sie bar bezahlte, sodass er den Kreditkartenleser nicht benutzen musste. Hinterher erzählte er John, dass er gerade seine erste Interaktion mit einem Kunden bewältigt hatte. John legte eine seiner großen Hände auf Johns Schulter. »Danke, Harry. Ich weiß ehrlich nicht, was ich im Moment ohne dich anfangen würde.«

Harry fühlte sich bei diesen Worten wertgeschätzt, aber sie brachten ihn auch in Verlegenheit. Wie lange erwartete er, dass er aushalf? Gab es einen Plan, wie es mit dem Laden weitergehen sollte, nun, da Bill tot war? Er nahm an, dass er jetzt Alice gehörte, einschließlich des gesamten Bestands. Sie hatte gelegentlich im Laden gearbeitet, aber Harry wusste nicht, wie viel sie tatsächlich von dem Geschäft verstand oder ob sie sich überhaupt dafür interessierte.

Es war klar, dass John eine Menge von Bill gelernt hatte, aber er war nur ein Angestellter, und wie lange würde er in seinem Alter wohl noch arbeiten können? Wurde Harry gerade darauf getrimmt, den Laden zu übernehmen? Bei dem Gedanken zog sich sein Magen kurz zusammen. *Das ist jetzt mein Leben*, dachte er. Aber dann ermahnte er sich, ruhig zu bleiben. Sein Vater war noch nicht einmal eine Woche tot, und es wäre noch genügend Zeit, alles zu klären. Er suchte sich sein eigenes Teppichmesser und begann, Kartons zu öffnen.

Gegen Ende des Tages läutete die Glocke, und die Ladentür öffnete sich für den erst vierten Kunden. Wie John erklärt hatte, wickelten sie inzwischen neunzig Prozent ihres Geschäfts übers Internet ab und nur noch sehr wenig im eigentlichen Laden. Harry ging auf seinen Posten hinter der Kasse. Die Kundin war die junge Frau mit dem dunklen, kurzen Haar von der Trauerfeier. Harry spürte, wie sich seine Wangen bei ihrem Anblick röteten. Sie entdeckte ihn und ging fast ein wenig zu zielstrebig auf ihn zu.

»Hallo«, sagte sie.

»Hallo.«

»Ich wollte fragen, ob Sie vielleicht jemanden einstellen wollen. Ich weiß, es gibt kein Schild im Fenster, aber ich dachte, ich frage trotzdem mal nach. Ich bin gerade hergezogen, und ich liebe Bücher, also …«

Ihre Wangen waren ebenfalls gerötet. Sie war nervös, und ihre Worte klangen überhastet und unnatürlich.

»Habe ich Sie nicht am Sonntag gesehen? Bei der …«

»Ach, das«, sagte sie. »Ja, ich war bei der Trauerfeier. Ich habe Sie auch gesehen. Sie müssen …«

»Ich bin sein Sohn.«

»Sein Sohn, ja. Es tut mir sehr leid wegen Ihres Verlusts.«

»Sie kannten meinen Vater?«

Sie sah erschrocken aus. »Oh nein, ich kannte ihn nicht. Das klingt jetzt vielleicht merkwürdig, aber ich bin eben hier angekommen, und ich hatte von ihm gehört. Ich kenne Ackerson in New York, und ich hatte vor zu fragen, ob es hier möglicherweise einen Job gibt, und dann habe ich natürlich gehört, was passiert ist. Also bin ich zur Trauerfeier gegangen. Es war ein bisschen verrückt, ich weiß.«

»Nein, gar nicht«, sagte Harry. »Begräbnisse sind schließlich öffentlich. Sie sind nicht nur für Leute, die den Verstorbenen gekannt haben.«

»Nein, aber irgendwie sind sie es doch.« Sie lächelte, und ihre Nervosität verflog ein wenig.

»Ja, gut«, sagte Harry und lächelte ebenfalls. »Zerbrechen Sie sich nicht den Kopf darüber. Wie heißen Sie?«

»Grace. Und Sie?«

Sie streckte die Hand über den Ladentisch, Harry ergriff sie und nannte ihr seinen Namen. Ihre Hand fühlte sich in seiner eigenen klein an, ihre Fingerspitzen waren kalt. Harry wusste, dass sie ihn belog oder in die Irre führte, was ihre Anwesenheit bei der Trauerfeier und den Grund betraf, warum sie hier im Laden aufgetaucht war. Hatte sie seinen Vater gekannt? Und falls ja, warum gab sie es nicht zu?

»Warum sind Sie hier raufgezogen?«, fragte Harry.

»Ich hatte das Großstadtleben satt, und ich war früher schon hier an der Küste von Maine, also habe ich beschlossen, spontan zu sein.«

Sie lachte, es war mehr wie ein nervöses Ausrufezeichen. Ihr Haar war kastanienbraun, grenzte fast schon an Schwarz, und ihre Augen waren blau mit einer Spur Grün darin. Sie hatte eine kleine Nase, die leicht aufwärts gebogen war, und einen schmalen Mund mit einer dünnen Ober- und einer vollen Unterlippe. Auf der Stirn prangten dichte, dunkle Augenbrauen und leichte Sommersprossen, und Harry schätzte sie auf irgendetwas zwischen seinem eigenen Alter und Anfang dreißig.

»Sie sind einfach hier raufgezogen, ohne einen Job zu haben?«, fragte Harry und bedauerte sofort, wie sich seine Frage anhörte.

»Ja.«

»Wo wohnen Sie denn?«

»Nur ein Stück den Berg rauf, am Gasthaus vorbei. Kennen Sie das große Ziegelhaus mit dem zugewucherten Vorgarten? Ich hab es über Airbnb bekommen, nur ein Zimmer, aber das ist größer als die Wohnung, die ich in New York gemietet hatte. Was ist mit Ihnen? Arbeiten Sie jetzt hier im Laden?«

»Ich helfe nur aus. Wahrscheinlich den Sommer über, danach weiß ich noch nicht. Vielleicht ziehe ich nach New York.«

»Tun Sie das nicht.« Sie lachte.

»Okay.«

Graces Wangen verfärbten sich dunkel. Sie zupfte an

ihrem nicht durchstochenen Ohrläppchen. »Also, keine Jobs hier?«

»Ach so, ja. Ich weiß nicht. Es ist wahrscheinlich zu früh für eine Entscheidung, wie es hier weitergehen soll, aber ich kann Ihnen Bescheid geben, wenn ich was weiß.«

»Das wäre schön. Das Kennewick Inn sucht eine Bedienung, aber ich dachte, ich versuche es zuerst hier.«

»Soll ich Sie anrufen?«

»Gern«, sagte sie, und Harry gab ihr einen Kugelschreiber. Sie drehte ein Ackerson-Lesezeichen um und schrieb ihre Nummer darauf. »Danke. Ich wusste, es war nur eine vage Chance, und ich erwarte nichts, also ...«

»Ich erkundige mich und gebe Ihnen Bescheid.«

»Okay. Ich stöbere noch ein wenig.«

»Tun Sie das.«

Sie schlenderte zu einer Regalreihe, in der Harry sie nicht sehen konnte.

Es war eine so seltsame Begegnung gewesen, dass Harry für einen Moment einfach dastand und das Gespräch im Kopf noch einmal Revue passieren ließ. Eine Sache war ihm besonders merkwürdig erschienen. Er erinnerte sich nicht sofort, aber dann fiel es ihm doch ein. Sie hatte gefragt: »Arbeiten Sie jetzt hier im Laden?« Woher hatte sie gewusst, dass er gerade angefangen hatte, hier zu arbeiten? Dann fiel ihm die Trauerfeier ein und dass die Pfarrerin erzählt hatte, wie stolz Bill auf seinen Sohn gewesen war, der kürzlich das College abgeschlossen hatte. Das musste es wohl gewesen sein.

John kam aus dem Hinterzimmer. »Hab gerade den letzten Karton aufgemacht«, sagte er. »Endlich die Wodehouse-

Romane. Ein paar Erstausgaben. Amerikanische, aber trotzdem kein kompletter Reinfall.«

Harry war seine Müdigkeit offenbar anzusehen, denn John sagte: »Geh nach Hause. Du hast heute mehr als genug getan.«

Die Glocke läutete, als Grace den Laden verließ.

»Hast du die Frau gesehen, mit der ich gesprochen habe?«, fragte Harry.

»Wann? Jetzt gerade?«

»Ja. Sie ist eben gegangen.«

»Nein. Wieso?«

Harry erzählte John, dass sie Arbeit suchte. Er ertappte sich bei der Hoffnung, John würde sagen, eine zusätzliche Kraft sei gut zu gebrauchen, aber der schüttelte nur den Kopf. »Eher nicht, würde ich sagen, oder? Wir kommen schon zurecht, vor allem wenn Alice beschließt, dass sie wieder aushelfen will.«

Harry spazierte langsam vom Laden nach Hause. Er war sich nicht sicher, ob er einem weiteren trauten Abendessen mit Alice gewachsen war, und sah erleichtert einen unbekannten Wagen – einen dunkelblauen Jetta – neben seinem Honda in der Einfahrt stehen. Das Kennzeichen lautete CSHORE7. Er dachte, es könnte Alices Freundin Chrissie sein, sie war genau der Typ für ein personalisiertes Nummernschild. Harry ging zur Haustür mit ihren Buntglaseinsätzen und wollte sie gerade öffnen, als er durch das eine nicht gefärbte Stück der Scheibe spähte. Er konnte die Küche zum Teil sehen, in der eine ältere Frau mit dem Rücken zur Tür stand, und Harry bemerkte, dass sie noch einen Regenmantel trug und ein leuchtend rotes Tuch um den Kopf gewickelt hatte. Ihr Kopf war im Profil zu sehen, und ihre Lippen bewegten sich, als würde sie schnell sprechen. Sie kam ihm nicht bekannt vor. Harry blieb einen Moment stehen und überlegte, ob er das Haus betreten und sofort nach oben gehen könnte, vielleicht wenn er die Tür möglichst geräuschlos öffnete. Aber nein, die fremde Frau stand nur sechs, sieben Meter entfernt in der Küche. Er würde um eine Vorstellung nicht herumkommen.

Statt das Haus zu betreten, ging Harry deshalb nach hinten in den Garten, wo es eine alte, verfallene Scheune auf dem Grundstück gab. Sie war einer der Gründe gewesen, warum sich Bill für das Haus interessiert hatte. Es war eine kleine Scheune, nicht gestrichen, das Holz in einem Maße verwittert, dass fingerbreite Lücken zwischen den Brettern klafften, aber das Dach war noch dicht. Bill hatte beabsichtigt, sie herzurichten und als zusätzlichen Lagerraum für seine Bücher zu benutzen. Dazu war es natürlich nie gekommen. Bills wahre Leidenschaft war der Erwerb von Büchern. Einen Platz zu finden, wo er sie unterbrachte, war eine Aufgabe, der er sich nur in der größten Verzweiflung widmete.

Die breite Tür der Scheune stand offen, und Harry ging über den schlammigen Hof, trat ein und wartete, bis sich seine Augen an die Dunkelheit im Inneren gewöhnt hatten. Oben in den Balken konnte er Stare flattern hören. In einer Ecke stand eine alte Drehbank, die noch von den Vorbesitzern stammte. Harry erinnerte sich, dass sein Vater gesagt hatte, vielleicht werde er anfangen, seine eigenen Regale zu bauen. »Kannst du dir diesen Schuppen voller Bücher vorstellen?«, hatte er gefragt.

Aber außer der Drehbank, einer Reihe von Gartenwerkzeugen und einigen alten Esszimmerstühlen war die Scheune leer. Harry nieste. Die Luft hier war staubig, der Boden voller Vogeldreck. Er wollte wieder raus, aber statt durch die Eingangstür zu gehen, verließ er sie durch eine kleinere auf der Rückseite.

Dort setzte er sich auf die Schwelle, weil er noch nicht bereit war, das Haus zu betreten. Von hier aus hatte er einen guten Blick über das Marschland, das an das Grundstück grenzte. Unvermittelt wurde er von einem Schmerz gepackt. Er durchflutete ihn wie ein Anfall von Übelkeit, die unbestreitbare Erkenntnis, dass er allein war, dass das Leben bedeutungslos und bar jeder Freude war. Sein Herz flatterte, und einen Moment lang dachte Harry, dass er vielleicht sterben würde, als könnte dieses schlagartige Bewusstsein zu einer Art Infarkt führen. Aber dann fühlte er einen Stich am Arm und rieb darüber. Er sah nach unten und stellte fest, dass er eine Mücke getötet hatte, auf seiner Haut war Blut verschmiert.

Sein Puls verlangsamte sich, die furchtbaren Gedanken verflogen so rasch, wie sie gekommen waren. Dennoch musste er an eine Unterhaltung im Suff denken, die er vor einigen Monaten in seiner Studentenbude geführt hatte. Er war mit einem jüngeren Studenten namens Tyler zusammen gewesen, den er im Filmklub kennengelernt hatte. Sie hatten ein Album von Sparklehorse angehört, und Tyler hatte plötzlich davon zu reden begonnen, wie kurz unsere Zeit auf diesem Planeten sei und dass wir im Handumdrehen alle tot sein würden und alle, die uns je gekannt hatten, ebenfalls, und das sei es dann gewesen. Er redete, als wäre er der erste Mensch, der je solche Gedanken gehabt oder geäußert hatte. Zum Glück war Paul vorbeigekommen, hatte einen Mancini-Sampler aufgelegt und Tyler gezwungen, einen Cocktail zu trinken. Harry dachte jetzt an dieses Gespräch zurück, er dachte, dass der Tod seiner Eltern einen ganzen Teil seines Lebens ausgelöscht hatte, der nur in der Erinnerung der beiden existiert hatte. Nun war er schon zur Hälfte tot, mehr als zur Hälfte.

Da Furcht und Übelkeit zurückzukehren drohten, zwang sich Harry aufzustehen. Er durchquerte die Scheune wieder und ging zur Vorderseite des Hauses zurück. Der Wagen war noch da, aber die Frau, die er in der Küche gesehen hatte, stand jetzt auf der Eingangstreppe und verabschiedete sich gerade von Alice.

»Harry, das ist Viv. Ich weiß nicht, ob ihr euch schon einmal begegnet seid.«

Die Frau drehte sich zu Harry um, die dunklen Augen blickten forschend in sein Gesicht. Sie war sehr dünn, mit eingefallenen Wangen, und plötzlich wurde ihm die Bedeutung des Tuchs um den Kopf klar: Sie musste an Krebs leiden und gerade eine Chemotherapie durchmachen.

»Tut mir leid wegen Ihres Vaters, Harry«, sagte sie mit heiserer Stimme. »Ich konnte leider nicht zur Trauerfeier kommen, da ich nicht hier war.«

»Schon in Ordnung«, entgegnete Harry, dann fügte er an: »Danke.« Seine Stimme klang in seinen eigenen Ohren unsicher, wahrscheinlich lag es an der durchdringenden Art, wie Viv ihn ansah. Er zwang sich, den Blick nicht zu senken.

»Danke, dass Sie gekommen sind«, sagte Alice, legte der Frau sanft eine Hand ins Kreuz und führte sie zum Wagen.

Die Frau bewegte sich schnell, als wollte sie sich Alices Berührung entziehen, und stieg ins Auto, ohne noch etwas zu erwidern.

Harry betrat das Haus, und es roch nach Essen. Der Tisch war erneut für zwei Personen gedeckt.

KAPITEL 13

FRÜHER

Nachdem sie schwimmen gewesen waren, sah Alice Gina in diesem Sommer nicht mehr wieder. Sie hatte natürlich abgestritten, mit Jake zu schlafen, aber es war schmerzhaft deutlich geworden, dass Gina ihr nicht glaubte, vor allem nachdem Jake sich so sonderbar benommen hatte, als sie aus dem Wasser kamen: Er hatte darauf bestanden, das Badetuch um Alice zu wickeln. Außerdem hatte er Gina ein wenig zu lange angestarrt, die mit Alices Bikinihöschen und dem T-Shirt, das ihr an der Brust klebte, nur spärlich bedeckt war.

In diesem Herbst fuhren Jake und Alice nach Kanada und besuchten Montreal und Quebec. »Fast so gut wie Frankreich«, sagte Jake, »und sehr viel billiger.« Es war eine der wenigen Gelegenheiten, bei denen Jake von Geld sprach. Da Jake in einer Bank arbeitete und hübsche Anzüge trug, und da ihre Eigentumswohnung Meerblick hatte, hatte Alice immer angenommen, sie wären reich und Geld würde nie ein Problem werden. Es spielte keine Rolle. Montreal war der eleganteste Ort, an dem Alice sich je aufgehalten hatte. Tagsüber spazierten sie durch die Stadt und sahen sich die Läden an, abends aßen sie in den besten Restaurants. Quebec war sogar noch besser, beinahe zauberhaft. Sie wohnten im Château Frontenac, das mehr Schloss als Hotel war. Sie bestellten überall Wein, und niemand fragte Alice nach ihrem Alter. Vielleicht hielten manche Hotelangestellte und Bedienungen sie für Vater und Tochter, wenn sie die beiden zusammen sahen, aber niemand verlor ein Wort darüber. Am letzten Abend ihrer Reise legte Jake auf dem Gehsteig in Quebec den Arm um Alices Schultern, was er noch nie in der Öffentlichkeit getan hatte. »Lass uns nächstes Jahr wieder hierherkommen«, sagte Alice. »Das ist besser als Frankreich.«

»Willst du nicht auch andere Städte besuchen? Du warst doch noch nie in New York, oder?«

»Igitt, nein danke«, sagte Alice, dachte an Gina und wie es wäre, ihr mit Jake zusammen über den Weg zu laufen. Sie bekam das Bild, wie Jake Gina am Strand angesehen hatte, noch immer nicht aus dem Kopf.

Im Lauf des Winters nahm Alice einen Teilzeitjob in einem Drugstore in Kennewick Center an. Jake hatte es zur Sprache gebracht, hatte sie gefragt, ob es sie nicht langweile, nur ein paar Kurse zu belegen und die restliche Zeit zu Hause zu verbringen. »Eigentlich nicht«, sagte sie.

»Es stört dich nicht, dass du so wenig Zeit mit anderen Menschen verbringst?«

Alice runzelte die Stirn und dachte darüber nach. »Ich verbringe Zeit mit Professoren, und ich rede mit anderen Studenten, aber du weißt ja, ich bin lieber hier bei dir.«

»Ich weiß, es ist nur …« Er sprach nicht zu Ende.

»Alles in Ordnung?«

»Alles ist bestens. Ich wollte mich nur vergewissern, dass

es dir gut geht. Dass du nicht glaubst, du würdest Dinge versäumen, die andere Mädchen in deinem Alter tun, wie auf Partys zu gehen oder zu jobben.«

»Ich vermisse es definitiv nicht, auf Partys zu gehen, so viel steht fest. Über einen Job habe ich eigentlich noch nicht nachgedacht. Meinst du, ich sollte mir einen besorgen?«

»Das solltest du, wenn du es willst. Du musst natürlich nicht, aber mir ist der Gedanke schon gekommen. In Blethen's Apothecary stellen sie gerade Leute ein.«

Sie hatte sich beworben und war am Ende des Vorstellungsgesprächs von einem Geschäftsführer eingestellt worden, der nicht sehr viel älter war als sie, ein fast skelettartig dürrer Stotterer namens Jeff. Sie hatte gedacht, sie würde den Job hassen, vor allem nachdem Jeff ihr mitgeteilt hatte, die Kunden respektvoll zu behandeln, habe oberste Priorität, aber es stellte sich heraus, dass sie ihn liebte, selbst die Routinearbeiten wie Regale auffüllen und dafür zu sorgen, dass alles in einer Regalreihe hübsch zur Geltung kam. Dieser Teil des Jobs gefiel ihr sogar besser, als an der Kasse zu sitzen, aber auch das machte ihr nichts aus. Am liebsten mochte sie die Abrechnung am Ende ihrer Schicht, wenn sie den Inhalt der Registrierkasse mit den Quittungsbelegen verglich und überprüfte, ob der Saldo stimmte. Sie hatte nichts gegen den Umgang mit Kunden, aber sie mochte es nicht, wenn ehemalige Mitschüler oder Lehrer von der Highschool sie erkannten. Sie fragten dann immer, was sie jetzt treibe, und dann antwortete sie, dass sie Kurse am MCC belege. Manchmal, wenn auch nicht sehr oft, wurde sie gefragt, wo sie wohne, und sie entgegnete einfach, sie lebe noch zu Hause. Ein paar Mal sah sie daraufhin eine

Erinnerung daran, dass ihre Mutter gestorben war, über die Züge ihres Gegenübers huschen. Die betreffende Person wandte dann den Blick ab und wusste nicht, was sie noch sagen sollte. Es war peinlich, aber es verging, und meistens sah sie die Leute nie wieder.

Das war allerdings nicht der Fall bei Mrs. Bergeron, Ginas Mutter, die häufig in den Laden kam und immer gezielt auf Alice zusteuerte; sie erkundigte sich, wie es ihr ging, und erzählte ihr alles über Gina, als wären die beiden noch beste Freundinnen. »Sie musste das Studium abbrechen, weil sie ihre Kurse und die Arbeit als Model nicht mehr gleichzeitig bewältigen konnte. Mein Mann meinte, sie hätte einen Teil ihrer Modeltätigkeit aufgeben sollen, aber ich sagte, dass sie später immer noch weiterstudieren und ihren Abschluss machen kann, aber sie wird nicht ewig als Model arbeiten können. Ich meine, man muss das Eisen schmieden, solange es heiß ist, oder?« Sie erinnerte Alice sehr an Gina, wenn sie beim Erzählen immer schneller redete und am Ende eines Satzes tief Luft holte.

Einmal, als Alice gerade in dem Gang mit den Deos und Duschgels stand, kam Mrs. Bergeron erkennbar in Hochstimmung auf sie zu und hatte die neueste Ausgabe der *Cosmopolitan* in der Hand.

»Du wirst es nicht glauben, Alice«, sagte sie und blätterte zu einer Werbung für Jordache – und da war Gina in sehr kurz geschnittenen Shorts und langen Socken mit zwei anderen Mädchen in einem Ambiente, das offenbar die Cafeteria einer Highschool darstellen sollte. Die Anzeige warb für eine neue Linie von Stricksocken, und Mrs. Bergeron sagte: »Sie hat auch ein Shooting für Jeans gemacht, aber sie weiß noch nicht, ob sie die Bilder verwenden werden. Kannst du dir das vorstellen?«

Alice konnte es sich vorstellen, sie hatte immer gewusst, dass Gina irgendwann ein Star sein würde, aber sie schüttelte den Kopf und erwiderte: »Unglaublich.«

»Nicht wahr? Kann sein, dass ich jedes einzelne Exemplar kaufen muss.«

Am Ende kaufte Ginas Mutter die meisten Exemplare der *Cosmopolitan,* aber nicht alle, und Alice nahm eine mit nach Hause und las sie erst von vorn bis hinten, während Jake ein Eishockeyspiel schaute, später schnitt sie dann die Anzeige aus und versteckte sie im Schreibtisch ihres alten Zimmers. Sie dachte ständig darüber nach, ob Gina glücklich war und ob sie jetzt, da sie ein Model war, einen netten Freund hatte. Es war möglich, aber sie bezweifelte es. Gina wirkte in der Werbung sehr dürr, und Alice fragte sich, welche Drogen sie wohl einwarf.

Nach der Jordache-Socken-Werbung mit zwei anderen Models tauchte Gina im Lauf des Jahres allein in einer Anzeigenkampagne auf, in der sie hautenge Jeans und eine offene Seidenbluse trug. Mrs. Bergeron setzte Alice davon in Kenntnis, dass Gina inzwischen für Laufstegshows und Zeitschriftenlayouts gebucht wurde und unter dem Künstlernamen Bijou arbeitete. »Du solltest sie mal besuchen, Alice«, sagte sie immer. »Sie würde sich sehr freuen.«

»Ich bin ziemlich beschäftigt hier oben«, antwortete Alice dann.

»Bestimmt geben sie dir in der Arbeit ein paar Tage frei, und dein Stiefvater … Es würde ihn doch sicher nicht stören, wenn du ein paar Tage in New York verbringst, oder?«

Wann immer Mrs. Bergeron Jake erwähnte – wobei sie ihn immer »dein Stiefvater« nannte –, konnte Alice die Geringschätzung in ihrer Stimme hören. Offensichtlich hatte Gina ihrer Mutter erzählt, dass sie glaube, Alice habe eine sexuelle Beziehung zu Jake, und offensichtlich missbilligte ihre Mutter das. »Ich studiere außerdem«, sagte Alice.

»Aber doch nicht im Sommer. Hör zu, wenn es am Geld liegt, ich spendiere dir gern eine Zugfahrkarte. Offen gestanden würdest du Don und mir einen Gefallen tun, wenn du einfach mal nach ihr schauen würdest. Ich bin mir sicher, sie könnte eine Freundin von zu Hause gebrauchen.«

»Ich werde darüber nachdenken«, erwiderte Alice dann immer, um das Gespräch zu beenden.

In Wahrheit fühlte sich Alice gut, weil Mrs. Bergeron sie anflehte, ihre Tochter in New York zu besuchen. Es war klar, dass etwas nicht stimmte, dass das Leben als Model nicht nur aus netten Restaurants, gut aussehenden Männern und glanzvollen Partys bestand. Stand Gina etwa kurz vor einem Zusammenbruch? Alice begann sich auszumalen, wie sie Gina besuchte und sie drogenabhängig und missbraucht in einem vergammelten Loft in Manhattan vorfand – wie in *Susan … verzweifelt gesucht.* Gina wäre in einem elenden Zustand, würde ständig weinen, hätte Einstiche den ganzen Arm rauf und runter. Es wurde zu einer solch fixen Idee von Alice, dass sie ernsthaft erwog, Gina in New York zu besuchen, um diese Geschichte wahr werden zu lassen.

Sie fuhr jedoch nie hin, aber im Frühherbst, ehe die Vorlesungen wieder begannen, kam Mrs. Bergeron in den Drugstore und erzählte Alice, Gina komme für einige Wochen nach Hause, sie sei einfach erschöpft von der vielen Arbeit und brauche eine Pause. »Du schaust doch mal für einen Abend vorbei, Alice, oder?«

»Ich überlege es mir«, sagte sie.

»Okay«, entgegnete Mrs. Bergeron. »Aber ich werde dich immer weiter danach fragen, ob es dir nun gefällt oder nicht.« Sie drohte Alice mit dem Zeigefinger, aber sie lächelte dabei mit einem unglaublich breiten Grinsen, bei dem sie das ganze Gebiss entblößte und das Gina von ihr geerbt hatte. Sie fragte tatsächlich immer weiter, und schließlich gab Alice an einem Freitag im September nach, weil Mrs. Bergeron zusammen mit Gina im Drugstore auftauchte und die beiden sie für den Abend zum Essen einluden.

»Wenn du natürlich schon was vorhast …?«, sagte Gina.

Alice hatte zwar etwas vor, aber nur mit Jake. Es war Freitagabend, und das hieß, er würde mit Blumen oder einer guten Flasche Wein nach Hause kommen. Manchmal hielt er noch in der neuen Videothek, die drüben in York aufgemacht hatte, und suchte einen Film aus. Trotzdem wäre er wahrscheinlich einverstanden, wenn Alice zu den Bergerons zum Essen ging. Gut, vielleicht nicht direkt einverstanden, aber er würde sich nicht darüber aufregen. Alice wollte nur hingehen, damit sie es hinter sich hatte. Wenn sie heute Abend nicht ging, würden die beiden sie immer weiterquälen. »Okay, ich komme«, stimmte sie also zu.

»Jaa!«, riefen Gina und ihre Mutter im Chor.

»Himmel, es gibt nur Hackfleischbrötchen heute Abend, aber immerhin hausgemacht«, sagte Mrs. Bergeron.

»Mein Lieblingsessen«, sagte Gina und dehnte die Vokale.

An diesem Abend kam Jake mit einer großen Flasche weißem Zinfandel von der Bank nach Hause, aber ohne

Blumen und Film. Er wirkte müde, und als Alice sagte, sie beabsichtige zu den Bergerons zum Essen zu gehen, verzog er zwar das Gesicht, sagte aber nichts. Kurz bevor sie ging, bemerkte er jedoch: »Du erzählst ihnen doch nichts, oder? Über uns?«

»Nein, aber findest du nicht … Ich meine, es ist jetzt zwei Jahre her, und ich bin inzwischen eine erwachsene Frau.«

»Verlass dich drauf, Alice, sie werden es nicht verstehen. Sie werden denken, dass ich dich ausnutze. Wir leben in Amerika. Das wurde von Puritanern gegründet. In anderen Ländern hätten sie vielleicht Verständnis für das, was zwischen uns ist, aber hier nicht.«

»Ich werde ihnen nichts erzählen. Ich hatte es ohnehin nicht vor. Es geht sie nichts an.«

Alice fuhr in Jakes Wagen quer durch die Stadt und hörte die Kassette, die er eingelegt hatte. Es war *Genesis,* und Phil Collins sang ein ums andere Mal das Wort *Mama.* Irgendwann hatte sie es satt und spulte weiter zu »That's All«. Nachdem sie in der Einfahrt der Bergerons gehalten hatte, hörte sie sich den Song noch zu Ende an. Der Himmel war tiefblau im abnehmenden Licht über dem Haus der Bergerons, dessen Erdgeschoss und erster Stock gelb gestrichen und mit schwarzen Fensterläden versehen waren. Der Vorgarten war braun von der Sommerdürre, und orangefarbene Kiefernnadeln lagen darin verstreut. Als der Song zu Ende war, fragte sich Alice, ob sie heute Abend den Beginn von Ginas Absturz erleben würde. Wie hatte Ginas Mutter es genannt? Sie sei »erschöpft«? Alice schaltete den Motor aus.

Gina erweckte beim Abendessen keinen erschöpften Eindruck. Wenn überhaupt, dann wirkte sie eher ein wenig aufgedreht, unterbrach ständig alle und redete dazwischen, während sie ihr Essen auf dem Teller hin und her schob und Hackfleischbrötchen mit Messer und Gabel in mundgerechte Bissen schnitt, worüber sich der Rest der Familie lustig machte.

»Willst du vielleicht Essstäbchen dafür haben?«, fragte ihr Vater. »Sie isst jetzt Sushi«, erklärte er Alice.

»Alle Welt isst Sushi, Dad«, protestierte Gina.

»Nicht in Maine. Hier oben kochen wir unseren Fisch.«

»High Five«, sagte Ginas jüngste Schwester und schlug mit Mr. Bergeron ein.

Alice schwieg die meiste Zeit, außer wenn ihr direkte Fragen gestellt wurden, entweder über die Arbeit im Drugstore oder über ihre Fächer am MCC. Niemand fragte sie nach Jake und was er so trieb, zumindest nicht am Esstisch. Sie fühlte sich nicht direkt unwohl bei dem Essen, aber sie kam sich vor wie ein Alien, der unvermittelt in eine typisch amerikanische Familie geraten ist, mit jeder Menge Insiderscherzen und ständigem Durcheinanderreden. Es war ganz anders und viel lauter als das, was sie von sich und Jake gewöhnt war, wo alles störungsfrei und zivilisiert ablief. Ein kleiner Teil von ihr war eifersüchtig, aber nur, weil es entspannend war, nicht immer im Mittelpunkt der Aufmerksamkeit zu stehen, nicht immer Blicke auf sich zu spüren, aber dann sah Alice Gina an, wie ihre Augen zwischen ihren Familienmitgliedern hin und her huschten und wie sie an ihrem Ohrläppchen zupfte, bis es grellrot war, und sie dachte: *Nein, ein Familienleben ist nur unberechenbares Chaos. Wer sollte sich so etwas wünschen?*

Nach dem Essen erhielten die beiden jüngsten Mädchen

die Aufgabe, den Tisch abzuräumen, und Alice beobachtete, wie Gina ihrer Mutter einen raschen Blick zuwarf, ehe sie sagte: »Neue Regel: Die erwachsenen Frauen haben keinen Küchendienst.« Es klang holprig und einstudiert.

»Neue Regel?«, fragte Mr. Bergeron.

Gina stand bereits. »Komm, Alice, lass uns kurz nach draußen gehen.«

»Sie braucht ihren Stoff«, sagte Ginas jüngere Schwester und ahmte theatralisch einen Zug an einer Zigarette nach.

»Ich komme auch mit«, sagte Mrs. Bergeron. Als Alice aufstand, war sie plötzlich nervös.

Draußen war es mild für September, der dunkle Himmel war voller Sterne. Gina hatte sich tatsächlich schon eine Zigarette angezündet, bevor das Fliegengitter noch zugefallen war, dann setzte sie sich auf einen der Terrassenstühle und hielt Alice die Packung hin, die ablehnte.

»Kluges Mädchen«, lobte Mrs. Bergeron und lehnte sich gegen den Gartentisch.

Alice ließ sich neben Gina auf der äußersten Kante eines Sessels nieder. Sie sagte, wie sehr ihr das Abendessen geschmeckt habe, dann fragte sie sofort nach Ginas ältestem Bruder Howie, der nicht dabei gewesen war. Sie wollte einfach immer weiter Fragen stellen, um das Gespräch zu vermeiden, das sie auf sich zukommen spürte. Mrs. Bergeron erklärte, dass Howie mit dem Rucksack durch Europa reise und sie sich frage, ob er je zurückkommen werde. Während sie erzählte, spürte Alice Ginas Blick auf sich. Sie wandte ihr den Kopf zu, als Gina gerade ihre Zigarette an der Sohle einer ihrer Sandalen ausdrückte.

»Du solltest …«, fing Alice an, aber Gina unterbrach sie.

»Alice, ich möchte über Jake reden.«

»Ich auch«, sagte Mrs. Bergeron.

»Okay«, erwiderte Alice. Sie fühlte, wie das Blut in ihr Gesicht strömte und ihre Haut sich erhitzte.

»Wir finden es beide sehr merkwürdig, dass du immer noch bei ihm wohnst«, sagte Gina und zog eine weitere Zigarette aus der Packung. »Ich weiß, er ist dein Stiefvater, aber es ist ja nicht so, als wäre er richtig lange mit deiner Mom verheiratet gewesen. Du lebst jetzt schon länger mit ihm zusammen, als er mit deiner Mutter zusammengelebt hat.«

»Wo soll ich denn sonst hin?«, fragte Alice, und Zorn schnürte ihr die Brust zu, sodass ihre Worte leicht gepresst klangen. »Ich habe keine Familie. Er bezahlt mein Studium.«

»Wir verurteilen dich nicht, Schatz«, sagte Mrs. Bergeron. »Wir machen uns nur Sorgen, dass Jake dich ausnutzt, und falls das so ist, sollst du wissen, dass du andere Optionen hast.«

»Was wollen Sie damit sagen?«

»Du erinnerst dich an Maddy, oder?«, fragte Gina. »Sie sagt, sie hat dich mit Jake in einem Restaurant in Portland gesehen, und ihr habt euch benommen wie ein Paar.«

»Was meint sie damit, wir haben uns wie ein Paar benommen?«

»Das ist unwichtig«, mischte sich Mrs. Bergeron ein. »Was wir wissen wollen, ist, ob du dich in deiner Situation wohlfühlst, egal wie sie sein mag. Das ist alles. Wenn du uns sagst, dass du mit Jake glücklich bist, ich meine, wer sind wir, zu …«

»Es interessiert mich nicht, ob ihr glücklich seid«, ging

Gina energisch dazwischen. »Es ist widerlich, Alice. Du bist ein junges, schönes Mädchen, und du lässt zu, dass dieser eklige Scheißtyp mit dir macht, was er will.«

»Gina …«, sagte Mrs. Bergeron.

Alice stand auf. Sie spürte, wie ihr Tränen in die Augen traten, doch sie wollte nicht weinen. Sie ließ den Blick über den eingezäunten Garten schweifen wie eine Katze, die nach einem Ausweg sucht, dann machte sie sich auf den Weg zum Gartentor, das auf die Einfahrt hinausging. Gina lief ihr nach.

»Tut mir leid, Alice. Komm zurück. Wir wollen nur mit dir reden.«

Alice ging weiter, sie wusste nicht, ob sie sich auf ihre Stimme würde verlassen können. Gina packte sie an der Schulter. Ohne zu überlegen, fuhr Alice herum, ergriff Ginas Hand und biss sie in den Daumen, tief unten an der Wurzel. Gina schrie auf und riss ihre Hand zurück. Für einen Moment standen sie sich gegenüber, Gina umklammerte ihre Hand, und Alice war wie erstarrt vor Schreck, weil sie Gina tatsächlich gebissen hatte. Mrs. Bergeron war aufgesprungen, als sie Gina schreien hörte, und setzte ihnen nach. »Was ist los?«, fragte sie. »Was ist passiert?« Alice stieß das Gartentor auf und lief zum Auto. Sie schmeckte Ginas Blut in ihrem Mund.

Als sie nach Hause kam, war Jake noch wach, er hatte glasige Augen und sah fern, ein Cognacglas auf einem Knie. »Wie war's?«, fragte er.

»Schön«, entgegnete Alice.

»Was gab's zu essen?«

»Hackfleischbrötchen«, sagte sie, und Jake lächelte. »Es

war ehrlich gesagt ein ziemlicher Zirkus, alle haben ständig durcheinandergeredet. Ich habe mir gewünscht, hier zu sein.«

»Jetzt bist du ja hier«, sagte Jake und rückte den Sessel so zurecht, dass er mühelos aufstehen konnte, wobei er seinen Drink fast verschüttet hätte. »Lass uns zu Bett gehen.«

Alice ging nach oben und war zufrieden, weil sie ihre Gefühle vor Jake im Zaum gehalten hatte. Während der Heimfahrt im Wagen hatte sie sich eingeredet, dass sie Gina gar nicht richtig gebissen hatte, sie hatte ihr nur die Haut geritzt, und überhaupt war alles Ginas Schuld gewesen. Gina war diejenige gewesen, die sie gewaltsam gepackt hatte, und sie hatte sich nur loszumachen versucht. Es war nichts. Dann redete sie sich ein, dass die Unterhaltung im Garten in Wirklichkeit gar nicht stattgefunden hatte und der Abend einfach nur ärgerlich gewesen war. Wenn sie das glaubte, konnte sie die Wut auf Gina unterdrücken, deretwegen sie am liebsten aufgeschrien hätte. Sie putzte sich die Zähne, dann zog sie ihre Pyjamahose und das ausgeleierte T-Shirt an.

Sie richtete sich sorgsam unter der Bettdecke ein, schloss die Augen und versuchte, sich zu entspannen. *Es war ein nettes Abendessen bei Gina zu Hause. Weiter nichts.* Aber die Worte, die sie auszulöschen versuchte, kamen immer wieder zurück: wie Gina Jake einen »ekligen Scheißtyp« genannt hatte; außerdem Mrs. Bergerons herablassender Tonfall, sie hatte mit Alice geredet, als wäre sie ein kleines Mädchen. Und dann erinnerte sie sich an ihr Gefühl, als sie in Ginas Hand gebissen hatte. Ihr Körper war so angespannt, dass sie zu zittern anfing. Während Jake im Bad seine Gesichtscreme auftrug, schlüpfte Alice aus dem Bett. »Brauchst du noch was von unten?«, fragte sie, doch Jake schüttelte den Kopf.

In der Küche machte sie sich einen White Russian mit viel Wodka und ermahnte sich, ihn langsam zu trinken, nicht so wie ihre Mutter. Sie trank ihn in kleinen, kurzen Schlucken halb aus, und langsam ging es ihr besser. Natürlich sahen sie die Sache kritisch. Sie wussten nicht, was sie und Jake miteinander verband. Oder vielleicht wussten sie es auch und waren neidisch darauf. Das klang sehr viel einleuchtender. Während sie sich einen zweiten Drink mixte, hörte sie ein leises Klopfen und dachte, Jake käme die Treppe herunter. Sie ging ins Wohnzimmer hinaus. Da erklang das Klopfen wieder, und sie begriff, dass jemand an der Tür stand. Sie ging hin und spähte durch das Guckloch. Es war Gina.

KAPITEL 14

JETZT

Jedes Mal, wenn am nächsten Tag die Ladenglocke läutete, dachte Harry, es könnte Grace sein, die mehr über einen möglichen Job in Erfahrung bringen wollte. Er glaubte eigentlich nicht, dass sie kommen würde – warum sollte sie auch, er hatte ja erklärt, er werde sie anrufen? –, aber er war dennoch enttäuscht. Ihre Unterhaltung vom gestrigen Nachmittag war er immer wieder durchgegangen und hatte sich gesagt, dass sie vielleicht doch nichts weiter war als das, was sie zu sein behauptete – neu im Ort und auf Jobsuche. Doch so war es nicht, oder? Sie war eindeutig aus einem bestimmten Grund hier und nicht, weil sie einen Job suchte. Warum hätte sie sonst die Trauerfeier besuchen und an seinem ersten Abend in Maine am Haus vorbeispazieren sollen?

Doch jedes Mal, wenn die Glocke läutete, war es entweder ein Kunde – die meisten kamen, um ihr Beileid auszudrücken, und nicht, um ein Buch zu kaufen –, oder es war Alice, die zur Mittagszeit mit Sandwiches vorbeikam und dann mitten am Nachmittag noch einmal, weil sie gerade einkaufen ging und fragen wollte, ob Harry oder John etwas brauchten. Das Essen am Vorabend zu Hause war weniger intim verlaufen als am Tag zuvor, aber nur weil Harry sagte, er fühle sich nicht gut, einen Drink ablehnte und in Rekordzeit alles hinunterschlang. Er verbrachte den Abend in seinem Zimmer, las den Ed-McBain-Krimi zu Ende und fing einen neuen an, aber hauptsächlich dachte er über seinen Vater nach und was damals auf dem Wanderweg passiert sein mochte. Er dachte auch an Alice, sexuell aufgeladene Bilder von ihr tauchten ungefragt in seinem Kopf auf. Er sah sie ständig wie in jenem ersten Sommer vor sich, als sie seinen Vater gerade geheiratet hatte. Das grüne Bikinioberteil und die Jeansshorts, so kurz, dass die Wölbung ihres Pos hervorlugte. Er musste feststellen, dass vier Jahre College nicht vermocht hatten, dieses Bild aus seinem Kopf zu vertreiben.

Um halb fünf, als klar wurde, dass Grace nicht mehr vorbeischauen würde, holte er sein Smartphone heraus, tippte ihre Nummer ein und legte sie als Kontakt an. Er war schon im Begriff, sie anzurufen, aber dann schrieb er ihr stattdessen nur eine SMS.

Hier ist Harry vom Buchladen. Lust auf einen Drink heute Abend?

Er drückte auf Senden und fragte sich dann nervös, ob er sie womöglich wegen der Jobaussicht in die Irre führte. Lew sprang auf Harrys Schoß und erschreckte ihn. Lew war im Allgemeinen kein Schmusekater, es sei denn, man ignorierte ihn eine Weile, worauf er immer einen Weg fand, einem auf den Schoß zu hüpfen, sobald man nicht hinsah. Mit einer Hand strich Harry über Lews Fell, mit der anderen schrieb er eine zweite SMS an Grace.

Kein Job hier, zumindest nicht im Moment. Wollte nur auf einen Drink gehen.

Er schüttelte den Kopf über die beiden dämlichen Nachrichten. »Alles in Ordnung, mein Freund?«, fragte John. Lew legte sich flach hin und schnurrte.

»Ach so, tut mir leid. Ich war gerade mit meinem Handy beschäftigt.« Harry hielt es in die Höhe, und im selben Moment vibrierte es in seiner Hand. Es war eine Antwort von Grace.

Gern. Wann?

Sie verabredeten sich für eine Stunde später im Village Inn. Harry ging früher von der Arbeit weg und überlegte, ob er noch einmal zu Hause vorbeigehen und sein schwarzes T-Shirt gegen etwas tauschen sollte, das eher zu einer Verabredung passte, aber dann entschied er, stattdessen lieber an der Bar auf Grace zu warten.

Das Village Inn war ein großes Haus im Kolonialstil, das zu einem kleinen Hotel umgebaut worden war. Harry war einige Male dort gewesen, um mit seinem Vater oder mit seinem Vater und Alice zu Abend zu essen. Er hatte die Bar zwar gesehen, aber noch nie etwas dort getrunken. Sie lag in einer kleinen, holzgetäfelten Nische, die von der Haupteingangshalle abging, mit nur acht Barhockern an einer Theke. Als Harry eintraf, war sie verlassen, nicht einmal ein Barkeeper war zu sehen. Er setzte sich auf einen der Hocker. Die Eichentheke glänzte frisch poliert, und gedämpftes Licht fiel auf die teuren Flaschen dahinter. Harry war an

Collegekneipen gewöhnt, mit Budweiser-Spiegeln und Jägermeisterspendern. Während er überlegte, was er trinken sollte, kam die Barfrau heraus. Sie war eine kräftig gebaute Frau mit altmodischen Tätowierungen auf beiden Armen. Ihr Haar war flachsblond gefärbt, und sie trug eine dicke Brille. Sie erschrak ein wenig, als sie Harry bemerkte.

»Wo kommst du denn her, Süßer«, fragte sie, und Harry fragte zurück, ob sie schon offen hatten.

»Wir haben offen, und kann ich bitte einen Ausweis sehen?«

Harry fischte seinen Führerschein heraus, zeigte ihn der Barfrau und bestellte einen Bourbon mit Ginger Ale. Sie mischte seinen Drink in einem niedrigen Glas und garnierte ihn mit einer Zitronenscheibe. Dann fummelte sie an ihrem Handy herum, das mit Lautsprechern verbunden war, und wählte einen Song aus, eine tiefe Männerstimme über Drums, Bass und einem Saxofon. Harry schaute auf sein eigenes Handy, während sie anfing, die Bar herzurichten, Flaschen umherschob und Früchte aufschnitt. Es dauerte noch eine halbe Stunde, bis Grace auftauchen würde. Harry nahm sich vor, langsam zu trinken. Wegen des Wiedersehens mit Grace war er nervös und fragte sich, was sie von seiner Einladung hielt. Er wusste selbst nicht, was er davon halten sollte. War es ein Date oder wollte er nur herausfinden, welche Verbindung sie zu seinem Vater hatte? Beides wahrscheinlich, wenngleich es für Harry leichter war, es als Erkundungsmission zu betrachten.

Harry hatte in seiner Collegezeit zwei längere Beziehungen gehabt, die erste war mit Florence Lee gewesen, einem Mädchen, das er in seiner ersten Woche am Mather kennengelernt hatte, als sie beide ehrenamtlich in dem von Studenten betriebenen Theater anfingen. In ihrer ersten gemeinsamen Nacht waren sie bis zum Morgengrauen wach geblieben und hatten über die Nouvelle Vague und die Romane Vonneguts diskutiert. Hauptsächlich hatte sie geredet, aber es war, als würde sie sowohl ihre als auch seine Gedanken aussprechen. In der nächsten Nacht waren sie bis zum Morgengrauen aufgeblieben und hatten Sex gehabt. Diese beiden Nächte zusammen führten Harry zu der Überzeugung, dass Florence Lee die einzig wahre Liebe seines Lebens sein müsse. Sie waren bis zum folgenden Frühjahr unzertrennlich geblieben, als Harry entdeckte, dass sie nie aufgehört hatte, ihren alten Freund aus der Highschool zu Hause in Long Island zu ficken. Harry war am Boden zerstört gewesen und hatte sogar erwogen, das Mather College zu verlassen. Paul Roman, der behauptete, Florence nie gemocht zu haben, hatte ihn schließlich aus seiner Niedergeschlagenheit geholt.

Daraufhin hatte Harry begonnen, Zeit mit Pauls Freundin Kim zu verbringen, die so ganz anders war als die vernunftgesteuerte, depressive, hoch sexualisierte Florence. Sie war eine sehr sarkastische Studentin der Theaterwissenschaft, die Retroklamotten trug und American Spirits rauchte. Sie standen sich während des gesamten zweiten Studienjahrs sehr nahe, und Harry beriet Kim bei ihrer eigenen komplizierten, von Psychoterror geprägten Beziehung zu einem Mitstudenten namens Antoine. Als Kim Antoine zu Beginn des dritten Jahrs schließlich verließ, begannen Harry und Kim herumzumachen, zunächst nur spaßeshalber. Sie einigten sich darauf, es für sich zu behalten, und außerdem, es langsam angehen zu lassen, da beide durch ihre vorhergehenden Beziehungen geschädigt worden waren.

»Wie langsam?«, hatte Harry am Morgen nach der ersten Nacht gefragt, die Kim in seinem Bett verbracht hatte.

»Wir tun es, sobald es schneit. Was hältst du davon?«

Harry zog die Jalousie an seinem Fenster hoch und sah zu einem blauen Himmel hinauf. Es war Anfang November, und an den meisten Bäumen hingen noch verfärbte Blätter.

»Beim ersten Schnee? Im Ernst?«

»Warum nicht? Hört sich irgendwie richtig an. Wenn es schneit, lasse ich dich deinen Penis in meine Vagina stecken.« Sie hakte den Verschluss ihres BHs am Rücken zu und lächelte über das ganze Gesicht.

»Versprochen?«

»Ich verspreche es.«

Bis Mitte Dezember hatte es nicht den kleinsten Schneeschauer gegeben, und die Meteorologen im Fernsehen sagten eine entschieden nicht-weiße Weihnacht voraus. Der milde Herbst war zu einem Running Gag zwischen Harry und Kim geworden, das Wetter, das sich verschworen hatte, um ihre Beziehung zu verhindern. Am letzten Abend des Herbstsemesters hatte Harry noch einen Aufsatz zu schreiben, fünf Seiten über die protestantische Reformation. Er kam gerade zum Ende, als er eine SMS von Kim erhielt.

Fertig?

Fast.

Komm rüber, wenn du fertig bist.

Nachdem er den Aufsatz ein letztes Mal durchgelesen und an seinen Professor abgeschickt hatte, schlang sich Harry einen Schal um den Hals und ging über den Campus zu Kims Einzelzimmer in Hubbard Hall. Es war kalt, der Himmel war voller Sterne. Er sah auf die Uhr, bevor er an ihre Tür klopfte – kurz nach Mitternacht, aber er wusste, sie wäre noch wach. Als sie die Tür öffnete, strahlten ihre Augen, und sie war nervös. Harry betrat einen Raum, der vollständig mit ausgeschnittenen Papierschneeflocken zugepflastert war – es mussten Hunderte sein, an den Wänden, der Decke, selbst auf dem Boden.

»Ta-daa!«, sagte sie mit bebender Stimme, und Harry wusste augenblicklich, dass es ein Fehler gewesen war zu warten. Er spürte es in seinem Bauch und setzte dennoch ein Lächeln auf, von dem er hoffte, dass es echt wirkte.

Kim stieß ihn aufs Bett – das ebenfalls mit Schneeflocken bedeckt war – und befahl ihm, mit ihr »Liebe zu machen«, und Harry spürte, wie jegliches Verlangen aus seinem Körper sickerte. Ob es das Überkonstruierte des Augenblicks war oder ob es daran lag, dass er von vornherein keine intensiven Gefühle für Kim gehegt hatte – jedenfalls wusste er, dass es nicht funktionieren würde. Trotzdem versuchte er es, und als im Morgengrauen klar war, dass nichts passieren würde, tat er, als wäre er eingeschlafen, und hörte, wie Kim neben ihm leise ins Kissen weinte.

Im nächsten Semester einigten sich Kim und Harry darauf, einfach wieder nur Freunde zu sein. Sie taten sich am Anfang ein wenig schwer damit, aber schließlich war alles so wie zuvor. Harry sagte sich, dass ihre fehlgeschlagene Beziehung eine Folge davon war, dass sie nicht zusammenpassten und dass sie es erst gar nicht hätten versuchen sollen, aber insgeheim machte er sich Sorgen. Fühlte er sich nur zu Mädchen sexuell hingezogen, die ihn nicht wollten, oder zu Frauen, die er niemals haben konnte, wie seiner Stiefmutter?

Zum Ende ihres Abschlussjahrs hatten Harry und Kim wieder angefangen, gelegentlich herumzuknutschen, und eines Abends, als Kim so betrunken gewesen war, wie er sie noch nie erlebt hatte, sagte sie, er sei der einzige Junge, den sie je geliebt habe. Harry reagierte mit Schweigen. Am nächsten Tag behauptete Kim, sie könne sich an nichts mehr aus der Nacht erinnern, aber Harry war sich da nicht so sicher. Er sagte sich, dass er aufhören müsse, ihr etwas vorzumachen, und größtenteils hatte er sich seither daran gehalten. Aber im Moment spielte das keine Rolle. Sie würde ein Jahr lang nach Baton Rouge für Teach For America gehen, und Harry war in Maine.

»Dasselbe noch mal?«, fragte die Barfrau.

»Äh, sicher«, entgegnete Harry und sah auf seine Armbanduhr. Es war exakt die Zeit, die er mit Grace vereinbart hatte. Er drehte sich um, und da war sie – sie kam in einem dunkelblauen Kleid, das über den Knien endete, in die Bar spaziert.

»Chic«, sagte sie und sah sich um, ehe sie auf dem Hocker neben Harry Platz nahm.

Die Barfrau stellte Harrys Drink vor ihn hin und fragte Grace, was sie wünsche. Grace schaute sich die kleine Auswahl an Bieren vom Fass an und bestellte ein Shock Top.

»Schon Glück gehabt bei der Jobsuche?«

»Bisher nicht, aber ich habe es nicht eilig. Was macht der Buchladen?«

Zum Teil aus Nervosität erzählte ihr Harry nicht nur von seiner Arbeit im Laden, sondern auch von seinen Ängsten hinsichtlich der Zukunft des Geschäfts und seiner eigenen Zukunft.

»Du bist nicht daran interessiert, den Laden zu übernehmen?«, fragte Grace.

»Nein, eigentlich nicht. Wenn, dann würde ich bei Ackerson's in New York arbeiten wollen, auch wenn es meinem Vater nicht mehr gehört… gehörte. Ich schätze, ich bin vor allem nicht daran interessiert, für den Rest meines Lebens hier oben in Maine bei Alice zu leben.«

»Alice ist… deine Stiefmutter?«

»Ach so, ja, tut mir leid. Sie ist die zweite Frau meines Vaters. Meine Mutter ist gestorben, als ich noch in der Highschool war.«

»Und wie ist Alice so?« Grace hatte ihr Bier ausgetrunken und musste der Barfrau ein Zeichen gegeben haben, denn ein zweites wurde zusammen mit einer kleinen Schale Knabberzeug vor sie hingestellt.

»Sie ist…« Harry suchte nach einem Wort und sagte schließlich: »… in Ordnung.«

Grace lachte. »Ein spärliches Lob.«

»Ehrlich gesagt, kenne ich sie einfach nicht sehr gut. Sie hat meinen Vater geheiratet, als ich gerade von zu Hause ausgezogen bin, um zu studieren. Damals war ich mehr oder weniger nur mit mir selbst beschäftigt, und ich habe mir nicht die Mühe gemacht, sie besser kennenzulernen.« Ein Bild von der jungen Braut seines Vaters im Bikini blitzte vor seinem inneren Auge auf. »Zumindest nicht in einer bedeutsamen Weise. Sie ist sehr geradeheraus, und damit habe ich mich immer ein wenig unwohl gefühlt. Mein Vater war sehr verschlossen, was seine Gefühle anging, meine Mutter weniger, aber sie war auch sarkastisch, und damit kommt man weit. Alice hat im Grunde keinen Humor. Ich glaube manchmal, mein Vater hat sich in sie verliebt, weil sie ihn an Maine erinnert hat, und er wollte unbedingt wieder hierher zurück.«

»Inwiefern hat sie ihn denn an Maine erinnert?«

»Ich weiß nicht. Sie ist offen und direkt, nicht kompliziert oder neurotisch. Sie ist altmodisch. Sie hat sich in einer Weise um ihn gekümmert, wie sich seine Mutter vielleicht um ihn gekümmert hat. Das klingt jetzt sicher, als wäre er ein schrecklicher Mensch gewesen.«

»Eigentlich nicht«, sagte sie und leckte Schaum von ihrer Oberlippe.

»Erzähl mir von dir«, forderte Harry sie auf, nahm einen Schluck von seinem Drink und stellte überrascht fest, dass er nur noch aus Eis bestand.

»Muss ich?«, fragte Grace und lachte.

»Du musst gar nichts. Ich bin nur neugierig. Wie alt bist du?«

»Das fragt man eigentlich nicht, aber es macht mir nichts aus. Ich bin fünfundzwanzig.«

»Wo bist du aufgewachsen?«

»Ich bin in Michigan aufgewachsen, dann habe ich in New York studiert, und jetzt wohne ich hier in Kennewick, Maine.«

»Und du träumst davon, in einem Buchladen zu arbeiten?«

»Die Wahrheit ist, wie ich schon sagte, dass ich Ackerson's

in New York kenne. Ich habe im selben Block gewohnt und war ständig dort. Ich liebe alte Bücher. Und ich wusste, es gibt hier einen zweiten Ackerson's, das war mit ein Grund, warum ich mich für Kennewick entschieden habe. Nicht um in dem Buchladen zu arbeiten, obwohl ich das natürlich gern tun würde, sondern weil ich an die Küste von Maine ziehen wollte, und als ich erfuhr, dass der Buchladen in meinem Block ein Geschwister in Kennewick hat, kam es mir wie ein Wink des Schicksals vor. Deshalb bin ich hier, und deshalb war ich auf der Trauerfeier für deinen Vater. Du siehst aus, als würdest du mir nicht glauben.«

»Tatsächlich? Nein, erzähl weiter.« Aber Harry fiel es wirklich schwer, ihr zu glauben. Ihre Geschichte wirkte einstudiert, und ihr Blick schweifte beim Erzählen ständig umher. Sie log.

»Das war's. Das ist meine Geschichte.«

»Warum bist du von New York weggegangen?«

»Was glaubst du?«

»Probleme mit einem Jungen?«

»Ha. So kann man es auch nennen. Aber stimmt, deshalb habe ich New York verlassen.«

Die Barfrau fragte Harry, ob er noch etwas trinken wollte. Er hatte seit dem Hähnchen-Sandwich zu Mittag nichts mehr gegessen, und die beiden Bourbons mit Ginger Ale schienen ziemlich stark zu sein. Er bestellte auch ein Bier, das gleiche, wie Grace es trank. Nachdem die Frau es mit einer Orangenscheibe am Rand des Pintglases serviert hatte, richtete sie eine Fernbedienung auf einen in die Theke eingebauten Flachbildschirm. Spieler der Red Sox liefen auf das Feld in Fenway.

»Bist du Baseballfan?«, fragte Grace, offenbar in der Hoffnung, das Thema wechseln zu können.

»Ein Schönwetterfan, würde ich sagen. Wenn es die Red Sox in die Play-offs schaffen, fange ich an zuzuschauen. Mein Dad war allerdings ein großer Fan.« Und plötzlich wurde Harry bewusst, dass sein Vater nie wieder ein Spiel der Red Sox sehen, keinen Spielbericht mehr lesen und sich nie mehr über einen Pitcher aufregen würde. »Wie steht es mit dir?«

»Eigentlich nicht. Ich bin Fußballfan. Von Man U.«

»Wie kommt das denn?«, fragte Harry.

Er hörte ihr zu, wie sie über Fußball sprach, dass sie ihr ganzes Leben lang selbst gespielt hatte und die Spiele der Premier League schaute, seit diese vor zehn Jahren erstmals im amerikanischen Fernsehen gezeigt worden waren. Sie sprach über die Spieler, als würde Harry sie kennen. Jetzt da sie nichts zu verbergen hatte, stellte sie Augenkontakt her, und ihre Stimme hatte sich leicht verändert. Sie klang entspannt, und Harry sah sie mit fünfzehn vor sich, eine kräftige, sommersprossige Fußballerin mit langen, dunklen Haaren auf einem Spielfeld irgendwo im Mittleren Westen.

Harry trank sein Bier aus und aß die Orangenscheibe.

»Bist du hungrig?«, fragte Grace.

»Ja. Ich sollte wahrscheinlich nach Hause gehen. Alice hat bestimmt ein dreigängiges Menü gekocht. Das macht sie die ganze Zeit, seit mein Vater gestorben ist.«

»Ich sollte auch etwas essen.«

»Ich würde dich ja einladen, aber …«

»Nein, nein, ich bitte dich. Ich habe Essen zu Hause. Ich sollte ebenfalls los.«

Draußen war es noch hell, aber die Sonne hatte sich hinter einer dunklen Wolkenbank versteckt, die von Westen her aufzog. In der Ferne grollte Donner. »Ich bringe dich nach Hause«, sagte Harry.

»Das musst du nicht.«

»Es liegt gewissermaßen auf dem Weg.«

Sie spazierten vom Ort den Hügel hinauf und blieben vor dem großen viktorianischen Bau aus rotem Ziegel stehen, in dem Grace ihr Zimmer gemietet hatte. In der Einfahrt stand ein alter Mazda RX-7, und Harry fragte sich, ob er ihr gehörte.

»Lass uns das wieder mal machen«, sagte Grace, als die ersten dicken Regentropfen auf den Gehsteig klatschten.

»Würde mir gefallen«, erwiderte Harry.

Er machte sich auf den Heimweg und fragte sich, ob er es schaffen würde, bevor es richtig zu regnen anfing, als er Graces Schritte hinter sich hörte. »Warte«, rief sie, und er drehte sich um.

Einen Moment lang dachte Harry, sie würde weiter auf ihn zugehen und ihn küssen, aber stattdessen blieb sie ein wenig außer Atem stehen und sagte: »Ich kannte deinen Vater ein bisschen. Aus New York. Aus dem Buchladen.«

»Ach«, sagte Harry.

»Ich habe mich schlecht gefühlt, weil ich dich angelogen habe.«

»Warum hast du mich denn angelogen?«

»Ich weiß nicht, ich wollte nicht, dass du denkst … Wir haben uns nicht gut gekannt.«

»Schon in Ordnung.«

»Dann gute Nacht noch mal«, sagte sie und ging lächelnd

rückwärts. Dazu nickte sie langsam, es war eine Geste, die zu sagen schien, dass es ihr nun besser ging, jetzt, da sie die Wahrheit gesagt hatte. Aber sie hatte nicht die Wahrheit gesagt, zumindest nicht die ganze Wahrheit. Davon war Harry überzeugt.

KAPITEL 15

FRÜHER

Sie saßen zusammen am Strand, jede auf einem der flachen Steine entlang der Linie, die den höchsten Pegelstand markierte, nicht weit von der Mauer entfernt. Es war gerade Flut, und gelegentlich schwappte eine Welle gegen ihre Füße. Gina hatte in die Wohnung kommen wollen, aber Alice hatte gesagt, sie wolle lieber am Strand reden. Es war klar, dass Gina entweder betrunken war oder schwer unter Drogeneinfluss stand. Ihre Augen waren rot gerändert, ihr Blick war unscharf, und die Worte kamen ihr nur schwer über die Lippen.

»Es tut mir leid, Al«, sagte Gina. »Ich *musste* etwas sagen, denn wenn ich es nicht getan hätte, wäre es mir nicht mehr aus dem Kopf gegangen, aber jetzt habe ich alles kaputt gemacht zwischen uns, und du bist meine einzige Freundin in Kennewick, meine einzige echte Freundin, und jetzt hasst du mich.«

»Ich hasse dich nicht«, sagte Alice.

»Du weißt nicht, wie es ist in New York. Ich traue praktisch niemandem. *Niemandem.* Alle erzählen mir, dass ich wunderschön bin, und alle sagen, ich bin dieser große Star, aber das bin ich nicht, Al. Margery, kennst du Margery?«

Alice kannte sie nicht, nickte aber trotzdem. Das pulsierende Rauschen des Ozeans dämpfte Ginas Worte. Alice ließ sie reden. Sie erzählte eine lange, weitschweifige Geschichte über ihre Managerin Margery und dass sie gedacht habe, Margery wäre die Einzige, der sie trauen könne, aber dann hatte sich herausgestellt, dass sie niemandem trauen konnte. Alice schaute unterdessen auf Ginas Hand, in die sie gebissen hatte. Ein weißer Verband war darum gewickelt, und selbst im Mondlicht sah Alice, wie Blut durchsickerte. *Das war ich*, dachte sie. Sie wusste noch, wie es sich angefühlt hatte, als sie ihre Zähne in Ginas Haut schlug.

»Aber ich vertraue *dir*«, sagte Gina gerade. »Und deshalb darf ich dich nicht verlieren, Al. Ich darf dich nicht verlieren, und es ist mir egal, was du mit dem Mann deiner Mutter treibst. Es geht mich nichts an, und ich hätte nicht davon anfangen dürfen. Ich meine, tu, was du willst, okay?«

»Wir tun nichts.«

»Hey, ich versteh schon. Er ist ein heißer Typ. Ich würde es auch mit ihm machen.«

Ihre Worte weckten in Alice das Bedürfnis, den nächstbesten Stein zu packen und ihn Gina ins Gesicht zu schlagen. Stattdessen sagte sie: »Lass uns schwimmen gehen.«

Gina drehte den Kopf in Richtung der schwarzen Weite des Ozeans, fast als würde sie eben erst bemerken, dass er da war. »Im Ernst?«, fragte sie.

»Sicher, warum nicht?«

»Es wird eiskalt sein.«

»Ach, woher. Du traust dich nur nicht. Es wird fantastisch sein.«

Gina sah noch einen Moment zum Wasser und sagte

dann: »Also gut, von mir aus.« Sie lächelte und beugte sich zu Alice hinüber. In ihrem Atem lag ein beinahe chemischer Geruch, wie Reinigungsalkohol. Sie stand auf. »Lass uns schwimmen gehen. Es hat etwas Symbolhaftes, wie ein gemeinsamer Neubeginn.« Sie streifte ihre Jeans von den langen Beinen und wäre fast auf den Steinen ausgerutscht, dann zog sie Shirt und Pulli über den Kopf. Alice, die nach wie vor nichts weiter als ihre Pyjamahose und das T-Shirt trug, zog beides aus und fühlte sich unwohl und ungeschützt, aber sie wollte schnell ins Wasser. Gina musterte rasch Alices nackten Körper, und Alice widerstand dem Drang, ihre Brüste zu bedecken, die ihr plötzlich neben Ginas flacher Brust mit den kleinen, dunklen Warzen plump und fleischig vorkamen.

»Ich glaub es einfach nicht«, sagte Gina. »Es wird eiskalt sein.« Sie zog den Verband von der Hand und warf ihn in den Sand.

»Das Wasser ist im Moment wahrscheinlich wärmer als die Luft«, entgegnete Alice und stieg von den Steinen auf den festgebackenen Sand. Sobald sie knöcheltief im Wasser stand, wurde ihr klar, dass es wahrscheinlich genau dieselbe Temperatur hatte wie die Luft. Es fühlte sich an, als würde sie in nichts treten. Sie watete hinaus, und Gina flog mit rudernden Armen an ihr vorbei und schrie, als sie in die Brandung stürzte. »Feigling!«, rief sie Alice zu.

Alice watete weiter. Alles war dunkel außer dem Schaum auf den sich brechenden Wellen. Eine hohe Welle rollte auf sie zu, und Alice tauchte unter und kam neben Gina wieder hoch. »Das ist ein fantastisches Gefühl«, jubelte Gina und legte den Kopf in den Nacken, sodass ihre Haare im Wasser trieben.

Alice stellte zu ihrem Verdruss fest, dass sie dasselbe empfand. Sie war noch nie nackt geschwommen und fühlte sich unglaublich lebendig im Griff des Meerwassers auf ihrer Haut. »Lass uns sehen, wie weit wir hinausschwimmen können«, sagte sie.

»Vielleicht fressen uns die Haie«, sagte Gina, dann lachte sie betrunken, schluckte Wasser und hustete es wieder aus.

Alice holte tief Luft und pflanzte die Füße in den dichten, sandigen Grund. Der Mond kam hinter einer Wolke hervor und schien silbrig auf das Wasser. »Nein, es wird großartig. Vertrau mir.« Alice schwamm los, Gina hielt sich neben ihr. Sie schwamm langsam, da sie nicht wollte, dass Gina zurückfiel. Das Wasser wurde immer kälter und ruhiger, je weiter sie hinauskamen. Sie hörte, wie Gina anfing, schwer zu atmen und zu prusten, wenn sie bei jedem zweiten Armzug den Kopf drehte. »Alles in Ordnung?«, fragte Alice.

»Ja. Nur ein bisschen müde.« Sie drehte sich auf den Rücken, sie atmete keuchend.

»Ein Stück weiter draußen gibt es eine Sandbank.«

»Ja, lass uns zu ihr schwimmen«, sagte Gina und drehte sich wieder um. Ihre Arme klatschten ins Wasser, als sie weiterschwamm. Alice dachte daran, wie Gina beim Geländelauftraining gewesen war: immer bereit, das Tempo zu drosseln, wenn Alice zurückfiel, aber immer darauf bedacht, dass sie als Erste ins Ziel kam. Alice schwamm neben sie. Sie begann ebenfalls, schwer zu atmen, aber ihre Arme fühlten sich stark an, wenn sie durch das Wasser schnitten. Sie hatte das Gefühl, ewig weiterschwimmen zu können. Sie setzte sich ein kleines Stück vor Gina und bewegte sich unablässig von der Küste fort, wo das Meer inzwischen viel kälter war.

»Halt, warte«, schrie Gina mit heiserer Stimme, und Alice stoppte, wendete und schwamm zu ihr zurück. Die Lichter an Land wirkten weit entfernt und bedeutungslos.

»Ich glaube, ich habe einen Krampf«, sagte Gina und klang panisch.

»Ruh dich einen Moment aus«, sagte Alice.

»Hast du die Sandbank schon gespürt?«

»Nein, aber ich weiß, dass sie da ist, es sei denn, sie ist gewandert.« Wie ein Hund paddelnd, spürte Alice, wie das Wasser an ihren Beinen zerrte. Waren sie in einen Brandungsrückstrom geraten? Es fühlte sich fast so an. Es hatte tatsächlich eine Sandbank so weit vom Strand von Kennewick entfernt gegeben, aber die war seit dem stürmischen Winter im Jahr nach ihrem Schulabschluss verschwunden.

»Ich hätte nicht so weit hinausschwimmen sollen«, sagte Gina und spuckte dabei, weil ihr Kinn unter Wasser sank.

»Keine Sorge, wir ruhen ein bisschen aus, dann kehren wir um.«

»Okay.«

Alice hielt sich über Wasser, indem sie nur Scherenbewegungen mit den Beinen machte. »Ich schlafe tatsächlich mit ihm, weißt du? Mit diesem ekligen Scheißtypen.« Der Mond war hinter einer Wolke verschwunden, und es war wieder dunkel.

Gina holte Luft und sagte: »Es ist mir egal.« Die Worte klangen wie ein Ausatmen.

»Oh nein, es ist dir nicht egal. Du willst, dass ich damit aufhöre.«

»Nein, wirklich nicht. Alice, ich glaube, ich brauche Hilfe.«

»Okay«, sagte Alice. Sie wurde jetzt ebenfalls müde, und als sie zu kraulen begann, hatte sie Mühe, die Arme aus dem Wasser zu heben, deshalb wechselte sie in die Brustlage. Es gab eindeutig einen Sog im Wasser, eine Strömung, die sie von der Küste wegzog. Panik kam in ihr auf und schnürte ihr die Brust zusammen, aber sie holte tief Luft und befahl sich, eine Weile parallel zur Küste zu schwimmen, bis sie aus der Strömung herausgekommen war.

»Alice, Hilfe!«, schrie Gina, und als sich Alice umdrehte, sah sie eine Hand aus dem Wasser winken, dann kam Ginas Kopf prustend wieder nach oben. Sie ertrank.

Frische Kraft durchflutete Alice, und sie schwamm nach Norden, auf den Leuchtturm am Steilufer zu. Gelegentlich hielt sie an, bis sie den Sog der Strömung nicht mehr spürte. Dann bog sie in Richtung Küste ab, ihre Lunge brannte, ihre Arme fühlten sich an wie Pudding. Nach einer scheinbaren Ewigkeit befand sie sich wieder im Brandungsbereich, und plötzlich wurde sie von einer Welle vorwärtsgeschleudert und schrammte mit Brust und Schenkeln über den steinigen Grund. Sie kroch auf allen vieren aus dem Wasser und brach zitternd und keuchend am Strand zusammen. Als sie wieder zu Atem gekommen war, rappelte sie sich unsicher auf und ging zurück nach Süden. Sie achtete darauf, nahe an der Pegellinie zu bleiben, nicht dort, wo der Sand trocken war, denn sie wollte keine Fußabdrücke hinterlassen.

Der Mond war wieder hervorgekommen und half ihr, die beiden Kleiderhäufchen von Gina und ihr oben bei den Felsen zu finden. Sie zog die Pyjamahose und das T-Shirt über ihre feuchte, sandige Haut. Sie zitterte jetzt unkontrollierbar, und ihre Zähne klapperten. Ein Wagen fuhr auf der Micmac Road vorbei, sie duckte sich unter den Scheinwerferkegel und sah, wie Ginas Sachen kurz angeleuchtet wurden. Die Flut zog sich inzwischen zurück, aber der Sand war glatt und nass bis zu der Stelle, wo ihre Sandalen lagen. Es waren keine Fußabdrücke zu sehen.

Obwohl sie fror, ging Alice in die Hocke und suchte, solange sie konnte, die Meeresoberfläche mit den Augen ab, sobald der Mond zwischen den Wolken hervorkam. Sie wusste, dass Gina ertrunken war – sie musste, unmittelbar nachdem Alice von ihr fortgeschwommen war, untergegangen sein – aber sie wollte auf Nummer sicher gehen. Sie versuchte zu erspüren, ob Gina irgendwo da draußen im Wasser noch um ihr Leben kämpfte, aber da war nichts. Das Meer hatte sie verschluckt.

Alice ging die Betonstufen zur Straße hinauf, überquerte sie und joggte nach Hause. Sie stieß die Tür auf und war froh, dass sie daran gedacht hatte, sie nicht abzusperren. Drinnen war es still, in der Küche und im Wohnzimmer brannte noch Licht. Sie schaltete es in beiden Räumen aus und ging nach oben. Als sie das Schlafzimmer durchquerte, hörte sie Jakes rhythmischen, abgehackten Atem, an dem sie erkannte, dass er tief schlief. Sie zog sich aus, raffte ihre Sachen zu einem Bündel zusammen und packte sie auf den Boden des Wäschekorbs, dann stieg sie unter den heißen Strahl der Dusche und ließ sich vom Wasser aufwärmen und ihre Muskeln lockern. Sie spülte sich den Sand vom Körper, wusch ihre Haare und seifte sich zweimal vollständig mit Jakes Irish Spring ein. Sie hörte auf zu zittern, und der Salzgeschmack in ihrem Mund verging, aber sie blieb unter der Dusche stehen, bis sie merkte, dass ihre Beine sie nicht länger trugen.

In einem frischen Pyjama schlüpfte sie leise unter die Decke, legte sich auf den Rücken und sagte sich, dass sie einige Entscheidungen treffen musste. Wenn die Polizei kam und ihr Fragen stellte – und sie würde kommen –, dann würde sie sagen, Gina habe vor ihrer Tür gestanden, und Alice habe ihr erklärt, sie sei zu müde zum Reden. Gina sei sehr betrunken gewesen und vielleicht auf Drogen und sie habe schwimmen gehen wollen, aber Alice habe sich geweigert, also sei Gina wieder abgezogen. Sie würden ihr nichts anderes beweisen können, vor allem nachdem Alice den Pyjama gewaschen und noch einmal geduscht hätte, um alle Spuren zu beseitigen. Das konnte sie frühmorgens tun, bevor Jake aufwachte. Wie schnell würde die Polizei kommen? Wann würde man Gina vermissen?

Sie schloss die Augen und befand sich wieder in dem kalten, tiefen Wasser, Gina flehte um Hilfe. Alice sagte sich, sie habe sie unmöglich retten können, selbst wenn sie es gewollt hätte. Sie hatte sich mit knapper Not selbst aus der Strömung befreit. Und Gina war nicht im Vollbesitz ihrer Kräfte gewesen. Sie hatte bekommen, was sie sich gewünscht hatte – all die schönen Lügen über Geld und Ruhm und dass sie etwas Besonderes sei –, und am Ende hatte es sie das Leben gekostet. Vielleicht hatte sie, weil ihr eigenes Leben so beschissen war, beschlossen, sich in Alices Leben einzumischen, ein Urteil über sie zu fällen, weil Alice wirklich jemanden gefunden hatte, den sie lieben konnte und der sie ebenfalls liebte.

Nein, sie hätte Gina nicht retten können, selbst wenn sie

es gewollt hätte. Sie wäre jetzt ebenfalls tot, wenn sie versucht hätte, sie beide zu retten. Gina hätte sie beide unter Wasser gezogen. Es gab nichts, was Alice hätte tun können.

Überzeugt von diesen Gedanken drehte sich Alice auf den Bauch und schlief zufrieden ein.

KAPITEL 16

JETZT

Am nächsten Tag stand Harry spät auf, und als er nach unten kam, fand er einen Zettel von Alice, dass sie einige Besorgungen mache und nicht vor Mittag zurück sein werde. Harry gefiel die Vorstellung, allein im Haus zu sein, Zeit zu haben, um weiter darüber nachzudenken, was seinem Vater zugestoßen war, und über seine sonderbare Verabredung mit Grace am Abend zuvor. Er rief John im Laden an und sagte, er fühle sich nicht besonders und ob er erst am Nachmittag kommen könne.

»Du musst überhaupt nicht kommen, Harry«, sagte John. »Ich komme allein zurecht.«

»In Ordnung, aber ich würde gern kommen. Wenn es mir besser geht, schaue ich vorbei, und wenn nicht, dann wirst du mich heute wohl nicht sehen.«

»Okay. Pass auf dich auf, mein Sohn.«

Die Kanne in der Küche war noch halb voll mit lauwarmem Kaffee, und Harry schenkte sich eine Tasse ein, gab Milch dazu und wärmte sie in der Mikrowelle auf. Er ging mit dem Kaffee in sein Zimmer und loggte sich in seinen Laptop ein. Er hoffte, mehr über Grace herauszufinden; er wusste, sie hatte ihn belogen, was ihre Beziehung zu seinem

Vater anging. Hatten die beiden eine Affäre gehabt? Und falls ja, war sie deshalb aus New York nach Maine heraufgekommen? Wegen der Beerdigung? Aber warum blieb sie dann?

Harry fiel ein, dass er ihren Nachnamen gar nicht kannte, deshalb googelte er »Grace« plus alles, was sie am Vorabend erwähnt hatte. »Ann Arbor, Michigan.« »New York University.« Er versuchte es sogar mir »Ackerson's Rare Books«. Es führte alles zu nichts und ließ ihn erkennen, wie wenig er über sie in Erfahrung gebracht hatte. Aus einer Eingebung heraus beschloss er, Ackerson's in New York anzurufen und zu sehen, ob Ron Krakowski da war. Er fand die Nummer auf der Website des Ladens und rief von seinem Handy aus an.

»Ackerson's Rare Books.« Es war eine weibliche Stimme.

»Ist Ron zu sprechen?«

»Ich sehe mal nach. Darf ich fragen, wer Sie sind?«

Harry nannte ihr seinen Namen und wusste, dass Ron, der manchmal an Telefonphobie litt, den Anruf entgegennehmen würde.

Eine halbe Minute verging, dann ertönte Rons Stimme: »Großer Gott, Harry, ich kann es verdammt noch mal nicht glauben.«

»Ich weiß«, sagte Harry und war plötzlich froh, Rons Stimme zu hören. Ron war nicht immer einfach, aber er war immer da gewesen. Harry kannte ihn schon sein ganzes Leben lang.

»Ich habe Alice eine Nachricht hinterlassen, aber sie hat nicht zurückgerufen. Bist du in Maine? Natürlich bist du dort. Was sagen sie? Ist er einfach ausgerutscht, abgestürzt und gestorben, einfach so?«

»Eigentlich nicht. Sie glauben jetzt, er könnte zuerst einen Schlag abbekommen haben und dass ihn das getötet hat.«

»Du meinst, dass ihn jemand getötet hat? Allmächtiger! Woher wissen sie so was? Maine CSI, schätze ich, oder? Weiß man schon was über den Täter?«

Harry verneinte und erzählte, die Polizei sei bei ihm gewesen und habe gefragt, ob jemand einen Groll auf ihn gehegt haben könne.

»Du hast ihnen hoffentlich erzählt, dass das nicht der Fall war. Ich sage immer gern, dein Vater hatte zwar wenige Freunde, aber dafür auch keine Feinde. Ich hätte es auf seiner Beerdigung gesagt, wenn ich … wenn ich …«

»Mach dir deshalb keine Sorgen. Ich verstehe es. Es ist ein weiter Weg.«

»Oh ja. In meinem Alter kommt mir alles, was über zehn Blocks hinausgeht, schon als weiter Weg vor.« Ron war kaum älter als sechzig, dachte Harry, sagte aber nichts.

Sie unterhielten sich noch ein wenig – über Alice und darüber, was aus dem Laden in Maine werden würde –, dann sagte Harry: »Ich habe eine komische Frage, Ron. Kennst du jemanden namens Grace? Ich weiß ihren Nachnamen nicht, aber sie kannte meinen Dad, und sie sagte, sie hätte ihn in New York kennengelernt, in eurem …«

»Irisches Mädchen mit schönen Augen? Ihr Nachname ist McGowan. Du kennst das Apartment an der Third Avenue, das mir Jim Mills 1978 für tausend Dollar verkauft hat? Sie ist meine Mieterin dort.«

»Immer noch?«

»Soweit ich weiß, ja. Ihre Miete bezahlt sie jedenfalls. Sie ist ein nettes Mädchen, hat uns geholfen, Bücher aus dem

Keller zu räumen, als dieser Sturm die Stadt traf, Sandy, meine ich. Sie kannte deinen Vater, weil er zu dieser Zeit ebenfalls hier unten war.«

»Standen sie sich nahe?«

»Ob sie sich nahestanden? Wer? Dein Vater und Grace? Ich hatte nicht unbedingt den Eindruck, aber ich habe auch nicht darauf geachtet. Wieso? Behauptet sie das?«

»Nein, nein. Es ist nur so, dass sie bei der Trauerfeier war.«

»Kein Scheiß. Das ist ein bisschen merkwürdig.«

»Glaubst du, sie hatten eine Affäre?«

Einen Moment herrschte Stille, und Harry konnte beinahe hören, wie Ron mit den Schultern zuckte. »Äh, ich würde sagen, nein, aber was weiß ich? Über solches Zeug haben dein Vater und ich nicht gesprochen.«

»Aber du hältst es für möglich?«

»Harry, ich weiß es nicht. Dein Vater schien ein glücklicher Mann zu sein, aber er kam tatsächlich viel nach New York herunter. Grace ist ein hübsches Mädchen, aber sie ist keine Alice, möchte ich behaupten.«

Harry überlegte kurz, ob Ron Alice je getroffen hatte, aber dann fiel ihm ein, dass Alice ja einmal zu Besuch in New York gewesen war.

»Danke, Ron«, sagte Harry.

»Brauchst du Geld, Harry?«

»Nein, nein, ich komme klar. Aber ich werde vielleicht Hilfe mit dem Laden hier brauchen.«

»Du kannst mich jederzeit anrufen, okay? Ich gebe dir auch meine Privatnummer.«

Nachdem er sie notiert hatte – es überraschte ihn nicht,

dass Ron kein Smartphone besaß –, ließ er sich Graces Nachnamen buchstabieren und notierte auch diesen.

Nach Beendigung des Telefonats googelte er »Grace McGowan«. Es gab eine ganze Reihe von Frauen, die so hießen, aber keine schien die zu sein, die er suchte. Es gab immer noch Leute – selbst junge Leute –, die kein Internetprofil hatten. Er selbst war einer davon. Alice war eine weitere. Über seinen Vater war auch nicht viel zu finden, aber er war vor Jahren von der *New York Times* in einem Artikel über den Buchhandel in Zeiten des Internets porträtiert worden. Er holte sich den Artikel jetzt auf den Schirm, las ihn noch einmal und studierte die dazugehörigen Bilder seines Vaters, der vor einem übervollen Buchregal distinguiert und gut aussah. Wie ein junger Ted Hughes, kräftiges Kinn und volles Haar. Harry schaltete den Bildschirm aus, dachte aber weiter an seinen Vater.

War ihm zuzutrauen, dass er eine Affäre mit einer wesentlich jüngeren Frau in New York gehabt hatte? Harry mochte voreingenommen sein, aber er hätte Nein gesagt, wenn seine Mutter nicht gestorben wäre. Aber vielleicht war seine Beziehung zu Alice kaputtgegangen, oder Grace hatte sich seinem Vater an den Hals geworfen, und er hatte schlicht nicht widerstehen können.

Und falls er eine Affäre gehabt hatte … Was, wenn Alice es herausgefunden hatte? Wie hätte sie darauf reagiert? Wäre sie ihm auf seinen Nachmittagsspaziergang gefolgt, hätte eine einsame Stelle abgewartet und ihm mit etwas auf den Kopf geschlagen? Es hörte sich lächerlich an, aber irgendjemand *hatte* ihn getötet. Warum nicht Alice? Oder warum übrigens nicht Grace McGowan? Vielleicht hatte sein Vater die Affäre beendet, und sie war ihm nach Maine gefolgt, um sich zu rächen. Harry überlegte, ob sich im Haus möglicherweise Antworten auf diese Fragen finden ließen. Wenn Alice Bill verdächtigt hatte, sie zu betrügen, konnte sie zum Beispiel einen Privatdetektiv beauftragt haben, ihn in New York zu beschatten. Und dafür konnte es Belege geben.

Grey Lady war ein großes Haus. Bevor Bill es gekauft hatte, war es ein Bed & Breakfast gewesen, von einem Paar gegründet, dem es nach dem Auszug seiner sechs Kinder zu einsam geworden war. Allein im ersten Stock gab es fünf Schlafzimmer und drei Bäder. Das Erdgeschoss war irgendwann renoviert worden, sodass die moderne Küche zum Esszimmer hin offen war, und eine breite Glastür führte zum Wohnzimmer mit seinen Erkerfenstern zur Straßenseite. Auf der Rückseite des Hauses gab es einen Wintergarten, erkennbar später angebaut, mit Blick zur Scheune und auf das Marschland. Die beiden anderen großen Räume im Erdgeschoss waren Alices Arbeitszimmer und Bills einem Lager ähnelndes Büro. Die Wände waren von Bücherregalen gesäumt, alle voll, und Bücherstapel bedeckten den Boden und schufen eine seltsame Stadtlandschaft en miniature. Bill hatte einen schmalen Pfad durch die Bücher freigelassen, der zu den einzigen Möbeln im Raum führte: einem großen Eichenschreibtisch und einem abgenutzten ledernen Drehstuhl, den er seit dem College besaß. Das andere Arbeitszimmer war ganz Alice, ein sonniges Eckzimmer, das von einem Handarbeitstisch mit Nähmaschine und Stoffballen dominiert wurde. Es gab jedoch auch einen Schreibtisch in dem Raum, der im Vergleich zu Bills absurd ordentlich war, und dort beschloss Harry, als Erstes nachzusehen.

Der Tisch war pastellblau gestrichen und hatte verglichen mit Bills praktisch Kindergröße. Alices Laptop lag darauf, er war zugeklappt und fühlte sich kühl an. Es gab einen kleinen Stapel nicht geöffneter Post, und Harry blätterte die Kuverts durch, aber nichts stach ihm unmittelbar ins Auge. Kreditkartenabrechnungen, eine Rechnung von Macy's, wie es schien, ein an William Ackerson adressierter Alumnibrief der Columbia University.

Harry zog die einzige Schublade heraus. Er rechnete damit, dass sie genauso ordentlich und aufgeräumt war wie der Schreibtisch selbst, aber darin herrschte ein einziges Durcheinander aus Papieren, Fotos, einer halb vollen Parfümflasche, einem Karton Dankeskarten. Das Haus machte wieder eins seiner Geräusche, und Harry fuhr zusammen. Was würde passieren, wenn Alice früher nach Hause kam und ihn dabei erwischte, wie er ihre Sachen durchwühlte? Er legte den Kopf schief und lauschte. Es war wieder still im Haus. Er nahm sich vor, nur rasch die Dinge in dem Schreibtisch durchzusehen, ob es vielleicht ein Schreiben von einem Privatdetektiv gab, irgendetwas, das vermuten ließ, dass Alice von der Affäre seines Vaters gewusst hatte.

Harry setzte sich auf den Stuhl, der in derselben Farbe gestrichen war wie der Schreibtisch. Vorsichtig zog er die Schublade ganz heraus. Er fand vor allem bezahlte Rechnungen, Bankauszüge, eine Versicherungspolice für den Volvo – jedoch keine Briefe von einem Privatdetektiv. Was er allerdings fand, war ein abgelaufener Pass, der auf Alice mit gerade mal neunzehn ausgestellt worden war. Er hatte noch nie ein Bild seiner Stiefmutter in ihrer Jugend gesehen. Sie war ungeschminkt, ihre Haut wirkte so blass wie jetzt, aber ihre Augen wirkten noch größer, und ihr Gesicht war ein wenig runder. Sie war wunderschön, und Harry fragte sich, wie sie wohl als Teenager gewesen war. Es war irgendwie unmöglich, sie sich anders vorzustellen, als sie jetzt war. Er blickte lange auf das Bild, und sie schien zurückzublicken, ohne ihm etwas zu verraten.

Er blätterte den Pass durch, um zu sehen, wo sie gewesen war, und ein Foto fiel heraus. Es war das Bild einer jungen Alice, die mit einem Mann, den Harry nicht kannte, in einer kopfsteingepflasterten Straße stand, hinter ihnen ein steinernes Gebäude, an dem das Wort *Funiculaire* in Lettern aus Metall prangte. Sowohl Alice als auch der Mann trugen lange, schwere Mäntel. Der Fotograf hatte sich mehr auf das Gebäude hinter ihnen konzentriert und auf die Schienen, die einen steilen Anstieg hinaufführten, weniger auf Alice und den Mann, die beide leicht verschwommen wirkten. Dennoch war klar, dass der Mann ein ganzes Stück älter war als Alice. Er hatte besitzergreifend einen Arm um ihre schmalen Schultern gelegt. Wahrscheinlich war er ihr Vater. Harry versuchte, sich zu erinnern, ob er etwas über Alices Familie wusste, aber alles, was ihm einfiel, war, dass sein eigener Vater ihm erzählt hatte, Alices Eltern seien tot und in der erweiterten Verwandtschaft habe sie zu niemandem eine enge Beziehung.

Bill hatte nicht viel über Alice geredet, bis auf dieses eine Mal, als er gestand, sie erinnere ihn an Maine. Aus irgendeinem Grund war diese Beschreibung bei Harry haften geblieben. Er hörte ein Geräusch aus dem vorderen Teil des Hauses. Rasch legte er den Pass dorthin zurück, wo er ihn gefunden hatte, schloss die Schublade und ging nachsehen. Der Postbote hatte die Post durch den Schlitz in der Tür geschoben. Harry hob ein Schreiben von einer Bank und einen Nordstrom-Katalog auf und brachte beides zur Küchentheke. Er überlegte, eine zweite Tasse Kaffee zu trinken, kam aber zu dem Schluss, dass er bereits nervös genug war. Stattdessen trank er ein Glas Orangensaft und blätterte den Katalog durch, ohne wirklich wahrzunehmen, was er sah. Dann checkte er sein Handy. Nichts von Grace, aber er rechnete eigentlich auch nicht damit.

Er ging nicht mehr in Alices Arbeitszimmer zurück, sondern in das seines Vaters und setzte sich in den Ledersessel am Schreibtisch. Er blickte auf den gerahmten Druck an der Wand, eine signierte Originalillustration von Robert E. McGinnus, die ein Mädchen in einem kurzen weißen Kleid auf einem Roulettetisch sitzend zeigte. Harry wusste, die Illustration war für ein Buchcover angefertigt worden, aber er hatte vergessen, für welches. Etwas aus den Sechzigern. Harry schwenkte in dem Sessel hin und her, betrachtete all die Bücher seines Vaters und fragte sich, was jetzt aus ihnen werden würde. Er dachte an all die Worte, die sein Vater gelesen, all die Handlungsstränge, die er erfasst hatte, und wie das alles mit ihm gestorben war, aber dann zwang er sich, damit aufzuhören. Stattdessen sah er einen Stapel Bücher auf dem Schreibtisch durch. Obenauf lag eins der Moleskin-Notizbücher seines Vaters. Er hatte immer eins in Gebrauch gehabt und mindestens zwei davon pro Jahr vollgeschrieben. In gewisser Weise waren sie seine Tagebücher, aber statt mit Aktivitäten und täglichen Erinnerungen füllte er sie mit den Büchern, die er zu erwerben versuchte, und mit Listen der Bücher, die er bereits besaß. Es gab außerdem seitenweise

Lieblingszitate und seine aktuellen Top-Ten-Listen zu ständig neuen Themen. Die zehn besten Signet-Taschenbuch-Cover. Die zehn besten Christie-Stand-alones. Die zehn besten vor 1945 veröffentlichten Kriminalromane. Harry hatte die Notizbücher seines Vaters schon früher durchgeblättert. Sie enthielten nie persönliche Aufzeichnungen, noch nicht einmal eine Einkaufsliste. Aber in gewisser Weise waren sie so persönlich wie ein Tagebuch. Sie zeichneten sein Innenleben nach.

Harry blätterte zum letzten Eintrag, etwa bei der Hälfte des Buchs. Es war ein Zitat, in die Mitte der Seite geschrieben:

»It's not dark yet, but it's getting there.«

Wie es bei Zitaten, die sein Vater aufschrieb, gelegentlich der Fall war, hatte er nicht angegeben, von wem das Zitat stammte, wahrscheinlich, weil er es wusste, und diese Bücher waren ja nur für ihn. Harry las die Worte mehrmals und fand sie unheimlich. Vielleicht war es nur eine Zeile aus einem Song, der seinem Vater gefiel, aber es klang auch wie eine Todesahnung.

Harry tippte die Zeile in sein Smartphone ein und erhielt sofort einen Treffer. Sie stammte aus einem Lied von Bob Dylan mit dem Titel »Not Dark Yet«. Es überraschte ihn nicht. Dylan war der Lieblingsmusiker seines Vaters gewesen. Es gab eigentlich überhaupt keinen, der ihm auch nur nahekam, höchstens noch Frank Sinatra. Bill hatte genauso viel Zeit dafür aufgewandt, sich mit Dylans Texten zu beschäftigen, wie sich seine Musik anzuhören. Seine Notizbücher waren voller Dylan-Zitate, und manchmal schrieb er ganze Songtexte ab.

Dennoch starrte Harry noch eine volle Minute lang auf diese besondere Zeile. Es waren die letzten Worte, die sein Vater geschrieben hatte. Dann blätterte er eine Seite zurück. Dort stand ein weiteres Zitat, diesmal mit Zuordnung:

»Das ist das Schlimmste an der Demokratie: dass es zu jeder Frage zwei Meinungen geben muss.«
Ross Macdonald, *Schwarzgeld*

Und vor diesem Zitat stand eine der Listen seines Vaters. Sie war überschrieben mit: Eine *revidierte* Liste von Ross Macdonalds Lew-Archer-Romanen, geordnet nach persönlicher Vorliebe.

Er hörte die Haustür nicht aufgehen, aber Alices Stimme war unversehens da. »Ist jemand zu Hause?«

Harry erschrak, dann stand er auf, legte das Notizbuch weg und trat in den Flur hinaus. Alice stand zwischen Detective Dixon, der denselben braunen Anzug zu tragen schien wie bei Harrys erster Begegnung mit ihm, und einem zweiten, wesentlich kleineren Mann in einem dunklen Anzug. Sonderbare Szenarien gingen Harry durch den Kopf. Wurde Alice gerade verhaftet? Gab es weitere schlechte Nachrichten?

Aber dann sagte Detective Dixon mit ruhiger Stimme: »Guten Tag, Harry. Alice war heute Morgen bei uns auf der Wache, und ich dachte, ich bringe sie nach Hause. Sie ist ein wenig aus dem Häuschen.«

»Ist alles in Ordnung?«

Alice drehte sich um und ging ins Wohnzimmer. Dixon trat einen Schritt vor. »Harry, das ist mein Kollege, Detective Vogel.«

Harry nickte dem anderen Beamten zu. Dieser hatte ein breites Gesicht und buschige, dunkle Augenbrauen, die sich über der Wurzel einer Knollennase fast berührten. »Was ist los?«, fragte Harry.

»Sam, was hältst du davon, wenn du dich kurz zu Mrs. Ackerson setzt, während ich mit Harry rede?«

Detective Vogel nickte und folgte Alice ins Wohnzimmer, während Dixon eine seiner großen Hände auf Harrys Schulter legte und mit gesenkter Stimme sagte: »Alice ist mit neuen Informationen zu uns gekommen. Sie sagt, Ihr Vater sei mit einer jungen Frau hier im Ort involviert gewesen. Wissen Sie etwas darüber?«

»Was meinen Sie mit ›involviert‹?«, fragte Harry.

»Sagt Ihnen der Name Annie Callahan etwas?«

Harry hatte hundertprozentig damit gerechnet, dass der Detective Graces Namen sagen würde, und er schwieg für einen Moment. »Sie kennen sie?«, fragte Dixon.

»Nein, tut mir leid. Ich kenne sie nicht. Wer ist sie?«

»Bestimmt nicht? Sie hat für kurze Zeit im Laden Ihres Vaters gearbeitet.«

»Hier oben in Maine?«

»Mhm.«

»Nein. Ich kenne sie nicht.«

»Was ist mit Lou Callahan? Haben Sie diesen Namen schon mal gehört?«

Harry schüttelte den Kopf.

»Okay, danke. Das ist alles, was ich wissen wollte. Ihre

Stiefmutter hat uns heute erzählt, Ihr Vater habe eine Liebesbeziehung zu einer Angestellten im Laden unterhalten. Eben zu Annie Callahan. Sie glaubt, entweder sie oder ihr Mann könnten etwas mit dem Tod Ihres Vaters zu tun haben.«

»Warum sagt sie das erst jetzt?«

»Zum Teil Ihretwegen, Harry. Das behauptet sie jedenfalls. Sie sagt, sie wollte nicht, dass Sie es erfahren, sie wollte Sie schützen. Sie ist ziemlich durcheinander.« Gerade als Dixon das sagte, erschien der andere Detective – dessen Namen Harry schon wieder vergessen hatte – in der Tür zum Wohnzimmer und sagte: »Sie würde gern mit Harry sprechen. Seid ihr beiden hier fertig?«

»Ja«, erklärte der Detective und führte Harry zu Alice ins Wohnzimmer.

KAPITEL 17

JETZT

Alice saß mit angezogenen Knien auf der Couch. Sie hielt den Kopf gesenkt, hatte die Augen geschlossen und stieß ein leises, unheimliches Stöhnen aus. An ihren feuchten Wangen war deutlich zu erkennen, dass sie geweint hatte. Harry war einen Moment lang wie gelähmt, dann setzte er sich neben sie und legte den Arm um ihre Schultern. Sie rutschte sofort näher und presste ihr Gesicht an sein Hemd. Er konnte hören und fühlen, wie ihr Atem stoßweise ging. Beide Detectives blieben stehen, aber Detective Dixon sagte: »Alice, ich fahre jetzt los, um mit Annie Callahan zu sprechen, okay? Und dann vielleicht noch mit ihrem Mann.«

Harry glaubte nicht, dass sie reagieren würde, aber sie löste sich von ihm, drehte den Kopf zu dem Polizisten und wischte sich über das Gesicht. Auf Harrys Shirt blieb ein nasser Fleck zurück, wo ihr Gesicht gewesen war. Der Detective zupfte über dem Knie an seiner Anzughose und ging in die Hocke. »Werden Sie allein hier mit Harry klarkommen?«, fragte er.

Alice schwang die Beine vom Sofa und stellte die Füße auf den Boden. Sie nickte und atmete gleichzeitig schniefend durch die Nase ein. Harry beließ eine Hand auf ihrem

Rücken und wusste nicht, ob er sie wieder wegnehmen sollte. Sie trug ein Wickelkleid, das vorn ein wenig aufgegangen war, sodass Harry kurz einen Blick auf eine ihrer Brüste erhaschte, die vom weißen Körbchen ihres BHs kaum bedeckt wurde. Sie änderte ihre Haltung wieder und richtete das Kleid, und Harry nahm seine Hand weg.

»Ich weiß nicht, ob …«

»Sie wissen was nicht, Mrs. Ackerson?«

»Ich weiß nicht mit Bestimmtheit, ob Annie … oder ihr Mann … ob sie etwas mit dem zu tun hatten, was meinem Mann zugestoßen ist.«

»Nein, natürlich nicht. Aber es ist etwas, das wir überprüfen sollten.« Er stand auf und nickte seinem Partner zu. Harry ergriff die Gelegenheit, um ebenfalls aufzustehen und die Beamten zur Tür zu begleiten. »Wir sagen Bescheid, sobald wir etwas erfahren. Falls Alice in der Zwischenzeit noch etwas erwähnt, was sie uns gegenüber nicht gesagt hat, dann … Sie haben noch meine Karte?«

»Ja«, antwortete Harry.

Nachdem sie gegangen waren, kehrte Harry zu Alice zurück, die jetzt mitten im Wohnzimmer stand und ihr Kleid glattstrich. Ihr Gesicht war trocken.

»Alles in Ordnung?«, fragte Harry.

Sie beantwortete die Frage nicht, sondern sagte: »Es war der Mann dieser Frau. Ich weiß es.«

»Du sprichst von dieser Annie Callahan?«

»Ich habe gehofft, du würdest diesen Namen nie hören, Harry. Es tut mir leid. Es war nicht die Schuld deines Vaters. Es ging alles von ihr aus. Sie hat sich an ihn herangemacht. Sie hat seinen Laden und dieses Haus gesehen und …«

»Erzähl mir, was zwischen ihnen war«, unterbrach Harry.

Sie straffte die Schultern. »Meinst du, es ist zu früh für einen Drink?«

Alice ging in den Wintergarten hinaus, während Harry etwas zu trinken holte: ein Glas Rosé für Alice und ein Bier für sich. Er trank das Bier eigentlich nur, damit Alice nicht allein sein musste, aber es tat ihm auch ganz gut. Diese neue Information machte ihm zu schaffen.

Nachdem sie sich hingesetzt hatten – Alice auf dem Zweisitzersofa, Harry in einem der Schaukelstühle –, begann Alice: »Wir haben Annie angestellt, um ihr einen Gefallen zu tun, einen sehr großen. Ihr Mann Lou war Fischer, ist Fischer, und durch die Fangquoten für Kabeljau hatte er seit einem halben Jahr keine Arbeit mehr. Dein Vater hörte davon und bot Annie einen Job an. Das war letzten Herbst, als zusätzliche Arbeit anfiel.«

»Davon wusste ich nichts.«

»Dein Vater war mit zu vielen Büchern von einem Beutezug zurückgekommen, was sonst, deshalb bot er Annie einen Job an. Nur als Hilfe beim Katalogisieren, aber für *zwanzig* Dollar die Stunde?« Sie schüttelte den Kopf bei der Erinnerung daran, es wirkte mehr wie ein Beben. »Und dann war sie ruck, zuck plötzlich hier im Haus und half Bill mit den Büchern in seinem Büro. Ich wusste Bescheid. Ich wusste, dass etwas …«

»Wie alt ist sie denn?«, frage Harry.

»Annie? Sie sieht sehr viel älter aus, als sie ist. Ich weiß nicht, irgendwas in den Dreißigern.«

»Und sie hatten definitiv was miteinander?«

Sie setzte ihr Glas an und trank es fast vollständig leer.

Harry beobachtete die Muskeln an ihrem Hals, während sie schluckte.

»Oh ja, mit Sicherheit, Harry. Es tut mir leid, dass du das erfahren musst. Ich hatte gehofft, es würde nicht so weit kommen, denn ich weiß ja, wie du zu deinem Vater standest, wie sehr du ihn bewundert hast, aber es war eindeutig, dass da etwas lief. Und ich musste ihn zwingen, sie wieder loszuwerden. Als mir der Detective dann erzählt hat, dass der Tod deines Vaters kein Unfall war, da wusste ich Bescheid. Ich habe nicht sofort etwas gesagt, deinetwegen, Harry, aber dann kam ich zu dem Schluss, dass ich es ihnen erzählen muss.«

Harry hätte Alice gern nach konkreteren Angaben gefragt. Hatte sie die beiden zusammen erwischt? Hatte ihr sein Vater den Seitensprung gestanden? Er wusste nicht, warum er skeptisch war – vor allem in Anbetracht der Möglichkeit, dass sein Vater außerdem eine Affäre unten in New York gehabt hatte –, aber er fragte sich auf jeden Fall, ob Alice vielleicht überreagierte.

»Sie wurde also gefeuert?«

»Sie durfte gehen, sagen wir es so, und da kam dann ihr Mann endlich dahinter. John hat mir erzählt, dass er in den Laden gestürmt ist und Bill bedroht hat. Er sagte, wenn er Annie noch einmal nahekäme, würde er ihn mit bloßen Händen erwürgen, etwas in dieser Art.«

»Das hat dir John erzählt? Oder mein Vater?«

»John hat es mir erzählt, weil er sich Sorgen machte. Ich habe Bill danach gefragt, und er hat abgewiegelt, er sei nur ein frustrierter Typ, der ein bisschen Dampf abließ. Dein Vater konnte … er konnte manchmal zu nachsichtig sein.«

»Du glaubst also, dass Lou …?«

»Ich dachte nicht, dass dein Vater noch weiter mit Annie zu tun gehabt hätte, aber wer weiß? Er war in letzter Zeit öfter fort, und vielleicht hat er sie woanders getroffen. Ich weiß es nicht. Der dumme Mann.« Sie sah in ihr Glas und schwenkte den kleinen Rest Wein darin herum.

»Darf ich dir noch einen bringen?«

»Okay«, sagte sie und hielt Harry das Glas hin. Als er mit dem Wein zurückkam, hatte sie sich in einer embryonalen Haltung auf dem Zweisitzer zusammengerollt. Harry stellte ihn vorsichtig auf die Glasfläche des Kaffeetischs, während Alice mit undeutlicher Stimme sagte: »Danke, Harry. Vielleicht mache ich einfach ein kleines Nickerchen.«

»Das würde dir sicher guttun.«

»Verlass mich nicht, ja?«

»Okay«, sagte Harry und wusste nicht, was genau sie meinte. »Ich bin hier, wenn du mich brauchst.« Er ging leise aus dem Wohnzimmer und nach oben in sein Zimmer, wo er eine Internetsuche nach Annie oder Lou Callahan startete, jedoch nichts fand. Dann schrieb er eine SMS an Grace und fragte, ob sie sich bald einmal treffen und unterhalten könnten. Er musste die ganze Geschichte von ihr hören, den Grund, warum sie nach Maine gekommen war. Es war nun klar, dass sie eine irgendwie nicht unerhebliche Beziehung zu seinem Vater gehabt hatte, und die Polizei würde ebenfalls davon erfahren müssen.

Während Harry auf eine Antwort wartete, lief er in seinem kleinen Zimmer auf und ab. Schließlich blieb er stehen und sah zu dem Bücherregal, das mit den Kriminalgeschichten seines Vaters vollgepackt war. Bill Ackerson würde nie erfahren, dass er als Leiche in seinem eigenen Kriminalfall geendet war. Harry musste bei diesem Gedanken beinahe lächeln. Er dachte an das vergangene Weihnachtsfest zurück, als ihm sein Vater wie immer einen Scheck überreicht sowie ein einzelnes Buch geschenkt hatte, meist sein Lieblingsbuch des vergangenen Jahres. Dieses Jahr war es *Ein Kuss vor dem Tode* von Ira Levin gewesen. »Irgendwie habe ich das auf der ersten Runde übersehen. Es ist brillant.«

»Danke, Dad«, hatte Harry gesagt.

Später am Abend, als Alice schon im Bett lag, hatte Harry mit dem Buch angefangen, während sein Vater den neuesten Ruth-Rendell-Roman zu Ende las.

»Wieso, denkst du, magst du Krimis so gern?«, fragte ihn Harry.

»Ich misstraue zutiefst jedem Buch, das nicht mit einer Leiche beginnt.«

Harry hatte seinen Vater diese Worte oder ähnliche schon viele Male sagen hören. »Nein, im Ernst. Wieso?«

Sein Vater runzelte die Stirn und dachte nach. »Ich würde sagen, es ist meine Religion, da ich keine echte Religion habe. Die Welt ist Chaos, und dann kommt ein Detective und stellt die Ordnung wieder her. Oder er stellt sie nicht wieder her, und das sind im Grunde meine Lieblingskrimis.«

Harry hatte *Ein Kuss vor dem Tode* ausgelesen, bevor er ins College zurückfuhr. Es stellte sich heraus, dass es eins der Bücher war, in denen die Ordnung wiederhergestellt wurde, aber erst nachdem eine Menge Schaden angerichtet worden war. Harry hatte das Buch gefallen, aber es hinterließ ein Gefühl der Leere und Trauer bei ihm. Statt es nach Mather mitzunehmen, hatte er es hier in seinem Zimmer ins

Regal gestellt. Er zog es jetzt wieder heraus und betrachtete die Widmung seines Vaters. *Für Harry, in Liebe von Dad.* Er klappte das Buch schnell wieder zu und stellte es ins Regal zurück. Noch vor wenigen Monaten hatte Harry geglaubt, seinen Vater in- und auswendig zu kennen. Jetzt wurde ihm klar, dass er ihn überhaupt nicht kannte.

Sein Handy summte, weil eine SMS eintraf.

Komm heute Abend vorbei, wann immer du willst. Läute einfach an der Haustür, dann komme ich runter und lass dich rein.

Harry schrieb *Okay* zurück, dann ging er nach unten, um nach Alice zu sehen.

Sie war noch immer im Wintergarten und lag in derselben Haltung wie zuvor auf dem kurzen Sofa. Sie sah aus, als würde sie tief schlafen.

Während Alice den ganzen Nachmittag verschlief, machte Harry in der Küche sauber. Er fand eine Tiefkühlpizza im Gefrierschrank und steckte sie zum Abendessen in den Ofen, auch wenn er nicht hungrig war und bezweifelte, dass Alice etwas essen wollte. Als sie schließlich aufwachte, kam sie mit dem leeren Glas in der Hand in die Küche und fragte Harry, wie spät es sei.

»Abendessenszeit«, antwortete er. »Du hast richtig tief geschlafen.«

»Ich habe geträumt, dass ich aufgewacht bin und du warst fort, da habe ich angefangen, nach dir zu suchen und alle Leute nach dir gefragt, aber alle sagten, dass du nie existiert hast. Und dann habe ich nach deinem Vater gefragt, und es stellte sich heraus, dass er ebenfalls nie existiert hat.«

»Gruselig«, sagte Harry. »Willst du was essen?«

»Ein bisschen später vielleicht. Ich sehe mal nach, was es im Fernsehen gibt.«

Alice schaltete das Gerät an, es lief der einzige Sender, den sie wirklich schaute – HGTV, der Immobilien- und Heimwerkerkanal. Ein Paar – eine umwerfende Blondine und ihr dunkelhaariger Mann – boten auf ein kalifornisches Ranchhaus, das sie renovieren und weiterverkaufen wollten. Harry brachte Alice einen Teller mit einem Stück Pizza. »Danke, Harry. Wer hätte gedacht, dass du so brauchbar in der Küche bist.«

»Sie war tiefgefroren.«

»Die hat sich dein Vater immer zum Abendessen gemacht, wenn ich nicht da war.«

»Oh«, sagte Harry und hätte sich fast entschuldigt. Stattdessen sagte er: »Du glaubst also wirklich, dass es Annie Callahans Mann war?«

»Ich weiß, dass er es war. Ich glaube, ich wusste es, sobald ich gehört habe, was deinem Vater zugestoßen ist, aber ich habe mir selbst nicht getraut.«

»Glaubst du, sie war die einzige ... die einzige andere ...?«

»Sie war die Einzige, bei der ich dahintergekommen bin, aber ich weiß es nicht. Ich nehme an, es gab sonst niemanden. Dein Vater und ich haben eine gute Ehe geführt, aber ich glaube, mit der Zeit war ihm die Liebe zu mir vielleicht ein bisschen abhandengekommen. Es hat sich jedenfalls so angefühlt. Er fing an, mich mehr wie eine Freundin zu behandeln als wie eine Ehefrau.«

»Das tut mir leid.«

»Dir muss gar nichts leidtun. Und falls es dir hilft, kann ich dir sagen, dass ich glaube, dein Vater hat nur eine einzige Frau wirklich geliebt, und zwar deine Mutter, Harry, nicht mich.«

Harry antwortete nicht sofort. Er hatte Alice noch nie so offen reden hören. »Ich glaube, er war in dich verliebt«, sagte er schließlich. »Er hat lauter nette Dinge über dich gesagt.«

Sie lächelte halb, und etwas an ihrem Gesichtsausdruck ließ sie jung und verletzlich erscheinen. »Danke, Harry. Freut mich, dass du das sagst. Hör zu, ich bin immer noch erschöpft. Ich will nur eine Weile fernsehen. Das verstehst du doch, oder?«

»Natürlich. Tut mir leid.« Er stand auf, um hinauszugehen, während Alice die Lautstärke hochdrehte. Als er in der Küche angekommen war, sagte sie: »Du schaust doch mit mir, oder?«

»Ach so. In Ordnung.« Harry holte sich ein Bier und legte ein Stück Pizza auf einen Teller, dann ging er ins Wohnzimmer zurück. Er hätte sich fast in den ledernen Fernsehsessel gesetzt, aber es war der Sitzplatz seines Vaters gewesen, deshalb ließ er sich am anderen Ende des Sofas nieder, auf dem Alice saß. Schweigend verfolgten sie die Sendung, und Alice wandte nicht einmal in den Werbepausen den Blick vom Bildschirm. Als die Sendung zu Ende war, fing sofort die nächste an, dasselbe Paar, ein anderes Haus. Harry stand auf, streckte sich und fragte Alice, ob es okay für sie sei, wenn er einen Spaziergang machte. Ohne ihn anzusehen, fragte sie: »Hat es denn aufgehört zu regnen?«

Harry versuchte, sich zu erinnern, ob es geregnet hatte. Er war den ganzen Tag nicht aus dem Haus gegangen. »Ich weiß es nicht«, erwiderte er. »Aber ich brauche so oder so ein bisschen frische Luft.«

»Geh nur, Harry«, sagte sie. »Ich komme schon zurecht.« Sie klang jedoch ein wenig unsicher, und Harry überlegte kurz, ob er einfach bei Alice bleiben sollte. Sie tat ihm leid, und sie schien ihn zu brauchen. Aber sie hatte den Fernseher, zumindest für den Augenblick, und er wäre ja bald zurück, sagte er sich.

Er spülte seinen Teller ab und sah aus dem Fenster über der Spüle. Es dämmerte und rosa Wolken türmten sich am Himmel auf. Das Fenster stand einen Spaltbreit offen, und die Luft, die hereinströmte, war kühl, beinahe kalt. Er ging nach oben in sein Zimmer, schlüpfte in seine beste Jeans und zog einen Pullover mit V-Ausschnitt über das T-Shirt, dann verließ er das Haus. Aus dem Wohnzimmer war Alices Fernsehsendung zu hören.

KAPITEL 18

FRÜHER

Als es an der Wohnungstür läutete, nahm Alice an, dass es die Polizei war. Sie war vorbereitet. Sie würde ihnen erzählen, wie Gina in der Nacht zuvor vor der Tür gestanden und sich entschuldigt hatte und mitten in der Nacht im Meer schwimmen gehen wollte. Und sie würde sagen, Gina habe betrunken gewirkt.

Doch als Alice die Tür öffnete, stand Mrs. Bergeron, Ginas Mom, davor. Alice hatte sie noch nie ohne Make-up gesehen und hätte sie fast nicht erkannt. Ihre Haut war fleckig, und sie hatte Tränensäcke unter den Augen. »Ist sie hier?«, fragte sie.

»Wer? Gina?«

»Sie ist verschwunden, Alice. Ich war heute Morgen in ihrem Zimmer, und sie hat nicht dort geschlafen.« Sie trat unaufgefordert ein, und Alice bekam plötzlich Angst, Jake könnte jeden Moment nackt die Treppe herunterkommen.

»Sie ist nicht hier, Mrs. Bergeron«, sagte sie. »Aber letzte Nacht war sie hier.«

»Ja? Wann?«

»Ich weiß es nicht mehr genau. Es war schon spät. Sie hat an die Tür geklopft und wirkte sehr betrunken. Sie hat sich wegen der Sache beim Abendessen entschuldigt und gefragt, ob ich mit ihr schwimmen gehen wollte.«

»Schwimmen?«

»Das hat sie gesagt. Ich habe geantwortet, ich sei müde und wolle zu Bett gehen, da ist sie wieder gegangen. Das ist alles, was ich weiß.«

»Warum wollte sie denn schwimmen gehen? Es ist doch so kalt.«

»Ich weiß. Ich fand es auch seltsam, aber sie war nicht sie selbst. Ich hätte sie nicht... Ich hätte...«

»Großer Gott, glaubst du, sie ist allein schwimmen gegangen? Dieses dumme, dumme Mädchen.« Mrs. Bergerons Blick huschte wild umher. »Kann ich mal telefonieren?«

»Natürlich.« Alice führte sie in die Küche, zum Wandtelefon. Mrs. Bergeron nahm den Hörer ab, dann zog sie eine Karte aus der Vordertasche ihrer Jeans und wählte eine Nummer. Alice sah, dass die Karte vom Kennewick Police Department war.

»Ist dort Michael?«, fragte sie mit panischer Stimme. Dann: »Ich glaube, sie ist schwimmen gegangen. Im Meer... letzte Nacht... Okay, ja. Okay.«

Alice verfolgte das Gespräch von der Küchentür aus und fuhr leicht zusammen, als sie bemerkte, dass Jake direkt hinter ihr stand. »Was ist los?«, fragte er.

»Gina ist verschwunden«, sagte Alice und drehte sich um. Er war angezogen, hatte sich aber noch nicht rasiert. Seine dunklen Stoppeln waren mit Grau durchsetzt.

»Seit wann?«, fragte er.

»Sie war letzte Nacht hier, als du schon geschlafen hast. Sie war betrunken.«

»Hast du …«

Er wurde unterbrochen, weil Mrs. Bergeron den Hörer eingehängt hatte und aus der Küche gestürmt kam. »Ich muss los, Alice«, sagte sie auf dem Weg zur Eingangstür.

»Können wir irgendwie helfen?«, fragte Jake, aber da war sie bereits fort.

Alice trat zur Tür, um sie zu schließen, während Jake in die Küche ging.

»Glaubst du, ich sollte ihnen bei der Suche helfen?«, fragte Alice, als sich Jake eine Tasse Kaffee einschenkte.

»Sie taucht sicher wieder auf«, antwortete er.

Später erfuhr Alice, dass sie erst die Kleidung am Strand entdeckt und dann am Nachmittag die Leiche gefunden hatten, zwischen Felsen nördlich von Buxton Point eingeklemmt.

Wie erwartet kam die Polizei am nächsten Morgen zu Alice. Sie spülte gerade das Frühstücksgeschirr, und Jake öffnete die Tür. Davor stand nur ein uniformierter Beamter, ein Officer Wilson, der beim Betreten des Wohnzimmers die Mütze abnahm. Er sah aus wie Anfang zwanzig und hatte eine große kahle Stelle am Hinterkopf, die er wohl wettzumachen versuchte, indem er sich einen buschigen blonden Schnauzer stehen ließ. Er holte ein Notizbuch hervor, und Jake und Alice nahmen ihm gegenüber Platz.

»Sie wissen sicher, warum ich hier bin«, sagte er und blickte Alice an.

»Es geht um Gina Bergeron.«

»Richtig. Ihre Mutter sagt, sie sei gestern hier gewesen, und Sie hätten sie darüber informiert, dass Gina Freitagnacht schwimmen gegangen ist.«

Alice nickte.

»Können Sie mir von Freitagnacht erzählen? Wissen Sie noch, wann sie hier war?«

Alice erzählte die ganze Geschichte, wobei sie den Teil ausließ, wie Gina und ihre Mutter sie nach dem Abendessen bei den Bergerons zur Rede gestellt hatten – und natürlich den Teil, wie sie Gina in die Hand gebissen hatte. Sie sagte nur, sie sei irgendwann nach dem Essen nach Hause gegangen, und später sei dann Gina aufgetaucht, habe betrunken gewirkt und schwimmen gehen wollen.

»War das ungewöhnlich?«

»Was meinen Sie?«

»Hat es Sie überrascht, dass Gina betrunken war oder dass sie schwimmen gehen wollte? Oder hat sie so etwas öfter gemacht?«

»So gut kannte ich sie ehrlich gesagt gar nicht«, wiederholte Alice, was sie sich im Kopf zurechtgelegt hatte. »Wir waren in der Highschool eng befreundet, dann ist sie nach New York gegangen und hat sich verändert. Ich kannte sie nicht mehr.«

»Sie kannten sie nicht mehr, weil Sie sich nicht sahen oder weil sie sich so stark verändert hatte?«

»Beides, würde ich sagen. Ich hatte kaum mehr Kontakt mit ihr. Ihre Mutter habe ich häufiger gesehen, weil sie in die Drogerie kommt, in der ich arbeite, und sie war auch diejenige, die unbedingt wollte, dass ich zum Essen komme, als Gina hier zu Besuch war. Ich weiß nicht, warum, aber ich glaube, sie hatte Angst, Gina könnte auf Drogen sein, und vielleicht hat sie gehofft, dass ich einen guten Einfluss auf sie ausüben könnte.«

»Das hat sie zu Ihnen gesagt? Ginas Mutter?«

»Nein. Das dachte ich nur.«

»Okay. Wie hat sich Gina denn benommen, als sie hier war?«

»Ich habe sie gar nicht richtig verstanden. Sie hat gelallt, und sie forderte mich auf, mit ihr schwimmen zu gehen, und ich sagte, dass es zu spät sei und zu kalt, und das war's.«

Der Beamte sah nun zum ersten Mal Jake an. »Haben Sie Gina gesehen, als sie hier war?«, fragte er.

»Oh nein. Das war lange nach meiner Schlafenszeit.« Er sagte es mit einer aufgesetzten Herzlichkeit, die Alice noch nie an ihm bemerkt hatte. *Er klingt, als würde er lügen,* dachte sie.

Aber Officer Wilson beließ es dabei. Stattdessen wandte er sich wieder Alice zu. »Fanden Sie es ungewöhnlich, dass Gina schwimmen gehen wollte?«

»Ähm ... ja, schon. Es war mitten in der Nacht.«

»Davon abgesehen, dass es spät war, hat es Sie in anderer Hinsicht überrascht? War das etwas, das sie gern tat?«

»Was? Schwimmen?«

»Ja.«

»Ich denke ja. Ich weiß es eigentlich nicht.«

Der Officer schrieb etwas auf. Als er nicht sofort eine weitere Frage stellte, sagte Alice: »Wir waren früher schon zusammen schwimmen, Gina und ich. Beim letzten Mal, als wir längere Zeit miteinander verbracht haben. Es war schön. Ich glaube, sie wollte dieses Erlebnis wiederholen, als einen Weg ... um dieses Gefühl wieder wachzurufen. Sie sagte, zusammen schwimmen sei wie ein Neustart.«

»Das hat sie gesagt, als sie in der Nacht hier war?«

»Etwas in der Art.«

»Wieso brauchten Sie einen Neustart?«

»Wie ich gesagt habe, wir standen uns früher nahe und jetzt nicht mehr so. Wir hatten uns auseinandergelebt.«

»Okay.« Der Officer nickte leicht und schwieg wieder einen Moment. Diesmal blieb auch Alice stumm.

»Eins noch«, fügte er schließlich an. »Hat Gina je etwas zu Ihnen gesagt, das Sie annehmen ließ, sie könnte selbstmordgefährdet sein?«

»Nein. Wie gesagt, ich habe sie kaum noch …«

»Nicht nur kürzlich, Alice, sondern auch, als Sie mit ihr zur Schule gingen. Wann auch immer.«

»Ach so.« Alice tat, als würde sie nachdenken. »Na ja, einmal in unserem Abschlussjahr haben wir über unsere Zukunft geredet. Wo wir in ein paar Jahren vielleicht sein werden und so, Sie wissen schon. Und sie sagte so was wie: ›Alice, du wirst immer noch hier in Kennewick sein. Du wirst wahrscheinlich mit dem perfekten Mann verheiratet sein und einen kleinen Jungen und ein kleines Mädchen haben, und ich lebe dann in New York, bin ein reiches Model mit massivem Drogenproblem, habe ungefähr sechzehn Liebhaber und werde so unglücklich sein, dass ich mich wahrscheinlich umbringe.‹ Ich meine, ich hab mir damals nichts dabei gedacht.«

»Wann hat sie das gesagt?«

»In unserem Abschlussjahr. Ich dachte, sie macht nur Spaß.«

»Das hat uns sehr weitergeholfen, Alice«, schloss der Officer und stand auf. Jake tat es ihm gleich und brachte ihn zur Tür. Alice blieb sitzen, aber der Polizist drehte sich noch einmal um und dankte ihr, bevor er die Wohnung verließ. Sie empfand eine plötzliche Leere, als wäre sie noch nicht bereit für seinen Aufbruch gewesen, als hätte sie ihm noch mehr berichten sollen.

»Worum, denkst du, ging es hier gerade?«, fragte Jake, nachdem er die Tür geschlossen hatte und ins Wohnzimmer zurückgekehrt war.

»Wie meinst du das?«

»Es hat gewirkt wie ein Verhör dritten Grades.«

»Kann schon sein.«

»Wenn es dich nicht beunruhigt, beunruhigt es mich auch nicht. Ich hatte Angst, es regt dich vielleicht auf.«

»Es regt mich nicht auf. Ich bin nur müde. Ich habe schlecht geschlafen.«

»Glaub ich gern. Leg dich ein bisschen hin«, sagte er, genau wie es Alice erwartet hatte.

Sie ging nach oben in ihr altes Zimmer und schloss die Tür. Es war eine unausgesprochene Vereinbarung zwischen ihnen. Wenn sie ein Nickerchen in ihrem gemeinsamen Schlafzimmer machte, kam Jake nach, nicht aber, wenn sie in ihr altes Zimmer ging. In diesem Zimmer hatten sie nur das eine Mal Sex gehabt, nachdem er die Fotos von ihr geschossen hatte.

In ihrem Zimmer holte Alice den Ordner mit Ginas Fotos hervor, mit all den Ausschnitten, die sie in den letzten Jahren gesammelt hatte. Sie breitete sie auf der Bettdecke aus und ordnete sie so, wie es ihr am besten gefiel, mit ihrem Lieblingsbild von Gina in der Mitte. Es stammte von einem ihrer letzten Shootings, für das sie eigens nach Miami geflogen war. Auf dem Bild trug sie einen einteiligen gelben Badeanzug und hielt eine angezündete Zigarette in der Hand. Im Hintergrund war ein windschiefes neonfarbenes Strandhaus zu sehen, und ein sexy aussehender Mann schlief in einer Hängematte. Gina blickte direkt in die Kamera, ihr Gesicht wirkte fast nachdenklich. Schaut euch an, was ich alles habe, schien es auszudrücken, und schaut, wie unglücklich ich bin. Alice fuhr mit dem Zeigefinger über das Bild, als könnte sie Gina darunter spüren. Das Papier fühlte sich billig an. Die Aufnahme war in einem der weniger wichtigen Modemagazine veröffentlicht worden, und sie hatte es in Portland kaufen müssen, weil es der Laden hier im Ort gar nicht führte.

Sie betrachtete die übrigen Bilder, dann sammelte sie alle zusammen und verstaute sie wieder in dem Ordner. Sie streckte sich auf dem Bett aus und sah zur Decke. Sie hörte, wie Jake leise die Treppe heraufkam, wie er kehrtmachte und wieder nach unten ging. Er hatte ihre geschlossene Zimmertür bemerkt. *Warum war er wegen des Besuchs des Polizisten so besorgt gewesen?* Sie selbst hatte er nicht beunruhigt. Sie versuchten nur festzustellen, ob es Selbstmord oder ein Unfall gewesen war. Und das wäre leicht festzustellen. Gina war unglücklich und hatte unter Drogen gestanden. Warum sonst sollte sie aufs kalte Meer hinausschwimmen? Wenn sie darüber nachdachte, war es eigentlich sehr traurig. All diese Jugend, verschluckt von den Wassermassen. Die arme Gina musste in diesen letzten Momenten so allein gewesen sein. Alice fühlte sich tatsächlich ein bisschen schläfrig, und sie schloss die Augen, massierte sich sanft die Schläfen und hoffte, sie würde keine ihrer Kopfwehattacken bekommen.

Bevor sie einschlief, stand Alice jedoch auf und schlich aus ihrem Zimmer in das große Schlafzimmer hinüber, das sie mit Jake teilte. Das Bett war noch nicht gemacht. Sie zog sich aus und schlüpfte unter die warmen, vertrauten Laken. Vielleicht würde Jake ja noch einmal nach ihr sehen.

KAPITEL 19

JETZT

Draußen war die Luft frisch und roch nach Lehm. Das Rosa, das die Wolken eben noch eingefärbt hatte, war verschwunden, das Licht nahm ab. Harry ging durch das Dorf und nahm Bewegung hinter dem Schaufenster des Buchladens wahr, Johns Silhouette, wie er gebeugt hinter dem Kassentisch stand. Die Polizei würde John wahrscheinlich ebenfalls befragen. Er hatte Annie mit Sicherheit gekannt, wenn sie in dem Laden gearbeitet hatte. Hatte er gewusst, was zwischen ihr und seinem Vater vor sich gegangen war? Er musste doch etwas geahnt haben.

Harry überlegte, im Laden vorbeizuschauen und ihn direkt zu fragen, aber er wollte doch lieber erst Grace sehen. Er ging den Anstieg der Old Post Road hinauf, vorbei am Kennewick Inn, bis er vor dem Haus eintraf, in dem Grace ihr Zimmer gemietet hatte. Es lag größtenteils im Dunkeln, bis auf ein schwaches Licht in einem der Fenster im ersten Stock. Er drückte den Klingelknopf an der Tür, und im Haus ertönte eine Glocke. Beim Warten betrachtete er die Tür; geschnitzte Schneckenverzierungen rahmten eine runde Glasscheibe ein. Darunter waren die Spuren einer alten Nummer – 22 – sowie zwei Nagellöcher erkennbar, wo die

Zahlen befestigt gewesen waren. Jetzt war *37 Prospect* in dunkelroter Farbe neben der Tür aufgedruckt. Entweder die Hausnummer hatte sich geändert, oder die Tür stammte aus einem anderen Haus. Er legte zwei Finger auf die Stellen, an denen sich die Nummern befunden hatten, und zog sie wieder zurück, als sie Tür nach innen aufschwang. Grace blickte leicht erschrocken drein, als wäre sie überrascht, ihn zu sehen.

»Tut mir leid«, sagte sie. »Ich hatte vergessen, dass Mrs. Whitcomb nicht da ist, deshalb bin ich nicht sofort an die Tür gegangen. Komm rein.«

Harry folgte Grace über die mit einem abgenutzten orientalischen Läufer ausgelegte Treppe zu ihrem gemieteten Zimmer. Es war tatsächlich so groß, wie sie gesagt hatte, das breite Doppelbett wirkte an der gegenüberliegenden Wand fehl am Platz. Es wirkte, als wäre das Haus früher ein Zweifamilienhaus gewesen und dieser Raum das Wohnzimmer der oberen Wohnung. Eine Couch und zwei Sessel aus Holz bildeten einen Halbkreis um einen Kamin. Grace setzte sich auf die Couch, und Harry nahm sich einen der Sessel.

»Was gibt's?«, fragte Grace und strich sich das Haar aus der Stirn. Ihre Augen leuchteten, wirkten fast unruhig. Sie trug Jeans und eine schwarz-weiß gestreifte Bluse. Ihre Füße waren nackt, die Fußnägel grün lackiert.

Harry machte den Mund auf, um zu sprechen, und überraschte sich selbst, als er sagte: »Ich glaube dir nicht, dass du meinen Vater nur ein bisschen gekannt hast.«

»Aha«, erwiderte sie.

»Wir haben gerade… Ich habe gerade herausgefunden,

dass mein Vater seiner Frau nicht treu war, und ich habe mir die Frage gestellt, wie deine Beziehung zu ihm war.«

Bei Harrys Worten lief Grace hochrot an.

»Wie meinst du das, du hast es gerade herausgefunden?«

»Ich habe erfahren, dass mein Vater eine Affäre mit einer Frau im Ort hatte.«

Sie schüttelte heftig den Kopf. »Hatte er nicht.«

»Ich glaube, du musst mir wirklich erzählen, was hier los ist.«

Sie atmete aus und rieb sich mit den Handballen die Augen. »Ich hatte etwas mit deinem Vater. Unten in New York. Wer hat dir erzählt, dass er hier eine Affäre hatte?«

»Meine Stiefmutter.«

»Alice?«

»Ja. Sie sagt, er hätte was mit einer verheirateten Frau gehabt, einer Mitarbeiterin, und sie glaubt, der Mann dieser Frau könnte was mit dem Tod meines Vaters zu tun gehabt haben.«

Grace schüttelte wieder den Kopf.

»Hör zu«, sagte Harry. »Erzähl mir einfach, was zum Teufel los ist, und hör auf, den Kopf zu schütteln.«

Grace sah auf und Harry direkt in die Augen. Im Schein der Lampe wirkten ihre Augen mehr grün als blau.

»Okay«, lenkte sie ein und holte tief Luft. »Du weißt, dass dein Vater ständig nach New York gefahren ist, um seinen alten Laden zu besuchen?«

»Mhm.«

»Ich kenne Ron, den Besitzer des Ladens. Ihm gehört das Apartment, das ich gemietet habe.«

Harry wollte gerade sagen, dass er das schon wisse, ließ

es dann aber bleiben. Erst wollte er die ganze Geschichte hören.

»Ich habe früher ein bisschen im Laden geholfen. So habe ich deinen Vater kennengelernt, vor etwa zwei Jahren. Das war unmittelbar nach Hurricane Sandy, das Untergeschoss des Ladens war überflutet, und ein Haufen Bücher sind kaputtgegangen. Dein Vater ist runtergekommen, um zu helfen.«

»Ja, daran erinnere ich mich«, sagte Harry.

»Ich habe ebenfalls geholfen, und wir haben viel Zeit miteinander verbracht. Ron war ziemlich nutzlos – du kennst Ron ja –, und zwei der Angestellten haben es in dieser Woche gar nicht nach Manhattan zur Arbeit geschafft, wir waren also auf uns allein gestellt. Und kurz gesagt, habe ich mich in deinen Vater verliebt.«

Sie machte eine Pause, und Harry entgegnete: »Okay.«

»Ich weiß, es klingt merkwürdig.«

»Es ist nur so, dass der Altersunterschied …«

»Ich kann versuchen, es zu erklären, wenn du willst, aber die Wahrheit ist, ich weiß nicht, ob ich es kann. Ich hatte gerade eine beschissene Beziehung mit jemandem in meinem Alter hinter mir, der sich als völlig wertloser Mensch herausgestellt hat. Dein Vater und ich … es hat fast sofort gefunkt, als wenn du den Eindruck hast, jemanden dein ganzes Leben lang gekannt zu haben, obwohl du ihn vor fünf Minuten zum ersten Mal gesehen hast. Und er war freundlich, wie du weißt. Aber er war verheiratet, und davon abgesehen war er fast fünfundzwanzig Jahre älter als ich, es war also nicht so, als hätte ich gedacht, das Ganze hätte eine Zukunft. Aber ich habe zugelassen, dass ich mich verliebe, und mich sogar ein bisschen reingesteigert. Ich glaube, er wusste es – nein, ich *weiß*, dass er es wusste –, und ich glaube, er hat beschlossen, es nicht auszunutzen. Aber immer, wenn er in die Stadt kam, hat er mich zum Essen ausgeführt. Es gab da ein spanisches Restaurant, in das wir immer gegangen sind. Wir waren zufällig in dem Laden gelandet, als wir uns gerade kennenlernten, es war das erste Restaurant, auf das wir gestoßen sind, als wir uns auf den Weg in einen Stadtteil gemacht haben, wo der Strom noch nicht ausgefallen war. Und dann sind wir immer weiter hingegangen. Wir hatten sogar unseren eigenen Tisch, auch wenn wir ihn nicht immer bekamen, aber meistens klappte es, und der Besitzer und seine Frau haben uns behandelt, als wären wir ein Paar.«

»Aber ihr wart noch keins?«, sagte Harry.

»Zuerst nicht, nein, aber irgendwann dann eben doch. Es war aber keine beiläufige Geschichte, Harry. Es war ernst. Und deshalb weiß ich, dass er nicht einfach noch eine Affäre hatte. Ich glaube, deine Stiefmutter hat das erfunden. Vielleicht versucht sie, die Polizei von sich selbst abzulenken.«

»Du denkst, dass sie etwas mit dem Tod meines Vaters zu tun hatte?«

»Ich weiß nicht genau, warum ich hier bin, aber es stimmt, mir ist durch den Kopf gegangen, dass Alice etwas damit zu tun haben könnte. Deshalb bin ich wohl hier raufgekommen, und deshalb wollte ich dich auch treffen – um zu sehen, ob du irgendwas weißt.«

»Glaubst du, Alice hat das mit dir und meinem Vater herausgefunden?«

Grace rutschte ein Stück vor. »Als ich deinen Vater vor

zweieinhalb Wochen zum letzten Mal gesehen habe, hat er viel über Alice geredet. Das war etwas, was er sonst nie tat, deshalb kam es mir seltsam vor. Er sagte, sie habe angefangen, sich ihm gegenüber merkwürdig zu benehmen. Sie konnte ihm nicht mehr in die Augen sehen, sie sei absolut kalt gewesen. Er habe sie immer wieder gefragt, was los sei, aber sie wollte nichts sagen.«

»Das hört sich ganz danach an, als wäre sie euch auf die Schliche gekommen.«

»Das fanden wir auch, aber wir sind alles durchgegangen und konnten uns beim besten Willen nicht vorstellen, wie das passiert sein sollte.«

»Da gibt es tausend Möglichkeiten. Sie könnte ein Haar von dir an seinem Mantel gefunden haben, sie kann einen Privatdetektiv engagiert haben, oder sie hat es einfach gespürt.«

»Ich weiß. Wie gesagt, deshalb bin ich hierhergekommen. Ich musste sie bei der Trauerfeier erleben. Ich dachte, ich würde es vielleicht verstehen, wenn ich sie einfach nur sehe.«

»Und?«

»Ich weiß nicht mehr, was ich weiß, aber ich glaube, ich sollte zur Polizei gehen und ihnen sagen, dass ich eine Affäre mit deinem Vater hatte. Vielleicht ist es wichtig.«

»Das solltest du«, pflichtete Harry ihr bei.

»Ich mach es, bevor ich abreise.«

»Das heißt, Alice wird von dir erfahren.«

»Vermutlich. Wenn sie es nicht ohnehin schon weiß.«

»Sie weiß bereits über diese andere Frau Bescheid.«

»Es gibt keine andere Frau«, bekräftigte Grace.

»Bist du dir da sicher?«

»Ja. Dein Vater und ich haben geredet. Ich war definitiv die Einzige, mit der er etwas hatte. Er wurde von Schuldgefühlen geplagt. Er sagte, er habe vorher noch nie auch nur annähernd so was gemacht.«

Harry spürte ihren Blick auf sich, der nach Bestätigung suchte. »Ich weiß nicht, was ich dir antworten soll«, sagte er. »Aber überleg doch… Er hat Alice mit dir betrogen. Warum sollte er dich nicht mit jemand anderem betrügen?«

Grace schürzte die Lippen. »Weil es einfach nicht so war. Ich glaube es nicht. Alice hat das erfunden, vielleicht weil sie will, dass sich die Polizei mit jemand anderem beschäftigt.«

Harry empfand unversehens so etwas wie Loyalität Alice gegenüber. »Warum hätte sie der Polizei denn nicht einfach von dir erzählen sollen?«

»Ich weiß es nicht. Vielleicht wusste sie doch nichts von uns. Oder ich hätte keine gute Tatverdächtige abgegeben, weil ich zu dem Zeitpunkt unten in New York war.«

Beide schwiegen einen Moment. Harry entdeckte einen Wasserfleck in einer Ecke der hohen Zimmerdecke. Schließlich fragte er: »Hast du gehofft, dass mein Vater Alice verlassen würde, um mit dir zusammen zu sein?«

»Natürlich habe ich das gehofft«, rief Grace mit lauter Stimme.

»Ich wusste einfach nicht… wie ernst es für dich war.«

»Sicher, er war verheiratet und doppelt so alt wie ich und alles, aber wie gesagt, ich war verliebt in ihn. Wir hatten einander gefunden. Oh ja, ich habe davon geträumt, dass er Alice verlassen und wieder nach New York gehen würde, um mit mir zusammenzuleben. Darauf war ich nicht stolz, aber ich habe daran gedacht. Ich habe die ganze Zeit daran gedacht.« Sie hielt inne, doch Harry entgegnete nichts. »Bist du böse auf mich?«

»Wieso das denn?«

»Ich habe deinen Vater verführt. Er war ein verheirateter Mann. Es wäre möglich, dass ich der Grund für seinen Tod war.«

»Ich weiß nicht, ob ich böse auf dich bin, aber ich will mehr erfahren. Über dich und ihn.«

»Du bist genau wie er, weißt du das? Du sprichst nicht über dich. Du stellst immer nur Fragen. Er hat genau dasselbe getan. Erst dachte ich, er ist selbstlos, aber dann habe ich meine Meinung geändert. Ich glaube, es war eine Art von Egoismus, er wollte nichts von sich preisgeben, und ich glaube, du bist genauso.«

»Ich weiß nicht, was ich darauf antworten soll«, erwiderte Harry.

»Ja, genau das hat er auch immer gesagt«, entgegnete Grace mit einer Spur Zorn in der Stimme. Dann fügte sie leise an: »Wie heißt denn die Frau, mit der er angeblich etwas hatte?«

»Annie Callahan.«

»Woher kannte er sie?«

»Sie hat hier oben im Buchladen gearbeitet. Alice sagt, mein Vater hat sie angestellt, weil er gehört hatte, dass ihr Mann arbeitslos war und sie das Geld brauchte.«

Harry sah Grace an ihrem Daumennagel kauen. Zum ersten Mal schienen ihr Zweifel zu kommen. Er hätte gern noch mehr gesagt, um sie zu überzeugen, dass sein Vater durchaus mit zwei Frauen gleichzeitig ein Verhältnis gehabt haben konnte. Vielleicht war es eine Midlife-Crisis. Vielleicht war es etwas, was er sein ganzes Leben getan hatte. Harry wusste nicht mehr, was er noch glauben sollte.

»Grace«, sagte er dann.

Sie hörte auf, an ihrem Nagel zu kauen, und sah ihn an.

»Du solltest der Polizei unbedingt erzählen, dass du hier bist.«

Sie zuckte mit den Schultern. »Ich rede mit ihnen. Sie werden mir nicht glauben, aber ich rede mit ihnen.« Sie fing wieder an, auf dem Nagel zu kauen. Harry fragte sich, was sie heute getan und ob sie dieses Zimmer irgendwann verlassen, ob sie etwas gegessen hatte. Er wollte sie danach fragen, aber dann sagte er stattdessen: »Ich sollte besser gehen. Danke, dass du mir die Wahrheit über meinen Vater gesagt hast.«

»Bleib noch ein bisschen«, sagte sie rasch, lächelte und sah ihm in die Augen.

»Nein, ich sollte lieber zurückgehen«, beharrte Harry und stand auf.

»Okay. Das verstehe ich.«

Harry bewegte sich nicht sofort. »Kommst du klar?«, fragte er.

»Ja. Alles okay.«

»Ich sehe morgen Vormittag nach dir, in Ordnung? Ich glaube, wir brauchen beide ein bisschen Schlaf.«

»Ja, ist gut«, sagte sie und ließ die Schultern hängen. Auf ihrem Gesicht stand ein trauriges Lächeln. »Sei vorsichtig.«

»Mir passiert schon nichts. Ich komme morgen wieder. Wir können zusammen zur Polizei gehen, wenn du willst.«

»Ja«, antwortete sie. Harry verließ ihr Zimmer und schloss die Tür hinter sich, dann ging er durch das dunkle Treppenhaus nach unten und trat in die Nacht hinaus.

Zurück in Grey Lady schlich er sich ins Haus. Er hörte ein leises Schnarchen aus dem Wohnzimmer, zog seine Schuhe an der Haustür aus und trat auf Zehenspitzen zur Couch, auf der Alice schlief, während im Fernseher eine weitere Folge der Renovierungsserie lief, diesmal mit einem Paar gut aussehender Zwillinge.

Harry ließ Alice, wo sie war, und ging nach oben in sein Zimmer. Es war warm und stickig, die Hitze des Tages staute sich noch darin. Er öffnete ein Fenster, zog all seine Sachen aus und schlüpfte unter sein einzelnes Laken. Er schlug ein Buch auf, obwohl er wusste, er würde auf keinen Fall etwas lesen können. Dann starrte er auf die gedruckten Zeilen und dachte über den Tag und darüber nach, wie schlecht er seinen Vater gekannt hatte.

KAPITEL 20

FRÜHER

Die Polizei kam am nächsten Abend wieder. Nicht Officer Wilson mit seinem struppigen Schnauzer, sondern eine Frau mit einer Minipli-Dauerwelle, die sich als Detective Metivier vorstellte.

»Entschuldigen Sie, dass ich zur Abendessenszeit komme«, sagte sie an der Tür zu Jake, während Alice im Wohnzimmer lauschte, »aber ich habe noch ein paar Fragen an Alice.«

Jake ließ sie herein und bot ihr einen Kaffee an, den sie allerdings ablehnte.

Alice hatte sich im Drogeriemarkt krankgemeldet und war noch in Pyjama und Morgenrock. Sie war nicht krank, aber sie wollte auf keinen Fall in die Öffentlichkeit gehen und sich anhören, wie darüber spekuliert wurde, was mit Gina Bergeron geschehen war. In Kennewick tratschten sie sicher wie verrückt, denn sie hatten in der ganzen Welt angefangen zu tratschen. Alice hatte am Vorabend *Entertainment Tonight* gesehen, und die Meldung über Gina war an zweiter Stelle gekommen: ein vielversprechendes Model, das während eines Besuchs bei ihrer Familie unter mysteriösen Umständen im Meer ertrunken war. Alice war entsetzt gewesen, als eins der Bilder, die sie für die Sendung ausgewählt hatten, ihr eigenes Lieblingsbild gewesen war, Gina mit den traurigen Augen im gelben Badeanzug. Aber wahrscheinlich hatten sie es gerade wegen dieses gehetzten Blicks ausgewählt. Am Ende des Beitrags hatte John Tesh etwas gesagt wie: »Wir werden sicher noch mehr darüber hören«, und Mary Hart hatte die Stirn gerunzelt und den Kopf zur Seite geneigt. Alice hatte gedacht: *Warum sollte da denn noch mehr kommen?* Ein weiteres Model, das tragisch endete, Drogen und Selbstmord. Was gab es noch?

Nachdem Jake Detective Metivier einen Sessel angeboten hatte, nahm Alice auf dem Sofa Platz und bemerkte, dass die Polizistin eine Plastikbox in den Händen hielt. Sie sah aus wie ein kleiner Werkzeugkasten oder ein Verbandskasten. Die Polizistin bemerkte Alices Blick und sagte: »Damit kann man Zahnabdrücke nehmen, Alice.«

Jake, der immer noch stand, fragte: »Was geht hier vor?«

»Alice, haben Sie Gina Bergeron am Freitagabend gebissen?«

»Ja, ich habe sie in die Hand gebissen.«

Die Polizistin sah ein wenig überrumpelt aus, als hätte sie damit gerechnet, dass Alice es abstritt.

»Können Sie mir sagen, wieso?«

»Okay. Ich war bei den Bergerons zum Abendessen, weil Ginas Mutter mich eingeladen hatte. Nach dem Essen baten mich Gina und ihre Mutter, nach draußen zu kommen, und dann haben sie mich angegriffen.«

»Sie haben Sie angegriffen? Körperlich?«, fragte die Polizistin und gestikulierte. Alice bemerkte, dass sie an keinem Finger einen Ring trug.

»Nicht körperlich, aber sie haben gemeinsam Front gegen mich gemacht.«

»Warum haben sie das getan?«

Alice wandte den Kopf und sah Jake an. In seinen meist ruhigen Zügen war ein wenig Besorgnis zu erkennen. Sie wandte sich wieder der Polizeibeamtin zu. Für jemanden, der überhaupt keinen Schmuck trug, hatte sie eine Menge Make-up im Gesicht.

»Es gefiel ihnen nicht, dass ich noch bei Jake wohne. Sie fanden, ich sollte mir eine eigene Wohnung suchen.«

»Alice, du…«, begann Jake, aber Metivier unterbrach ihn.

»Warum dachten sie das?«

»Das wissen Sie natürlich, weil Sie mit Mrs. Bergeron gesprochen haben. Sie muss Ihnen von dem Biss erzählt haben, also hat sie Ihnen vermutlich auch alles andere erzählt.«

»Ich würde es gern von Ihnen hören, Alice.«

»Sie dachten, dass Jake mich ausnutzt. Es ist krank. Ich habe keine Familie mehr, und Jake ist alles, was mir geblieben ist. Er ist mehr als ein Stiefvater für mich, eher wie ein echter Vater, und sie haben mir ständig erzählt, ich soll mich von ihm fernhalten. Es war verrückt. Ich bin gegangen.«

»Warum glaubten sie, dass Jake Sie ausnutzt?«

»Woher soll ich das wissen? Gina hatte es sich in ihren kranken Kopf gesetzt, und sie hat es ihrer Mutter erzählt, und ihre Mutter hat es anscheinend geglaubt.«

Detective Metivier wandte sich zum ersten Mal an Jake. »Wussten Sie davon?«

»Nein, ich höre das alles zum ersten Mal. Es ist absolut

lächerlich. Alice ist … war die Tochter meiner Frau. Mehr ist da nicht. Alice, warum hast du mir nichts davon erzählt?«

»Weil ich dich nicht aufregen wollte. Weil es widerlich war.«

»Also, Alice«, sagte Detective Metivier, »was können Sie mir über den Biss erzählen?«

Alice atmete tief durch die Nase ein. Die Wut, die sie in dieser Nacht verspürt hatte, kehrte zum Teil zurück, und für einen Moment konnte sie Ginas Finger zwischen ihren Zähnen fühlen. »Sie haben nicht aufgehört mit ihren Beschuldigungen, und ich wurde wütend. Wir waren im Garten, und ich beschloss, einfach zu gehen. Gina ist mir nachgerannt und hat mich gepackt, da habe ich einfach ihre Hand genommen und zugebissen. Ich wollte, dass sie mich loslässt, und es hat funktioniert.«

»Aber Gina ist in der Nacht zurückgekommen. Sie ist hierhergekommen und wollte weiter mit Ihnen reden, richtig?«

»Darüber habe ich Ihrem Kollegen schon alles erzählt. Gina war betrunken. Sie kam, um sich zu entschuldigen, und wollte schwimmen gehen, als eine Art Neustart für unsere Freundschaft oder so. Ich sagte, ich will nicht, und sie ist gegangen. Mehr ist nicht passiert.«

»Sie sind nicht mit ihr schwimmen gegangen?«

»Nein, ich bin hiergeblieben. Wäre ich mit ihr schwimmen gegangen, wäre sie wahrscheinlich nicht ertrunken. Glaubt ihre Mutter denn, dass ich mit ihr schwimmen war?«

Statt eine Antwort zu geben, fragte Detective Metivier weiter: »Warum haben Sie nicht die ganze Geschichte erzählt, als Officer Wilson Sie befragt hat?«

»Wie ich schon sagte, weil ich Jake nichts von den Anschuldigungen erzählt hatte, die Gina und ihre Mutter geäußert hatten. Ich wollte ihn nicht aufregen. Und es hatte ja nichts mit dem zu tun, was später passiert ist. Es tut mir leid, ich hätte es wohl erwähnen sollen, aber ich habe es nicht getan.«

»Ist schon in Ordnung, Alice«, sagte die Polizistin und sah aus, als wäre sie im Begriff aufzustehen.

»Dann müssen Sie meine Zähne also nicht… Sie brauchen Ihr Gerät nicht…«

»Nein, wenn Sie zugeben, dass Sie die Bissspuren an Ginas Hand hinterlassen haben, muss ich keinen Abdruck nehmen.« Sie stand auf und warf einen Blick zu Jake, dann sah sie Alice wieder an.

»Was denkt Ginas Mutter? Glaubt sie, dass ich etwas mit dem zu tun hatte, was Gina passiert ist?«

»Sie ist ziemlich aufgewühlt. Sie sagt, Gina hasste Schwimmen und wäre nie mitten in der Nacht ins Meer gegangen, schon gar nicht mit der verletzten Hand.«

»Sie hat Schwimmen nicht gehasst. Wie ich dem anderen Detective schon erzählt habe, waren wir oft zusammen schwimmen.«

»Okay«, sagte Detective Metivier. »Danke, dass Sie die Sache mit dem Biss aufgeklärt haben, Alice.« Etwas in Tonfall und Körpersprache der Polizistin verriet Alice, dass sie eben entschieden hatte, an Ginas Tod sei nichts Mysteriöses. Alice hatte den Test irgendwie bestanden. Dann wandte sich Detective Metivier allerdings an Jake und sagte: »Wären Sie so freundlich, mich zu meinem Wagen zu begleiten? Ich habe noch ein paar Fragen nur an Sie.«

»Oh«, sagte Jake und nickte dann. »Natürlich.«

Alice konnte sie vom Fenster in Jakes Arbeitszimmer aus auf dem Parkplatz reden sehen. Sie standen nebeneinander bei einem dunkelbraunen amerikanischen Wagen, einem Chevy Celebrity vielleicht, der vermutlich Detective Metivier gehörte. Es war ein grauer dunstiger Abend, und Jake, der nur einen Pullover trug, hatte die Arme vor dem Körper verschränkt. Die Polizistin hatte einen weißen Trenchcoat mit großem Revers angezogen. Sie schien hauptsächlich zuzuhören, während Jake sprach. Sie nickte mehrmals und fing an, ihre Taschen abzuklopfen, als würde sie sich zum Aufbruch rüsten. Jake streckte ihr die Hand entgegen. Dann zog sie ein Päckchen Zigaretten hervor und bot Jake eine an. Zu Alices Überraschung – er hatte vor ein paar Jahren zu rauchen aufgehört – nahm er die Zigarette. Detective Metivier zündete sich ihre eigene an und gab Jake dann das Feuerzeug. Nachdem sie weggefahren war, sah Alice ihn auf dem Parkplatz stehen, gierig rauchen und über die Straße zum Meer blicken, auf dem weiße Schaumkronen zu erkennen waren.

Als er zurückkam, war seine Haut feucht vom Dunst draußen, und er roch durchdringend nach Zigarette.

»Warum hast du eine Zigarette von ihr geraucht?«, fragte Alice.

»Hast du uns beobachtet?«

»Ich habe euch durch das Fenster gesehen, aber du riechst auch nach Zigarette.«

Er schnupperte und rieb sich die Nase. »Ich wollte nur höflich sein. Sie hat mir eine angeboten.«

»Was hat sie dich denn gefragt?«

»Lass mich erst einen Drink machen, dann erzähle ich es dir. Warum hast du mir denn nichts von Gina und ihrer Mutter gesagt? Großer Gott, Alice!«

Sie folgte ihm in die Küche. »Ich habe dir nichts erzählt, weil es niemanden interessiert, was sie glauben.«

»Vielleicht hätte es mich interessiert. Du musst mir solche Dinge sagen, Alice. Ich muss vorbereitet sein.«

»Was hat dich die Polizistin gefragt?«

Er goss Whiskey in ein Wasserglas und gab Eis und Sodawasser dazu. Es war, was er trank, wenn er viel trank, und was er den ganzen Sonntag trank, wenn er Footballspiele schaute.

»Sie wollte wissen, welcher Art unsere Beziehung ist.«

»Was hast du ihr gesagt?«

»Ich habe gesagt, dass sie das nichts angeht.«

»Warum hast du nicht …«

»Sie meinte, dass Vivienne Bergeron der Polizei gegenüber ausgesagt hat, sie hätte Beweise, dass wir zusammen sind, eine Freundin von ihr hätte uns in einem Restaurant in Portland gesehen.«

»Das hat nichts zu bedeuten. Davon mal abgesehen, wen interessiert es, und was hat es damit zu tun, was Gina zugestoßen ist?«

»Nichts. Überhaupt nichts. Das habe ich Detective Metivier ebenfalls erklärt, und sie sah es genauso. Ihr zufolge macht Vivienne Bergeron einen Riesenwirbel, weil sie überzeugt ist, du hättest dich irgendwie an Gina gerächt, nachdem sie dich an dem Abend beschuldigt hatten. Sie hat von dem Biss gesprochen und dass sie mit Bestimmtheit weiß, dass Gina niemals allein schwimmen gegangen wäre.«

»Das ist idiotisch.«

»Ich sage nur, was die Polizistin über Vivienne erzählt hat.«

»Und was habe ich ihrer Meinung nach getan? Glaubt sie, ich habe Gina getötet und sie dann ins Meer geworfen?«

Jake zuckte mit den Achseln. »Sie hat gerade ein Kind verloren. Ich glaube nicht, dass sie in der Lage ist, vernünftig zu denken. Kann ich dir einen Drink machen?«

Sie sahen fern. Jake ließ Alice das Programm aussuchen, also schauten sie *Mystic Pizza*. In den Werbepausen schaltete Alice gelegentlich auf MTV um. Jake lief mehrmals in die Küche, um einen neuen Drink zu mixen. Als der Film zu Ende war, schaltete Alice den Fernseher aus und sagte, sie wolle zu Bett gehen.

»Warte einen Moment, Ali, ja?«

Ihr wurde schlagartig kalt. »Sicher«, sagte sie.

»Ich möchte mit dir über etwas reden.«

Alices Herz flatterte, sie stand auf und sagte: »Können wir das auf morgen verschieben? Ich bin zu müde zum Reden.« Sie wusste, worum es gehen würde. Sie wusste, dass das Miststück von der Polizei etwas zu ihm gesagt hatte, und jetzt würde er nicht mehr mit ihr leben wollen.

»Hey, lass das«, sagte er mit übertrieben lauter Stimme, wie er es manchmal tat, wenn er zu viel getrunken hatte. »Komm her, okay?«

Sie ging zu ihm und blieb vor ihm stehen. Jetzt nahm sie wahr, dass sie noch immer den Morgenrock anhatte, in dem sie den ganzen Tag herumgelaufen war, ihr Haar war wahrscheinlich plattgedrückt und fettig. Kein Wunder, dass er sie rauswarf. »Du willst, dass ich gehe«, sagte sie und schob die Unterlippe vor.

»Nein, Alice. Das ist absolut nicht, was ich will. Komm her.«

Er klopfte auf seinen Schoß, und sie setzte sich, während er seinen Drink vorsichtig auf dem gläsernen Kaffeetischchen abstellte. »Was ich will«, sagte er, »ist ein Gespräch darüber, dass wir beide von jetzt an besonders vorsichtig sein müssen.«

»Ich habe nichts zu Gina und ihrer Mutter gesagt. Sie wollten mich dazu bringen, dass ich etwas über dich sage, aber ich schwöre, ich habe es nicht getan.«

»Ich weiß. Ich rede nicht nur von dir, sondern von uns. Wir müssen bei der Auswahl unserer Restaurants vorsichtiger sein, und wir müssen aufpassen, wie wir uns benehmen, und früher oder später – nicht sofort – solltest du dir eine eigene Wohnung mieten. Nein, nein, keine Sorge. Du kannst trotzdem die meisten Nächte hier verbringen.«

»Vielleicht sollten wir unsere Beziehung einfach nicht mehr verheimlichen. Es ist ja nicht verboten.«

»Ich weiß, dass es nicht verboten ist, aber es erregt Missfallen. Und das wäre mir auch egal, nur habe ich leider eine wichtige Position in einer Bank. Ich berate Menschen in dieser Stadt dabei, was sie mit ihrem Geld anstellen sollen, und sie würden das Vertrauen in mich verlieren, wenn sie glauben, dass wir beide zusammen sind. Sie würden es nicht verstehen.«

»Und wenn wir heiraten?«

»Alice«, sagte er, trank einen kräftigen Schluck und stellte das Glas mit lautem Klappern wieder auf den Tisch. »Es würde nichts ändern. Tatsächlich würde es wahrscheinlich alles nur noch schlimmer machen. Es ist nicht nur so, dass du die Tochter meiner Frau bist, ich bin außerdem dreißig Jahre älter als du.«

»Das ist mir egal.«

»Mir ist es auch egal, aber anderen Leuten nicht.«

»Schön. Wir werden besonders vorsichtig sein.«

»Das ist alles, was ich sagen wollte. Wir müssen von nun an sehr, sehr vorsichtig sein. Die Leute sehen andere Menschen ungern glücklich. Denk daran.«

Alice ging zuerst ins Bett. Sie war erschöpft und putzte sich die Zähne weniger als eine halbe Minute lang, dann zog sie ihren Morgenrock aus und schlüpfte unter die Decke. Sie fragte sich, ob ihr die Befragung durch Detective Metivier so zugesetzt hatte oder ob sie müde war, weil sie den ganzen Tag kaum etwas getan hatte. Sie war seit Freitagnacht nicht mehr schwimmen gewesen, seit der Nacht, in der es Gina nicht zurückgeschafft hatte. Morgen würde sie wieder schwimmen gehen. Es blieben nicht mehr allzu viele Tage, bevor es zu kalt wurde, dann würde sie im Hallenbad mit dem vielen Chlor im Wasser und den alten Damen schwimmen müssen.

Während sie darüber nachdachte, hörte sie, wie Jake sich bettfertig machte, er blieb lange im Bad, um seine Gesichtscreme aufzutragen, wie er es immer tat. Schließlich stieg er nackt neben ihr ins Bett und roch nach Vanille und Sandelholz.

Er küsste sie, die Art Kuss, die bedeutete, dass er müde war, dann sagte er: »Ich wollte es schon früher ansprechen, aber ich habe den richtigen Zeitpunkt nicht gefunden.«

»Was?«, fragte sie und fühlte ein Kribbeln an allen Gliedern.

»Ich bin Freitagnacht noch mal wach geworden und wollte mir ein Glas Wasser holen. Du warst nicht im Bett, also bin ich nach unten gegangen, um nach dir zu sehen, konnte dich aber nirgendwo finden. Ich wurde nervös und habe aus dem Fenster geschaut, und da sah ich dich vom Strand zurückkommen. Dein Haar war nass.«

Sie reagierte nicht.

»Alice?«, sagte Jake schließlich.

»Warum hast du nichts gesagt?«

»Wann? In der Nacht?«

»Ja.«

»Ich dachte, das Ganze sei eine Sache zwischen dir und Gina und wollte dich nicht deswegen belästigen. Ich bin wieder ins Bett gegangen. Du bist hereingekommen und hast geduscht.«

»Ich habe nicht ...«

»Pst«, unterbrach sie Jake und schob sein Gesicht nahe an ihr Ohr. »Ich will nicht, dass du etwas erklärst, du solltest nur wissen, dass ich Bescheid weiß. Sag nichts, okay? Wir sind ohne Gina besser dran – viel besser. So wie wir ohne deine Mutter besser dran sind.«

Alice erstarrte, als er ihre Mutter erwähnte.

»Wie du meinst«, entgegnete sie.

»Ich liebe dich, Alice. Jetzt und für immer. Egal was geschieht.«

»Ich liebe dich auch, Jake«, antwortete sie und drehte sich von ihm weg.

Nachdem er eingeschlafen war, stand Alice auf, ging in ihr altes Zimmer und schlüpfte unter die Decke. Sie konnte sehr leise Jakes Sägegeräusche beim Schnarchen durch die dünnen Wände der Wohnung hören. Sie versuchte einzuschlafen, aber sie musste immer an Jakes Worte denken. Wieso hatte er von ihrer Mutter angefangen? Sie hatte ihre Mutter tot auf dem Sofa vorgefunden, es war etwas, womit sie für alle Zeit leben musste. Und jetzt hatte sie ihre beste Freundin verloren. Sie hatte sie nicht retten können, und Jake stellte es so hin, als wäre sie irgendwie schuld daran.

Sie drehte sich auf den Bauch, auch wenn sie wusste, dass sie nicht würde einschlafen können. Sie dachte an Jake und versuchte, seine Worte aus ihrem Kopf zu löschen.

KAPITEL 21

JETZT

Das Bett bewegte sich, das verdrehte Laken zog sich um seinen Brustkorb zusammen. Harry öffnete die verklebten Augen. Es war noch Nacht. Er fror, aber ein warmer Körper presste sich an seinen Rücken, und ein Arm hatte sich um seine Schultern gelegt. Er hörte Alices Stimme in seinem Ohr. »Schlaf einfach weiter. Ich will nicht allein sein.«

Harry hielt so still wie möglich und überlegte, ob er einfach so tun konnte, als schliefe er, aber er wusste, sie hatte gespürt, wie sich sein ganzer Körper bei ihrer Berührung angespannt hatte. Sie schmiegte sich noch enger an ihn. Zwischen ihrem Körper und seinem war ein seidenartiger Stoff, aber er fühlte, wie ihre Brüste an seinen Rücken drückten, fühlte eine Brustwarze. »Alice…«, presste er hervor.

»Pst. Schlaf weiter. Du bist so kalt.« Sie spreizte ihre Hand auf seiner Brust, dann zog sie die Beine an, sodass ihre Knie gegen die Rückseite seiner Oberschenkel drückten.

»Ich glaube nicht…«

»Einfach mir zuliebe, okay? Schlaf weiter.« Er konnte den Wein in ihrem Atem riechen. Sie rutschte vor und zurück wie ein Vogel, der sich in einem Nest einrichtet. Sie presste ihre Stirn gegen seinen Nacken.

Harry konzentrierte sich auf seine Atmung, versuchte ruhig weiterzuatmen. Er schloss die Augen. Es tat gut, einen Körper an seinem zu fühlen, die Wärme, die er ausstrahlte. Sein Puls beruhigte sich.

Als er aufwachte, lag er auf dem Rücken, Alice schwebte über ihm und hob ihr Nachthemd über die Hüften. Harry wollte sprechen, doch Alice küsste ihn, eine Hand an seinem Hals, während die andere über seinen Bauch nach unten glitt und seine Erektion ergriff. Er konnte nichts tun, um es zu verhindern, sein Körper übernahm das Kommando. Alice hielt den Kopf beim Sex dicht an seinem, ihr Haar breitete sich über sein Gesicht aus, er schloss die Augen, und die Welt bestand nur mehr aus Dunkelheit und Empfindung. Alice flüsterte ihm ein ums andere Mal seinen Namen ins Ohr.

Hinterher wollte er wieder zu sprechen ansetzen, doch Alice sagte: »Nicht. Lass uns nicht darüber reden.«

Harry hielt erleichtert den Mund, und bald ging Alices Atem langsam und gleichmäßig. Er drehte sich auf die Seite und schloss die Augen. Als er sie wieder öffnete, schien weiches Morgenlicht durchs Fenster. Alice atmete noch schwer, ihr Mund drückte sich in die Vertiefung zwischen seiner Schulter und seinem Rückgrat, ihre Lippen berührten seine Haut. Er bewegte unwillkürlich die Hüfte, und Alices Hand strich über ihn. Harry drehte sich weg und setzte sich auf den Bettrand. Er gab ein leises Brummen von sich, als wäre er soeben aufgewacht. Hinter ihm regte sich Alice. Er stand auf, ehe sie noch etwas sagen konnte; er war sich seiner Nacktheit bewusst, hob rasch seine Jeans und das T-Shirt vom Boden auf und verließ das Zimmer.

Dann ging er direkt nach unten, wo er sich anzog und in die Schuhe schlüpfte, die noch neben der Tür standen. Er lauschte reglos, ob Alice ebenfalls aufgestanden war, hörte jedoch nichts. Was mitten in der Nacht passiert war, erschien ihm jetzt wie ein verschwommener, trüber Traum. Wie betrunken war sie gewesen? Konnte es sein, dass sie nicht mehr gewusst hatte, was sie tat?

Harry öffnete leise die Tür und trat in der kühlen Morgendämmerung auf die Eingangstreppe hinaus. Vögel zwitscherten laut in den Bäumen, und auf dem Rasen lag Tau. Er setzte sich auf die Treppe, und in seinem Kopf überschlugen sich die Bilder der vergangenen Nacht. Er schauderte und bekam bei der Erinnerung eine Gänsehaut. Es war eine neue Erfahrung gewesen, einem fremden Willen zu gehorchen, zu erleben, wie ihr Körper sich seines eigenen bemächtigt hatte. Sie war kleiner als er, aber sie hatte sich größer angefühlt, als sie ihn in sich gezogen hatte. Harry bemühte sich verzweifelt, die Erfahrung in einem Ordner abzuheften, wo sie einen Sinn ergab, aber es gelang ihm nicht. Er hatte nicht einmal eine Woche nach dem Tod seines Vaters mit seiner Stiefmutter geschlafen. Es war ein Gefühl irgendwo zwischen einer Wirklichkeit gewordenen Fantasie und der Sorte Albtraum, aus dem man schweißgebadet hochschreckt. Er versuchte, nicht mehr daran zu denken, aber er hörte sie ständig seinen Namen flüstern und spürte ihre Zähne an seinem Ohrläppchen.

Wie spät es war, wusste er nicht, aber er schätzte die Zeit etwa auf fünf Uhr. Er beschloss, zum Dunkin' Donuts in Kennewick Center zu laufen und einen Kaffee zu trinken, vielleicht etwas zu essen.

Es war mehr als eine Meile bis Kennewick Center, aber die Bewegung tat gut. Es wurde langsam warm, die Sonne kletterte und brannte den Nebel fort. Als er sich dem Dunkin' Donuts näherte, wusste er nicht, ob er schon geöffnet hatte, aber als er an die Tür kam, sah er eine Angestellte hinter der Ladentheke. Er bestellte einen großen Kaffee mit viel Sahne und Zucker und einen Blaubeerdonut.

Er setzte sich an einen Tisch und beobachtete durch das beschlagene Fenster, wie ein Pick-up quer über zwei Parkplätze anhielt. Ein dürrer Mann mit einer Baseballmütze im Tarnmuster sprang heraus, ohne den Motor abzustellen, und betrat den Laden. »Morgen, Cody«, begrüßte ihn die Frau hinter der Theke und stellte ihm, ohne zu fragen, was er wollte, einen Kaffee und eine Apfeltasche hin. Harry blickte weiter auf den Truck, der Auspuffgase ausstieß, und verspürte kurz den Drang, mit seinem Kaffee hinauszurennen, den Pick-up zu stehlen und zu sehen, wie weit er kam.

Aber er rührte sich nicht. Der Mann ging mit seinem Frühstück zu seinem Fahrzeug zurück. Harry trank weiter seinen Kaffee, aß seinen Blaubeerdonut und dachte daran, dass es die Lieblingssorte seines Vaters gewesen war. Seine Gedanken wanderten wieder zu Alice und zu Graces Überzeugung, dass sie etwas mit dem Mord zu tun hatte. Was, wenn Grace recht und er mit der Mörderin seines Vaters geschlafen hatte? Sein Magen drehte sich um. Er befahl sich, zu atmen und dachte an Ockhams Rasiermesser, von dem er in einem Kurs über Wahrscheinlichkeit erfahren hatte. *Die einfachste Lösung für ein Problem ist höchstwahrscheinlich die richtige.*

Was war die einfachste Lösung?

Wahrscheinlich, dass sein Vater ein Ehebrecher gewesen war, der gern jüngere Frauen verführte. Er hatte eine Affäre mit einer verheirateten Frau gehabt und war von ihrem eifersüchtigen Ehemann getötet worden. Grace war nur eine weitere Freundin, die nichts mit dem Tod seines Vaters zu tun hatte. Alice war eine betrogene Ehefrau, die im Augenblick Mühe hatte, mit allem zurande zu kommen, was geschah. Und sie suchte verzweifelt nach Aufmerksamkeit und Zuneigung. War das die logischste Erklärung? Falls ja, kam Harry eine Verantwortung für das zu, was sein Vater hinterlassen hatte. Seine Hand glitt reflexartig zur Tasche, er wollte nachsehen, ob Grace oder Alice ihm eine SMS geschickt hatten, aber er hatte das Handy im Schlafzimmer gelassen.

Mit seinem Kaffee in der Hand verließ er den Laden. Die Sonne stand höher am Himmel, und auf der Route 1A fuhren inzwischen ein paar Autos. Er beschloss, wieder nach Hause zu gehen. Später würde er sich dann mit Grace in Verbindung setzen und sicherstellen, dass sie der Polizei alles erzählte, was sie wusste. Er ging am sandigen Rand der Straße entlang. Ein leichter Ostwind wehte, und die Luft roch nach Meer. Als er nach Kennewick Village kam, war er schon im Begriff, die York Street zurück nach Grey Lady anzusteuern, doch im letzten Moment beschloss er, an dem Haus vorbeizugehen, in dem Grace wohnte. Es war noch zu früh für einen Besuch, aber vielleicht, wenn er einfach vorbeilief…

Das Haus wirkte im Morgenlicht ruhig und leer. Harry warf einen Blick zu Graces Fenster im ersten Stock hinauf; es war schwer zu sagen, aber er glaubte, dass Licht brannte. Er näherte sich der Tür und überlegte, leise zu klopfen, nur für den Fall, dass sie schon wach war. Aber dann hielt er inne. Die Tür stand offen – nicht weit, vielleicht zwanzig Zentimeter. Auf einmal wusste er, dass etwas nicht stimmte. Eine Weile stand er wie erstarrt da, dann trat er an die Tür heran. Er konnte hineinspähen und lauschen. Vorsichtig drückte er sie auf. In seinem Mund hing der klebrige Geschmack des süßen Kaffees.

Grace lag in der Eingangshalle auf dem Boden, ihre nackten Füße zeigten zur Tür. Er wusste, sie war tot, sagte aber dennoch ihren Namen, seine Stimme war nur ein heiseres Krächzen. Er ging durch die Tür. Grace trug noch immer die Sachen vom Vortag, eine gestreifte Bluse und Jeans. Ein Arm lag über dem Kopf, der andere an der Körperseite.

»Grace«, sagte er noch einmal lauter und hoffnungsvoll, aber nach einem weiteren Schritt ins Haus konnte er sehen, was ihr zugestoßen war. Ihr Schädel war auf der linken Seite eingedrückt, das Haar blutverklebt. Ihr blau verfärbter Kiefer war nicht auf einer Linie mit dem Rest des Kopfs.

Galle stieg in Harrys Kehle auf, und er schloss kurz die Augen. Er machte einen Schritt zurück, spürte das Blut aus seinem Kopf strömen und hielt sich am Türrahmen fest.

Er berührte seine Tasche, auch wenn er wusste, dass er kein Handy bei sich hatte. Dann sah er sich in der Eingangshalle um. Auf einem hüfthohen Tischchen stand ein Telefon, und er ging darauf zu. Es war ein alter Festnetzapparat, der breit und behäbig wie eine Kröte auf dem Tisch kauerte, und Harry rechnete halb damit, kein Freizeichen zu bekommen, als er den Hörer abnahm und an sein Ohr hielt.

TEIL 2

SCHWARZE WASSER

KAPITEL 22

JETZT

Caitlin McGowan las die E-Mail noch einmal, wahrscheinlich schon zum fünfzigsten Mal. Sie stammte von ihrer Schwester Grace und war vermutlich nur wenige Stunden vor ihrer Ermordung abgeschickt worden.

Ich weiß, du wirst ausrasten, aber ich bin in Maine. Ich bin hier raufgefahren, als ich von B.s Tod hörte, kurz nachdem wir uns gesprochen hatten. Ich habe eine Unterkunft über Airbnb gefunden und war auf der Beerdigung. Ich konnte einfach nicht in New York bleiben und so tun, als würde das alles nicht geschehen. Ich musste sie sehen.

Tut mir leid, ich weiß, ich klinge wirr. Ich werde langsamer machen. Ich bin erschöpft und aufgedreht zugleich, und ich habe heute so gut wie nichts gegessen. B.s Sohn Harry war gerade hier. Er hat vorbeigeschaut, um mir zu sagen, dass es jetzt eine Verdächtige gibt; Alice hat der Polizei erzählt, B. hätte eine Affäre mit einer Frau aus dem Ort gehabt, und sie glaubt, dass der Mann dieser Frau ihn getötet hat. DAS IST FREI ERFUNDEN, und ich nehme deshalb an, dass Alice tatsächlich etwas mit B.s Tod zu tun hatte. Zunächst einmal traf sich B. nicht mit einer anderen. Ich habe es zu Harry gesagt, und er hat mich angesehen, als wäre ich nicht ganz dicht, und du denkst wahrscheinlich dasselbe. Aber da war niemand, und Alice hat es sich ausgedacht, weil sie einen Weg gefunden hat, ihn zu töten, und jetzt, da die Polizei weiß, dass es kein Unfall war, muss sie die Schuld auf jemand anderen schieben.

Der Sohn ist süß! Er ist ein altersgerechter B., einschließlich der absoluten emotionalen Blockade. Als ich ihn bei der Trauerfeier sah, habe ich buchstäblich weiche Knie bekommen, und dann habe ich gesehen, wie Alice ihn bemuttert hat, und wäre am liebsten dazwischengefahren, um ihn zu retten. Ich bin zum Buchladen gegangen, weil ich dachte, Alice ist vielleicht dort und ich könnte sie mir aus der Nähe ansehen, aber stattdessen war er da, da habe ich ihm erzählt, dass ich einen Job suche. Ich habe ihm angemerkt, dass er auf mich steht, oder vielleicht hat er mir auch nur angemerkt, dass die Sache mit dem Job gelogen war. Er hat mir eine SMS geschrieben und mich in eine Bar eingeladen wie auf ein richtiges Date. Er hat mir seine ganze Lebensgeschichte erzählt, und ich habe mir ausgedacht, dass ich nach Maine gekommen bin, um alles hinter mir zu lassen, aber er hat mir nicht geglaubt (du weißt, was für eine lausige Lügnerin ich bin), deshalb war er heute Abend hier, und ich habe ihm ALLES erzählt. Und dann habe ich nur gesehen, wie er mir die Schuld an dem gegeben hat, was seinem Vater zugestoßen ist, dass alles mit mir angefangen hat, und jetzt weiß ich nicht, ob ich nicht nur meine eigenen Schuldgefühle auf ihn projiziere.

Meine Haut brennt wie Feuer, so nervös bin ich. Ich habe gerade beschlossen, am Morgen zur Polizei zu gehen und ihnen alles zu erzählen. Keine Ahnung, ob es sie interessiert, aber dann habe ich es hinter mir. Ich habe nichts zu verbergen, und ich muss niemanden schützen. Und wenn das erledigt ist, verdufte ich aus Maine, und tja, das Wichtigste habe ich bis jetzt für mich behalten: Kann ich bei dir wohnen? Nicht für immer, nur für ein paar Tage. Mit New York bin ich fertig, ich kann nicht hierbleiben, und ich will wirklich nicht wieder bei Mom einziehen, zumindest nicht im Augenblick. Ich weiß, du hast gesagt, ich kann jederzeit kommen, aber ich wollte trotzdem noch mal fragen. Ich werde morgen in Boston sein. Du schläfst wahrscheinlich gerade, aber schreib zurück, sobald du das hier liest. XOXO G.

Caitlin klappte ihren Laptop zu. Sie hatte die E-Mail früher am Tag Detective Dixon in der Polizeistation auf ihrem Handy gezeigt. Er hatte sie gelesen und Caitlin gebeten, sie an ihn weiterzuleiten.

»Was halten Sie davon?«, fragte sie.

»Ich wünschte, sie wäre früher zu uns gekommen«, entgegnete der Detective, und bei den Worten zog sich Caitlins Magen zusammen. Er musste es ihr angesehen haben, denn er setzte rasch hinzu: »Aber wer weiß, ob es einen Unterschied gemacht hätte? Es ist kein eindeutiger Beweis. Viele Leute haben Affären und werden nicht ermordet.«

»Aber die Tatsache, dass Grace getötet wurde, bedeutet doch sicher, dass Bill Ackerson ebenfalls ermordet wurde, dass es zusammenhängt.«

»Es gibt keinen Hinweis darauf, dass Alice auch nur von der Existenz Ihrer Schwester wusste.«

»Wieso? Weil sie es behauptet?«

»Darf ich Ihnen ein paar Fragen über Grace stellen?«, fragte der Detective und schob die Schultern vor, als hätte er eine Verspannung im Rücken. Caitlin bemerkte, dass er eine Narbe über dem rechten Auge hatte, wo die Braue nicht wuchs.

»Sicher«, sagte sie und lehnte sich in dem Plastiksessel zurück. Sie saßen an einem kleinen Konferenztisch in einem verglasten Raum im hinteren Teil der Wache. Es gab ein Whiteboard, das saubergewischt worden war, nur ein paar zufällige, verschmierte Worte waren noch darauf zu lesen: *Namen, Zelle, trennen*. Der Detective hatte sie in den Raum geführt, um ihr zum Zweck der Identifizierung Fotos von Graces leblosem Gesicht zu zeigen. Caitlins Mutter hatte am frühen Morgen völlig aufgelöst angerufen und gesagt, sie sei eben vom Kennewick Police Departement verständigt worden, es gebe eine Leiche, die einen in Michigan auf den Namen Grace Ellen McGowan ausgestellten Führerschein bei sich trug und identifiziert werden müsse. Caitlin hatte es übernommen, nach Maine hinaufzufahren. Während der anderthalbstündigen Fahrt, die sie in einem surrealen Schockzustand hinter sich brachte, war sie zwischen ungläubigem Schmerz und der verzweifelten Hoffnung hin- und hergeschwankt, dass sich alles als Missverständnis herausstellen würde. Als der Detective das erste Foto vor sie hingelegt hatte, war sie kurz von purer Erleichterung durchflutet worden. *Das war nicht Grace.* Das Gesicht, das sie ihr zeigten, war das einer jungen Frau, aber mit volleren Wangen, als Grace sie hatte, mit geschwolleneren Augen.

Caitlin schüttelte den Kopf. »Nein … Ich glaube nicht …«

Der Detective legte ein zweites Foto neben das erste. Es zeigte eine Tätowierung, kursive Schrift über einem Brustkorb: *Ist dir klar, dass wir im Weltraum treiben*? So schnell die Erleichterung gekommen war, wurde sie von einer eiskalten Welle des Erkennens wieder fortgespült. Caitlin blickte noch einmal auf das Gesicht, das vor einem neutralen Hintergrund fotografiert worden war. Ja, es war ihre Zwillingsschwester, nur waren ihre Züge auf das grundlegende Muster reduziert: eine Nase, zwei Augen, ein Mund. Sie hatte das Gesicht zuerst nicht erkannt, weil es nichts mehr von Grace enthielt. Aber die Tätowierung, diese alberne Zeile aus irgendeinem Song, die sich Grace in der Highschool spontan hatte stechen lassen, bewies, dass es tatsächlich ihre Schwester war.

Sie nickte, und der Detective zog ein Formular hervor, das sie unterschreiben musste, die Bestätigung der Identifizierung. Sie warf rasch einen Blick auf das Blatt und unterzeichnete es dann. Der Detective heftete es in einen Ordner, dankte ihr und fragte, ob sie einen Moment für sich allein sein wolle, ehe sie sich weiter unterhielten. Sie nickte, er ging und schloss die Tür hinter sich. Sie legte eine Hand über die Augen und weinte minutenlang. Sie hatte zuvor schon geweint, als sie den Anruf von ihrer Mutter erhalten hatte, dass Grace tot war, aber das hier war anders. Sie hatte die Bilder gesehen. Auch wenn sie es sich nicht vorstellen konnte: Grace war tatsächlich tot.

»Sie war Ihre Zwillingsschwester?«, fragte der Detective, nachdem er zurückgekommen war und sie ihm die E-Mail gezeigt hatte, nachdem sie ihn wiederholt gefragt hatte, was passiert war und *warum*.

»Ja.«

»Eineiige Zwillinge?«

»Nein, zweieiige. Manchmal hielt man uns aber für eineiig, weil wir uns so ähnlich sahen. Aber in Wirklichkeit kam das nur daher, weil wir Schwestern waren.«

»Waren Sie sich auch in anderer Hinsicht ähnlich?«

»Unsere Persönlichkeit, meinen Sie? Lieber Himmel, nein, kein bisschen. Ich war immer die Vorsichtige, und sie war überhaupt nicht vorsichtig. Wie Sie sehen … an dem, was passiert ist, und an ihrer E-Mail. Sie war impulsiv und wusste im Grunde nicht, was sie wollte. Obwohl, nein, das stimmt nicht ganz. Sie war impulsiv, wusste aber immer, was sie wollte. Es hat sich nur ständig geändert.«

»So wie sie Bill Ackerson wollte.«

»Ja.«

»Hat es Sie überrascht, dass sie zur Beerdigung hier heraufgefahren ist?«

»Ja und nein. Ich habe es eben erst aus der E-Mail erfahren.«

»Kannten Sie ihn?«

»Nein. Ich hatte nur von ihm gehört. Und auch das kaum, weil Grace wusste, dass ich es nicht guthieß. Dann hat sie Ende letzter Woche angerufen, um mir zu sagen, dass er tot ist.«

»Sie sagten, Ihre Schwester sei impulsiv gewesen. Gab es eine Vorgeschichte von Gewalttätigkeit, Wutausbrüchen, psychischen Erkrankungen?«

Caitlin schüttelte den Kopf.

»Wie intensiv, glauben Sie, war Graces Beziehung zu Bill?«

»Sie war in ihn verliebt«, antwortete Caitlin.

Der Detective schob den Karton mit den Taschentüchern näher zu Caitlin. Sie nahm eines heraus und merkte, dass ihr Tränen über die Wangen liefen. »Darf ich Sie noch eine kleine Weile länger hierbehalten?«, fragte der Detective.

»Ich denke schon.«

»Ich würde Ihnen gern einige allgemeine Fragen zu Ihrer Familie und Graces Freunden stellen. Vielleicht hatte das Ganze überhaupt nichts mit Bill Ackerson zu tun.«

Caitlin kehrte erst am späten Nachmittag in ihr Zimmer im Sea Mist Motel zurück. Sie setzte sich auf die glänzende Bettdecke und las Graces letzte E-Mail noch einmal durch, dann hörte sie die drei Nachrichten ab, die sie in der Zwischenzeit von ihrer Mutter erhalten hatte. Sie wusste, sie musste sich bei ihr melden, um zu bestätigen, was sie bereits wussten: dass die Tote tatsächlich Grace war.

Sie wappnete sich und machte den Anruf.

»Caitlin?«

»Sie war es, Mom. Es war Gracie.«

Sie weinten zusammen am Telefon, und nachdem sich Caitlin überzeugt hatte, dass ihre Mutter nicht allein war – Patrick war da, so wie er immer da war, und die Schwester ihrer Mutter, Tante Nan, würde später kommen –, traute sich Caitlin, das Telefongespräch langsam zu einem Ende zu bringen.

»Mom«, sagte sie, »kannst du Patrick bitten, Dad anzurufen? Ich glaube nicht, dass ich das schaffe.«

»Ja, natürlich. Patrick kann es machen. Du hast genug getan, Caitlin. Ich sollte jetzt bei dir in Maine sein.«

»Nein, dafür gibt es keinen Grund. Mir geht es gut. Na ja, es geht mir nicht gut, aber du weißt schon ...«

»Hat die Polizei noch etwas gesagt? Wissen sie schon, wer es war?«

Caitlin erzählte ihr, was sie herausgefunden hatte, ließ aber aus, dass Grace fast eine Woche lang in Maine gewesen war, ohne jemandem Bescheid zu geben. Sie hatte ihrer Mutter bereits früher erzählt, dass sich Grace mit einem wesentlich älteren, verheirateten Mann eingelassen hatte. Ihre Antwort war zu erwarten gewesen: »Daran ist dein Vater schuld.«

Sie unterhielten sich noch ein wenig, und Caitlin versicherte ihrer Mutter, sie werde herausfinden, wann die Leiche freigegeben werde – danach hatte sie zu fragen vergessen –, und sich um die Überführung nach Ann Arbor in Michigan kümmern.

»Ich rufe dich heute Abend noch mal an, Mom, okay? Ich bin erschöpft und werde versuchen, ein wenig zu schlafen.«

»Okay. Geh nicht allein aus. Ich wünschte immer noch, Dan wäre bei dir.«

»Ich komm schon klar. Lass Patrick jetzt Dad anrufen.«

Sie verabschiedeten sich, und Caitlin legte sich rücklings aufs Bett. Die Klimaanlage im Fenster schaltete eine Stufe höher, und sie erschrak. Sie setzte sich wieder auf. Wie immer, wenn sie sich völlig überfordert fühlte, machte sie im Kopf rasch eine Liste dessen, was getan werden musste und in welcher Reihenfolge: herausfinden, wann sie Graces Leiche nicht mehr brauchten; die Überführung zu McLellans Bestattungsunternehmen in Ann Arbor arrangieren (sie hatte die Nummer auf dem Handy); Maria in der Arbeit anrufen und ihr sagen, dass sie mindestens eine Woche fort sein würde; selbst nach Ann Arbor zurückfliegen.

Und wenn sie dort war, konnte sie ihrer Mutter endlich erzählen, dass sie und Dan seit ungefähr drei Wochen nicht mehr zusammen waren. Ihre Mutter, die Dan sehr mochte und ihn ständig als den »Verlobten« ihrer Tochter bezeichnete, obwohl er das nie gewesen war, wäre am Boden zerstört. Vielleicht würde es ihr aber auch nichts mehr ausmachen, weil das mit Grace in der Zwischenzeit passiert war. Aber das glaubte sie nicht. Sie wusste, wie der Verstand ihrer Mutter funktionierte. Es war ein tragischer Moment, und das bedeutete, alle Mann an Deck, und dass Dan nicht zur Stelle war, würde ein Problem sein. Das andere Problem wäre natürlich ihr Vater. Er würde selbstverständlich zur Beerdigung kommen, und ihre Mutter würde ihn einfach ignorieren müssen. Sie hoffte nur, ihr Vater besäße genügend Anstand, allein zu kommen und nicht seine Frau und deren drei Kinder mitzubringen.

Er war vor vierzehn Jahren gegangen, einen Tag nach Weihnachten. Bis zu diesem Zeitpunkt waren Mike und Carol (jawohl, die Elternnamen der *Brady-Familie*) seit der Highschool zusammen gewesen, und sie waren sich durch das College hindurch treu geblieben, obwohl Mike an der University of Michigan studiert hatte, während Carol an die Barnard in New York gegangen war. Sie heirateten eine Woche nachdem beide ihren Abschluss gemacht hatten, bekamen drei Kinder in zwei Jahren – die Zwillingsmädchen und dann Patrick. Danach folgten keine Kinder mehr, und Grace und Caitlin hatten oft spekuliert, wie es ihren Eltern gelungen war, eine von der Kirche gebilligte Verhütungsmethode zu finden, die tatsächlich funktionierte.

Dann kam besagter Tag nach Weihnachten, als Mike die Familie zusammenrief und ihnen mitteilte, er werde sie verlassen, um mit Angela Hernandez, einer Witwe mit drei Kindern, zusammenzuziehen. Er ging mit einer Tasche voll Kleidung und seinen Golfschlägern. Grace und Caitlin waren gerade elf geworden und reagierten genau entgegengesetzt auf das plötzliche Verschwinden. Caitlin hatte sich im Stillen eine Liste gemacht, was zu tun war, und sich vorgenommen, ihrer Mutter und ihren Geschwistern dabei zu helfen, die Tortur durchzustehen. Grace war wütend geworden, irgendwann hatte sie sich sogar nachts aus dem Haus geschlichen und war zum neuen Haus ihres Vaters geradelt, um Steine gegen die Fenster zu schmeißen. Deshalb gab Carol ihrem Exmann auch die Schuld an allen Ausbrüchen und ungesunden Beziehungen von Grace, insbesondere Beziehungen mit älteren Männern. Die Wahrheit war, dass es einige davon gegeben hatte, aber auch wenn Caitlin ihrem Vater vieles vorwarf, neigte sie zu der Ansicht, dass Graces Persönlichkeit schon lange vor jenem Weihnachtsfest geformt worden war, an dem ihr Vater die Familie verließ.

Caitlin trat ans Fenster des Motels und sah auf den halb leeren Parkplatz hinaus. Eine Möwe strich vorbei, kaum einen Meter über einem geparkten Suburban. Es erinnerte sie daran, dass sie sich in einer Stadt am Meer aufhielt. Noch vor zwei Tagen war Grace hier quicklebendig umhergelaufen und hatte sich möglicherweise in einen neuen Mann verliebt – ausgerechnet in Bills Sohn Harry. Und Harry war es auch gewesen, der ihre Leiche gefunden hatte. Wie konnte er *nicht* zu den Verdächtigen zählen? Er musste zumindest ein wenig wütend auf Grace und auf ihre Rolle als die Geliebte seines Vaters sein. *Geliebte*. Bei dem Wort musste Caitlin beinahe laut auflachen. Aber genau das war ihre Schwester gewesen, oder? Nicht mehr als die Geliebte eines Mannes, der alt genug war, ihr Vater zu sein. Und aus diesem Grund war sie getötet worden, auch wenn der Detective Fragen stellte, als könnte es noch einen anderen Grund für Graces Tod geben. Die ganze Sache war unheimlich, und Caitlin war nicht überrascht gewesen, die Übertragungswagen der Nachrichtensender vorhin vor der Polizeistation auffahren zu sehen.

Sie fing im Kopf eine Unterhaltung mit Grace an, etwas, was sie ihr ganzes Leben lang getan hatte. *Ist das zu glauben? Du bist ermordet worden.*

Nicht wahr? Ich weiß. Graces Stimme ertönte so real in Caitlins Kopf, dass sie von äußerster Niedergeschlagenheit erfasst wurde, weil sie diese Stimme nie mehr laut hören würde.

Caitlin würgte an dem Kloß in ihrem Hals und konzentrierte sich wieder auf die Liste in ihrem Kopf. *In dem schrecklich aussehenden Diner auf der anderen Straßenseite etwas essen.*

Und dann fügte sie noch einen Punkt an: *Harry Ackerson suchen und mit ihm reden.*

KAPITEL 23

FRÜHER

Jake Richter, geboren und aufgewachsen in Menasset, Massachusetts, war der Sohn eines deutschen Einwanderers namens Peter Richter, der als Lkw-Fahrer für eine Fischfabrik im nahen New Bedford arbeitete. Seine Mutter Jocelyn, halb Portugiesin und halb aus Quebec, hatte in derselben Fabrik Fisch geputzt. Sie gingen dreimal zusammen aus, bevor sie sich beim vierten Mal verlobten. Ein Jahr später waren sie verheiratet und erwarteten ihr erstes Kind. Die Wehen bei Jacobs Geburt waren so traumatisch, dass Jocelyn sicherstellte, nie wieder schwanger zu werden. Sie kündigte nach der Geburt ihren Job und ging nur noch gelegentlich bei einigen Sommergästen putzen, die unten am Strand geräumige Häuser besaßen.

Während seiner endlosen Kindheit verbrachten Jake und seine Eltern jeden Abend zusammen in der engen mittleren Wohnung eines braunen dreistöckigen Gebäudes im Zentrum von Menasset. Sie besaßen keinen Fernseher, aber hörten jeden Abend Radio, während Peter in gleichmäßigem Tempo Brandy aus einem Wasserglas trank und Jocelyn Cremewaffeln aß und an ihrer Stickerei arbeitete. Manchmal machte sie eine Bemerkung über etwas, was sie im

Radio gehört hatte, aber selten, wenn überhaupt je, richtete sie das Wort an ihren Mann oder ihren Sohn. Peter Richter sprach ebenfalls selten, und als Jacob in den Kindergarten kam, überwältigte ihn die schiere Menge des Geplappers nicht nur der anderen Kinder, sondern auch seitens der nervösen Ms. Soares derart, dass er sich zu reden weigerte. Da man ihn deshalb verdächtigte, zurückgeblieben zu sein, wurde er ein Jahr später eingeschult.

Bis er dann in die Mittelschule kam, erhielt Jacob – der inzwischen Jake genannt wurde – regelmäßig gute Noten und hatte gelernt, sich in Unterhaltungen mit den anderen Kindern in der Klasse zu drängen. Jungen sprachen über Baseball und Comichefte und erfanden gern Geschichten über Raufereien, in die sie angeblich verwickelt waren, während es Mädchen einfach gefiel, wenn man sie beachtete, hauptsächlich indem man sie neckte. Sowohl Jungen als auch Mädchen sprachen über Fernsehen, eine Weile war es *Howdy Doody*, aber als Jake im Begriff war, von der Menasset Middle School auf die örtliche Highschool zu wechseln, ging es nur noch um *Candid Camera* oder eine neue Sendung, die nachmittags lief und *American Bandstand* hieß. Jake fragte seine Eltern nur ein Mal, ob sie es in Erwägung ziehen würden, einen Fernseher anzuschaffen. Seine Mutter sagte, sie glaube nicht, dass sie fernsehen und sticken zugleich könne, und sein Vater sagte, Fernsehen sei Geldverschwendung. Also lernte Jake, heimlich zuzuhören, wenn andere Kinder über die Sendungen sprachen, die sie schauten. Er prägte sich alles ein, und konnte auf diese Weise so tun, als würde er ebenfalls fernsehen.

Als er fünfzehn Jahre alt war, fragte eine Frau, bei der

seine Mutter putzte, ob Jocelyn jemanden kenne, der sich im Herbst um den Garten kümmern konnte. Jocelyn schlug ihren Sohn vor, und im Oktober desselben Jahres begann Jake einen Tag in der Woche in Mrs. Codds Cottage zu arbeiten, das zwei Straßen vom Strand entfernt lag und einen einen halben Hektar großen Garten besaß. Seine Aufgabe bestand hauptsächlich darin, das Laub zu harken, das von den riesigen Buchen und Ahornbäumen auf dem Grundstück fiel, aber Mrs. Codd hatte immer ein, zwei zusätzliche Kleinigkeiten in und um das Haus für ihn zu tun – die Sturmfenster abzumontieren oder die Terrassenmöbel in die Garage zu schaffen. Sie drückte sich in seiner Nähe herum, während er diese Arbeiten erledigte, immer mit einer brennenden Zigarette zwischen den Fingern. Ihr Haar, das sie als Bubikopf trug, war platinblond gefärbt, ihr Gesicht war herzförmig und wurde von weit auseinanderstehenden braunen Augen dominiert, die durch dick aufgetragenen hellblauen Lidschatten größer wirkten. Sie konnte höchstens fünfzig sein, aber ihre beiden Kinder studierten bereits, und ihr Mann, ein leitender Angestellter bei einer Versicherung in Hartford, fuhr nur an den Wochenenden zu dem Haus heraus. Wie manche Kids in der Schule und ganz im Gegensatz zu seinen Eltern, redete Emma Codd pausenlos auf Jake ein, sie begleitete ihn manchmal sogar beim Laubharken und erzählte von ihren beiden Jungen auf dem College oder fragte ihn, wie Jugendliche heutzutage so seien, welche Musik sie hörten, was sie im Fernsehen schauten.

»Wir haben keinen Fernseher«, entgegnete er dann, und es war das erste Mal, dass er es irgendwem gegenüber zugab.

»Tja, das ist wahrscheinlich sehr gesund, Jake, allerdings weiß ich nicht, was ich an den Abenden ohne Fernseher tun würde. Es ist nicht so, als würde ich die ganze Zeit fernsehen, aber es ist nett, ihn einfach laufen zu lassen, damit man sich nicht so allein fühlt.«

»Meine Gesundheit interessiert meine Eltern eigentlich nicht, es ist nur so, dass mein Vater zu geizig ist.« Jake hatte herausgefunden, dass Emma Codd, die über alles reden konnte, am liebsten über die Unzulänglichkeiten anderer Leute sprach.

»Ach, ich weiß nicht«, sagte sie. »Ich wette, er ist nur um deine Augen besorgt. Aber falls es wirklich ums Geld geht, überlasse ich dir gern meinen alten Fernseher. Es ist eins dieser Dinger, die sie nach dem Krieg gebaut haben, sieht mehr wie ein Radio mit einem Bildschirm aus, aber ich bin mir sicher, er funktioniert noch. Du kannst aber auch jederzeit abends zu mir zum Fernsehen kommen. Ich hätte nichts gegen Gesellschaft einzuwenden.«

Jake wusste, dass sein Vater den Fernseher niemals annehmen würde, besonders nicht von Emma Codd, die er oft als »diese reiche Zicke« bezeichnete und deren Mann er »Codd, der Hahnrei« nannte, ein Wort, das Jake nicht verstand. Er erzählte seinen Eltern jedoch, dass er zum Fernsehen bei den Codds eingeladen worden war. Er wusste, sie würden keine Einwände haben. Sein Zuhause war zwar kalt und lieblos, aber das bedeutete auch, dass er viele Freiheiten genoss. Er konnte kommen und gehen, wie es ihm beliebte, seine Eltern brachten nie das Verlangen zum Ausdruck, ihn in ihrer Nähe zu haben, und sein Vater murrte manchmal sogar, wie stark sich die wöchentlichen Lebensmittelausgaben erhöht hätten, jetzt da Jake, der in weniger als einem Jahr zehn Zentimeter gewachsen war, so viel aß.

Jake begann unter der Woche nach dem Abendessen zu Emma Codd zu gehen, aber erst nachdem das Geschirr gespült, abgetrocknet und aufgeräumt war (seine allabendliche Aufgabe) und nachdem er alle seine Hausarbeiten erledigt hatte. In Mrs. Codds großem Wohnzimmer sahen sie und Jake dann fern, während sie einen Tom Collins trank und in die meisten Sendungen hineinquasselte. Sie stand außerdem ständig auf, um ihren Drink nachzufüllen, oder streckte sich auf dem Sofa neben Jake aus, und manchmal strich sie mit ihren nackten Füßen über seine Beine.

Zu Hause unter der Bettdecke erlaubte er sich dann unklare und schmutzige Gedanken über Mrs. Codd, die immer damit endeten, dass er von sich selbst angewidert war. Jakes Wissen über Sex war beschränkt, da er von seinen Eltern nichts gelernt und von den Kids in der Schule ein gehöriges Maß an Fehlinformation aufgenommen hatte. In all diesen Fehlinformationen war jedoch nie die Rede davon gewesen, dass ein Kind eine Art Beziehung zu einem Erwachsenen hatte. Der Gedanke, Mrs. Codd könnte mit ihm schlafen wollen, kam ihm gar nicht. Jake wusste, dass verheiratete Paare es taten, und er hatte Geschichten über Flaschendrehen und die zwei oder drei Mädchen in Menasset gehört, die einen mehr machen ließen, als zu knutschen, aber er war trotzdem vollkommen überrascht, als Emma Codd ihn eines Abends fragte, ob er schon einmal ein Mädchen geküsst hatte.

»Nicht wirklich«, antwortete er.

»Nicht wirklich?« Sie lachte so laut, dass es zu einem

Hustenanfall führte, dann drückte sie ihre Zigarette in dem tellergroßen Aschenbecher auf dem Kaffeetisch aus.

»Ein oder zwei, vielleicht«, sagte Jake, was stimmte. Margie Robinson und er hatten sich im Wald hinter dem Spielplatz der Mittelschule auf den Mund geküsst. Sie hatte behauptet, sie wolle sehen, ob der Lippenstift, den sie trug, auf seine Lippen abfärbte.

»Keine Zunge?«

»Wie meinen Sie das?«

»War es ein Zungenkuss? Haben sich eure Zungen beim Küssen berührt?«

»Nein«, sagte er und rutschte vor Unbehagen auf dem Sofa herum. Allein Mrs. Codd das Wort *Zunge* aussprechen zu hören, hatte umgehend eine Reaktion in seiner Jeans ausgelöst, und er veränderte seine Stellung, damit sie nicht sah, was mit ihm vorging.

»Es ist kein richtiger Kuss, wenn man die Zunge nicht benutzt, verstehst du? Ich kann es dir zeigen, wenn du willst. Dann kommst du nicht in Verlegenheit, wenn du demnächst ein Mädchen küsst.«

»Okay«, erwiderte Jake, und sein Mund wurde augenblicklich staubtrocken.

Als hätte sie ihm das angesehen, gab ihm Mrs. Codd ihren großen Tom Collins. »Trink einen Schluck davon. Das hilft.«

Er trank von dem süßen, eiskalten Drink, und es half tatsächlich, zumindest was die Trockenheit in seinem Mund anging. Mrs. Codd rutschte auf das Sofa neben ihn. Mehr als alles andere bereitete ihm Sorgen, dass sie die Steifheit in seiner Hose bemerken könnte, wenn sie nahe genug heranrückte, um ihn zu küssen. Wäre sie angeekelt, würfe ihn aus dem Haus und verböte ihm, jemals wiederzukommen? Würde sie es seinen Eltern erzählen?

»Jetzt entspann dich einfach«, sagte sie und nahm ihm den Drink aus der Hand. Sie trank selbst noch einen Schluck und stellte das Glas dann auf den Kaffeetisch. Sie begannen sich zu küssen, und wie sie es angekündigt hatte, war dabei eine Menge Zunge im Spiel. Sie schmeckte nach Gin und Tabak, und sie küssten sich so lange, dass Jake Angst bekam, er könnte ersticken. Als sie sich wieder von ihm löste, sagte sie: »Nicht schlecht fürs erste Mal.« Ihr Lippenstift war um den Mund herum verschmiert, und Jake dachte an Margie Robinson in dem kalten, feuchten Gehölz.

»Jetzt lass es uns noch mal versuchen, aber diesmal ein bisschen enger.« Sie drehte sich zu ihm, legte ein Bein über seinen Schoß, und Jake wich zurück.

»Tut mir leid, tut mir leid«, sagte er.

»Was? Das hier?« Sie legte ihm die Hand in den Schritt, und Jake nickte, er schämte sich so sehr, dass er befürchtete, er würde gleich zu weinen anfangen.

Sie lachte wieder, ein tiefes, heiseres Lachen, und sagte: »Genau das soll passieren, Schätzchen. Wenn wir das mit dem Küssen beherrschen, kommt Lektion Nummer zwei. Verlass dich drauf, es wird dir gefallen.«

»Okay«, sagte Jake, und seine Stimme klang zittrig und gequetscht.

»Überlass alles mir, Jake«, wies sie ihn an. »Ich bringe dir alles bei, was du wissen musst, um ein Mann zu werden. Würde dir das gefallen?«

Er nickte.

»Gut. Es gibt nur eine Regel, aber die ist sehr wichtig. Du darfst niemandem von uns erzählen. Absolut niemandem. Das schließt deine Freunde in der Schule ein, auch wenn sie mit Mädchen prahlen. Es ist nicht so, dass ich mich schämen würde oder dass du dich schämen solltest, aber manche Leute würden es einfach für falsch halten. Versprichst du mir das, Jake?«

Sie saß jetzt rittlings auf seinem Schoß, ihr steifer, satinartiger Rock schob sich über ihre Hüfte, und Jake, dessen Herz in der Brust stolperte, versprach, er werde es keiner Menschenseele je erzählen.

Jake hielt sein Versprechen, während er Emma Codd jede Woche zwei- oder dreimal besuchte. Gelegentlich sahen sie immer noch fern, aber erst, wenn sie von den »Lektionen« erschöpft waren. Dann lagen sie nackt und verschwitzt und schläfrig vom Sex auf dem Sofa, jeder trank seinen eigenen Tom Collins, und Jake rauchte eine von Emmas Chesterfields. Sie brachte ihm alles bei, was ein Junge und ein Mädchen miteinander tun konnten, darunter Dinge, die er sich in seinen schmutzigsten Träumen nicht hätte vorstellen können. Was ihn besonders erstaunte und verwirrte, waren Emmas körperliche Reaktionen. Manchmal wurde sie so heftig geschüttelt, dass er dachte, sie erlitte eine Art Anfall.

Eine Woche vor Weihnachten sagte Emma zu Jake, dass er sie in den nächsten sechs Wochen nicht mehr besuchen könne, da ihre Jungs vom College nach Hause kämen und ihr Mann zwei Wochen lang nicht ins Büro ginge.

»Ich werde dich vermissen«, sagte Jake.

»Ich weiß, was du vermissen wirst«, antwortete sie. »Du

wirst dir ein unschuldiges Mädchen in deinem Alter suchen müssen, das du verderben kannst. Sollte nicht allzu schwer sein.«

»Das würde ich nie tun«, sagte Jake.

»Aber wieso denn nicht?«

»Wegen …«

»Wegen der Sache, die zwischen uns ist? Jake, Süßer, das zwischen uns ist perfekt, wie du weißt, aber du bist ein junger Mann, und ich bin eine alte, verheiratete Frau. Vergiss das nie.«

Jake fügte sich und blieb den restlichen Dezember und den ganzen Januar weg. Aber nach einem Schneesturm im Februar nahm er eine Schaufel und ging zum Haus der Codds. Emma war wieder allein, und nachdem Jake ihre Einfahrt frei geräumt hatte, empfing sie ihn mit einer Tasse heißer Schokolade an der Haustür und führte ihn dann in ihr Schlafzimmer.

Hinterher fragte sie ihn, was er über Weihnachten getrieben hatte.

»Nichts«, sagte er.

»Keine hübschen jungen Mädchen?«

»Nein. Ich habe an dich gedacht.«

»Du bist sehr süß, Jake, und du bist ein kluger Junge, deshalb werde ich dir jetzt ein Geheimnis verraten. Das Schlimmste auf der Welt, das absolut Schlimmste, ist, alt zu werden. Man kann nicht viel dagegen tun, aber eine Menge Geld zu haben, hilft ein bisschen. Hast du Mr. Codd mal kennengelernt? Ich kann mich nicht erinnern.«

»Ich glaube, ich habe ihn einmal bei der Parade zum 4. Juli gesehen.«

»Er ist wesentlich älter als ich, wie du sicher bemerkt hast. Er wird dieses Jahr fünfundsechzig. Er hat mehr Geld verdient, als er in der Zeit, die ihm noch bleibt, ausgeben kann, aber sag mir: Würdest du mit ihm tauschen wollen? Würdest du im Tausch für sein ganzes Geld fünfundsechzig sein wollen?«

»Ich glaube nicht«, erwiderte Jake und dachte, dass es die Antwort war, die sie hören wollte.

»Genau das meine ich. Deine Jugend ist mehr wert als all sein Geld. Also genieße sie, Jake. Mach das Beste draus. Und wenn du in meinem Alter bist, empfehle ich dir, einen Weg zu finden, wie du so viel Geld verdienst, dass du dir einen jungen Menschen suchen kannst, der dir Gesellschaft leistet. Wenn ich mit dir zusammen bin, bin ich wieder ein junges Mädchen. Es wird nicht für immer so bleiben, das weiß ich, aber es ist viel besser, als mit den alten Mädchen Tennis zu spielen oder in die Stadt zu fahren, um mit Richard und seinen Versicherungsfreunden zu Mittag zu essen.«

»Weiß er von uns? Weiß dein Mann Bescheid?«

Emma Codd drehte sich von ihm fort und griff nach ihrem Päckchen Zigaretten auf dem Nachttisch. Jake studierte ihren Körper, der ihm immer etwas weniger attraktiv erschien, nachdem sie es gemacht hatten. Ihre schweren Brüste hingen ein bisschen schlaff hinunter, und die Haut am Gesäß und an den Oberschenkeln war nicht mehr straff. Nachdem sie zwei Zigaretten angezündet und eine davon Jake gegeben hatte, sagte sie: »Ich schätze, er weiß es *nicht*. Er weiß, dass ich nicht Woche um Woche ganz allein hier draußen bin, während er in Hartford Zahlen zusammenrechnet, aber er weiß nicht konkret über *dich* Bescheid. Er ist selbst kein Heiliger, weißt du? Er hatte früher regelmäßig Freundinnen, aber ich bezweifle, dass er sie jetzt noch hat. Er bringt nämlich nichts mehr zustande im Bett.«

»Oh«, sagte Jake.

»Du bist mein Ersatz. Das ist für alle Beteiligten eine gute Lösung.« Emma stieß eine blaue Rauchwolke aus, beugte sich dann über Jake und küsste ihn auf die haarlose Brust. »Werde nicht alt, Jake. Das ist mein Rat für dich. Und wenn es trotzdem passiert, dann such dir jemanden, der jünger ist als du. Ich weiß, wovon ich rede.«

Zweieinhalb Jahre später, zu Beginn von Jakes letztem Highschooljahr, erklärte Mrs. Codd, sie habe gesundheitliche Probleme und sie könnten sich nicht mehr sehen. Jake erhob Einwände, aber insgeheim war es in Ordnung für ihn. Er hatte inzwischen eine neue Freundin gefunden, eine rundliche Blondine aus dem zweiten Jahrgang, deren alleinerziehende Mutter nachmittags in der Stadtbibliothek arbeitete. Jake brachte ihr alles bei, was er bei Mrs. Codd gelernt hatte, und kam zu dem Schluss, dass ihm die Rolle des Lehrers genauso gut gefiel wie die des Schülers. Vielleicht sogar noch besser.

Nach der Highschool ging Jake mit einem Teilstipendium an die University of Massachusetts in Amherst, um Wirtschaft zu studieren. Er kam zum ersten Weihnachtsfest nach Hause, und nach einem schweigsamen Mahl mit seinen Eltern, die ihn beide nicht gefragt hatten, wie es ihm auf dem College gefiel, erkundigte er sich nach Mrs. Codd und ob seine Mutter immer noch bei ihr putzte.

»Du hast es nicht gehört?«, fragte sie.

»Was denn?«

»Sie ist vor einigen Monaten gestorben. Sie hatte Krebs.«

»Oh«, sagte Jake und aß einen Bissen von dem trockenen Truthahn.

»Das Haus und alles andere wurden verkauft.«

Am Nachmittag, der für einen Weihnachtstag mild war, spazierte Jake zu dem Cottage hinunter. Es hatte in diesem Winter noch nicht geschneit, und überall im Garten lag feuchtes, dunkel verfärbtes Laub. In den Fenstern brannte kein Licht. Wahrscheinlich wollten die neuen Besitzer das Cottage nur als Sommerhaus nutzen.

Am nächsten Morgen fuhr Jake in dem Wissen nach Amherst zurück, dass er nie mehr nach Menasset zurückkehren würde. Seine Eltern unterstützten ihn finanziell in keiner Weise bei seinem Studium, und es gab keinen Grund, sie jemals wiederzusehen.

KAPITEL 24

JETZT

Caitlin verbrachte einen Teil des Vormittags damit, den Rücktransport von Graces Leiche mit einem Bestatter in Ann Arbor zu besprechen, und einen noch größeren Teil davon dachte sie darüber nach, wie sie es anstellen könnte, sich mit Harry Ackerson zu treffen und mit ihm zu reden. Schließlich fuhr sie zur Polizeiwache, um zu sehen, ob ihr einer der Detectives helfen konnte.

Sie parkte auf der gegenüberliegenden Straßenseite, etwa fünf Wagenlängen vor dem Van eines Bostoner Nachrichtensenders, und überquerte ohne Eile die Straße. Eine Frau, die nur eine Reporterin sein konnte – glänzende Bluse, schwarzer Rock, blondes Haar mit Strähnchen –, beobachtete Caitlin, als sie sich der Eingangstür näherte. Da sie den Blick der Reporterin auf sich spürte, gab sie sich betont unbeteiligt. Sie wusste, sie sah Grace ähnlich, und wenn sie sich nur den geringsten Schmerz anmerken ließ, würde sich die Frau, da sie eine Angehörige witterte, auf sie stürzen.

Sie schaffte es jedoch unbehelligt in das Gebäude und wurde eingelassen, nachdem sie sich am Empfang ausgewiesen und nach Detective Dixon gefragt hatte. Ein uniformierter Beamter teilte ihr mit, der Detective sei im Augenblick beschäftigt, werde ihr aber bald zur Verfügung stehen, und fragte, ob sie warten könne. Caitlin bejahte, und der Beamte führte sie zu einem Schreibtisch, der wahrscheinlich Dixon gehörte und voller Akten, aber nicht unordentlich war. und bat sie, auf einem Stuhl davor Platz zu nehmen. Caitlin fragte sich, ob es in einem der Aktenstapel Informationen zum Tod ihrer Schwester gab. Sie wartete, checkte ihr Handy und schrieb ihrer Mutter eine SMS mit dem Ablaufplan und den Kosten für Graces Überführung.

Als sie aufblickte, sah sie den Detective in einem hellgrauen Anzug vor demselben Besprechungsraum stehen, in dem er ihr am Tag zuvor die Fotos von Grace gezeigt hatte. Er stand mit dem Rücken zu Caitlin und sprach mit einem jungen Mann in dunklen Jeans und einem grünen Oxfordhemd, das aus der Hose hing und verknittert war. Das musste Harry Ackerson sein, obwohl sie nie ein Bild von ihm gesehen hatte. Er hatte das richtige Alter, einundzwanzig oder zweiundzwanzig, und er sah dem Bild von Bill Ackerson, das Caitlin im Internet gesehen hatte, ziemlich ähnlich: dunkles Haar, schlaksig, schmales Gesicht.

Sie stand auf und ging auf die beiden Männer zu. Als sie bei ihnen war, drehte sich Detective Dixon um, sah sie und lächelte. »Ich bin sofort bei Ihnen, okay?«

Caitlin fragte sich, ob er sie nicht mit ihrem Namen ansprach, weil er ihn vor Harry nicht sagen wollte. Es spielte jedoch keine Rolle. Der junge Mann starrte Caitlin mit großen Augen an, und sein Mund stand leicht offen. Es war natürlich Harry, und er war erschüttert, wie ähnlich Caitlin Grace sah.

»Okay«, sagte Caitlin zu dem Detective und fügte dann

an: »Ist das Harry?« Sie erwiderte seinen Blick. In seinen Augen stand Angst – und noch etwas anderes. Er sah verwirrt aus.

Der Detective rieb sich die Nase, dann erwiderte er rasch: »Harry, das ist Graces Schwester Caitlin. Caitlin, das ist Harry Ackerson.«

»Tut mir leid, dass ich dich angestarrt habe«, sagte Harry. »Du siehst aus wie …«

»Ich sehe aus wie Grace. Ich weiß.«

»Es tut mir wirklich leid«, sagte er und wirkte jetzt eher traurig als erschrocken. Er hatte lange, dichte Wimpern wie ein Mädchen und hohe Wangenknochen.

»Danke«, sagte sie. »Mir tut es leid, dass du die …« Sie brachte es nicht über sich, die Worte auszusprechen: *die Leiche finden musstest.*

»Caitlin, ich begleite Harry hinaus, dann können wir uns unterhalten«, sagte der Detective. »Sollen wir uns wieder hier drin treffen« – er wies mit einer Kopfbewegung zu dem Besprechungszimmer – »oder vorn bei meinem Schreibtisch?«

»Mir ist beides recht. Wir können hier reden, kein Problem.«

Es war klar, dass der Detective – aus welchem Grund auch immer – Harry möglichst rasch aus der Polizeiwache befördern wollte, deshalb sagte Caitlin: »Harry, können wir uns heute vielleicht noch treffen und reden?«

Dixon antwortete an Harrys Stelle: »Es wäre mir lieber, wenn Harry nicht über den Fall sprechen würde.«

»Das werden wir nicht. Wird er nicht. Ich will nur mit ihm reden, weil er Zeit mit meiner Schwester verbracht hat.«

Harry sah wortlos abwechselnd den Detective und Caitlin an, und diese fühlte sich an einen Zuschauer bei einem Tennisspiel erinnert, der verfolgt, wie der Ball über das Netz hin- und herfliegt.

»Ich kann Sie nicht daran hindern«, sagte der Detective, und Caitlin sah Harry an.

»Triffst du dich mit mir?«

»Okay«, willigte er ein.

»Wartest du draußen auf mich?«

Harry und der Detective wandten gleichzeitig ein, dass zu viele Reporter vor dem Gebäude warteten.

»Ich kann dich auch woanders treffen«, schlug Caitlin vor. »Du musst mir nur sagen, wo.«

»Wo wohnst du denn?«, fragte Harry.

Sie verriet es ihm, und die beiden vereinbarten, dass sie sich in einer Stunde im Agamenticus Diner in der Nähe ihres Motels treffen würden.

»Ich weiß nicht, was Sie sich davon versprechen, mit Harry zu reden«, murrte Detective Dixon, nachdem er zurück war. »Es wäre mir lieber, Sie hätten überhaupt keinen Kontakt mit ihm.«

»Er hat Zeit mit meiner Schwester verbracht. Ich muss wissen, wie es ihr in ihren letzten Lebenstagen ging. Steht er unter Verdacht? Wollen Sie deshalb nicht, dass ich mit ihm rede?«

Der Detective zögerte einen Sekundenbruchteil. »Nein, wir verdächtigen ihn nicht. Aber wir glauben, dass, wer auch immer für den Mord an Harrys Vater verantwortlich ist, auch Ihre Schwester getötet hat.«

»Und zählt Harry denn nicht zu den Verdächtigen, was den Tod seines Vaters angeht?«

»Nein, nein, er war ja gar nicht hier. Er war in seinem College in Connecticut. Und er hat uns sehr geholfen.«

»Sie überprüfen aber seine Stiefmutter?«

»Dazu darf ich Ihnen keine Auskunft geben, Caitlin, tut mir leid. Aber was kann ich für Sie tun? Ist Ihnen noch etwas eingefallen, über das wir gestern nicht gesprochen haben?«

Plötzlich wusste Caitlin nicht mehr, warum sie überhaupt hergekommen war, dann fiel ihr ein, dass sie fragen wollte, ob sie über den Detective vielleicht einen Kontakt zu Harry herstellen konnte. »Ich wollte nur nachfragen, ob Sie neue Informationen haben.«

»Nur, dass der Leichnam Ihrer Schwester im Laufe des Tages freigegeben wird, und wir hoffen, demnächst das Ergebnis der Obduktion zu erhalten.«

»Aber wissen Sie denn inzwischen, wie sie gestorben ist?«

»Höchstwahrscheinlich starb sie an einem Schädeltrauma, hervorgerufen durch einen Schlag auf den Kopf. Wie ich Ihnen schon sagte, ging es sehr schnell.«

»Okay.«

Beide schwiegen einen Moment. Caitlins Blick huschte wieder zum Whiteboard, das nun vollständig leer gewischt war, wenngleich noch der Schatten zweier Kästchen erkennbar war, zwischen denen Pfeile hin- und herliefen.

»Darf ich Sie um einen Gefallen bitten?«, fragte der Detective.

»Natürlich.«

»Falls Sie tatsächlich mit Harry sprechen, und es wäre mir lieber, wenn keine Einzelheiten des Falls zur Sprache kämen – aber falls doch, würden Sie mich dann eventuell anrufen und mich informieren? Er wird wahrscheinlich nichts sagen, was er mir nicht bereits mitgeteilt hat, aber es könnte ja sein.«

»In Ordnung«, willigte Caitlin ein.

»Und noch etwas. Bitte sprechen Sie mit keinen Reportern, und falls doch …«

»Werde ich nicht. Ich habe nicht die Absicht, mit Journalisten zu sprechen.«

»Nun, in diesem Fall führe ich Sie zum Seitenausgang. Der Haupteingang wird inzwischen belagert.«

Sie kam zu früh zum Diner, dennoch saß Harry bereits mit einer Tasse Kaffee vor sich an einem der Tische. Sie setzte sich ihm gegenüber hin und sagte: »Danke, dass du dich mit mir triffst.«

»Du siehst ihr so ähnlich. Es tut mir leid, dass ich dich vorhin angestarrt habe.«

»Ich weiß, dass wir uns ähnlich sahen. Ich habe es selbst nicht bemerkt, und gemeinsame Bekannte haben immer bestätigt, dass wir sehr verschieden waren.«

»Aber ihr wart Zwillinge.«

»Wir sind zweieiige Zwillinge.« Caitlin bemerkte, dass sie das Präsens benutzte, und hätte sich fast korrigiert, aber dann ließ sie es. Stattdessen sagte sie: »Grace war extrovertierter, redete viel, tat immer, was sie wollte. Sie war furchtlos.«

»Und du bist nicht so.«

»Nein, nicht besonders. Nicht wie Grace, jedenfalls.« Caitlin schnürte es wieder die Kehle zu, und sie wusste, sie stand kurz davor zu weinen und versuchte, es zu unterdrücken, aber es gelang ihr nicht. Sie stieß ein Schluchzen aus und presste beide Handflächen auf die Augen. Ihre Brust schmerzte.

»Es tut mir so leid«, sagte Harry. »Wir müssen nicht …«

Caitlin blickte auf, holte tief Luft und sagte: »Nein, schon gut. Manchmal überkommt mich die Erkenntnis, dass sie wirklich nicht mehr da ist, als würde ich es zum ersten Mal fühlen, und dass ich nie … dass ich nie …«

»Ich weiß. Mir geht es bei meinem Vater genauso. Zum Beispiel denke ich: Wie kann es sein, dass ich nie mehr mit ihm sprechen werde? Das ergibt keinen Sinn.«

»Nein«, stimmte sie zu, und ihre Stimme klang wieder normal.

»Ich kann mir gar nicht vorstellen, wie es für dich sein muss. Mein Vater … er war zumindest schon älter. Ich habe noch nicht mit seinem Tod gerechnet, aber wir gehen ja immer davon aus, dass unsere Eltern vor uns sterben.«

Die Kellnerin erschien, schenkte Harry Kaffee nach und fragte Caitlin, ob sie etwas wünsche. Sie wollte eigentlich nichts, bestellte aber eine Tasse Tee.

»Danke noch einmal, dass du dich mit mir triffst«, sagte Caitlin, um das Gespräch zum eigentlichen Thema zurückzulenken.

»Keine Ursache. Du willst wahrscheinlich hören, ob ich weiß, wie Grace gestorben ist, aber das weiß ich eigentlich nicht.«

»Du hast sie gefunden, habe ich gehört.«

»Ja. Ich hatte sie am Abend zuvor getroffen, und am nächsten Morgen bin ich zu dem Haus gegangen, in dem sie gewohnt hat, und … Ich war derjenige, der die Polizei gerufen hat.«

Caitlin fragte sich nicht zum ersten Mal, warum Harry, der sie als Letzter gesehen und sie gefunden hatte, nicht als Verdächtiger infrage kam. So wie er ihr jetzt mit waidwundem Blick gegenübersaß, glaubte sie allerdings nicht, dass er etwas mit Graces Tod zu tun hatte.

Der Tee kam. Caitlin gab Zucker dazu und trank einen Schluck. »Der Detective scheint zu glauben, dass der Mörder deines Vaters auch meine Schwester getötet hat.«

»Hat er das zu dir gesagt?«

»Ja. Was denkst du?«

»Das denke ich wohl auch. Aber im Grunde weiß ich es nicht, und ehrlich gesagt, kommt es mir vor, als stünde ich unter Schock, seit ich hier nach Maine heraufgekommen bin. Ich habe allerdings Grace geglaubt. Sie war überzeugt, dass meine Stiefmutter etwas mit dem Tod meines Vaters zu tun hatte. Deshalb war sie hier.«

»Ich weiß. Und du denkst, sie hat recht?«

»Nein. Wenn ich sage, ich glaubte ihr, dann meine ich, ich habe ihr abgenommen, dass sie davon überzeugt war, meine Stiefmutter hätte meinen Vater getötet. Sie war sich ihrer Sache sicher. Ich selbst weiß nicht, was ich glauben soll.«

»Wie geht es deiner Stiefmutter jetzt?«

Harry kratzte sich am Kinn. »Sie ist völlig aufgelöst. Ich wohne noch bei ihr. Sie sagt, dass mein Vater etwas mit einer Frau hatte – mit einer anderen, nicht mit deiner Schwester – und dass sie für den Tod meines Vaters verantwortlich war, und jetzt vermutet sie, *sie* hat deine Schwester getötet, weil sie ebenfalls mit meinem Vater zusammen war.«

»Wer ist diese Frau?«

»Ich weiß nicht, ob ich dir ihren Namen verraten darf, weil vermutlich noch gegen sie ermittelt wird.«

»Das ist in Ordnung, ich verstehe das. Hör zu, ich wollte mich wirklich nicht mit dir treffen, um an Informationen zu kommen. Ich wollte nur hören, wie es meiner Schwester in ihren letzten Tagen ging. Sie mochte dich. Das hat sie in einer E-Mail an mich geschrieben.«

»Ich mochte sie auch. Sie hat mir leidgetan. Ich glaube, sie hat meinen Vater wirklich geliebt.«

»Darüber habt ihr beide also geredet?«

Harry erzählte ihr, wie er Grace bei der Beerdigung seines Vaters bemerkt hatte und wie sie dann in den Buchladen gekommen war und nach einem Job gefragt hatte. Sie seien etwas zusammen trinken gewesen, und als er Grace zum letzten Mal lebend sah, habe er ihr von der anderen Frau erzählt, einer Frau aus dem Ort, mit der Bill Ackerson angeblich auch zusammen gewesen war, und Grace habe sich furchtbar darüber aufgeregt.

»Sie hat es geglaubt?«

»Nein, kein bisschen. Sie hat sich aufgeregt, weil sie dachte, dass Alice – das ist meine Stiefmutter – die Polizei in die Irre führen wollte. Sie hat an diesem Abend überhaupt nervös gewirkt, aufgewühlt. Sie war irgendwie anders.«

Caitlin nickte, als sie es sich vorstellte. »Ja, so konnte sie sein.« Und dann erzählte sie Harry, diesem Fremden, zu ihrer eigenen Überraschung die Geschichte, wie ihr Vater die Familie verlassen hatte und wie Grace darauf reagiert hatte: dass sie zu seinem neuen Haus gefahren war, um Scheiben einzuschmeißen.

»Hört sich an, als hätte die Affäre mit meinem Vater vielleicht etwas mit eurem eigenen Vater zu tun gehabt.«

»Meinst du?«, lachte Caitlin.

Harry lächelte.

»Eigentlich glaube ich nicht, dass es so einfach ist«, sagte Caitlin. »Ich glaube, nichts ist so einfach. Menschen werden nie durch einen einzigen Moment in ihrem Leben definiert, selbst wenn es ein bedeutsamer Moment ist.«

»Das glaubst du nicht?«

»Nein. Bestimmt war Grace empfänglich für einen älteren Mann, weil sie sich von unserem Dad verraten fühlte, aber es ist nicht so, als hätte sie sich einfach mit beliebigen älteren Männern eingelassen. Ich denke, sie hat sich in deinen Vater aufgrund seiner Persönlichkeit verliebt, nicht einfach wegen seines Alters.«

»Ja, das stimmt wohl. Ich weiß gar nichts mehr. Ich dachte, ich würde meinen Vater besser kennen als irgendwen sonst, und jetzt erfahre ich, dass er zumindest zwei Affären hinter dem Rücken seiner Frau hatte. Es fällt mir schwer, mir das vorzustellen.«

»Du *weißt* nicht, ob er zwei Affären hatte. Grace war ja überzeugt davon, dass es nicht so war.«

»Stimmt, aber überleg doch mal: Wenn er bereit war, seine Frau mit deiner Schwester zu betrügen, warum sollte er dann nicht deine Schwester mit einer anderen Frau betrügen?«

Caitlin trank von ihrem Tee. Sie hatte ihn zu lange ziehen lassen, und er schmeckte bitter. Daher gab sie noch mehr Zucker hinein und sagte: »Du hast natürlich recht. Grace konnte sehr eigensinnig sein. Wenn sie etwas glauben wollte, glaubte sie es einfach immer weiter.«

»Es tut mir leid, dass sie überhaupt etwas mit meinem Vater angefangen hat«, sagte Harry. »Hätte sie es nicht getan, dann wäre das alles …«

»Ich weiß.«

Sie schwiegen einen Moment. Die Eingangstür des Diners ging auf, und eine lautstarke Gruppe junger Mädchen in Fußballkleidung kam begleitet von einigen Eltern herein. Caitlin sah zu, wie eine Angestellte die Gruppe an drei nebeneinanderliegenden Tischen unterbrachte.

»Was wirst du jetzt tun?«, fragte Caitlin.

Harry zuckte mit den Achseln und runzelte die Stirn, und einen Moment lang dachte Caitlin, er würde anfangen zu weinen. Stattdessen sagte er: »Ich weiß es wirklich nicht. Hängt wohl davon ab, wie es weitergeht. Seit dem zweiten Mord, dem Mord an deiner Schwester, hat Alice große Angst. Sie will nicht allein sein, und ich fühle mich ein bisschen verantwortlich für sie.«

»Nur ein bisschen?«

»Sie ist alles, was mir an Familie geblieben ist, und ich will sie nicht einfach im Stich lassen. Sie rastet wahrscheinlich jetzt schon aus vor Angst, weil ich nicht zu Hause bin.«

»Aber sie wird verdächtigt, oder?«

»Das habe ich außer von deiner Schwester bis jetzt von niemandem gehört.«

»Was glaubst du denn?«

»In der Nacht, in der deine Schwester getötet wurde, war ich zu Hause und Alice ebenfalls. Sie kann Grace nicht getötet haben.«

Caitlin sah, wie Harry unruhig wurde, er wollte anscheinend aufbrechen. Sie öffnete den Mund, um eine weitere

Frage zu stellen, aber Harry legte beide Hände auf den Tisch und sagte: »Ich glaube, ich gehe jetzt besser.«

»Okay.«

»Wann reist du ab?«

»Entweder morgen Abend oder übermorgen früh, je nachdem, wann Graces Leiche nach Michigan überführt wird. Sie kann in einem Frachtflugzeug transportiert werden, und der Bestatter holt sie ab, oder sie fliegt in einer Passagiermaschine, in derselben, in der ich auch zurückfliege. Ich weiß, es macht keinen Unterschied, aber irgendwie würde ich sie gern begleiten.«

»Ich denke, es macht einen Unterschied.«

»Ja?«

»Natürlich. Du wirst dich besser fühlen.«

»Meine Mom wird sich auf jeden Fall besser fühlen, so viel steht fest. Es ist albern, ich weiß.«

»Ich glaube, du solltest mit ihr fliegen.«

Caitlin spürte, wie sich in ihrer Brust etwas löste, als sie von einem Fremden genau die Worte hörte, auf die sie gehofft hatte. »Okay, wahrscheinlich werde ich es tun. Das bedeutet allerdings, dass ich noch mindestens einen ganzen weiteren Tag hier verbringen werde. Haben sie jedenfalls gesagt.«

»Kennst du hier irgendwen?«

»Hier in Kennewick?«

»Ist jemand mitgekommen?«

»Nein.«

»Vielleicht könnten wir uns dann noch einmal sehen. Ich meine …«

»Ja, das fände ich schön«, warf Caitlin schnell ein.

Sie tauschten Telefonnummern aus, dann stand Harry auf und wandte sich zum Gehen. Sie sah ihm durch das Fenster des Diners nach, als er zu seinem Wagen ging. Im Kopf sprach sie mit Grace. *Er ist nicht dein Typ*, sagte sie, und Grace lachte.

Zu jung, oder?

Viel zu jung.

Gut, er gehört dir, Caty. Davon mal abgesehen, bin ich tot, wie du inzwischen weißt. Sie lachte wieder, und es war absolut Graces Lachen in Caitlins Kopf, laut, atemlos und wie üblich über etwas, das sie selbst gesagt hatte.

KAPITEL 25

FRÜHER

Nach dem College arbeitete Jake Richter in einer Reihe von Banken und stieg vom Kassierer bis zum Filialleiter auf, ehe er beschloss, an der University of Rochester im Staat New York seinen Master in Betriebswirtschaft zu machen. Nach ihrem Abschluss gingen die meisten seiner Kommilitonen nach New York City oder Boston, um sich einen Job zu suchen, aber Jake blieb in Rochester und leitete den Investmentbereich einer örtlichen Bank. Er blieb zehn Jahre lang dort, kaufte sich ein brandneues Reihenhaus und trainierte mindestens fünf Tage die Woche in einem der neuen Fitnesscenter, die in der Stadt aus dem Boden geschossen waren. Er war Mitte vierzig, sah jedoch jünger aus, er war schlank, aber muskulös und hatte volles Haar. Die ergrauenden Schläfen ließ er, wie sie waren, weil er fand, er sah mit ihnen sogar noch besser aus.

Manche der Frauen, die in der Bank arbeiteten, meist verheiratete Kassiererinnen, nahmen Jake ins Verhör, wieso er noch nicht verheiratet war. »Ich amüsiere mich immer noch viel zu gut«, entgegnete er dann augenzwinkernd. Es stimmte im Wesentlichen, aber die jungen Frauen in den Zwanzigern aus dem Fitnessstudio interessierten ihn immer weniger. Sie waren genauso erfahren wie er und betrachteten die Datingszene, in der sie sich bewegten, bereits mit einigem Zynismus. Jake fühlte sich am meisten zu den Highschoolmädchen hingezogen, die nach der Schule durch die Innenstadt bummelten, und fantasierte davon, sie in den Sex einzuführen.

Manchmal kam eine Gruppe dieser Teens, angeführt von Joan Wilkes, der Tochter einer der verheirateten Kassiererinnen, in die Bank, um sich Lollis aus der Schale im Wartebereich zu holen. Joan hatte makellose Haut und naturblondes Haar, und sie nervte ihre Mutter immer damit, dass sie nach Hause gefahren werden wollte, wofür ihre Mutter eine ihrer viertelstündigen Pausen opfern musste. An einem kalten und regnerischen Tag im November kam Jake aus seinem verglasten Büro und sagte laut genug, damit es alle hörten, er habe ein paar Erledigungen zu machen und ob irgendwer etwas brauche.

»Äh, Mr. Richter, können Sie mich nach Hause fahren?«

Emily Wilkes, die gerade keinen Kunden hatte, rief: »Joan! Das gehört sich nicht.«

Jake lachte. »Schon gut. Es stört mich nicht, dass sie fragt. Und es würde mir auch nichts ausmachen, sie nach Hause zu fahren, aber das müssen Sie entscheiden, Emily.«

»Bitte, Mom.«

Jake sah, wie Emily überlegte. Er wusste, was sie in ihrer kurzen Pause wirklich gern tat, war, im Pausenraum die Beine auf dem abgenutzten Sofa hochzulegen und in ihrem neuesten Liebesroman zu blättern.

»Na ja, wenn es Mr. Richter nichts ausmacht …«

Nach diesem ersten Mal, als er Joan nach Hause fuhr,

wusste Jake, dass es kein Problem sein würde, sie zu verführen. Aus ihren geröteten Wangen und gestammelten Antworten war klar zu erkennen, dass sie bereits in Jake verknallt war. Es ging nur darum, einen Weg zu finden, wie er eine Affäre mit ihr anfangen konnte, ohne erwischt zu werden. Die Antwort ergab sich beim dritten oder vierten Mal, da er Joan, immer unter dem Vorwand, etwas erledigen zu müssen, nach Hause fuhr. Sie erzählte ihm, wie sehr sie es liebte, alte Filme im Studentenkino auf dem Campus der Universität anzuschauen, und dass ihre Freundinnen es langweilig fanden, weshalb sie immer allein gehen musste. Jake war schlau genug, sich nicht mit ihr zu verabreden, aber er fing an, sich vor dem Kino herumzudrücken, bis er Joan an einem nassen Frühjahrsabend bei einer Aufführung von *Im Schatten des Zweifels* schließlich über den Weg lief. Sie war mit dem Bus gekommen, und Jake brachte sie nach dem Kino nach Hause, aber erst nachdem er mit ihr zu seinem Reihenhaus gefahren war, den Wagen in der Garage abgestellt und sie auf dem Rücksitz seines Audi Quattro entjungfert hatte.

Es gelang ihnen, sich während des restlichen Schuljahrs gelegentlich zu treffen und dann viel häufiger im Sommer vor Joans letztem Highschooljahr. Manchmal trafen sie sich bei Jake, aber meistens ging er mit ihr in ein Motel drei Ortschaften entfernt, und ab und zu führte er sie in ein nahe gelegenes chinesisches Restaurant mit schummriger Beleuchtung und hohen Trennwänden zwischen den Tischen, wo Joan trotz ihrer offenkundigen Minderjährigkeit Mai Tais ausgeschenkt bekam.

Jake nahm später an, dass irgendwer sie zusammen in diesem chinesischen Restaurant gesehen hatte.

Im September rief der Präsident der Bank, ein hängebackiger Mann namens Charles Fitch, Jake in sein Büro und stellte ihm mit knappen Worten ein Ultimatum: Jake würde umgehend nicht nur die Bank, sondern die Stadt Rochester verlassen, vorzugsweise sogar den Staat New York. Wenn er das tat und wenn er es sofort tat, würde ihm die Bank ein positives Zeugnis ausstellen. Sollte sich herausstellen, dass Jake weiterhin Kontakt mit Joan Wilkes unterhielt, würden die Behörden eingeschaltet.

»Weiß Emily Bescheid?«, fragte Jake.

»Wenn Emily es wüsste, würde jetzt Mr. Wilkes mit Ihnen reden – oder die Polizei. Ich drücke hier beide Augen zu und schlage vor, Sie nehmen mein Angebot an.«

Jake gehorchte, er verkaufte das Reihenhaus schnell und mit Verlust und zog nach Kennewick, Maine, an einen Ort, der ihn an alles erinnerte, was an Menasset gut gewesen war, abzüglich des Elends. Charles Fitch hielt sein Versprechen, und mit dem Empfehlungsschreiben der Bank fand Jake einen neuen Job bei einer Bank in der Nähe von Kennewick, die nicht einmal halb so groß wie die Bank in Rochester war. Langsam kam er wieder auf die Beine und sagte sich, er solle sich besser ein nettes, nicht zu junges Mädchen suchen und ein normales, geregeltes Leben führen. Für eine Weile war er mit der Eventmanagerin eines nahen Hotels liiert, einer wollüstigen, geschiedenen Mittvierzigerin. Es war eine größtenteils unerquickliche Angelegenheit, wenn man davon absah, dass Karen Johnson die ganze Stadt kannte und ihm so half, einen Kundenstamm aufzubauen. Allzu viel Geld hatten die Leute, die das ganze Jahr über im südlichen Maine wohnten, allerdings nicht zu investieren. Ein paar waren jedoch darunter, und nach einem Jahr bekam er eine Gehaltserhöhung und konnte aus der Souterrainwohnung, die er gemietet hatte, ausziehen. Er kaufte sich eine Eigentumswohnung, wesentlich kleiner als sein früheres Reihenhaus, aber mit Meerblick.

Alles lief gut bis zu jenem ersten heißen Tag von Maines kurzem Sommer, als er am Kennewick Beach spazieren ging und Alice Moss in einem grünen Einteiler der schäumenden Brandung entsteigen sah. Ihrem Körper nach schätzte er sie auf sechzehn, aber ihr Gesicht – seine leere Innerlichkeit, die weit auseinanderstehenden Augen, die ihn an Emma Codd erinnerten – ließ sie jünger wirken. Er drehte sich weg und blickte auf seine Armbanduhr, als hätte er sich soeben an einen Termin erinnert, dann folgte er ihr bis zu der Stelle, wo sie sich bäuchlings auf ihr Badetuch sinken ließ. Er ging vorbei und bemühte sich angestrengt, nicht darauf zu starren, wie sich ihr Badeanzug über dem festen Po hochgeschoben hatte, dann setzte er sich auf einen der Steine, die den Strand von der Straße abgrenzten. Er zündete sich eine Zigarette an und beobachtete sie heimlich. Hatte sie eine Ahnung, welche Wirkung ihr Körper auf all die Männer in ihrer Nachbarschaft ausübte? Er rauchte seine Zigarette zu Ende und drückte sie auf dem Stein aus, auf dem er saß, dann sah er, wie sie sich auf den Rücken drehte und in ihrer Strandtasche nach einem Buch kramte. Sie würde eindeutig eine Weile bleiben, und Jake wusste, er durfte sich nicht zu lange hier herumdrücken. Er war nicht entsprechend gekleidet und hatte kein Handtuch und keine Strandtasche bei sich. Er ging das Risiko ein und verließ den Strand. Es war Samstag, und das Wetter sollte am nächsten Tag genauso schön werden. Sie wäre wieder da, sagte er sich.

In dieser Nacht schlief er kaum, das Bild des blassen Mädchens in dem grünen Badeanzug jagte durch seinen Kopf wie eine Filmspule durch einen Projektor. Wenn sie am nächsten Tag nicht am Strand wäre, würde er es als Zeichen betrachten, dass es nicht sein sollte. Doch wenn sie da wäre, wäre es ebenfalls ein Zeichen.

Am nächsten Morgen fuhr er zu den Läden in Kittery, wo er sich ein neues Schwimmoutfit, ein Badetuch und einen Strandsessel kaufte. Nach dem Mittagessen in seiner Wohnung schlenderte er zum Strand. Das Mädchen war nicht dort, wo er es am Tag zuvor gesehen hatte, aber er bezog in der Nähe Stellung. Er hatte seinen Walkman und ein Buch mitgebracht. *Es wäre ein Segen, wenn sie nicht auftauchte*, sagte er sich. Aber sie tauchte auf, zur Mitte des Nachmittags, als die Temperatur zweiunddreißig Grad erreicht hatte. Sie trug heute einen anderen Badeanzug, einen schwarzen Bikini. Er hatte sie noch nicht mit trockenem Haar gesehen und war erschüttert, wie blond sie war, beinahe strohfarben, eine Haarfarbe, die man nur bei Kindern fand. Sie ließ sich an einem freien Platz keine zehn Meter von ihm entfernt nieder. Sie war ihm nun so nahe, dass er die feinen weißen Härchen an ihren Armen sehen konnte.

Er beobachtete sie den ganzen Nachmittag. Gegen Abend ballten sich Wolken am Himmel zusammen, weiß und flauschig zunächst, dann immer dunkler. Bald hörte man in der Ferne Donnergrollen, und ein paar dicke Regentropfen platschten in den Sand. Das Mädchen packte seine Sachen zusammen und sah verärgert zum Himmel. Nachdem sie gegangen war, zwang sich Jake, bis dreißig zu zählen, bevor er selbst aufstand und einen mitgebrachten Strohhut aufsetzte. Er ließ den Sessel, wo er war, und hastete den hölzernen Steg zur Straße hinauf, wo er das Mädchen gerade noch in eine Seitenstraße biegen sah. Er folgte ihr in einiger Entfernung, der große Regen ließ immer noch auf sich warten, und sah, wie sie ein kleines, hübsches Haus betrat. Er merkte sich die Nummer, als er vorbeiging, dann kehrte er zum Strand zurück.

Herauszufinden, wer in dem Haus wohnte, war überraschend einfach. Ein Blick in die Immobiliengeschäfte der jüngeren Zeit förderte den Namen der Bewohnerin zutage: Edith Moss, ursprünglich aus Biddeford, Maine, und offenbar unverheiratet. Jake rief sie von der Arbeit aus an, stellte sich vor und fragte, ob sie gern ein Konto in einer Bank am Ort eröffnen würde. Sie sagte, sie wolle am nächsten Tag zur Mittagszeit vorbeikommen. Jake wusste sofort, wer sie war, als sie um halb zwei durch die Glastür trat: eine ältere, verbrauchte Version des vollkommenen Mädchens vom Strand. Als er ihr half, ein Konto zu eröffnen, konnte er die frühere Schönheit in ihren vom Saufen aufgedunsenen Zügen und unter der sonnengeschädigten Haut erkennen. Er studierte sie beim Ausfüllen der Formulare, und vor seinem geistigen Auge entfaltete sich sein zukünftiges Leben. Wie normal es wirken würde, dass Jake Richter, der Junggeselle, der neu in der Stadt war, um eine Frau im richtigen Alter warb und sie heiratete, die rein zufällig eine Tochter im Teenageralter hatte. Der Gedanke, mit dem Mädchen vom Strand zusammenzuwohnen, eine Tür von ihr entfernt zu schlafen, war berauschend.

Er rief Edith Moss am selben Abend noch einmal an. Sie meldete sich, ihre Zunge war schwer, und sie lallte – sie war eindeutig betrunken. Er dankte ihr dafür, dass sie das Konto eröffnet hatte, und fragte sie, ob sie irgendwann etwas mit ihm trinken gehen wolle. Sie bejahte, klang aber verwirrt, als wüsste sie schon nicht mehr so genau, was sie an diesem Tag gemacht hatte. Jake merkte sich in Gedanken vor, dass alle Angelegenheiten, die Edith betrafen, früh am Tag erledigt werden mussten.

Sie heirateten im darauffolgenden Sommer, und Edith und Alice zogen in Jakes Eigentumswohnung nahe dem Strand.

Es war halb Wonne und halb Qual. Alice, die noch perfekter war, als er es sich je erträumt hätte, paradierte verschlafen in zu kleinen Pyjamas und – im Sommer – in noch feuchten Badeanzügen durch die Wohnung. Und während Edith vom Alkohol und von den Tabletten, zu denen Jake sie überredete, immer benebelter wurde, bildete sich zwischen ihm und Alice eine stillschweigende Partnerschaft heraus, eine familiäre Bindung, die stärker war als alles, was er bisher gekannt hatte. Es war nicht mehr nur Lust, es war Liebe. Jake wusste jetzt, dass sein ursprünglicher Plan, Alice zu verführen, während er noch mit Edith verheiratet war, nicht mehr genügte. Er wollte mehr als eine billige Affäre mit der Tochter seiner Frau. Er wollte mit ihr zusammen sein, in ihrer eigenen gemeinsamen Wohnung, ohne Edith. Jake wusste auch, dass Alice ihre Mutter nicht liebte. Das zeigte ihm ihr Desinteresse mehr als alles andere. Es erinnerte ihn an seine eigene Kindheit, an seine eigenen nichtswürdigen Eltern und wie er weder damals noch heute etwas für sie empfunden hatte.

Jake beschloss, dass Edith, die ohnehin schon halb tot war, sterben musste – und er war nicht bereit zu warten und der Natur ihren Lauf zu lassen.

Er tötete seine Frau in der Nacht nach der Dinnerparty zu Alices Schulabschluss. Alice brachte eine Freundin mit, dieses langbeinige Mädchen, das mit Sicherheit als die Geliebte eines reichen Mannes in einer Stadt weit entfernt von Maine enden würde. Edith, die mehr Tabletten genommen hatte als sonst, war den ganzen Tag lang aufgedreht gewesen. Aber sie begann bereits vor dem Abendessen zu trinken, und als Gina und Alice schließlich zu einer Party aufbrachen, war sie wie immer ein betrunkenes, lallendes Wrack. Nachdem die Mädchen fort waren, machte ihr Jake einen Brandy mit Ginger Ale, den er mit einer Menge zerstoßenem Valium versetzte. Sie schüttete den ersten hinunter, bevor er auch nur die Teller vom Tisch geräumt hatte, also machte er ihr einen zweiten. Er wusste nicht, wie viele Tabletten und wie viel Alkohol nötig waren, um sie zu töten, aber falls es nicht funktionierte, konnte er es später immer noch einmal versuchen. Und falls doch, falls sie am nächsten Tag nicht mehr aufwachen sollte, konnte es keinen besseren Zeitpunkt geben. Gina war zum Essen dagewesen und konnte bei einer etwaigen Untersuchung bezeugen, in was für einem berauschten Zustand Edith gewesen war.

Als er mit dem Geschirr fertig war, ging Jake ins Wohnzimmer und traf sie auf der Couch liegend an, bewusstlos, den Kopf im Nacken. Das Glas stand auf dem Kaffeetisch. Es war leer bis auf drei Stückchen Eis und einen Schluck

Flüssigkeit. Er schwenkte das Glas und konnte Reste der zerstoßenen Tabletten darin sehen. Er hatte sie nicht richtig aufgelöst, aber es hatte keine Rolle gespielt, denn Edith hatte ihn trotzdem geleert.

Er spülte das Glas aus, stellte es in die Geschirrspülmaschine und startete sie. Er hatte vorgehabt, fernzusehen und abzuwarten, was mit Edith geschah, aber er war zu aufgedreht. Er machte den Fernseher nur des Geräuschpegels wegen an, dann räumte er das Wohnzimmer auf und ging wieder in die Küche, um die Krimskrams-Schublade gründlich sauber zu machen, was er schon seit einer ganzen Weile tun wollte.

Er knotete gerade Gummibänder zu einer festen Kugel, als er Würgegeräusche aus dem Wohnzimmer vernahm. Er ging hinein und sah, dass sich Edith auf der Couch leicht aufbäumte, während Erbrochenes zwischen ihren Lippen hervortrat. Ihr Kopf war nach hinten geneigt, und sie bekam keine Luft mehr. Mitleidlos sah er zu, bis er Schritte auf der Außentreppe hörte, dann klickte ein Schlüssel im Schloss. Er zögerte, wusste nicht, ob er schnell verschwinden oder mit Wiederbelebungsmaßnahmen bei Edith beginnen sollte. Er entschied sich für Ersteres und rannte halb die Treppe bis dorthin hinauf, wo es dunkel war, während Alice die Wohnung betrat. Er hörte, wie die Tür hinter ihr zufiel, dann hörte er ihre Schritte und schließlich ein erneutes Röcheln von Edith. Er dachte, Alice würde zu ihr stürzen, vielleicht um Hilfe rufen, aber nichts dergleichen geschah. Er schlich, so leise er konnte, nach unten und beobachtete, wie Alice ihrer Mutter beim Sterben zusah. Auf ihrem Gesicht lag ein merkwürdiger Ausdruck – es war nicht Unentschlossenheit oder Freude. Es war eher Mitleid und noch etwas anderes. Vielleicht Desinteresse. Oder Abscheu.

Sie drehte sich um und ertappte Jake dabei, wie er sie beobachtete, und für einen winzigen Moment erschien es Jake, als gäbe es zwischen ihnen eine wortlose Verständigung darüber, was hier gerade geschah. Dann sagte Alice etwas von einem Rettungswagen, und Jake stürzte zum Wandtelefon.

KAPITEL 26

JETZT

Da sie nicht mehr schlafen konnte, stand Caitlin kurz nach sechs Uhr morgens in ihrem Motel auf. Sie hatte ihre Laufsachen nicht mitgenommen, aber immerhin hatte sie Sneaker dabei, und die kakifarbenen Shorts waren zwar eigentlich nicht für Sport gedacht, aber sie würden es eben tun müssen.

Sie wollte unbedingt laufen gehen, sich körperlich verausgaben. Sie hatte in der Nacht ein wenig geschlafen, aber immer nur für kurze Zeit und unruhig, und ihr ganzer Körper juckte und schmerzte vor Anspannung und Trauer.

Draußen war es kühl, der Himmel wirkte flach und milchig weiß. Sie wusste in etwa, wo das Meer war, und lief in diese Richtung los, ohne vorher auch nur ihre Dehnübungen zu machen. Ein Schild wies ihr den Weg nach Kennewick Village. Es lag auf einem Hügel an einer von Kiefern gesäumten Straße ohne Gehsteig. Sie lief auf dem gekiesten Bankett, ihre Lunge begann ein wenig zu schmerzen, und ihre Muskeln brannten. Als sie oben ankam, hatte sich ein Schweißfilm auf ihrer Haut gebildet. In der Ferne konnte sie einen Streifen Ozean mit einer halb von Dunst verhüllten Sonne darüber ausmachen. Sie lief an den wenigen Läden und Restaurants des Dorfs vorbei, ehe es wieder abwärts in Richtung Küste ging, und sie hielt nicht einmal an, als sie das vertraute Zwicken in ihrem linken Knie spürte.

Sie blieb erst stehen, sobald sie den Strand erreicht hatte, eine lang gestreckte Sichel, die von einer Straße gesäumt wurde. Bis auf eine einzelne Gestalt am anderen Ende, die für einen Hund einen Ball warf, war er leer. Caitlin setzte sich mit Blick zum Meer auf die Steinmauer zwischen Strand und Straße und atmete tief durch. Die Sonne brannte sich durch die dünne Wolkendecke und ließ Punkte vor Caitlins Augen tanzen. Ihr war leicht schwindlig, und sie dachte daran, wie wenig sie in den letzten vierundzwanzig Stunden gegessen hatte. Dennoch ging es ihr nach dem Laufen besser als an den Tagen zuvor.

Als sich ihr Puls wieder beruhigt hatte, machte sie kehrt und ging zurück in Richtung Motel. Sie hatte sich während des Laufens entschieden. Sie würde am nächsten Tag mit Grace in derselben Maschine zurückfliegen, wenn sie noch einen Platz darin buchen konnte. Es bedeutete zwar einen weiteren Tag in Maine, einen weiteren Tag an dem Ort, wo Grace gestorben war, aber damit kam sie zurecht. Sie würde ihre Mutter anrufen, sobald sie wieder im Motel war.

Nachdem der Entschluss gefasst war, ging es ihr besser. Und da sie jetzt noch einen Tag totzuschlagen hatte, dachte sie an Harry. Sie wollte ihn wiedersehen. Es hatte ihr geholfen, am Nachmittag zuvor in dem Diner mit ihm zu reden. Das lag zum Teil daran, wie tief betrübt er nicht nur über den Tod seines Vaters gewirkt hatte, sondern auch über den von Grace, doch es hatte außerdem damit zu tun, dass sie sich vom ersten Moment an mit ihm wohlgefühlt hatte. Sie dachte an die letzte E-Mail ihrer Schwester, in der sie geschrieben hatte, wie süß Harry sei, auch wenn Caitlin annahm, dass Grace schlicht auf ihn übertrug, was sie für seinen Vater empfunden hatte. Caitlin und Grace hatten sich nie zu denselben Männern hingezogen gefühlt. Seit ihr Vater sie verlassen hatte, war Grace auf ältere Männer fixiert gewesen, oder wenn schon nicht ältere, dann ruhige und distanzierte Typen, Männer, die eine Herausforderung darstellten. Caitlin, die weniger Durchsetzungsvermögen besaß, hatte sich zu kontaktfreudigen Jungs hingezogen gefühlt, zu sportlichen Typen, die Witze erzählten und sie wie einen ihrer Kumpel behandelten.

Als sie Kennewick Village erreichte, entdeckte Caitlin eine Bäckerei, die offen zu haben schien. Sie kaufte sich einen großen Kaffee und einen Scone mit Ahornsirup, dann setzte sie sich vor die Bäckerei auf eine Bank und aß den Scone, während sie wartete, bis der Kaffee so weit abgekühlt war, dass sie ihn trinken konnte. Ihr Schweiß war mittlerweile getrocknet, und in der kühlen Luft bekam sie eine Gänsehaut an Armen und Beinen. Sie setzte sich auf der anderen Straßenseite auf eine Bank in der Sonne. Von ihrer neuen Position aus blickte sie auf eine Ladenreihe, darunter ein Geschäft mit Büchern im Schaufenster. *Das muss Bill Ackersons Laden sein,* dachte sie. Nachdem sie sich in der Sonne aufgewärmt hatte, ging sie hinüber und schaute zum Fenster hinein. Es *war* Bill Ackersons Laden, und im Inneren war es dunkel, was sie so früh am Morgen auch nicht überraschte. Sie sah eine buschige Katze zu der gläsernen Eingangstür tapsen, zu ihr hinaufschauen und den

Mund öffnen. Sie konnte das Miauen durch die Glastür nicht hören. Etwas in dem klagenden Blick der Katze ließ sie ein plötzliches Gefühl der Leere empfinden. Wieder dachte sie an Harry.

Sie ging den restlichen Weg zu ihrem Motel zurück, und als sie dort ankam, schrieb sie ihm als Erstes eine SMS. *Wie heißt die Katze im Laden deines Vaters? Ich habe sie heute Morgen gesehen.*

Als sie aus der Dusche kam, hatte er bereits geantwortet. *Lew. Reist du heute ab?*

Nein, morgen.

Wollen wir uns treffen?

Würde mir gefallen.

Sie verabredeten sich für den Nachmittag auf einen Drink in der Livery Bar des Kennewick Inn. Caitlin war froh, dass sie nicht den ganzen Tag allein verbringen musste. Sie zog sich an, dann wählte sie die Nummer ihrer Mutter.

Als sie eine zweite Runde Drinks in Angriff nahmen, fragte Harry: »Kann ich dir etwas erzählen?«

»Natürlich.«

»Kann aber sein, dass es dir Angst macht.«

»Okay«, stimmte sie zu und klang plötzlich furchtsam.

Sie hatten sich um drei Uhr nachmittags in der Kellerbar getroffen, die lang und schmal und so eingerichtet war, dass sie wie das Innere einer eleganten Jacht aussah. Harry hatte einen Bourbon mit Ginger Ale bestellt und Caitlin ein Pint *Harpoon*, dann waren sie mit ihren Drinks in eine Nische bei dem nicht angezündeten Kamin umgezogen. Caitlin hatte von ihrem Entschluss erzählt, Graces Leichnam nach Michigan zu begleiten, und er hatte ihr alles über den Buchladen erzählt und dass es den Anschein hatte, als würden seine Stiefmutter Alice und John, der in dem Laden arbeitete, es gern sehen, wenn Harry ihn weiterführte. Sie hatten ausgetrunken, und Harry hatte zwei neue Drinks geholt, an der Bar bezahlt und die Gläser an den Tisch gebracht. Caitlin war gerade bewusst geworden, wie viel man in Harrys Gesicht lesen konnte, seine Sorge, seine Trauer, dann hatte sie Unentschlossenheit in seinen Zügen gesehen, kurz bevor er sie gefragt hatte, ob er ihr etwas erzählen dürfe.

»Nein, vielleicht sollte ich es doch nicht tun«, ruderte er zurück.

»Du kannst mir vertrauen.«

»Also gut.« Er trank einen Schluck und fuhr sich mit dem Zeigefinger über die Lippe. »Alice, meine Stiefmutter, interessiert sich für mich, sexuell, meine ich.«

»Oh«, erwiderte Caitlin. Es war nicht das, womit sie gerechnet hatte.

»Ich glaube, es ist ihre Weise, den Schmerz zu verarbeiten, oder etwas in der Art.«

»Oh«, sagte Caitlin noch einmal. »Das ist merkwürdig. Ist es neu? Ich meine, hat sie sich schon vor dem Tod deines Vaters so verhalten?«

»Nein, aber ich kannte sie auch nicht allzu gut.«

»Macht sie dich an?«

Harry rieb sich das Kinn. Es war etwas stoppeliger als am Tag zuvor. »Ja, es ist ziemlich offensichtlich, und jetzt nach der Geschichte mit Grace ist sie überzeugt, dass sie in Gefahr ist und dass ich in Gefahr bin, und sie will, dass ich die ganze Zeit zu Hause bleibe oder wenigstens im Buchladen unten. Ich musste ihr versprechen, dass ich sie nicht verlasse.«

»Was soll das heißen, sie nicht verlassen?«

»Dass ich nicht sofort weggehe. Sie will nicht allein sein.«

»Du kannst nicht für alle Zeit bei ihr bleiben. Selbst wenn sie deine richtige Mutter wäre, könntest du es nicht. Du musst dein eigenes Leben leben.«

»Das weiß ich doch. Aber es heißt nicht, dass ich mich einfach aus dem Staub mache, bevor die Polizei herausgefunden hat, was mit meinem Vater und deiner Schwester geschehen ist. So viel schulde ich ihr.«

»Nein, das verstehe ich«, sagte Caitlin. »Ich meinte auch nicht, dass du sofort gehen sollst, sondern auf lange Sicht.«

»Ich werde nicht bis in alle Ewigkeit hierbleiben, auch wenn ich keine Ahnung habe, wohin ich gehen werde. Es ist nicht so, als gäbe es einen Ort, an den ich zurückkehren kann. Das College ist vorbei, und meine Freunde verstreuen sich gerade in alle Winde. Hier habe ich wenigstens eine Aufgabe. Ich kann mich um alles kümmern, was mein Vater zurückgelassen hat, Alice, die Bücher …«

»Magst du Bücher?«

»Ja, aber nicht so wie mein Vater. Allerdings hat niemand Bücher so gemocht wie er.«

»Du musst sein Geschäft nicht weiterführen.«

»Ich weiß.«

»Und keine Ahnung, warum ich das jetzt zu dir sage, aber ich glaube, dass Alice dich manipuliert. Ich weiß nicht, warum. Es könnte sein, dass sie nur Angst vor dem Alleinsein hat, und das leuchtet auch ein, aber es könnte auch aus anderen Gründen geschehen. Du hast gesagt, du kennst sie eigentlich nicht sehr gut.«

»Sie war zwar die Frau meines Vaters, aber ich kenne sie tatsächlich nicht gut.«

»War sie früher schon einmal verheiratet? Hat sie eigene Kinder?«

»Nein. Sie war die Immobilienmaklerin meines Vaters, als er beschloss, nach Maine zu ziehen. Sie hat keine Familie, oder falls doch, dann hat sie keinen Kontakt mehr zu ihr.«

»Dein Vater hat sich für sie entschieden, nicht du. Ich weiß nicht, ob du ihr über das hinaus etwas schuldest, was du bereits getan hast.«

Harry antwortete nicht sofort, und Caitlin bereute ihre Worte. Es hatte hartherzig geklungen, als wäre sie ein Mensch, der immer berechnete, was sie irgendwem schuldete und was nicht. Sie wollte gerade um Verzeihung bitten, als Harry sagte: »Ich weiß nicht mehr, was ich tun oder glauben soll.«

»Erzähl mir von dieser anderen, mit der dein Vater angeblich eine Affäre hatte.«

»Annie Callahan. Ich habe sie an dem Tag, an dem ich deine Schwester gefunden habe, auf der Polizeiwache gesehen. Ich war den ganzen Vormittag dort und habe gesehen, wie sie in eins der Vernehmungszimmer geführt wurde. Sie wirkte verängstigt, und als sie wieder hinausgeführt wurde, hat sie mich angestarrt, wahrscheinlich weil ich meinem Vater so ähnlich sehe.«

»Woher wusstest du, dass sie es war?«

»Ich wusste es einfach. Später habe ich Detective Dixon gefragt, und er hat bestätigt, dass sie es war und dass sie ihren Mann ebenfalls befragen würden, aber er sei gerade verreist.«

»Klingt verdächtig.«

»Ich weiß nicht. Es ergibt keinen Sinn für mich, dass einer der beiden etwas mit der Sache zu tun haben soll. Man kann sich noch vorstellen, dass Lou Callahan meinen Vater aus Eifersucht oder Wut getötet hat, aber wieso deine Schwester?«

»Ich weiß es nicht«, räumte Caitlin ein. Beide schwiegen einen Moment lang, und Caitlin starrte in den Kamin, als würde ein Feuer darin brennen. Dann sagte sie unvermittelt: »Weißt du, dass ich schon fünfzehn war, als ich zum ersten Mal das Meer gesehen habe?«

»Welches Meer meinst du?«

»Den Atlantik. Wir waren mit der Schule auf einer Klassenfahrt in Washington, D.C., und anschließend habe ich noch eine Tante besucht, die in Ocean City, Maryland, wohnte. Sie war mit mir Wale beobachten. Und jetzt bin ich zum ersten Mal in Maine, obwohl ich seit dem College in Boston lebe.«

»Tut mir leid, dass du aus einem solchen Grund herkommen musstest.«

»Ja, mir auch.«

»Nicht weit von hier gibt es einen hübschen Spazierweg. An den Klippen entlang. Es ist der Weg, auf dem mein Vater getötet wurde.«

»Nichts wie hin«, sagte Caitlin mit gespielter Begeisterung. Beide lachten.

»Ich war schon dort. Jemand hat einen Strauß dort hinterlassen.«

»Wo dein Vater gestorben ist?«

»Ja, vermutlich. Vielleicht hatte es mit ihm auch nichts zu tun, aber... Wir könnten dort spazieren gehen, wenn du willst. Es macht mir nichts aus. Auch wenn er dort gestorben ist, war es trotzdem der Ort, an dem er sich am liebsten aufgehalten hat.«

»Okay«, willigte Caitlin ein.

Sie verließen die Bar und gingen auf die andere Straßenseite zu einer Klippe über dem halbmondförmigen Strand, dann wandten sie sich nach Norden und folgten einem in die Steilwand gebauten Pfad. Harry ergriff Caitlins Hand, um ihr über eine breite, rutschige Schieferplatte zu helfen, und ließ sie nicht mehr los, als sie weitergingen. Es war ein perfekter Tag, die Luft war frisch und die Sonne warm, und außer ihnen war niemand auf dem Pfad unterwegs. Sie duckten sich unter niedrigen, vom Wind gebeugten Bäumen hindurch, die eine Art Tunnel bildeten, und als sie auf der anderen Seite herauskamen, bückte sich Harry und hob ein Sträußchen Zweige mit Beeren daran auf, das mit Grashalmen zusammengebunden war.

»Siehst du?«, sagte er.

»Ist hier dein Vater...?«

»Ich bin mir ziemlich sicher. Es ist der höchste Punkt, und ich weiß, dass er über den Rand gestürzt und unten gelandet ist. Zuvor hat er allerdings einen Schlag auf den Kopf erhalten.«

»Genauso ist auch Grace gestorben. Durch einen Schlag auf den Kopf.« Caitlin sah zu der verschwommenen Linie hinaus, an der sich Meer und Himmel trafen. »Sie haben wohl beide nicht gelitten.«

»Das glaube ich auch.«

Sie gingen noch ein Stück weiter, und Caitlin nahm wieder Harrys Hand. Der Pfad machte einen Bogen um eine Gruppe windzerzauster Bäume herum landeinwärts, Harry drehte sich zu Caitlin, und sie begannen sich zu küssen und hörten erst damit auf, als Caitlin bewusst wurde, dass sie weinte.

»Es tut mir so leid«, sagte Harry.

»Nein, das muss es nicht. Ich bin nur verwirrt, aber der Kuss war schön.«

»Ja, aber vielleicht sollten wir das trotzdem nicht tun.«

»Ich habe gehört, dass es eine Reaktion auf Trauer ist. Dass man…«

»…geil wird?«

»Ich wollte es nicht so ausdrücken, aber…«

Sie küssten sich eng aneinandergeschmiegt noch einmal, und Caitlin wusste, wären sie allein in einem Zimmer gewesen, hätten sie sich schon ihrer Kleidung entledigt. Der Gedanke verstörte sie, und sie löste sich wieder ein wenig von ihm. Er zog sich sofort zurück.

»Sollen wir weitergehen?«, fragte er.

»Okay.«

Sie gingen bis zum Ende des Klippenwegs, dann machten sie kehrt und liefen gegen den Wind zum Kennewick Inn zurück. Dort küsste Harry sie bei ihrem Wagen noch einmal, aber nur kurz. Er legte ihr eine Hand an den Hals.

»Und jetzt?«, fragte sie.

»Vielleicht kann ich dich später noch in deinem Motel besuchen? Um mich zu verabschieden.«

»In Ordnung. Ich bin in Zimmer 203.«

»Es könnte spät werden. Alice macht Abendessen, und wie gesagt, sie hat mich gern im Haus.«

»Egal. Ich werde da sein.«

In ihrem Zimmer legte sich Caitlin aufs Bett und sah zur Decke hinauf, die vom Licht der tief stehenden Sonne gestreift war, das durch die billigen Jalousien fiel. Sie hätte gern mit Grace gesprochen und stellte fest, dass sie es nicht konnte, dass die Worte in ihrem Kopf nicht mehr ertönten. Erneut wurde sie von der Erkenntnis durchflutet, dass sie nie mehr mit Grace sprechen würde, und sie weinte wieder, dann fielen ihr die Augen zu, und sie wachte erst auf, als es schon dunkel war. Sie war hungrig und erinnerte sich daran, dass sie in der Minibar noch ein Monte-Cristo-Sandwich aus dem Diner hatte. Sie aß zwei Bissen des kalten, pappigen Sandwiches, dann warf sie es fort. Ihr Magen fühlte sich an wie ein kleiner Hartgummiball.

Sie schaltete den Fernseher ein, fand einen Sender, auf dem eine Wiederholung von *Modern Family* kam, und ließ ihn mit leisem Ton laufen. Sie beantwortete SMS von Freunden und Kollegen, von ihrer Mom und von ihrem Bruder. Sie sah, dass ihr Vater angerufen und keine Nachricht hinterlassen hatte. Es machte sie wütend. Wieso sprach er nicht auf die Mailbox, nachdem seine Tochter, ihre Zwillingsschwester, gestorben war? Wieso bat er sie nicht, ihn sofort zurückzurufen? Sie konnte förmlich seine Stimme hören – *Ich wollte dich nicht noch mehr aufregen, Caity. Ich kann mir vorstellen, was du gerade durchmachst* – und beschloss, ihn nicht zurückzurufen.

Die Folge von *Modern Family* war zu Ende, und sofort begann eine neue. Sie war wieder müde und hätte beinahe Harry eine SMS geschrieben und ihn gebeten, nicht mehr vorbeizukommen. Aber dann ließ sie es bleiben, sie wollte ihn wirklich noch einmal sehen. Sie würde ihn jedoch nicht hereinbitten. Was auf dem Spaziergang passiert war, erschien ihr jetzt vollkommen verrückt. War sie von zwei Bieren betrunken gewesen? Sicher, er sah gut aus und war süß, aber ihre Schwester war gerade ermordet worden, und irgendwie hatte er mit allem zu tun. Falls er tatsächlich auftauchte, würde sie behaupten, sie sei müde (was nicht gelogen war), und einfach Lebewohl sagen.

Sie döste noch ein wenig bei laufendem Fernseher und wachte auf, weil es an ihre Tür klopfte. Sie setzte sich auf und sah auf den Wecker auf dem Nachttisch. Es war 23.00 Uhr. Ein paar Sekunden lang war sie vollkommen orientierungslos. Im Zimmer war es dunkel bis auf das Licht vom Fernseher an der Wand, in dem jetzt ein Meteorologe vor einer Karte Neuenglands stand. Dann fiel ihr ein, dass Harry noch vorbeischauen wollte. Sie ging zur Tür, um ihm zu sagen, dass er nicht hereinkommen solle. Der Kuss vom Nachmittag blitzte kurz in ihrem Kopf auf. Seine Hand an ihrem Hals.

Sie öffnete die Tür. Im gelben Schein der Lampe draußen wirkte er blass und sehr jung. Er trug ein Kapuzenshirt, atmete schwer und presste sich eine Hand seitlich gegen den Kopf, als hätte er Schmerzen.

»Hi, Harry«, sagte sie. »Tut mir leid, ich …«

»Du solltest abreisen«, sagte er.

»Ich sollte abreisen?«, wiederholte sie verwirrt.

»Du solltest auf der Stelle abreisen. Ich glaube, dass du in Gefahr bist.« Die Worte klangen abgehackt, als hätte er nicht genügend Luft, sie vollständig auszusprechen.

»Was ist denn los? Was ist passiert?« Sie streckte eine Hand nach ihm aus, doch er zuckte zurück. Er nahm die Hand von seinem Kopf, und ein Rinnsal dunkles Blut lief über seine Wange.

»Du blutest«, stellte sie fest.

»Tatsächlich?« Er blickte auf seine blutverschmierte Handfläche. »Oh«, sagte er, dann gaben seine Knie nach, und er fiel vornüber in das Motelzimmer.

Caitlin versuchte noch, ihn aufzufangen, aber er landete hart auf dem Teppichboden und schlug sich erneut den Kopf an. Dann blieb er reglos liegen.

KAPITEL 27

JETZT

»Wissen Sie, wo das Krankenhaus von Kennewick ist?«

Caitlin verneinte.

»Wenn Sie wollen, können Sie uns folgen.«

»Ja, natürlich«, sagte Caitlin zu einem der sehr jungen und sehr unbesorgten Rettungssanitäter, nachdem sie Harry auf eine Bahre geschnallt und vor dem Motel in ihr Fahrzeug geschoben hatten. Ein paar Zimmer weiter standen zwei etwa Zehnjährige vor der Tür und beobachteten das ganze Drama, während ihre Eltern gelegentlich den Kopf herausstreckten, um nachzusehen, was vor sich ging.

Nachdem Harry in ihr Zimmer gestürzt war, hatte ihn Caitlin herumgedreht, er war wieder zu sich gekommen und hatte sie aus großen Augen verwirrt angesehen. Sie warf einen Blick auf seine Kopfverletzung. Das Haar war dunkel und blutverklebt, und er hatte einen drei Zentimeter langen Riss genau über dem rechten Ohr. Die Kopfpartie um die Wunde herum schwoll erkennbar an.

»Ich rufe den Notarzt«, sagte sie.

»Alles ist okay. Ich bin nur gestürzt und habe mir den Kopf angeschlagen«, sagte Harry und begann sich aufzusetzen.

»Ja, genau deshalb rufe ich ihn ja auch.«

Während sie auf die Ambulanz warteten, ging Caitlin in die Hocke und sprach mit Harry, der inzwischen an der Wand lehnte.

»Was ist passiert?«, fragte sie.

»Da war ein Mann. Er hat dich beobachtet.«

»Was soll das heißen?«

Harry runzelte die Stirn, und sein Blick wurde leer, als hätte er vergessen, was er sagen wollte. Dann schüttelte er vorsichtig den Kopf. »Ich bin hierhergekommen, um dich zu sehen. Ich bin zu Fuß gegangen, weil ich nicht wollte, dass Alice hört, wie ich den Wagen anlasse, und als ich hier ankam, stand ein Mann« – er streckte den Zeigefinger der linken Hand aus – »da drüben am Waldrand.«

»Wo? Auf der anderen Seite des Parkplatzes, bei den Picknicktischen?« Caitlin konnte sich denken, wovon Harry sprach, auch wenn es eigentlich nur eine Gruppe Kiefern zwischen dem Parkplatz und der Route 1A war.

»Ja. Bei den Picknicktischen, im Dunkeln. Aber ich konnte ihn sehen, und er hat dein Fenster beobachtet.«

»Bist du dir sicher?«

»Ja. Ich habe ihn selbst eine ganze Weile beobachtet.«

»Von wo aus denn?«

»Ich hatte mich hinter einem Truck versteckt, der nicht weit von der Rezeption entfernt stand.« Er zog wieder die Stirn kraus, als würde er seinen eigenen Worten nicht trauen.

»Konntest du ihn denn erkennen?«

»Nein, es war zu dunkel, und er wollte eindeutig nicht gesehen werden. Als ein Auto vorbeifuhr, ist er in die Hocke gegangen, damit ihn die Scheinwerfer nicht zwischen den Bäumen erfassten.«

Caitlin warf einen Blick auf die billige Jalousie vor dem Fenster. Sie war zugezogen, aber nicht dicht. Es gab Lücken zwischen den Kunststoffstreifen. Ein Beobachter hätte sie vielleicht sehen können, zumindest hätte er Bewegung im Zimmer erkannt.

»Wer glaubst du …«

»Es war die Person, die deine Schwester getötet hat und wahrscheinlich meinen Vater. Ich weiß nicht, wer es ist, aber du musst fort von hier. Ich glaube nicht, dass du hier sicher bist.«

»Woher stammt deine Verletzung?«

»Ach so«, sagte er, nahm das Handtuch vom Kopf und betrachtete den dunklen Fleck. »Ich habe ihn gejagt. Er muss mich hinter dem Truck gesehen haben, denn plötzlich ist er abgehauen, zur Rückseite des Motels gelaufen, und ich habe gerufen: ›Hey!‹ und bin zwischen zwei geparkten Fahrzeugen durchgelaufen, und irgendwie bin ich umgeknickt, dann lag ich auf dem Gehweg. Und mein Kopf …«

»Bist du gegen etwas geprallt?«

»Gegen ein Auto vermutlich. Ich weiß es nicht mehr. Dann habe ich bei dir geklopft.«

»Du warst sehr mutig.«

Harry lachte, dann verzog er das Gesicht. »Ich bin gestolpert und hingefallen.«

»Was hättest du denn gemacht, wenn du ihn erwischt hättest?«

»Ich weiß nicht. Rausgefunden, wer er ist.«

»Hast du ihn denn besser gesehen, als du ihn verfolgt hast?«

»Eigentlich nicht, aber er hat komisch ausgesehen beim Laufen. Er hat so mit den Armen geflattert, als würde er versuchen, abzuheben oder so was.«

»Geflattert?«

Plötzlich füllte blinkendes Rotlicht das Fenster. »Der Rettungswagen ist da«, sagte Caitlin und öffnete die Tür. Sie trat beiseite, um die beiden Sanitäter hereinzulassen, und einer von ihnen ging in die Knie, um einen Blick auf Harry zu werfen.

»Ich glaube, er hat eine Gehirnerschütterung«, sagte sie. »Er ist gestürzt und hat sich den Kopf angeschlagen.«

Der kauernde Sanitäter sprach bereits mit Harry. Sie hörte, wie er ihn fragte, welches Jahr gerade war, verstand jedoch seine Antwort nicht.

»Wo hat er sich den Kopf denn angeschlagen?« Der etwas teigige Sanitäter, der mit Caitlin sprach, roch nach Kaugummi.

»Ich weiß es nicht. Er glaubt, es war ein Auto. Er ist mich besuchen gekommen, und er sagte, jemand habe im Wald oder drüben bei den Bäumen gelauert, und er wollte ihm nachjagen, dabei ist er gestürzt.«

»Aha. Haben Sie diese Person gesehen?«

»Ich nicht. Er.«

Nachdem sie Harry in den Rettungswagen gebracht hatten, folgte ihnen Caitlin, während sie – ohne Sirene, nur mit Blaulicht – die drei Kilometer zu einem modernen, rechtwinkligen Gebäude fuhren, das mehr wie ein Bürokomplex als wie ein Krankenhaus aussah. Sie stellte den Wagen auf dem Besucherparkplatz ab, dann ging sie zur Notaufnahme, wo man sie anwies, in einem kleinen, zu hell beleuchteten Wartebereich Platz zu nehmen. In einem an der Wand befestigten Fernseher lief CNN. Sie saß still da und hörte der Frau in der Aufnahme zu, die leise in ihr Handy sprach. Vor einer Woche hatte sie noch in Boston gelebt, sich den Kopf darüber zerbrochen, wie sie ihrer Mutter beibringen sollte, dass ihre Beziehung mit Dan zu Ende war, und sich gefragt, ob ihre Schwester bis ans Ende ihres Lebens hinter älteren Männern her sein würde. Jetzt war sie hier in Maine, wartete darauf, mit der Leiche ihrer Schwester nach Michigan zurückzufliegen, und begleitete einen Fremden ins Krankenhaus. Und irgendwer hatte ihr Motelzimmer beobachtet.

Sie war so erleichtert, als sie Detective Dixon durch die Tür kommen sah, dass sie fast zu weinen begonnen hätte. Sie stand auf und wartete, während er kurz und leise mit der Frau am Empfang sprach. Dann kam er zu ihr. »Was ist passiert?«, fragte er. Er trug Jeans und ein Flanellhemd mit aufgerollten Ärmeln.

Caitlin setzte sich wieder hin und erzählte dem Detective alles, was in der Nacht vorgefallen war.

»Wieso ist er überhaupt zu Ihnen gekommen?«, fragte der Detective.

»Er wollte sich nur verabschieden.«

»Und er war sich sicher, dass jemand Ihr Zimmer beobachtet hat?«

»Das hat er jedenfalls gesagt.«

»Haben Sie sich denn irgendwie beobachtet gefühlt, seit Sie hier in Kennewick sind? Hatten Sie das Gefühl, dass Ihnen jemand folgt?«

Caitlin dachte kurz nach. »Nein, eigentlich nicht.«

Dixon scrollte auf seinem Handy, dann zeigte er Caitlin

das Display, auf dem das Polizeifoto eines schmuddelig wirkenden Mannes in den Dreißigern zu sehen war. »Kommt er Ihnen irgendwie bekannt vor?«

Das war nicht der Fall, und sie sagte es dem Detective.

»Was ist mit ihr?« Er zeigte ihr ein weiteres Bild, eine blonde Frau mit rundem Gesicht. Es sah aus, als wäre es aus einem größeren Bild herausgeschnitten worden.

Caitlin verneinte ebenfalls und schüttelte den Kopf. »Wer sind die beiden?«

Detective Dixon antwortete nicht, weil zwei weitere Personen den Wartebereich betreten hatten: eine kurvenreiche Blondine mittleren Alters, bei der Caitlin sofort wusste, dass es sich um Alice, Harrys Stiefmutter, handeln musste, und ein wesentlich älterer Mann, vielleicht ihr Vater, mit kahlem Kopf und weißem Schnauzbart. Alice hatte sich bei ihm untergehakt, als wäre sie nicht in der Lage, allein zu stehen. Eindeutig der Vater, dachte Caitlin, dann fiel ihr ein, dass Harry einen älteren Mann erwähnt hatte, der im Buchladen arbeitete, und sie fragte sich, ob es nicht vielleicht dieser Mann war.

Alice und der alte Mann sahen beide zu Detective Dixon, dann warfen sie einen kurzen Blick auf Caitlin. Alice zeigte keinerlei Reaktion, aber der alte Mann schien Caitlin eine Idee länger als normal zu fixieren. Vielleicht hatte er Grace vorher einmal getroffen, und es verwirrte ihn jetzt, wie sehr Caitlin ihr ähnelte. Wenn es der Mann aus dem Buchladen war, dann war er Grace wahrscheinlich tatsächlich begegnet, denn sie war dort gewesen, um Harry zu treffen.

Der Detective trat zu ihnen, und die drei unterhielten sich leise, dann gingen sie durch die Schwingtür in die Notaufnahme. Dixon drehte sich zu Caitlin um, formte ein *Warten Sie kurz* mit den Lippen und reckte den Zeigefinger in die Höhe.

Caitlin blieb, auch wenn sie nach Abflauen des Adrenalinflusses jetzt hundemüde war. Ein Teil von ihr wäre am liebsten zum Wagen gegangen und zum Motel zurückgefahren. Morgen würde ein anstrengender Tag werden, sie flog nach Michigan zurück und musste Graces Beerdigung vorbereiten. Aber der Detective hatte sie gebeten zu warten, und davon abgesehen war sie sich nicht sicher, ob sie allein zum Motel zurückfahren wollte.

Eine halbe Stunde später war der Detective wieder bei ihr und ging vor ihr in die Hocke.

»Er wird wieder gesund, aber er hat eine schwere Gehirnerschütterung«, erklärte er.

»So viel war ziemlich klar.«

»Er möchte mit Ihnen sprechen, aber sein Arzt will, dass er Ruhe hat.«

»Geht in Ordnung.«

»Er beharrt allerdings darauf, dass Sie in Gefahr sind, deshalb würde ich Sie gern von einem meiner Beamten zu Ihrem Motel begleiten lassen, wenn Sie einverstanden sind.«

»Okay«, willigte sie ein. »Klingt gut.«

»Wunderbar. Dann in fünf Minuten, ja?«

Der uniformierte Beamte, der zum Krankenhaus kam, war etwa fünfzig Jahre alt. Er hatte Hängebacken und einen spärlichen blonden Schnauzer. Er folgte Caitlin zum Sea Mist Motel und stellte seinen Streifenwagen neben ihrem Auto ab, dann betraten sie zusammen ihr Zimmer. Auf dem gemusterten Teppichboden war, wo Harry gesessen hatte, ein Blutfleck von der Größe eines Vierteldollars zurückgeblieben. Sie rieb mit der Schuhspitze darüber, aber das Blut war bereits eingetrocknet.

»Kommen Sie allein klar?«, fragte der Officer.

»Ja, kein Problem.«

»Schließen Sie die Tür hinter mir ab und öffnen Sie niemandem, der kein Polizist ist, okay? Und rufen Sie sofort an, wenn Ihnen etwas merkwürdig vorkommt. Wir werden die ganze Nacht immer wieder mal hier vorbeifahren. Ihnen wird nichts geschehen.«

Sie dankte ihm, und er ging. Sie duschte, dann legte sie sich ins Bett und war überzeugt, sie könnte auf keinen Fall einschlafen. Doch nachdem sie ihrer Mutter und ihrem Bruder ihre Ankunftszeit am nächsten Tag geschickt hatte, rollte sie sich zu einer Kugel zusammen und war binnen fünf Minuten eingenickt.

Kurz nach fünf wurde sie von einem zaghaften Klopfen geweckt. Sie tauchte aus einem Traum auf, in dem sie mit einem Tennisschläger auf einen Bienenstock eingeschlagen hatte, und wusste einen Moment lang nicht, wo sie war. Dann sprang sie auf und ging zur Tür, sie hatte plötzlich Angst, dass noch etwas Schlimmes passiert sein könnte.

Sie spähte durch die Jalousie in den dunstigen Morgen hinaus. Statt des erwarteten Polizisten stand der alte Mann aus dem Krankenhaus vor der Tür, der mit Harrys Stiefmutter gekommen war. Er sah sie durch das Fenster, grinste und winkte, aber es wirkte ein wenig zu eifrig. Caitlin wurde flau im Magen. Etwas musste mit Harry passiert sein. Sie öffnete die Tür einen Spaltbreit und war sich der Tatsache bewusst, dass sie nichts als ein übergroßes T-Shirt trug.

»Ja?«

»Caitlin McGowan?«

»Mhm.«

»Tut mir leid, dass ich einfach so hier auftauche … Harry schickt mich. Er ist …«

»Geht es ihm gut?«

»Ja, ja, aber er will Sie unbedingt sehen, und deshalb bin ich hier. Ich heiße übrigens John, ich arbeite mit Harry im Buchladen.«

»Ach ja, richtig«, sagte Caitlin und öffnete die Tür etwas weiter, als sich der Mann ein kleines Stück vorschob. Wollte er das Zimmer betreten? »Ich fahre sofort zu ihm, ich muss mich nur rasch anziehen.«

»Ja, natürlich«, sagte er und wich ein wenig zurück. »Ich lasse Sie dann mal in Ruhe. Soll ich Sie nicht hinbringen?«

»Nein, ich weiß, wo es ist. Ich bin sofort bei ihm.«

Caitlin hätte fast die Tür geschlossen, aber da sie nicht unhöflich sein wollte, öffnete sie sie noch ein kleines Stück weiter und sagte: »Danke, dass Sie gekommen sind, John.«

Er lächelte immer noch, aber sein Blick huschte rasch von Caitlins Gesicht zum Türrahmen und zurück, fast als würde er etwas ausmessen.

»Okay, dann …«, sagte sie, und all ihre Instinkte rieten ihr, die Tür zuzuschlagen. Stattdessen schob sie sie nur sanft zu, doch bevor sie ins Schloss fiel, drückte der Mann von der anderen Seite dagegen. Sie taumelte überrascht rückwärts, der Mann schwang etwas und traf sie an der Kehle. Sie schnappte nach Luft, es schmerzte, und der Mann kam herein und holte noch einmal aus. Sie wich zurück, doch etwas Hartes traf sie an der Nase. Im nächsten Moment lag sie auf dem Rücken, und vor ihren Augen verschwamm alles.

Sie hörte, wie die Zimmertür zufiel, dann kauerte er über ihr. Er berührte ihr Gesicht, und sie zuckte zusammen. »Hat er mich gesehen?«, fragte der Mann.

»Ich… Wer?«

Wie ein leicht genervter Lehrer sprach er ganz langsam: »Hat Harry mich letzte Nacht gesehen? Hat er gesagt, dass ich es war?«

Blut floss aus Caitlins Nase und sammelte sich in ihrem Mund. Sie versuchte zu schreien und würgte.

Der alte Mann warf einen Blick über die Schulter, dann drehte er sich wieder zu ihr um und sagte: »Wir reden später.«

Einen glückseligen Moment lang dachte sie tatsächlich, er würde gehen und sie in Ruhe lassen, aber er hob den Arm. Sie versuchte erneut zu schreien, dann wurde ihr schwarz vor Augen.

KAPITEL 28

FRÜHER

Bill zu töten war leicht gewesen.

Jake Richter, der sich inzwischen John Richards nannte, hatte ihn gefragt, wo er zuletzt spazieren gegangen war, und der leutselige Bill erzählte ihm, dass er meistens nach Kennewick Beach hinunterging und dann dem Klippenweg nach Kennewick Harbor folgte, ehe er nach Hause zurückkehrte.

»Dann sehen Sie ja jeden Tag dieselben Leute?«

»Nein, ich begegne kaum einmal jemandem. Außer im Juli und August, doch dann nehme ich meistens eine andere Route.«

Einige Tage später, an einem Mittwoch, fragte Bill Jake, ob es ihm etwas ausmache, ein wenig länger zu bleiben und den Laden zuzuschließen. Er wolle noch einen Spaziergang machen, bevor es zu dunkel wurde. Jake hatte gesagt, das sei kein Problem, dann war er Bill in den kühlen Abend hinaus gefolgt und hatte ihn Richtung Kennewick Beach aufbrechen sehen. Jake schloss vorne ab und verließ den Laden durch die Hintertür – für den Fall, dass ihn jemand sah, was höchst zweifelhaft war –, dann nahm er die Captain Martin Lane in Richtung Kennewick Harbor. Er ging ohne Hast – nur ein wenig frische Luft schnappen, sagte er sich – und kam am Kennewick Inn vorbei, dessen Ostflügel eingerüstet war, weil er einen frischen Anstrich bekam, bevor die Touristensaison begann.

Er fand den südlichen Ausgangspunkt des Klippenwegs, und da er bemerkte, dass er schwer atmete, drosselte er sein Tempo. Wenn er nicht zu schnell oder zu langsam ging, würde er Bill begegnen, der ihm entgegenkam. Beim Gehen spielte er an dem selbst gebastelten Totschläger in der Tasche seiner Anzughose herum. Er hatte ihn vor ein paar Tagen gemacht, indem er eine Handvoll Vierteldollars in einen seiner Nylonsocken gestopft hatte. Er hatte nicht viel von seinem Vater gelernt, aber doch, wie man einen Totschläger bastelte, denn sein Vater hatte darauf bestanden, dass er immer einen bei sich trug. Der seines Vaters war mit Kugellagern gefüllt gewesen, aber Vierteldollarmünzen funktionierten fast genauso gut.

Der Pfad stieg an, und man hatte von hier eine gute Aussicht auf York Harbor und sogar auf einen Teil von Buxton Point, das weiter nördlich im grauen Dämmerlicht lag. Er stolperte leicht über einen Stein, und als er nach unten sah, stellte er fest, dass der Schnürsenkel eines Schuhs aufgegangen war. Er wollte sich eben bücken (was ihm neuerdings nicht mehr so leichtfiel), um das Problem zu beheben, als ihm klar wurde, dass er den offenen Schnürsenkel zu seinem Vorteil nutzen konnte.

Er ging noch eine Viertelmeile weiter bis zu der Stelle, wo der Pfad seinen höchsten Punkt erreichte, und beschloss, hier auf Bill zu warten.

Natürlich hatte er schon früher getötet.

Edith Moss war gestorben, damit er mit Alice zusammen sein konnte. Mit diesem Moment begann die beste Zeit in Jake Richters Leben, aber es war auch der Anfang vom Ende, wie ihm später klar wurde. Zuzusehen, wie ihre Mutter starb, hatte offenbar etwas in Alice wachgerufen, denn nur ein paar Jahre später ließ sie ihre Freundin Gina im Meer ertrinken und kam ungestraft davon, weil sie der Polizei erzählte, sie habe nichts damit zu tun gehabt. Jake kannte jedoch die Wahrheit und hatte es Alice verraten, weil er dachte, es würde sie enger zusammenschweißen. Das war allerdings nicht der Fall gewesen.

In den Monaten nach Ginas Tod war Alice kühl und distanziert geworden. Sie war wieder in ihr altes Zimmer gezogen und hatte als Büroleiterin bei einem Immobilienunternehmen zu arbeiten begonnen. Eines Tages hatte sie Jake dann mitgeteilt, dass sie einen Mietvertrag für ihre eigene Wohnung unterschrieben hatte.

»Wenn du willst, kannst du jederzeit wieder hier einziehen«, sagte Jake.

»Das wird nicht nötig sein«, sagte sie und fügte hinzu: »Aber danke, dass ich so lange bleiben durfte.«

Jake lebte einige Monate allein in der Eigentumswohnung und gestattete sich gelegentlich, davon zu fantasieren, dass Alice das Alleinleben satthatte und ihn bat, zurückkommen zu dürfen. Aber tief in seinem Innern wusste er, dass ihre Beziehung zu Ende war, und zwar bereits lange vor ihrem Auszug. Da er auf die sechzig zuging, beschloss er, vorzeitig in den Ruhestand zu gehen. Das Darlehen für die Wohnung war abbezahlt, und er kaufte sich eine gebrauchte, fünfzehn Meter lange Motorjacht, vermietete die

Wohnung und siedelte mit dem Boot nach Florida über. Dort stellte er fest, dass ihm Bootfahren doch nicht so viel Spaß machte, wie er vermutet hatte. Er dockte das Boot in der Bahia Mar Marina in Fort Lauderdale an und bekam einen Job im Atlantic Club, wo er Klappstühle und Sonnenschirme vermietete. Sein Haar war schon seit Jahren immer schütterer geworden, und er hatte es lang getragen, um den Verlust zu verdecken, aber unten in Florida ließ er es sich kurz schneiden und einen Bart wachsen. Es veränderte ihn, und er sagte sich, er sei ein neuer Mensch, ein Ruheständler, der sich für den Rest seines Lebens ein bisschen Freude verdient hatte. Aus seinem Betonbunker, in dem die Sessel und Schirme aufbewahrt wurden, konnte er einen Streifen Strand sehen. Gelegentlich war ein Mädchen im Teenageralter da, aber die meisten Gäste des Atlantic Club waren mittleren Alters oder älter, und niemand von ihnen, nicht einmal die überschwänglichen Witwen, die es gelegentlich gab, konnte die Erinnerung an Alice Moss auch nur annähernd auslöschen.

Er war drei Jahre in Florida, als sich der Atlantic Club von ihm verabschiedete. Sie sagten, er solle ihrer Ansicht nach in seinem Ruhestand mehr Freizeit genießen, aber er ließ nicht locker, bis sie ihm den wahren Grund nannten: Ein weiblicher Gast hatte sich beschwert, weil er ihre dreizehnjährige Tochter angestarrt hatte. Er ging ohne viel Aufhebens, verkaufte die Jacht und mietete sich eine billige Zweizimmerwohnung in North Lauderdale. Er kaufte sich einen PC und stellte über diverse Message Boards Kontakt mit einer Menge anderer Männer her, die an jüngeren Frauen, vor allem Teenagern, interessiert waren. Er tauschte sich sogar mit einigen älteren Frauen aus, die sich für Jungs interessierten. Jedenfalls glaubte er, mit Frauen zu chatten, so genau konnte man das im Internet nie wissen. Er verbrachte enorm viel Zeit am Computer, aber am Ende erwies es sich als sinnloses Unterfangen. Er hatte nach jemandem gesucht, der mehr so war wie er, jemand, der spürte, dass es der Weg zu einem besseren, erfüllteren Leben war, mit einem jüngeren Menschen zusammen zu sein und ihm alles beizubringen, was man wusste. Es ging nicht nur um Sex, es ging um Großzügigkeit, darum, seine Lebenskraft zu teilen. Niemand verstand ihn wirklich. Die anderen Männer wollten nur Bilder tauschen und über die Schönheit junger Mädchen sprechen. Niemand begriff, was Jake begriffen hatte – dass das, was er für kurze Zeit bei Alice gefunden hatte, einem Jungbrunnen gleichkam, und dass man es weitergeben konnte. Emma Codd hatte es ihm geschenkt und er wiederum Alice.

Die Bilder von Alice besaß er immer noch. Sie waren sein bestgehüteter Schatz, und er hatte sie im Lauf der Jahre so oft in der Hand gehabt, dass sie schon ganz abgegriffen waren. Er bewahrte sie flach und geschützt in einer Hardcover-Ausgabe von *Moby Dick* auf seinem Nachttisch auf. Manchmal fragte er sich, ob diese Bilder ein Weg zurück in Alices Leben sein könnten. Sie hatte sie wahrscheinlich schon völlig vergessen. Vielleicht konnte er mit ihr Kontakt aufnehmen, sie an die Existenz der Fotos erinnern und sie fragen, ob sie Lust hätte, ihn in Florida zu besuchen. Es wäre Erpressung, das war ihm klar, aber es wäre den Verlust der Bilder wert, wenn er so noch ein wenig mehr Zeit mit ihr verbringen könnte. Darüber dachte er viel nach, aber es blieb nur eine Fantasie. Als er über ihre E-Mail-Adresse bei der Arbeit schließlich tatsächlich Kontakt zu ihr aufnahm, stellte er ihr einfach nur Fragen zu ihrem Leben. Sie werde bald heiraten, teilte sie ihm mit, wieder einen älteren Mann, und zwar einen, der einen jungen Sohn hatte. Sie lebte immer noch in Kennewick. Sie schrieben sich E-Mails, und Alices Antworten klangen immer so förmlich und abgeklärt, als hätten sie einander nie etwas bedeutet.

Jahre vergingen, und Jake begann, sich alt zu fühlen. Er hatte eine sexuelle Beziehung zu einem Mädchen im Teenageralter, einer Ausreißerin aus Miami, die Valeria hieß und zwei Wochen in seiner Wohnung verbrachte, bis eines Tages ein Mann vor seiner Tür auftauchte und behauptete, der Bruder des Mädchens zu sein, obwohl er ihr kein bisschen ähnlich sah. Er verlangte tausend Dollar oder er werde zur Polizei gehen. Er sagte, Valeria sei fünfzehn Jahre alt; sie hatte sich Jake gegenüber für siebzehn ausgegeben. Jake bezahlte widerwillig und voller Scham. Der Zwischenfall verfolgte Jake mehrere Monate lang, und er beschloss sogar, Florida ganz zu verlassen, bis er eines Tages sah, wie der »Bruder« einen benachbarten Apartmentkomplex betrat. Jake begann, ihn regelmäßig zu beobachten, fand heraus, dass er Edgar Leon hieß, und vergewisserte sich, dass er allein lebte. Eines Nachts, nachdem er die Wohnanlage mehrere Stunden lang ausgespäht hatte, folgte Jake dem Mann bis zu seiner Wohnung im ersten Stock und klopfte eine Minute, nachdem Edgar sie betreten hatte, an die Tür. Es war zwei Uhr morgens. Er befürchtete, Edgar könnte wegen der späten Stunde bewaffnet sein, wenn er an die Tür kam, aber er war es nicht. Er trug kein Shirt mehr, gähnte und riss die Tür weit auf. Jakes erster Schlag mit seinem Totschläger ließ Edgar zu Boden gehen. Jake setzte sich auf ihn und schlug so lange auf seinen Kopf ein, bis der Mann unzweifelhaft tot war.

Nachdem er diesen Schmalspur-Zuhälter getötet hatte, fühlte Jake sich besser und war wieder geneigt, in Florida zu bleiben. Da erfuhr er von seinem Makler in Maine, dass ein langfristiger Mieter gerade aus der Eigentumswohnung in Kennewick ausgezogen war, die ihm immer noch gehörte, und beschloss, sie zu verkaufen. Er wollte dem Makler gerade Bescheid geben, als er eine E-Mail von Alice erhielt, die jetzt Alice Ackerson hieß und eine neue E-Mail-Adresse hatte.

Die E-Mail war kurz, nur zwei makellose Sätze: *Jake, hast du mal daran gedacht, wieder nach Kennewick zu ziehen? Wär schön, einen alten Freund hierzuhaben. Alice*

Die E-Mail war eine aufregende Überraschung. Er hatte nicht angenommen, dass er je wieder von ihr hören würde. Also kehrte er nach Maine zurück – die Entscheidung fiel ihm nicht schwer – und zog wieder in seine alte Wohnung. Er musste entsetzt feststellen, dass der Teppichboden verdreckt war, zwei Fensterscheiben einen Sprung hatten und das Holz des Balkons verfault war. Aber er war wieder in Alices Nähe. Sie trafen sich am Tag nach seiner Ankunft in einem Diner. Sie war älter geworden, ein bisschen weicher, aber ansonsten unverändert. Er konnte jedoch nicht umhin, sich selbst durch ihre Augen zu sehen: der vollständig kahle Schädel, die schadhafte Haut, der weiße Schnauzer. Es störte ihn nicht so sehr, er wusste, Alice hatte ihn nicht gerufen, um ihre alte Liebesbeziehung wieder aufzunehmen.

Es reichte, dass sie ihn brauchte, aus welchen Gründen auch immer.

»Ich wollte dich fragen, ob du mir einen Gefallen tun kannst, Jake«, sagte Alice, kaum dass sie sich gesetzt hatten.

»Natürlich, was immer du willst.«

Sie fragte ihn, ob er unentgeltlich in dem Secondhandbuchladen ihres Mannes aushelfen könne. Sie sagte, Bill brauche Hilfe, weil er rund um die Uhr arbeite, aber je länger sie sich unterhielten, desto deutlicher wurde, dass Alice jemanden brauchte, der ein Auge auf ihren Mann warf.

»Er hat eine Jüngere gefunden, in New York«, sagte sie mit tonloser Stimme.

»Woher weißt du das?«

»Ich habe die Nachrichten in seinem Handy gesehen, und plötzlich kamen keine mehr. Er muss einen anderen Weg gefunden haben, mit ihr zu kommunizieren, wahrscheinlich irgendwie über den Laden. Du kannst mir helfen herauszufinden, ob da immer noch was läuft.«

»Okay«, willigte Jake ein. »Aber tun wir so, als würden wir uns nicht kennen, oder was?«

»Das wäre wohl am besten. Stell dich unter einem anderen Namen vor, er wird nie dahinterkommen.«

»Und wenn mich die Leute hier erkennen?«

»Sie werden dich nicht erkennen. Du siehst vollkommen anders aus.«

Damit hatte sie recht behalten. Er war weder von irgendwem erkannt worden, noch hatte er selbst jemanden wiedererkannt. Seine alte Bank war zwei Ortschaften entfernt, und ihre Kunden schienen nicht bei Ackerson's Rare Books einzukaufen. Er nannte sich jetzt John Richards und mochte die neue Identität. Persönlich mochte er Bill, auch wenn er schließlich einen Beweis dafür entdeckte, dass Bill tatsächlich etwas mit einer Frau in New York hatte. Es stellte sich heraus, dass sie sich Botschaften über den selten benutzten Twitter-Account des Ladens schickten.

Jake war zufällig darüber gestolpert, als er wegen eines merkwürdigen Zwickens in seinem linken Arm im Internet recherchieren wollte und versehentlich T und W eingegeben hatte, worauf der Twitter-Account des Buchladens aufgesprungen war, um den sich sonst nur Bill kümmerte. Er bemerkte einen Message Icon in der oberen Menüleiste, klickte darauf und da war er – ein Nachrichtenaustausch zwischen Bill und einer Grace McGowan in New York. Die Mitteilungen waren nicht übermäßig anzüglich, aber sie waren intim. Die meisten endeten mit *du fehlst mir* von Bill und *xoxo* von Grace. Aus Graces eigener Twitter-Seite ging wenig hervor – es schien, als existierte der Account nur, damit sie Bill heimlich Nachrichten schicken konnte – aber es gab dort ein Bild von ihr, und sie war sehr jung, vielleicht Anfang zwanzig.

Etwa zu dieser Zeit fing Annie Callahan im Laden an, es sollte nur vorübergehend sein, wegen der großen Anzahl von Büchern, die Bill gerade gekauft hatte. Sie war eine Frau aus dem Ort, irgendwo in den Dreißigern und mit einem arbeitslosen Kabeljaufischer verheiratet. Annie machte nicht viel her, sie war eins dieser Mädchen, die wahrscheinlich ein Jahr ihres Lebens hübsch gewesen waren, so etwa mit siebzehn. Aber die Ehejahre mit einem ständig unterbeschäftigten Alkoholiker hatten ihren Tribut gefordert. Ihr Gesicht war abgehärmt, das Haar farblos und stumpf. Sie trug eine Karpaltunnelschiene am linken Arm – jahrelanges Tippen, sagte sie –, aber trotz ihres schmerzenden Handgelenks arbeitete sie unglaublich hart und schaffte es, eine Art Ordnung im Laden herzustellen, die es zuvor nicht gegeben hatte, zumindest nicht seit Jake da war. Ihm fiel auf, dass sie jedes Mal, wenn Bill ihr für ihre Arbeit dankte oder ihr in die Augen sah, von den Haarwurzeln bis zu ihrem dürren Hals rot anlief. Sie war verliebt in Bill, das war offensichtlich.

Jake fiel außerdem auf, wie vorsichtig sie sich im Laden bewegte, besonders nach den Wochenenden, und er nahm an, dass die Verletzungen, die ihr Mann ihr zufügte, unter den langen Ärmeln und Rollkragenpullovern verborgen blieben. Bill mit seinem an Gregory Peck erinnernden guten Aussehen und seiner beruhigenden Stimme traf eindeutig ihre Vorstellung von einem Ritter, der sie aus ihrer Not erlöste. Natürlich nahm er sie kaum wahr.

Jake berichtete Alice bei einem ihrer Besuche im Laden, als sonst niemand da war, was er gefunden hatte. Er erzählte ihr von der Affäre in New York und von der verliebten Angestellten. Alice nahm die Information mit ausdrucksloser Miene zur Kenntnis. Sie wollte das Bild von Grace sehen, deshalb suchte Jake es auf Twitter heraus und zeigte es ihr. »Was denkst du?«, fragte er schließlich.

»Ich bin fertig mit ihm«, erwiderte Alice.

»Wirst du die Scheidung einreichen?«

Sie runzelte die Stirn und sagte: »Ich würde mich nie scheiden lassen, aber ich bin fertig mit ihm.«

In dieser Nacht lag Jake im Bett und überlegte sich verschiedene Möglichkeiten, wie er Bill töten konnte, wie einfach es wäre, es wie einen Unfall aussehen zu lassen, vor allem wenn er Bill auf einem seiner Spaziergänge entlang der Steilwand töten konnte. Er dachte sogar daran, dass es unglaublich leicht wäre, die Polizei auf die Idee zu bringen, Annie Callahans gewalttätiger Mann Lou könnte etwas damit zu tun haben, falls Bills Tod dennoch Verdacht erregte. Aber hauptsächlich dachte Jake daran, dass er es für Alice tun würde. Er glaubte nicht, dass er mehr Platz in ihrem Leben bekommen würde, als es jetzt der Fall war, aber es war eine letzte Sache, die er für sie tun konnte. Er hatte eine Aufgabe.

Annie gab die Arbeit im Laden auf. Eines Morgens kam sie einfach nicht mehr und ging auch nicht ans Telefon. Am Nachmittag kam sie dann mit Lou, ihrem Mann, vorbei und sagte, sie könne nicht länger bei ihnen arbeiten, weil Lou einen Job gefunden habe. Die ganze Zeit redete nur sie, während Lou, ein ziegenbärtiger Kretin, schweigend danebenstand und dem völlig ahnungslosen Bill böse Blicke zuwarf. Jake behielt die bizarre Szene im Hinterkopf. Wenn Bill einmal tot wäre, konnte er die Begegnung so hindrehen, dass sie zu jeder beliebigen Geschichte passte.

In den folgenden Monaten schlief Jake immer weniger. Er stellte fest, dass er mit nur vier Stunden auskam, aber er verbrachte trotzdem jede Nacht zehn Stunden im Bett und dachte über Bill nach, überlegte, ob er Alice von seinen Plänen erzählen sollte (er entschied sich schließlich dagegen), und legte sich eine Anklage gegen seinen Boss zurecht. Bill war einer dieser sorglosen Männer, die als sensibel wahrgenommen wurden, weil sie Bücher liebten und zurückhaltend waren. Aber er hatte Riesenglück gehabt, Alice zur Frau zu bekommen, und jetzt ersetzte er sie durch eine viel Jüngere. Was ihm nun bevorstand, hatte er verdient.

Die Zeit, in der er mit dem Totschläger in der Hand auf Bill wartete, war die längste Minute in Jakes Leben. Er hörte ihn schon, bevor er ihn sah, seine Stiefel scharrten über den felsigen Weg. Jake ging ebenfalls los, und als er um eine Biegung kam, wäre er fast gegen den lachenden Bill geprallt.

»John? Was tun Sie denn hier?«

»Ich dachte, ich gehe selbst ein wenig spazieren, und ich habe gehofft, dass ich Ihnen über den Weg laufe.«

»Ist alles in Ordnung? Sie sehen blass aus.«

»Ja, ja, es geht mir gut. Hören Sie, es ist mir peinlich, aber mein Schnürsenkel ist aufgegangen, und ich könnte ihn ja selbst binden, aber …«

Bill sah nach unten, beugte das Knie und sagte: »Kein Problem, ich mach das schon.«

Während Bill die Schnürsenkel verknotete, vergewisserte sich Jake mit einem raschen Blick, dass sie allein waren, dann hob er den Totschläger und ließ ihn mit aller Kraft auf Bills Schädeldach sausen. Es gab ein dumpfes Geräusch, Bill stöhnte und fiel zur Seite. Jake ließ sich ebenfalls auf ein Knie nieder und schlug noch zweimal zu. Er hörte, wie der Schädel brach.

Jake stand auf. Außer dem Wind, der vom Meer hereinwehte, war kein Geräusch zu hören. Bill lag direkt am Rand einer Steilwand, die zu dem felsigen Strand darunter abfiel. Jake versuchte ihn mit dem Fuß über den Rand zu stoßen, aber es gelang ihm nicht. Er bückte sich, packte Bill an seiner Windjacke und rollte ihn mit beiden Händen von der Klippe.

Sein Herz hämmerte, als wäre er gerade eine Meile gerannt, aber Jakes Verstand war klar. Er beschloss, auf dem

Weg weiter nach Norden zu gehen und an der Micmac Road herauszukommen. Dort war es weniger wahrscheinlich, dass ihn jemand sah. Falls er gesehen wurde, dann wurde er eben gesehen. Er würde sagen, dass er nach seinem Freund gesucht habe, der zu einem Spaziergang aufgebrochen war, dass er ihn jedoch nirgendwo habe entdecken können. Man wäre nie in der Lage, ihm etwas anderes nachzuweisen.

Aber das Glück war an diesem Tag auf seiner Seite. Außer ihm war niemand auf dem Pfad unterwegs, und Jake war, noch bevor es dunkel wurde, im Laden zurück.

KAPITEL 29

FRÜHER

Schlaf war nie eine leichte Sache für Jake gewesen, nicht einmal als junger Mensch. Wenn überhaupt, stellte er sich zögerlich ein und verließ ihn nur allzu schnell wieder, verscheucht vom ersten Morgenlicht, das durch die Lücken zwischen den Vorhängen fiel. Lange hatte er sich mit Alkohol in ausgiebigen Schlaf trinken können, aber in seinen Fünfzigern fing er an, unter Sodbrennen zu leiden, und am schlimmsten war es nach starkem Alkoholgenuss. Er saß dann halb in die Kissen gestützt im Bett, und nachdem er etliche Stunden mit dem Geschmack aufsteigender Galle in der Kehle und rotierenden Gedanken im Kopf verbracht hatte, gelang es ihm manchmal kurz vor Tagesanbruch, noch ein wenig zu schlafen. Er gab das Trinken also auf und stellte fest, dass ihm ein Schlafmittel für eine Weile half, bis sich etwas in ihm gegen das Medikament wehrte und er halb wach und von Halluzinationen geplagt im Bett lag. Er kehrte zu maßvollem Trinken und frei verkäuflichen Tabletten gegen Sodbrennen zurück, die manchmal halfen und manchmal nicht.

Doch nach dem, was er auf dem Klippenweg mit Bill gemacht hatte, war sich Jake nicht sicher, ob er jemals wieder würde schlafen können. Er schlief wohl ein, wenn man die spärlichen Ausflüge in halb bewusste Zustände so nennen konnte.

Am schlimmsten war es in den Nächten, wenn er sich Bill, der ihm Arbeit und eine Art Freundschaft geboten hatte, stöhnend zu seinen Füßen vorstellte. Er hörte immer wieder das Geräusch des Totschlägers, den er auf Bills Schädel sausen ließ, wie das brechende Eis einer Pfütze.

Jake rief sich in Erinnerung, dass Bill ein egoistischer Mensch gewesen war, so in seine Bücher vertieft, dass er die Menschen um ihn herum kaum noch wahrnahm. Davon abgesehen hatte Jake das alles für Alice getan. Er hatte getan, was *sie* wollte. Und jetzt war Harry wieder da, und Jake fragte sich, ob Harry Teil des Plans gewesen war, ob Alice ein neues Leben mit ihm starten wollte. Wenn er nachts wach lag, versuchte er, sich an die Zeit mit Alice unmittelbar nach Ediths Tod zu erinnern. Es erschien ihm tröstlich, aber dann wanderten Jakes Gedanken noch weiter zurück, zu Mrs. Codd, seiner Nachbarin, damals, vor langer Zeit. Sie war inzwischen seit fünfzig Jahren tot, und Jake fragte sich oft, ob sonst noch jemand an sie dachte. Ihre Söhne vielleicht, sofern sie noch lebten.

Manchmal dachte er an seine Eltern, beide ebenfalls schon lange nicht mehr da; sein Vater hatte sich mit fünfundfünfzig totgesoffen, und seine Mutter war zehn Jahre später an Herzversagen gestorben. Er hatte sein Versprechen gehalten und die beiden nach seinem ersten Collegejahr nie mehr wiedergesehen, allerdings hatte er seine Mutter immer informiert, sobald er umgezogen war, und sie hatte ihm manchmal geschrieben. Sie hatte ihm geschrieben, als sein Vater gestorben war, und die Umstände geschildert, aber sie hatte nichts davon erwähnt, dass sie sich freuen würde, wenn er sie besuchen kam. Er hätte es ohnehin nicht getan, selbst wenn sie ihn darum gebeten hätte. Nach ihrem Tod hatte er einen Brief von einem Anwalt erhalten, in dem stand, es gäbe einige Möbel und andere Besitztümer, die er vielleicht haben wolle. Jake hatte nicht geantwortet. Ein zweiter Brief war eingetroffen, und das war's dann. Er hatte damals nichts empfunden, aber mit zunehmendem Alter war sein Zorn auf seine Eltern immer weiter gewachsen. Warum hatten sie ihn in die Welt gesetzt, wenn sie gar nicht vorhatten, ihn zu lieben? Es hatte ihn natürlich zu dem gemacht, was er war: erfolgreich und in der Lage, unbelastet von Schuldgefühlen seine eigene Art Liebe und Glück zu finden. Aber warum hatten sie es getan? Hätte er in der Zeit zurückreisen können, hätte er seiner Mutter diese Frage gestellt, nur um zu sehen, wie sie sich wand und krümmte.

Jake war sich nicht sicher, ob er in der Lage wäre, zu Bills Beerdigung zu gehen, aber er wusste, es würde komisch aussehen, wenn er es nicht tat. Also ging er hin, vermied es jedoch, mit Alice zu sprechen, der sicherlich klar war, dass er ihren Wunsch erfüllt hatte, und er war schockiert, Grace McGowan – denn sie musste es sein – still für sich allein ganz hinten in der Kirche sitzen zu sehen. Ihr Anblick bereitete ihm irgendwie Angst, als wüsste sie, was geschehen war. Aber das war unmöglich, oder? Sie war hier, weil sie Bill geliebt hatte, und sie versteckte sich im hinteren Teil der Kirche, weil sie nicht gesehen werden wollte.

Aber dann war sie tatsächlich in den Laden gekommen. Jake beobachtete aus dem Hinterzimmer, wie sie mit Harry sprach und die beiden dann Telefonnummern austauschten.

Nachdem sie wieder weg war, erzählte ihm Harry, sie suche einen Job. Er war alarmiert und fragte sich, ob sie nicht doch etwas wusste, obwohl er es für ausgeschlossen hielt. Aber es ließ ihm keine Ruhe.

Am Dienstagabend nach der Beerdigung schloss Jake den Laden ab und setzte sich auf die Bank gegenüber des Village Inn, um die Tageszeitung zu lesen. Es war etwas, was er gelegentlich tat, sofern das Wetter es zuließ. Niemand nahm von einem alten Mann auf einer Bank Notiz. Doch an diesem Abend hoffte er, Grace zu sehen und vielleicht herauszufinden, wo sie wohnte. Viele Autos fuhren vorbei, und es gab auch einige Fußgänger. Er wollte bereits aufgeben, als ein Paar aus dem Village Inn trat. Augenblicklich erkannte er Harry, und dann erkannte er Grace. Hatte sie ein Zimmer im Village Inn, und war Harry bei ihr gewesen? Es war fraglos möglich, aber vielleicht hatten sie auch nur an der Bar etwas getrunken. Sie wandten sich nach links und gingen den Anstieg hinauf, und Jake folgte ihnen in einiger Entfernung, bis sie vor Barb Whitcombs Haus stehen blieben und sich noch eine Weile unterhielten. Da Jake nicht riskieren wollte, bemerkt zu werden, kehrte er um.

Am folgenden Nachmittag verwickelte er Barb in ein Gespräch, als sie aus dem Dorfladen kam. Er erfuhr, dass sie eins ihrer freien Zimmer im Internet angeboten hatte und dass dieses Mädchen, Grace McGowan, am vergangenen Freitag von New York hergekommen war. »Sie weint in ihrem Zimmer, so viel kann ich Ihnen verraten. Ich frage nicht nach, was los ist, weil es mich nichts angeht.«

»Glauben Sie, sie ist hier, weil sie Bill kannte?«

»Das müssten Sie eher wissen als ich«, sagte Barb. Sie

erzählte ihm, sie wolle am nächsten Tag ihre erwachsene Tochter besuchen fahren, die auf Cape Cod wohnte. »Sie ist wieder auf Entzug und erzählt mir natürlich, dass sie geheilt ist, und fragt, ob ich nicht zu ihr kommen will, um mich selbst davon zu überzeugen.«

»Vielleicht schlägt es diesmal an.«

»Das behauptet sie, John, aber ich glaube es erst, wenn ich es sehe.«

In dieser Nacht tat er kein Auge zu. Er dachte ständig an Grace und fragte sich, warum sie immer noch hier war und warum sie sich eindeutig an Harry heranmachte. Er hätte Alice gern angerufen, aber er wusste, es wäre ein Fehler. Sie unterhielten sich häufig, aber immer nur im Laden, wenn sonst niemand da war. Sie wollte nicht, dass jemand von ihrer Verbindung erfuhr. Er lief in der Wohnung auf und ab, und im Morgengrauen zog er sich an und bastelte einen neuen Totschläger mit einer Socke und Vierteldollarmünzen aus seiner Kleingeldschale. Er duschte, dann zog er sich an und verstaute die mit Münzen gefüllte Socke tief in der Hosentasche seines Anzugs.

Nachdem die Sonne untergegangen war, ging Jake an diesem Abend zu Barbs Haus hinauf. Es gab keinen guten Platz, wo er sich hinsetzen und von dem aus er das Haus beobachten konnte, deshalb stand er reglos zwischen einigen Birken auf der anderen Straßenseite und richtete den Blick auf die Bogenfenster im Obergeschoss. Er glaubte einige Male Bewegung zu erkennen, vielleicht einen Schatten, der an einem Vorhang vorbeistrich, aber er war sich nicht sicher. Wenn er lange genug blieb, würde er Grace früher oder später jedoch kommen oder gehen sehen. So oder so konnte er sich ihr dann nähern. Er trat von einem Bein aufs andere und schüttelte die Arme aus, um die Blutzirkulation anzuregen. Er hatte tagsüber ein wenig in dem hölzernen Drehsessel im Hinterzimmer des Ladens gedöst und dabei geträumt, Bills Stimme durch den Wind hindurch zu hören. Sie hatte ihm zugerufen, er solle aufwachen, aber seine Augen waren zugeklebt gewesen, und er hatte sie nicht öffnen können. Er befürchtete, von der Klippe in das kalte Wasser darunter zu fallen, aber er konnte die Augen einfach nicht öffnen, und er konnte nicht aufhören, weiterzugehen und nach Zweigen zu tasten, die ihm halfen, auf dem Weg zu bleiben. Bills Stimme war näher gekommen, und dann hatte sie wieder weit entfernt geklungen, und Jake wachte erst auf, als er mit dem Ellbogen von der Stuhllehne rutschte.

Er war noch keine Stunde dagestanden und hatte Barbs Haus beobachtet, als die Eingangstür aufging. Er stand so still wie möglich. Die schlanke Gestalt, die zu groß für Grace war, trat aus dem dunklen Haus in den Schein einer Straßenlaterne. Es war Harry, was Jake nicht überraschte. Wie lange war er wohl bei ihr gewesen? Hatten sie gefickt, oder hatte sie ihm von seinem Vater erzählt? Wahrscheinlich beides. Jake wartete einige Minuten, dann überquerte er die Straße. Er versuchte, die Tür zu öffnen, aber sie war verschlossen. Nachdem er einen Blick über die Schulter geworfen hatte, drückte er auf die Klingel. Im Haus erklangen zwei Glockentöne. Er zog die Socke aus der Tasche und wartete, hoffte, sie würde die Tür einfach aufreißen, weil sie dachte, dass Harry noch einmal zurückgekehrt war.

Stattdessen öffnete sie nur eine Handbreit und spähte nach draußen. Jake drückte mit aller Kraft gegen die Tür, worauf Grace nicht gefasst war, sodass sie rückwärtsstolperte.

»Hey!«, rief sie, kurz bevor er ihr mit dem Totschläger den Kiefer ausrenkte. Sie ging sofort k. o. wie ein Boxer im Ring. Jake blieb mit wild klopfendem Herzen stehen und fragte sich, ob der Schlag sie getötet hatte, aber ihre Brust hob und senkte sich nach wie vor unter dem gestreiften Shirt.

Hinter ihm stand die Tür noch offen, und Jake stieß sie mit dem Fuß zu, dann beugte er sich über Grace McGowan und schlug ihr mehrere Male auf den Kopf.

KAPITEL 30

JETZT

Harry hatte keine Erinnerung an Caitlins Motelzimmer, woran er sich jedoch erinnerte, war die Fahrt im Rettungswagen und daran, dass er gestolpert und gestürzt war, wenn auch nur verschwommen.

In seinen Ohren ertönte ein anhaltendes, tiefes Klingen, und das Innere seines Kopfs fühlte sich geschwollen an, fast als wäre in seinem Schädel ein Ballon aufgeblasen worden. Verschiedene Ärzte waren da gewesen und hatten ihm Fragen gestellt, und eine Ärztin hatte wissen wollen, in welcher Stadt er sich befand, und er hatte es zu seiner Überraschung nicht auf Anhieb sagen können. Sie hatte ihm dann andere Fragen gestellt, aber bevor sie ging, hatte er gesagt: »Kennewick. Ich bin in Kennewick, Maine.«

Sie hatte gelächelt und gesagt, das sei richtig.

Detective Dixon war vorbeigekommen, und Harry hatte ihm erzählt, dass irgendwer Caitlin beobachtete. Das war im Grunde alles, woran er sich erinnerte.

Später öffnete er die Augen, und Alice sah ihn so durchdringend und mit so viel Liebe an, dass er die Augen wieder schloss und so tat, als würde er weiterschlafen. Er roch ihr Parfüm und hörte eine leise, tiefe Stimme im Hintergrund, die nach John Richards klang. Er hielt die Augen geschlossen. Er war gegenüber Alice befangen, seit ihrem Sex in der Nacht vor dem schrecklichen Morgen, an dem er die Leiche von Grace McGowan entdeckt hatte. Nach diesem langen und unwirklich erscheinenden Tag, nachdem er wiederholt von der örtlichen Polizei wie auch von Detectives der Landespolizei befragt worden war, hatte Harry zu Alice gesagt: »Was letzte Nacht angeht …«

Sie hatte ihn mit einem müden, ausdruckslosen Blick angesehen. Nicht zum ersten Mal fiel ihm auf, dass die Oberfläche ihrer Augen aus bestimmten Winkeln beinahe flach wirkte. Es verlieh ihr einen distanzierten Blick, selbst wenn sie ihn direkt ansah.

»Du willst so tun, als wäre es nicht passiert«, sagte sie.

Leicht erschrocken über die Genauigkeit ihrer Aussage, antwortete Harry: »Nein, ja. Ich denke einfach, es sollte nicht noch einmal passieren, das ist alles.«

»Alles klar, es ist nie passiert.« Sie lächelte schwach.

Mehr hatten sie darüber nicht gesprochen, und Alice war nicht wieder zu Harry ins Bett gekommen, auch wenn in den Augenblicken zwischen Schlaf und Wachsein immer wieder die Bilder von Alices nacktem Körper in Harrys Kopf auftauchten, die Art, wie er sich in ihrer Gewalt befunden, ihre Stimme in seinem Ohr vernommen hatte. Diese Bilder stritten mit dem immer vorhandenen Bild der toten Grace auf dem Boden der Eingangshalle, eine Seite des Schädels zertrümmert und entstellt, während die andere genauso war, wie sie zu Lebzeiten ausgesehen hatte. Er hatte angefangen, zwanghaft über jeden Moment nachzudenken, den sie zusammen verbracht hatten, über jedes Wort, das sie in der kurzen Zeit gesprochen hatten, in der sie sich gekannt hatten. Worauf er immer wieder zurückkam, war die Tatsache, dass Grace aus einem einzigen Grund nach Maine gekommen war: weil sie glaubte, dass Alice für den Tod seines Vaters verantwortlich war. Sie war davon überzeugt gewesen. Und jetzt war sie tot, und Harry drängte sich der Gedanke auf, dass sie recht gehabt hatte.

Die Tage und Nächte nach Graces Tod erschienen Harry endlos, da er die ganze Zeit darauf wartete, von einer Festnahme zu hören. Er versuchte, noch mehr mit Alice über Annie und Lou Callahan zu sprechen, aber sie sagte nur, dass sie überzeugt sei, die beiden hätten etwas mit der Sache zu tun, und dass sie nicht darüber reden wolle. Er ließ auch Detective Dixon keine Ruhe; es ging ihm besser, wenn er immer wieder über die Ereignisse der letzten Tage sprechen konnte. Und nach einer dieser fruchtlosen Unterhaltungen hatte er Graces Schwester auf der Polizeiwache kennengelernt. Caitlin sah Grace so ähnlich, dass er im ersten Moment glaubte, einen Geist zu sehen. Ihr Haar war ein wenig anders, auch ihre Körperhaltung, aber der Mund und die Augen waren wie bei Grace. Auch wenn es verrückt war, erschien es Harry, als wäre sie in Maine, damit er eine zweite Chance bekam, als wäre sie seinetwegen hier.

Im gedämpften Licht seines nun menschenleeren Krankenzimmers versuchte Harry, sich auf den Mann zu konzentrieren, den er vor Caitlins Motel gesehen hatte, aber er bekam ihn nicht zu fassen, es war wie bei zwei Magneten, die sich gegenseitig abstoßen. Jedes Mal, wenn er glaubte, den Mann vor sich zu sehen, der sich im Dunkeln verbarg, schob sich das Bild wieder von ihm fort. Alles, was blieb, war die schreckliche Angst, die er empfunden hatte. Jemand beobachtete Caitlin. Sie musste Maine verlassen.

Der Druck in seinem Kopf nahm zu, und er öffnete die Augen. Er wusste, Alice war nicht weit, wahrscheinlich im Wartezimmer. Er hatte sie vorhin gesehen, nicht wahr? Dann fiel ihm ein, dass er auch Johns Stimme im Hintergrund gehört hatte. Warum war John hier im Krankenhaus gewesen? Es war nicht vollkommen überraschend, aber ein bisschen merkwürdig war es doch. Immerhin war es spätabends. Hatte Alice ihn abgeholt, nachdem sie gehört hatte, dass Harry im Krankenhaus lag? Warum hatte sie stattdessen nicht Chrissie Herrick angerufen?

Er schloss die Augen und lauschte den Krankenhausgeräuschen, den summenden Apparaten, den fernen Stimmen aus der Schwesterstation. Dann hörte er hastige Schritte auf dem Linoleum, ein rasches Klack-klack-klack, als eine Schwester in Clogs zu einem Patienten in Not eilte.

Seine Augen öffneten sich plötzlich von allein, das Geräusch der Schritte brachte die undeutliche Erinnerung an den Mann zurück, der in der Nacht zuvor vor ihm weggerannt war. Etwas war sonderbar an ihm gewesen. Aber was? Dann fiel es Harry ein. Der Mann hatte ausgesehen, als würde er mit den Flügeln schlagen, und dann war da noch etwas gewesen … Ja, es war das Geräusch seiner Halbschuhe auf dem Asphalt. Der Mann musste einen Anzug getragen haben, und es war das offene Sakko gewesen, das beim Laufen geflattert hatte. Die zu große Anzugjacke. Und er hatte die passenden Schuhe dazu getragen.

Und auf einmal war sich Harry sicher, dass der Mann, der Caitlin beobachtet hatte, John gewesen war. Er wusste es. Es war nicht nur der Anzug, Johns immerwährende Uniform, es war auch seine Körpergröße, die Art, wie er eine Schulter hängen ließ. Es bestand kein Zweifel.

Aber warum? Wenn John die Person war, die Caitlin beobachtet hatte, dann musste er auch derjenige sein, der Grace getötet hatte und vielleicht auch Harrys Vater. Das ergab keinen Sinn. John war ein alter Mann. Wäre er überhaupt kräftig genug, um Bill zu bezwingen – und Grace, eine junge Frau? Wenn er bewaffnet gewesen war, dann sicher. Immer wieder nur halb bei Bewusstsein, stellte sich Harry Johns kräftige Hände und seine drahtige Gestalt vor, die von den locker sitzenden Anzügen verhüllt wurde.

Eine Schwester kam, um nach ihm zu sehen. »Ah, Sie sind wach?«

»Immer wieder mal.«

»Was macht der Kopf?«

»Ein bisschen benebelt, aber es wird besser.«

»Sie werden sich freuen zu hören, dass Ihre Mutter noch hier ist. Wir haben sie aufgefordert, nach Hause zu gehen, aber sie wollte unbedingt bleiben.«

»Meine Stiefmutter«, sagte Harry.

»Ja, richtig. Sie ist sehr besorgt.«

»Ist sie wach?«

»Nein, im Augenblick schläft sie. Es gibt eine Couch im Warteraum.«

Als die Schwester gegangen war, döste Harry noch einige Minuten, dann wachte er wieder auf und dachte immer noch an John. Was wusste er über ihn? Nicht viel, nur dass er von hier war und viele Jahre im südlichen Maine verbracht hatte. Er wohnte in Kennewick Beach, in einer der in die Jahre gekommenen Eigentumswohnanlagen unweit Buxton Point. Bill hatte sie Harry einmal bei einem Spaziergang gezeigt, kurz nachdem sein Vater John in Vollzeit im Laden angestellt hatte. »Wieso macht er das?«, hatte Harry gefragt.

»Er ist anscheinend einer dieser Menschen, die einfach arbeiten müssen. Aber ich habe ihn gern um mich. Er ist harmlos.«

Harrys Schläfen pochten, und er schloss die Augen. Helle Farbflecke dehnten sich unter seinen Lidern aus und zogen sich wieder zusammen. Trotz seiner zunehmenden Angst war er erschöpft und sank in einen leichten, unruhigen Schlaf.

Als er aufwachte, beugte sich Alice über ihn, auf ihrem Gesicht zeichnete sich dieselbe übertriebene Besorgnis ab wie zuvor. »Hallo, Alice«, sagte er, und seine Worte schnalzten ein wenig, weil sein Mund so trocken war. Wie lange hatte er geschlafen?

»Hallo, Schlafmütze«, sagte sie. »Wie geht es dir?«

»Okay. Ich habe Durst.«

Alice brachte ihm eine Tasse lauwarmes Wasser.

»Dr. Roy kommt bald. Sie denkt, dass du das Krankenhaus heute Vormittag verlassen kannst.«

»Ah, das ist gut.« Harry fiel ein, dass er überzeugt gewesen war, John vor dem Motel gesehen zu haben, und er sagte: »Ist Detective Dixon hier?«

»Ich glaube nicht. Wieso?«

»Was ist mit John? War er letzte Nacht hier? Ich erinnere mich, dass ich ihn gehört habe.«

»Er war hier, aber er ist jetzt wieder zu Hause. Soll ich

ihn anrufen, willst du, dass er wieder herkommt?« Alice strich eine Locke aus Harrys Stirn, und bei ihrer Berührung lief ihm ein Schauder über den Rücken.

»Nein, ich habe nur … Wie lange kennst du John schon, Alice?«

Alice blinzelte. »Jahre. Seit ich ein Teenager war.«

»Du hast John schon gekannt, als du ein Teenager warst?«, fragte Harry.

Alice lehnte sich zurück. »Er war für kurze Zeit mit meiner Mutter verheiratet. Das wusstest du doch, hab ich recht, Harry?«

Harry antwortete nicht sofort. Litt er noch so stark unter der Gehirnerschütterung? Hatte er irgendwie vergessen, dass es zwischen Alice und John eine Verbindung gab?

»Das wusste ich nicht, oder?«, sagte er. »Er war dein Stiefvater?«

Alice lachte. »So habe ich ihn nie gesehen. Nein, er war einfach jemand, den meine Mutter geheiratet hat. Ich kannte ihn eigentlich kaum.«

»Und mein Vater wusste es?«

»Wusste was? Dass John mit meiner Mutter verheiratet war? Natürlich. Ich nehme an, es ist zur Sprache gekommen, als John sich im Laden vorgestellt hat, aber ich erinnere mich gar nicht mehr, dass wir darüber gesprochen haben.«

»Wie war er damals?«, fragte Harry. »Hast du bei ihm gewohnt?«

»Nur für kurze Zeit. Er war genauso wie jetzt. Er hat gern gearbeitet, war freundlich zu allen Leuten. Warum fragst du das alles?«

Harry rieb sich ein Auge, an dem das Lid nervös flatterte.

Vor ein paar Stunden hatte er noch mit Bestimmtheit gewusst, dass John es gewesen war, der vor dem Motel gestanden und Caitlin beobachtet hatte. Jetzt war er sich nicht mehr so sicher. Er öffnete den Mund, um noch eine Frage zu stellen, dann hielt er inne. Plötzlich wollte er nicht, dass Alice von seinem Verdacht erfuhr. Wie war er überhaupt darauf gekommen? Das wehende Sakko? Das reichte nicht.

»Nur so.«

»Du glaubst doch nicht…«, begann Alice, und im selben Moment betrat Dr. Roy das Zimmer.

»Guten Morgen«, sagte die Ärztin, während Alice aufstand. »Wie geht es Ihnen heute, Harry? Besser?«

»Es geht mir gut«, erwiderte er.

»Ich warte draußen«, sagte Alice und ging rasch zur Tür.

Dr. Roy setzte sich in einen der Plastikstühle neben Harrys Bett und fragte, wie er geschlafen habe.

»Abgesehen davon, dass ich jede Stunde geweckt wurde, gut.«

»Und fühlen Sie sich jetzt schläfrig?«

»Nein. Ich will eigentlich nur hier raus.«

»Ja, das verstehe ich absolut.« Sie strich sich eine dunkle Haarsträhne hinters Ohr und sah auf das Klemmbrett in ihrem Schoß. »Erst muss ich Ihnen aber noch ein paar Fragen stellen, okay? Dann dürfen Sie gehen.«

Harry nickte.

»Ich werde jetzt vier Begriffe nennen, und ich möchte, dass Sie sie in derselben Reihenfolge wiederholen, in Ordnung?«

»Sicher.«

»Auto, Telefon, Apfel, Schuh.«

Harry wiederholte die Worte.

»Gut. Können Sie mir jetzt die Monate eines Jahres aufsagen, aber rückwärts?«

Er tat auch das, und Dr. Roy notierte etwas.

»Sehr gut«, sagte sie. »Sagen Sie mir jetzt, wie sich Ihr Kopf anfühlt. Letzte Nacht haben Sie über Kopfschmerzen geklagt – wissen Sie noch? – und angegeben, der Schmerz sei eine sechs auf einer Skala von null bis zehn. Haben Sie heute Morgen noch immer Kopfschmerzen?«

»Nein, eigentlich nicht«, sagte Harry, obwohl er noch einen dumpfen, pochenden Schmerz in den Schläfen fühlte.

»Überhaupt keine?«

»Vielleicht ganz leichte.«

»Und wie würden Sie die auf der Skala einordnen?«

»Bei eins«, sagte Harry.

Sie stellte ihm noch einige Fragen dazu, wie er sich fühlte, dann verfolgte sie mit einem Instrument die Bewegungen seiner Augen.

»Sie scheinen in Ordnung zu sein, Harry«, sagte sie und tastete vorsichtig den Bereich um die Stelle ab, wo er sich den Kopf angeschlagen hatte. »Jetzt habe ich nur noch eine letzte Frage: Können Sie mir die vier Begriffe sagen, die ich Ihnen am Anfang genannt habe?«

Einen Moment lang war nur Leere in Harrys Kopf, aber dann fiel es ihm wieder ein, und er sagte rasch: »Auto, Telefon, Apfel, Schuh.«

»Gut.« Die Ärztin lächelte und sah auf die Uhr. »Ich schicke die Schwester mit Ihren Entlassungspapieren vorbei. Wissen Sie, wie Sie nach Hause kommen?«

»Meine Stiefmutter wird mich fahren, denke ich.«

»Okay. Hört sich gut an.«

Nachdem die Ärztin gegangen war, hielt Harry den Blick auf die Tür gerichtet und wartete auf seine Entlassungspapiere oder auf Alice. Er konnte es kaum erwarten, das Krankenhaus zu verlassen und zu sehen, ob mit Caitlin alles in Ordnung war. Er würde ihr erzählen, dass er zu wissen glaubte, wer der Mann war, der sie beobachtet hatte. Er hatte noch nicht entschieden, ob er es auch Detective Dixon sagen sollte. Was, wenn er sich irrte? Was würde John dann denken?

Er musste wieder eingenickt sein, denn er schrak auf, als eine Schwester mit einem Klemmbrett in der Hand zu Tür hereinkam und ihn ansprach.

Nach seiner Entlassung schlüpfte Harry in die Sachen, die er am Abend zuvor getragen hatte, und machte sich auf die Suche nach Alice. Sie war nicht im Wartezimmer, und er erfuhr von einer anderen Schwester, sie sei nach Hause gefahren, um sich umzuziehen, werde aber bald zurück sein. Er ging nach draußen und stellte sich unter den überdachten Eingang der Notaufnahme. Er versuchte es sowohl auf Alices Handy als auch unter der Festnetznummer im Haus, aber sie ging nicht dran. Er versuchte es bei Caitlin, doch auch sie meldete sich nicht. Er überlegte, was er tun sollte. Es war zu weit, um zu Fuß zu gehen. Er konnte sich ein Taxi rufen, oder er konnte Detective Dixon Bescheid geben, dass er nach Hause gebracht werden musste. Noch bevor er sich entschieden hatte, hielt ein Taxi mit Rostflecken am Rinnstein, und ein drahtiger Fahrer in Jeansjacke sprang heraus, um einer stark übergewichtigen Frau die Tür zu öffnen. Sie führte ihren eigenen Sauerstofftank mit sich und brauchte

Hilfe, um durch die Schiebetür des Krankenhauses zu kommen. Als der Fahrer zurückkam, fragte Harry ihn, ob er frei sei.

»Ich habe in zehn Minuten eine weitere Fahrt. Wie weit müssen Sie denn?«

Harry nannte ihm die Adresse von Grey Lady, und der Mann erklärte sich bereit, ihn zu bringen.

Im Wagen war es stickig, es roch nach Körperausdünstungen und sehr altem Zigarettenrauch. Harry öffnete das Fenster einen Spaltbreit, während der Fahrer durch ruhige Nebenstraßen brauste. Es war bewölkt, aber warm. Der Taxifahrer setzte Harry an der Einfahrt ab und raste davon, sobald er sein Geld bekommen hatte. Harry spähte mit zusammengekniffenen Augen zum Haus und wünschte, er hätte eine Sonnenbrille dabei. Es war die Art von bedecktem Himmel, bei dem alles von grellem Weiß durchflutet wurde. Er presste die Finger auf die geschlossenen Augenlider, und leuchtend rote Punkte schwirrten durch sein Gesichtsfeld.

Als er sich wieder besser fühlte, ging er zur Eingangstür, tastete seine Jackentasche ab und war froh, dass der Schlüssel darin steckte. Alices Wagen stand nicht in der Einfahrt. Das war merkwürdig. Wenn sie zum Krankenhaus zurückgefahren wäre, hätte er ihr mit dem Taxi begegnen müssen. Wo konnte sie sonst stecken? Vielleicht war sie zu John gefahren. Die beiden standen sich offenbar viel näher, als er es sich je klargemacht hatte. Er war immer noch ein Schock für ihn, dass John Alices Stiefvater gewesen war.

Er betrat das Haus, rief »Hallo«, um sicherzugehen, dass er auch tatsächlich allein war, und machte sich dann auf den Weg in die Küche. Er brauchte unbedingt Kaffee. Die

Kanne war noch zu einem Viertel voll, er goss ihn über Eis und trank einen langen, bitteren Schluck. Dann dachte er weiter über Alice und John nach. Was, wenn immer noch eine enge Verbindung zwischen ihnen bestand? Wenn John Bill und Grace Alice zuliebe getötet hatte, aus Rache für ihre Affäre? Es war zwar absurd, aber nicht unmöglich. Bill und Grace waren tot, und die einzige Person mit einem handfesten Motiv, sie zu töten, war Alice, die betrogene Ehefrau. Alice hatte so getan, als hätten sie und John sich nie nahegestanden, aber was, wenn das nicht stimmte?

Harry fiel das Foto ein, das er vor ein paar Tagen in Alices Pass gefunden hatte, als er ihren Schreibtisch durchsucht hatte, ein Foto von ihr und einem älteren Mann. Er stellte seinen Kaffee ab und ging in ihr Arbeitszimmer. In ihrer Schreibtischschublade fand er das Foto wieder: eine jugendliche Alice mit einem älteren Mann, der den Arm um sie legte. Harry betrachtete den Mann. Es konnte tatsächlich John sein, auch wenn der Mann auf dem Bild volles Haar hatte und glattrasiert war. Aber er hatte dieselbe kräftige, schlanke Statur und die leicht hängenden Schultern. Es ließ sich aber unmöglich eindeutig feststellen. Harry blätterte die Papiere in der Schreibtischschublade auf der Suche nach einem weiteren Foto durch, fand aber keins. Was er allerdings fand, war ein Post-it, das auf dem Boden der Schublade klebte. Handgeschrieben stand darauf *missmossypants*. Keine Großbuchstaben, alles in einem Wort. Es musste Alices Passwort sein. Harry klappte den Laptop auf dem Schreibtisch auf und schaltete ihn ein, und während das Gerät noch hochfuhr, hatte er eine neue Idee. Er öffnete die Phone-Finder-App auf seinem Handy. Sie erlaubte einem, den aktuellen Standort eines Mobiltelefons zu ermitteln, aber man brauchte das Passwort dazu. Er tippte Alices Telefonnummer in die App und gab dann ihr Passwort ein. Eine Karte erschien, dazu das Icon eines Telefons. Sie befand sich nahe Kennewick Beach, in der Scituate Avenue, die direkt von der Micmac Road abging. Harry sah die Adresse vor sich: eine dreistöckige Eigentumswohnanlage, die ihm sein Vater einmal gezeigt hatte.

KAPITEL 31

JETZT

Alice war seit mehr als einem Jahrzehnt nicht in Jakes Eigentumswohnung in Kennewick Beach gewesen. Sie war natürlich viele Male daran vorbeigekommen, mit dem Auto oder bei Spaziergängen am Strand, aber seit ihrer Heirat mit Bill hatte sie das Gebäude kaum noch wahrgenommen. Es war ein Relikt aus der Vergangenheit, so wie ihre Mutter längst nicht mehr da war und wie der Jake, den sie einmal gekannt hatte, ebenfalls nicht mehr existierte.

Doch während sie im Krankenhaus gewartet hatte, hatte sie eine SMS von Jake erhalten, in der er sie bat, sofort zu kommen. Sie hatte ein schlechtes Gefühl, vor allem nachdem Harry all diese Fragen gestellt hatte. Hatte Harry Jake vor dem Motel gesehen? Nichts konnte sie jetzt noch schockieren.

Und nun wollte er, dass sie zu ihm kam, worum er sie noch nie gebeten hatte. Das verhieß nichts Gutes.

Als Alice vom Tod ihres Mannes erfuhr, hatte sie die Möglichkeit in Betracht gezogen, dass Jake dafür verantwortlich war. Sie hatten dieses Gespräch über Bill und das Mädchen unten in New York geführt, und sie hatte etwas in Jakes Augen gesehen, eine Loyalität, die ihm immer zu eigen gewesen war und die ihr verriet, dass er möglicherweise etwas unternehmen würde. Wenn es so war, hatte er es gut hinbekommen, es wie einen Unfall aussehen zu lassen. Aber dann hatte Jake wahrscheinlich auch noch Bills Freundin getötet, die zur Beerdigung aus New York hergekommen war. Das war dumm gewesen und hatte nur weitere Aufmerksamkeit auf Bills Tod gelenkt und wahrscheinlich dazu geführt, dass sich die Polizei nicht mehr für Lou und Annie Callahan interessierte. Und dann hatte sie gestern Abend den Anruf wegen Harry bekommen und sich gefragt, ob Jake auch damit etwas zu tun gehabt hatte. Er drehte völlig durch. Sie hatte ihn sofort angerufen und ihm eine Nachricht hinterlassen, dass er sie im Krankenhaus treffen solle, und das hatte er getan, aber sie waren noch nicht dazu gekommen, sich richtig zu unterhalten. Sie hatte ihn jedoch gesehen, und er war ein Wrack gewesen, als hätte er seit Tagen nicht mehr geschlafen. Seine Augen waren blutunterlaufen gewesen, und er hatte sogar schlecht gerochen, als wäre etwas in ihm verfault.

Sie hielt auf dem Parkplatz vor der Wohnanlage und blickte zu dem verblassten grauen Holz der vier Einheiten hinauf sowie zu dem flachen weißen Himmel darüber. *Hier ist meine Mutter gestorben*, dachte sie zu ihrer eigenen Überraschung. Wenn sie an die Wohnung dachte, dachte sie sonst immer nur an die wunderbaren Jahre, die sie hier mit Jake verbracht hatte. Es war eine der glücklichsten Zeiten ihres Lebens gewesen, auch wenn ein Teil von ihr inzwischen wusste, dass alles nur eine Lüge gewesen war, wie so vieles in ihrem Leben.

Sie stieg aus dem Wagen, strich ihren Rock glatt und verriegelte das Auto.

Sie ging über den Asphalt, auf dem der Sand knirschte, und dann über die Außentreppe zu Jakes Wohnung hinauf. Sie läutete und hörte den vertrauten Ton aus dem Inneren der Wohnung.

Die Tür ging auf. Jake stand da, das Sakko verknittert, die Augen geschwollen. Sein Mund wirkte schlaff und stand leicht offen, und die weißen Haare seines Schnauzbarts waren über die Oberlippe gewachsen.

»Jake?«, sagte sie.

»Ich habe Mist gebaut«, sagte er. »Ich habe alles versaut.«

Sie betrat die Wohnung, und Jake schloss die Tür hinter ihr. Sie ging ins Wohnzimmer, das im Dunkeln lag, weil die Vorhänge zugezogen waren, aber was sie sah, wirkte schmutzig und unordentlich. Und es war zu warm, offenbar waren die Fenster seit dem Winter nicht mehr geöffnet worden.

»Was hast du getan?«, fragte sie.

Jake kratzte sich am Kopf. Seine Lippen waren weiß verkrustet, als bräuchte er ein Glas Wasser. »Hat er mich gesehen?«

»Hat dich wer gesehen?«, fragte Alice. Falls Jake ihr plötzlich alles gestehen wollte, beschloss sie, es ihm nicht leicht zu machen.

»Hat Harry mich gestern Nacht vor dem Motel gesehen?«

»Ich glaube, ja, Jake. Was hast du dort gemacht?«

»Ich bin zu ihrem Motel gefahren, um sie im Auge zu behalten, ich dachte …«

»Wen denn, Jake?«

»Graces Schwester. Sie ist gekommen, um die Leiche zu identifizieren.«

»Ja, und?«

»Sie muss von Bills Affäre mit ihrer Schwester gewusst haben.«

»Ja, und?«, wiederholte Alice.

»Ich wollte sie nur im Auge behalten, Alice. Ich kann seit Tagen nicht mehr schlafen.«

»Du hast Bills Freundin getötet?«

»Sie hat mit Harry gesprochen, Alice. Sie wusste irgendwas. Ich weiß, dass sie etwas wusste.« Er setzte sich in den Fernsehsessel. Alices Augen hatten sich an das Dunkel im Wohnzimmer gewöhnt, und sie sah Staubpartikel aufsteigen, als sich Jake in den Sessel sinken ließ. »Ich bin müde, Alice.«

»Wolltest du sie ebenfalls töten?«

Er seufzte durch die Nase. »Wen, Caitlin? Wie sich herausgestellt hat, war sie ebenfalls hinter Harry her. Ich habe ihr Motel beobachtet, und er ist auf einmal aufgetaucht. Ich bin weggelaufen, aber, Himmel, ich weiß nicht …«

»Beruhige dich, Jake. Vielleicht musst du mir erzählen, was du alles getan hast.«

»Wenn er mich gesehen hat, dann hat er es wahrscheinlich schon der Polizei erzählt. Sie könnten schon auf dem Weg hierher sein.«

»Er hat der Polizei nichts erzählt.«

»Er hat Caitlin von mir erzählt, also wird er es auch der Polizei sagen.«

»Was soll das heißen? Bist du zu Caitlin gegangen?«

»Sie hatte Angst vor mir, Alice. Sie wusste Bescheid. Und wenn sie es weiß, dann weiß es die Polizei ebenfalls.«

»Was hast du mit ihr gemacht?«, fragte Alice.

»Ich habe mich um das Problem gekümmert. Sie liegt im Kofferraum meines Wagens in der Tiefgarage.«

»Großer Gott, Jake, du musst …«

»Mach dir keine Sorgen. Es ist alles in Ordnung.«

»Es ist nicht alles in Ordnung. Du hast recht. Die Polizei wird dich holen kommen. Du musst entweder fliehen, oder …«

»Pst, ich weiß, was zu tun ist. Deshalb habe ich dich hierhergebeten. Damit du mir hilfst. Ich weiß, es ist viel verlangt, aber du musst das für mich tun. Ich glaube nicht, dass ich es allein kann.«

»Ich weiß nicht, wovon …«

»Doch, du weißt es. Ich bin alt, und ich will nicht ins Gefängnis. Du musst ihnen nichts weiter sagen, als dass ich dich hierhergebeten habe, und als ich dich angegriffen habe, hast du dich verteidigt. Du kannst ihnen sagen, dass ich nicht mehr schlafen konnte und dass ich alles für dich getan habe. Oder sag einfach, du hast keine Ahnung, was mit mir los war, und sie denken sich ihre eigenen Theorien aus.«

»Es ist zu warm hier drin, Jake«, sagte Alice, stand auf und ging zum Thermostat an der Wand.

»Weißt du noch, wie wir uns kennengelernt haben? Gleich dort unten am Strand. Du hast einen grünen Badeanzug getragen, und ich hatte noch nie jemanden gesehen, der so schön war.«

»Du warst mit meiner Mutter zusammen.«

»Nein, das glaube ich nicht. Nur wir beide waren da.«

Alice drehte sich um und sah Jake an. Er irrte sich, was

ihr Kennenlernen anging, aber sie erinnerte sich sehr wohl an ihre erste Begegnung, wie stark er gewirkt hatte, wie selbstsicher er gewesen war. Davon war nichts mehr übrig.

»Okay, ich mache es«, willigte Alice ein.

»Ja?«

»Und wie … genau?« Alice trat ans nächstgelegene Fenster, das auf den Parkplatz hinausging. Sie bemerkte den Dreck, der sich auf dem Fensterbrett gesammelt hatte, als sie den Griff drehte und das Fenster einen Spalt aufstieß. Fast sofort drang der Geruch salziger Luft in die Wohnung.

»In der Küche ist ein Messer«, erklärte ihr Jake. »Ich würde es für dich holen, aber ich denke, du solltest es lieber selbst aus dem Block ziehen. Ich werde dich einmal leicht mit dem Totschläger schlagen, dann erstichst du mich. Niemand wird Verdacht schöpfen, und selbst wenn, werden sie dir nie beweisen können, dass es keine Selbstverteidigung war.«

Alice beobachtete, wie ein Auto, das nach Harrys grünem Honda aussah, von der Scituate Avenue auf den Parkplatz der Wohnanlage bog und neben Alices Volvo hielt.

»Harry ist da«, sagte sie, ohne den Wagen aus dem Blick zu lassen.

»Was?«

»Ich bin mir ziemlich sicher, dass Harry gerade angekommen ist«, sagte sie und beobachtete, wie die Fahrertür aufging. Es war tatsächlich Harry, der ausstieg, sich umdrehte und zu dem Wohngebäude hinaufsah. Alice wich vom Fenster zurück. »Er ist es. Er ist hier.«

»Dann muss es sofort geschehen.«

»Okay, ich mache es«, sagte Alice. »Wo?« Und plötzlich

wollte sie Jake töten, nicht um ihm einen Gefallen zu tun, sondern weil sie wütend war.

»In der Küche.« Jake griff nach der mit Münzen gefüllten Socke auf dem Kaffeetisch, und Alice folgte ihm zur Küchenzeile. »Erzähl ihnen, dass wir uns hier drin unterhalten haben. Ich habe wirres Zeug geredet und dich bedroht. Du hast das Messer herausgezogen und dich verteidigt.«

»Erst musst du mich schlagen.«

»Ich werde dich nur leicht schlagen. Es wird keine Rolle spielen.« Jake zeigte auf den Messerblock. »Nimm das oben rechts. Es ist das schärfste.«

Die Küche verschwamm vor Alices Augen, als sie zur Anrichte ging und das Messer an seinem hölzernen Griff aus dem Block zog. Dann drehte sie sich zu Jake um.

Die Türglocke schrillte laut durch die Wohnung.

»Tu es einfach«, sagte Jake. »Wir haben keine Zeit mehr.«

»Schlag mich erst.«

Jake nickte und schwang die Socke mit den Vierteldollars kraftlos. Er streifte damit nur Alices Schulter.

»Härter«, sagte sie.

Er schlug noch einmal zu und traf ihr linkes Ohr. Es war schmerzhafter, als sie erwartet hatte. Sie blinzelte.

Es läutete ein zweites Mal.

Sie stieß das Messer in seine Brust, genau dorthin, wo sie das Herz vermutete, aber das Messer drang nur zwei Zentimeter tief ein, und Jake taumelte rückwärts und ließ den Totschläger auf den Boden fallen. Sie blickte ihm in die Augen und versuchte, den Mann zu entdecken, der sie einst hochgehoben und wie eine Braut in diese Wohnung getragen hatte. Alles, was sie jetzt sah, war Verwirrung und Panik. Er hob eine Hand, spreizte die Finger, und Alice packte ihn am Handgelenk und presste seine Hand an ihre Wange. Seine Finger schlossen sich um ihren Hals, seine Nägel rissen ihr die Haut auf. Beide atmeten schwer, Jake hatte die Lippen leicht geöffnet, biss die verfärbten Zähne jedoch zusammen. Er verstärkte den Griff um Alices Hals, und sie fühlte, wie Blut auf ihr Schlüsselbein tropfte. Sie stieß noch einmal mit dem Messer zu, kräftiger diesmal, und als sie es wieder herauszog, begann das Blut, sein Hemd zu durchweichen. Jake sank auf die Knie und fiel dann zu Boden. Er presste die Hand auf seine Brust, und zwischen den Finger pulsierte Blut hervor und sammelte sich in den Falten des Hemds.

Es läutete noch einmal an der Tür. Alice beobachtete Jake, bis sie überzeugt war, dass er aufgehört hatte zu atmen. Dann ließ sie das Messer zu Boden fallen, es schlitterte ein Stück über das Linoleum und zog eine Blutspur hinter sich her. Sie berührte ihren Hals, wo die blutigen Striemen bereits anschwollen.

Er hätte mich um ein Haar getötet, dachte sie. *Ich musste es tun. Ich musste es tun*. Die Worte hallten ein ums andere Mal durch ihren Kopf, während sie wie in Trance zur Tür ging.

KAPITEL 32

JETZT

Alices Wagen stand auf dem Parkplatz, deshalb wusste Harry, dass sie in der Wohnung war. Er läutete und dachte, falls niemand öffnete, sollte er vielleicht einfach der Polizei erzählen, was er zu sehen geglaubt hatte. Trotzdem hätte er lieber noch einen Blick auf John geworfen, um sicherzugehen, dass er auch wirklich die Person vor dem Motel gewesen war. Und Alices Anwesenheit hier lieferte ihm einen Vorwand – er suchte nach seiner Stiefmutter, weil er sich Sorgen machte.

Er läutete erneut und hoffte, die richtige Wohneinheit erwischt zu haben; er hatte einfach die Tür genommen, die dem Parkplatz von Alices Wagen am nächsten war. Eine Außentreppe führte zum Eingang über einer Garage. Es herrschte Ebbe, und die Luft roch faulig. Harry zog sein Handy hervor, doch im selben Moment wurde die Tür nach innen aufgerissen.

»Harry«, sagte Alice. Ihr Hals war blutverschmiert. »Harry«, sagte sie noch einmal. »Ruf die Polizei.«

Er sah auf das Telefon in seiner Hand. Wie war es dorthin gekommen? Dann wählte er zum zweiten Mal in einer Woche die Notrufnummer. Er gab der Frau in der Zentrale die Adresse durch, konnte ihr aber nicht sagen, was vorgefallen war. Sie beharrte darauf, dass er es herausfinden solle, aber er legte einfach auf und betrat die düstere Wohnung. Alice war schon vorausgegangen und saß auf einem weißen Ledersofa. Sie hatte die Hände links und rechts von sich gestreckt und wirkte, als würde sie meditieren.

»Wo ist John?«, fragte Harry.

»In der Küche, Harry.«

Harry machte zögerlich einen weiteren Schritt in den Raum hinein. Seine Augen gewöhnten sich langsam an die Dunkelheit. Links von ihm war eine beleuchtete Küchenzeile. Harry machte noch einen Schritt und sah Füße mit der Fußspitze nach oben auf dem Linoleum liegen.

»Was ist passiert?«

»Er ist durchgedreht, Harry. Er hat mich hergebeten, und als ich da war, hat er wirres Zeug geredet. Er hat mir ständig erzählt, dass er diese Leute alle umbringen musste, die ihn bedroht haben, und dann hat er versucht … Ich musste mich verteidigen. Glaubst du, er ist tot?«

Harry zwang sich, zwei weitere Schritte auf die Küche zuzumachen. In die Decke eingelassene Lampen beleuchteten die Szenerie. John lag auf dem Rücken, eine Hand in der sich ausbreitenden Blutlache, die andere auf der Brust. Der Geruch des Blutes – der wie Gezeitenschlamm war – drang Harry in die Nase, er rannte schnell zur Wohnungstür hinaus und erbrach sich über das Geländer. In der Ferne hörte er Sirenen heulen.

»Ist er tot, Harry?« Alices Stimme war jetzt näher, und Harry zuckte unwillkürlich so wie manchmal kurz vor dem Einschlafen, wenn er das Gefühl hatte, ins Leere zu stürzen.

Er drehte sich um und wischte sich über den Mund. Alice stand im Eingang, sie hielt die Hände immer noch mit den Handflächen nach oben vom Körper gestreckt.

»Er sieht tot aus.«

»Er hat Bill getötet, weißt du? Er hat deinen Vater getötet. Er hat es mir gerade erzählt.«

»Warum hat er das getan?«, fragte Harry.

»Es ergab alles nicht sehr viel Sinn, aber es ging um mich. Er wollte mich beschützen, glaube ich, und deshalb hat er die zwei Mädchen ebenfalls getötet.«

»Welche zwei Mädchen?«

»Er hat ihre Namen gesagt. Grace, das Mädchen, das ermordet wurde, und dann hat er noch eins genannt. Ihre Schwester.«

»Ihre Schwester heißt Caitlin. Wo ist sie? Was hat er gesagt?«

»Ich bin nicht…«

»Was hat er über Caitlin gesagt?«

»Schrei mich nicht an, Harry. Er hat gesagt, dass sie im Kofferraum seines Wagens ist.«

Die Sirenen klangen lauter.

»Wo ist sein Wagen?«

»Harry, lass die Polizei…«

»Wo ist er?«

»Unten, glaube ich, in der Garage. Lass mich nicht allein, Harry.«

Aber er lief bereits die Treppe hinunter. Er kam zur Garage und zog das nicht verriegelte Tor in dem Augenblick hoch, als der erste Streifenwagen schräg auf dem Parkplatz hielt. Johns roter Audi stand vorwärts eingeparkt in der dunklen Garage. Er sah viel zu gewöhnlich aus, um eine Leiche zu enthalten – um Caitlins Leiche zu enthalten. Es konnte nicht sein, dachte Harry.

»Haben Sie uns gerufen?«, fragte ein Beamter.

Harry drehte sich um. »In der Wohnung da oben liegt ein Mann. In der Küche. Er ist tot.«

Eine uniformierte Polizistin lief bereits die Treppe hinauf.

»Ist das Ihr Wagen?« Das war wieder der Officer. Er war jung, mit schläfrigen, schräg stehenden Augen.

»Es ist … Nein. Ich glaube, dass jemand im Kofferraum sein könnte.« Dann drehte er sich wieder um und sagte mit leicht erhobener Stimme: »Caitlin, bist du da drin?«

Wenn ich ihn nicht aufmache, dachte er, *dann geschieht das alles nicht.*

»Sir«, sagte der Polizist, fügte aber nichts mehr an. Sein Funkgerät kreischte, dann hörte Harry ein paar gedämpfte Worte, seine Kollegin bat ihn, nach oben zu kommen.

»Sie bleiben hier, Sir, okay? Ich bin sofort wieder bei Ihnen.« Der junge Beamte war einen Moment wie erstarrt und wusste nicht, was er tun sollte.

Harry nickte. »Ich gehe nirgends hin.«

Der Polizist traf eine Entscheidung und bewegte sich zur Treppe. In der Ferne war eine weitere Sirene zu hören.

Harry zog die Fahrertür auf, tastete im Fußraum nach dem Hebel und zog daran. Es klickte im Kofferraum, als sich die Verriegelung löste, der Deckel blieb jedoch unten. Kein anderes Geräusch war zu hören, als Harry zum Heck des Wagens ging und lautlos betend den Deckel hochzog.

Der Körper lag auf der Seite in Embryonalstellung, das Gesicht nach vorn gewandt. Scharfer Uringeruch stieg

Harry in die Nase, Schwindel erfasste ihn, und ihm wurde schwarz vor Augen. Dann glaubte er zu erkennen, wie der Körper zuckte und die Schultern sich zusammenkrampften, als fröre sie.

»Caitlin«, sagte er, rüttelte an ihrer Schulter und drehte sie auf den Rücken. Die untere Hälfte ihres Gesichts war mit getrocknetem Blut verkrustet.

Sie sah aus scheinbar leblosen Augen zu ihm hoch, und dann blinzelte sie.

KAPITEL 33

JETZT

Sie waren die ganze Nacht hindurch gefahren, und die Sonne ging jetzt hinter ihnen auf, während sie in Paul Romans Prius durch flaches kanadisches Farmland rollten. Der rosa und orange gestreifte Himmel sah wie eine riesige Schüssel aus. Sie hatten bei Buffalo die Grenze nach Kanada überquert und waren dann immer am Nordufer des Eriesees entlanggefahren, es war der schnellste Weg nach Ann Arbor, Michigan.

»Kannst du noch fahren?«, fragte Harry, während sich Paul eine weitere Zigarette anzündete.

»Du bist wach?«

»Ich war die ganze Zeit wach. Ich hab nicht geschlafen.«

Paul drehte die Musik lauter – ein Album von Alanis Morissette (»nur solange wir in Kanada sind«) – und antwortete, er werde den Rest der Strecke allein schaffen.

Sie erreichten die Außenbezirke von Ann Arbor mitten am Vormittag unter einem metallisch blauen Himmel und nahmen das erste Motel, das nicht aussah, als würde es Norman Bates gehören. Nachdem sie ausgestiegen waren, blieben sie ein paar Augenblicke neben dem Wagen stehen, Paul machte Hampelmänner, und Harry streckte die Beine. Die Luft war kühl und roch nach nichts.

Sie nahmen ein Zimmer mit zwei Doppelbetten. Die Frau an der Rezeption, die das spärliche weiße Haar über eine kahle Stelle auf dem Kopf gekämmt hatte, schlug ihnen vor, das Nichols Arboretum zu besuchen, wenn sie später noch etwas Nettes unternehmen wollten. Paul antwortete, sie seien wegen einer Beerdigung hier, und Harry sah, wie der Blick der Frau von Pauls Gesicht zu seinem huschte und dann rasch wieder zum Computer. Die Morde in Kennewick, Maine, waren landesweit in den Nachrichten, und sie waren zweifellos eine noch bedeutendere Nachricht in Ann Arbor, wo heute Nachmittag um drei die Trauerfeier für Grace McGowan stattfinden sollte.

Die beiden frühstückten ausgiebig in einem Shoney's, dann gingen sie in ihr Motelzimmer zurück, um zu schlafen.

Paul kroch voll bekleidet unter die Decke und sagte: »Ich muss nicht zum Gottesdienst mitgehen, wenn du mich nicht dabeihaben willst. Ich erkunde so lange mit Freuden Ann Arbors Kneipenszene.«

»Nichts da, du kommst mit«, sagte Harry.

Paul antwortete nicht. Er schlief bereits.

Harry versuchte, ebenfalls einzuschlafen, aber stattdessen starrte er nur abwechselnd an die Decke oder schaute in seinem Handy nach, ob er eine Nachricht von Caitlin erhalten hatte, die von seinem Eintreffen an diesem Morgen wusste. Er hatte nicht vor, ihr von sich aus eine SMS zu schicken – heute war immerhin der Tag, an dem ihre Schwester beerdigt wurde –, hoffte aber insgeheim, sie werde sich bei ihm melden, nur um ihm noch einmal zu bestätigen, dass seine Anwesenheit auch erwünscht war, obwohl sie das bereits getan hatte.

Fünf Tage waren vergangen, seit er den Kofferraum von Jake Richters Wagen geöffnet und gedacht hatte, er würde Caitlins Leiche darin vorfinden. Der junge Polizeibeamte hatte ihm geholfen, sie aus dem Kofferraum zu heben, und gleichzeitig war der erste Rettungswagen eingetroffen. Sie hatte zu zittern begonnen, sobald er sie berührt hatte, und mit kaum vernehmbarer Stimme seinen Namen gesagt. Als sie auf der Bahre lag und die Sanitäter sie eben in ihr Fahrzeug schieben wollten, hob sie die Hand und winkte Harry zu sich. Er beugte sich tief zu ihr hinunter.

»Es war John Richard«, flüsterte sie.

»Ich weiß«, sagte Harry. »Inzwischen ist er tot.«

Caitlin wurde zunächst ins Krankenhaus von Kennewick gebracht, aber noch am selben Abend nach Portland verlegt und zwei Tage lang beobachtet. Detective Dixon erzählte Harry, ihre körperlichen Schäden seien vergleichsweise harmlos – eine gebrochene Nase, eine Quetschung am Hals –, aber sie werde psychologisch betreut. Harry bekam keine Gelegenheit, sie vor ihrer Rückkehr nach Michigan zu sehen, er hatte mehrmals darum gebeten, aber man beschied ihm immer, dass sie keine Besuche empfange.

Und dann teilte man ihm mit, dass sie wieder bei ihrer Familie in Michigan sei.

Während dieser bizarren Tage nach Jake Richters Tod war Alice auf der Flucht vor den Journalisten, die scharenweise in Kennewick einfielen, in ein Gästezimmer bei ihrer Freundin Chrissie Herrick gezogen. Paul Roman war sofort nach Kennewick hinaufgefahren und hatte ein Airbnb am Hafen gefunden, und Harry war bei ihm eingezogen. Lew, den Kater aus dem Laden, hatte er mitgenommen. Er bekam viel mehr Informationen von Chrissie als von Alice, die er kaum gesprochen hatte, seit sie von Jake in dessen Wohnung attackiert worden war. Harry versuchte, aus Detective Dixon mehr herauszubekommen, aber der gab sich schweigsam, da es sich um eine laufende Ermittlung handelte. Harry fragte sich außerdem, ob sich Dixon nicht vielleicht schämte, weil er Jake nicht schon früher verhaftet hatte. Den Presseartikeln zufolge, die Harry im Internet las, hatte sich die Polizei tatsächlich im Zusammenhang mit den Morden an Bill Ackerson und Grace McGowan für Jake interessiert, sich letztlich aber auf Lou und Annie Callahan konzentriert, die beide kein Alibi für die Tatzeiten hatten.

Seit den Ereignissen, die zu seinem Tod geführt hatten, war mehr über Jake Richters Vergangenheit ans Licht gekommen. Unter anderem berichtete eine Lehrerin aus Albany namens Joan Johnson, Jake Richter habe sie als Minderjährige verführt, als er ein Kollege ihrer Mutter gewesen war. Außerdem stellte sich heraus, dass Jake Richter einige Jahre lang in der Gegend von Fort Lauderdale in Florida gewohnt hatte, wo er wegen »unangemessenen Verhaltens« einen Job in einem Strandresort verloren hatte. Es zeichnete sich das Bild eines Mannes ab, der sein Leben lang sexuellen Missbrauch begangen hatte.

Viel wurde darüber spekuliert, ob er Alice Moss in der Zeit missbraucht hatte, als er mit ihrer Mutter verheiratet gewesen war, und man hielt es für wahrscheinlich, dass er Bill Ackerson aufgrund einer Form von Eifersucht getötet hatte. Alice hatte sich noch nicht öffentlich geäußert, um diese Gerüchte zurückzuweisen, aber Vivienne Bergeron, eine alteingesessene Einwohnerin von Kennewick, verkaufte eine Geschichte an eine Boulevardzeitung, in der sie behauptete, sie wisse mit Bestimmtheit, dass Jake und Alice ein Liebespaar gewesen seien. Sie behauptete außerdem, Alice habe ihre Tochter ermordet, eine falsche Anschuldigung, die sie offenbar seit Jahren erhob.

Harry hatte Alice nur einmal gesehen, seit sie zusammen in Jakes Wohnung gewesen waren. Chrissie hatte ihm eine SMS geschrieben und gefragt, ob er noch etwas Kleidung plus Alices Glätteisen aus Grey Lady holen und zu ihr bringen könne (*ein riesengroßer Gefallen, ich weiß*), und Harry hatte es getan. Um den Reportern zu entgehen, war er mitten in der Nacht zum Haus gefahren, allerdings war ein eifriger Journalist immer noch aus seinem Wagen gestürmt, als Harry und Paul mit zwei Koffern voll von Alices Sachen das Haus verlassen hatten. Sie hatten eine Antwort auf die Fragen, die ihnen der Mann zurief, verweigert. Am nächsten Morgen war Harry zu Chrissie gefahren. Alice hatte ihn kurz umarmt, nachdem er die Koffer in ihr Schlafzimmer getragen hatte. »Ich lasse euch beide einen Moment allein«, erklärte Chrissie und verschwand.

»Wie geht es dir?«, fragte Harry. Alice hielt immer noch seine Hand, dann ließ sie ihn los und setzte sich auf die Bettkante. Harry nahm in einem weiß gestrichenen Korbstuhl Platz.

»Ich stehe unter Schock, Harry. Ich habe Jake praktisch mein ganzes Leben lang gekannt.«

»Warum nannte er sich John Richards?«

»Ich habe ihn einmal gefragt, und er sagte, es sei ihm einfach um einen Neuanfang gegangen. Aber jetzt glaube ich, dass er irgendeiner Sache aus seiner Vergangenheit entfliehen wollte, vielleicht etwas, was er in Florida getan hat.«

»Und mein Vater wusste bestimmt, dass er dein Stiefvater war? Da bist du dir sicher?«

»Oh ja, er wusste es ganz bestimmt«, entgegnete Alice rasch. »Wie gesagt, es war ja keine große Sache. Er und meine Mutter waren nur ganz kurz verheiratet. Ich kann einfach nicht glauben ... Ich hatte keine Ahnung, dass er zu so etwas ...«

»Es muss dir merkwürdig vorgekommen sein, dass er seinen Namen geändert hat.«

»Es hätte mich mehr interessieren sollen, ich weiß, aber ...«

»Hab mich nur gewundert«, beschwichtigte Harry. Es störte ihn nicht so sehr, dass Jake sich anders genannt hatte, als dass Alice dabei mitgespielt hatte. Er fragte sich, ob sein Vater wirklich gewusst hatte, wer sein Angestellter gewesen war, aber das ließ sich jetzt unmöglich noch feststellen.

Sie unterhielten sich noch eine Weile, und Harry versuchte, Alices Gedanken und Gefühle zu erraten, aber das hatte er noch nie gekonnt und es gelang ihm auch jetzt nicht.

»Ich verabschiede mich dann mal lieber«, sagte er.

»Wohin wirst du jetzt gehen?«, fragte Alice.

»Paul hat in der Nähe was gemietet, und ich wohne bei ihm.«

»Nein, ich meinte, wenn das alles vorbei ist. Wirst du in Maine bleiben?«

»Ich glaube nicht, Alice.«

»Nein, ich weiß. Das verstehe ich.«

»Wie sieht es mit dir aus?«

»Ich bleibe hier. Ich weiß nicht, wohin ich sonst gehen soll.«

Sie umarmten sich zum Abschied, und Alice hielt Harry eine Spur zu lange fest und vergrub ihr Gesicht an seinem Hals, als wollte sie seinen Geruch noch einmal einsaugen.

»Jake hat wahrscheinlich meine Mutter getötet«, sagte Alice, als sie sich schließlich von ihm gelöst hatte.

»Wie meinst du das?«, fragte Harry.

»Wahrscheinlich hat er meine Mutter getötet. Sie starb an einer Überdosis, als ich in der Highschool war.«

»Hast du das der Polizei gesagt?«

»Ich hab ihnen alles erzählt, aber es gibt nichts, was sie jetzt noch tun könnten.«

Harry ging mit dem Gefühl zum Wagen zurück, dass er sie vielleicht nie mehr wiedersehen würde.

Er entdeckte Caitlin beim Trauergottesdienst, noch bevor sie ihn sah. Er und Paul waren sehr früh in der Kirche St. Julia eingetroffen, einem hübschen Steinbau mit einem runden Buntglasfenster, und hatten weit hinten Platz genommen. In der Kirche war es ruhig, ein paar Gäste trudelten ein und unterhielten sich flüsternd. Die Musik setzte ein – Harry erkannte das Stück als Schuberts »Ave Maria« –, und einige Minuten später traf Caitlin ein und schritt schwarz gekleidet an der Seite einer Frau, die eindeutig ihre Mutter war, den Mittelgang entlang. Auf ihrer anderen Seite ging ein hochgewachsener, schlaksiger Junge, wahrscheinlich ein Bruder. Sie nahmen in der ersten Reihe Platz. Eine Minute später kam ein Mann mittleren Alters allein den Gang entlang. Tränen liefen über sein Gesicht, und Harry nahm an, es war der entfremdete Vater. Er setzte sich allein in die zweite Reihe. Während weiter Musik erklang, füllte sich die Kirche.

Harry war noch nie bei einem katholischen Begräbnis gewesen und fand es verstörend formell, aber auch tröstlich, als würden die mechanisch heruntergeleierten Gebete und die altbekannten Kirchenlieder Graces Tod mit dem Tod aller Menschen ihres Glaubens verbinden. Paul ging nach vorn, um die Kommunion zu empfangen, aber Harry blieb, wo er war, und wünschte sich plötzlich, er wäre nicht gekommen. Er kam sich ein bisschen wie ein Eindringling vor. Er hatte Grace kaum gekannt, und auch Caitlin kannte er kaum. Was hatte er hier verloren?

Nach der Messe wurde der Sarg mit Grace aus der Kirche getragen, begleitet von einem modern klingenden Lied, in dem es darum ging, auf Adlerschwingen emporgetragen zu werden. Etwas an dem kitschigen Lied und der langsamen Prozession der Trauernden brachte Harry zum Weinen, und Paul legte ihm den Arm um die Schultern. Sie waren unter den Letzten, die die Kirche verließen. Die Familie war bereits aufgebrochen, und mehrere Gruppen junger Leute standen draußen herum. Zigarettenrauch hing in der Luft.

»Kneipe?«, sagte Harry zu Paul.

»Du gehst nicht zum Empfang?«

»Eigentlich nicht.«

»Dann Kneipe.«

Sie gingen zu Fuß ins Zentrum von Ann Arbor – eine breite Straße, flankiert von rechteckigen Ziegelbauten und zahlreichen Studentenkneipen – und entschieden sich für einen Laden, der The Library hieß, sich aber vielmehr als Sportbar entpuppte. Sie bestellten jeweils einen Jameson und ein Guinness. Paul behauptete, das sei die einzig mögliche Getränkebestellung nach einem katholischen Begräbnis, dann fütterte er die Jukebox mit so viel 1980er-Musik, wie er fand, und besetzte einen Tisch neben einem *Big-Buck-Hunter*-Spielautomaten. Harry schaute auf seinem Handy nach.

»Nicht, dass ich mich beschweren würde«, sagte Paul, »aber für das hier sind wir verdammt weit gefahren. Willst du nicht wenigstens versuchen, dich mit ihr zu treffen?«

»Ich weiß nicht. Ich bin nicht nur ihretwegen hier. Ich wollte zu der Beerdigung gehen, und bei der waren wir.«

»Okay, wie du meinst. Deine Entscheidung.«

Sie blieben noch einige Stunden, während es in dem Laden immer voller wurde. Eine Gruppe von Verbindungsstudenten brachte Paul bei, wie man *Big Buck Hunter* spielte, und wie üblich endete es damit, dass er einen Haufen neue beste Freunde gefunden hatte. Drei Runden später war Harry betrunken genug, um Caitlin eine SMS zu schicken, dass er bei der Beerdigung gewesen sei und sich freuen würde, wenn er die Gelegenheit hätte, ihr Hallo zu sagen. Zu seiner Überraschung schrieb sie umgehend zurück.

Mir war doch, als hätte ich dich gesehen. Komm heute Abend in Kildare's Pub, wenn du noch kannst. Dort treffen sich unsere Highschoolfreunde. Ich bin um neun da, kann aber nicht versprechen, dass ich für mehr als einen Drink bleibe.

Harry antwortete, er werde da sein, und wies Paul an, ihn zu zwingen hinzugehen, was auch immer geschehen mochte.

Sie verließen The Library in der Abenddämmerung, kehrten in ihr Motel zurück und zogen sich um. Dann gingen sie wieder in die Innenstadt und aßen in einem kleinen italienischen Restaurant zu Abend. Sie schafften es kurz vor halb zehn ins Kildare. Die Kneipe war auf typisch irisches Pub getrimmt: dunkelrote Wände, unlackierter Holzboden, aus den Lautsprechern dröhnten die Dropkick Murphys. Gegenüber der Bar war eine abgetrennte Nische, und darin drängten sich junge Leute, einige noch in den schwarzen Sachen, die sie zur Beerdigung getragen hatten. Harry wurde bei der Vorstellung, sich in das Gewühl stürzen zu müssen, um Caitlin zu suchen, ganz flau im Magen, aber es musste wohl sein. Er ging mit Paul an die Theke, um ein Bier zu bestellen, doch bevor er noch dazu kam, sah er, wie Caitlin sich in Jeans und schwarzem Pullover aus der Schar der jungen Leute löste und den Raum absuchte. Als sie Harry entdeckte, steuerte sie direkt auf ihn zu.

»Da bist du ja«, sagte sie, und etwas an ihrer Körperhaltung hielt Harry von dem Versuch ab, sie zu umarmen.

»Ja. Das ist mein Freund Paul Roman.«

Paul drehte sich zu Caitlin um, ergriff ihre Hand und sagte etwas, das Harry wegen der lauten Musik nicht verstand. Caitlin lächelte übers ganze Gesicht.

»Eigentlich will ich gerade aufbrechen«, sagte sie. »Harry, kannst du mich nach Hause begleiten?«

KAPITEL 34

JETZT

Sie kamen an einer Reihe überfüllter Bars und Restaurants vorbei, dann bogen sie links in eine Wohnstraße.

»Es sind ungefähr drei Kilometer. Bist du dir sicher, dass es dir nichts ausmacht?«

»Nicht das Geringste.«

»Ich hätte es dort nicht ausgehalten. Alle finden die richtigen Worte, aber das ändert nichts an dem Eindruck, dass das Leben bereits ohne sie weitergeht. Was es ja auch tut.«

»Die Messe war schön. Ich war noch nie bei einer.«

Caitlins Handy summte, und sie blieb stehen, entschuldigte sich und tippte rasch eine SMS. »Meine Freundin, die mich zur Kneipe gefahren hat, flippt aus, weil ich gegangen bin.« Sie tippte noch ein wenig, dann steckte sie das Handy weg, und sie gingen weiter.

»Erzähl mir, was zwischen deiner Stiefmutter und Jake Richter passiert ist«, sagte sie. »Ich weiß, was mir die Polizei verraten hat, aber mehr nicht. Sie hatte ihn schon erstochen, als du dort eingetroffen bist?«

Harry berichtete ihr alles, was seit seiner Einlieferung ins Krankenhaus passiert war. Wie er aufgewacht war und plötzlich glaubte, der Mann vor dem Motel müsse John

Richards gewesen sein, und wie Alice ihm erzählt hatte, dass John ihr Stiefvater war. Er erzählte, wie er nach Hause gefahren war und über Phone Finder herausgefunden hatte, dass Alice sich bei John aufhielt, und wie er daraufhin beschlossen hatte, er müsste ihn noch einmal sehen, um sicherzugehen. Er schilderte in allen Einzelheiten, wie Alice ausgesehen hatte, das Blut an ihrem Hals und alles andere und wie er Jake tot in der Küche hatte liegen sehen, und wie Alice, kurz bevor die Polizei kam, zu ihm gesagt hatte, dass Caitlin im Kofferraum des Wagens liege.

»Du musst gedacht haben, dass ich tot bin«, sagte sie.

»Das habe ich. Und als ich dann den Kofferraum geöffnet habe, bist du einfach dagelegen und hast dich nicht bewegt.«

»Ich hatte mir vorgenommen, mich tot zu stellen. Und obwohl ich wusste, dass du es bist, brachte ich es irgendwie nicht fertig, mich zu bewegen.«

»Warum glaubst du, hat er dich nicht getötet?«, fragte Harry.

»Ich glaube, er ist zum Motel gekommen, um herauszufinden, ob du weißt, dass er es war. Das hat er mich jedenfalls gefragt, und als ich nicht geantwortet habe, hat er noch einmal zugeschlagen und mich in den Kofferraum gelegt. Ich weiß noch, dass er sanft vorging, und ein Teil von mir war ihm dankbar dafür.«

»Ich glaube, er war verrückt«, vermutete Harry.

»Meinst du?«

Harry lachte. »Und er hat nichts gesagt?«

»Doch. Er sagte etwas wie dass er müde sei, nachdem er mich in den Kofferraum verfrachtet hatte, dann hat er eine Krawatte aus seiner Jackentasche gezogen und mir die Hände zusammengebunden. Und ich habe es zugelassen.«

»Du warst bewusstlos, oder?«

»Nein, nicht richtig. Ich war zwar benommen – er hatte zweimal zugeschlagen, und meine Nase war gebrochen –, aber ich hätte mich wehren können, ich hab es nur nicht getan.«

»Vielleicht war das klug. Vielleicht hätte er dich sonst getötet.«

»Ich weiß, das sagen alle, aber ich muss trotzdem immer darüber nachdenken. Ich habe einfach aufgegeben. Ich habe mir vermutlich gesagt, dass er es sich anders überlegt hatte und mich nicht töten wollte und dass ich am besten nichts tat, was ihn wieder von seinem Entschluss abbrachte.«

»Das war der richtige Instinkt.«

»Nachdem er den Kofferraum geschlossen hatte, ist er offenbar zu sich nach Hause gefahren. Ich habe am Motorengeräusch erkannt, dass er den Wagen in einer Garage abgestellt hat, und dann habe ich gehört, wie er das Garagentor zuzog. Ich dachte, er lässt mich da drin einfach sterben. Ich habe mich nicht mehr gerührt, nicht einmal nachgesehen, ob es einen Hebel gibt, mit dem man den Kofferraum öffnen kann.«

»Wahrscheinlich hätte es sowieso keinen gegeben«, tröstete sie Harry. »Sein Auto war ziemlich alt.«

»Ja, du hast wohl recht, aber darum geht es nicht. Ich wünschte trotzdem, ich hätte es versucht. Ich habe einfach dagelegen und gebetet, dass der nächste Mensch, der den Kofferraum öffnet, nicht er ist, und dann ist mein Gebet erhört worden, denn du bist es gewesen.«

»Weißt du noch, dass du mir seinen Namen genannt hast? Dass es John Richards war, der dir das angetan hat? Du konntest kaum sprechen.«

»Das weiß ich noch. Es war nicht sein richtiger Name.«

Sie schauderte leicht, obwohl es noch ziemlich warm war. Der Himmel war purpurn verfärbt und voller Sterne.

»Aber es war schlau von dir, dass du dir den Namen gemerkt und mir ihn sofort gesagt hast.«

»Denkst du immer noch daran?«, fragte sie.

»Oh ja. Jede Minute. Es ist eine Endlosschleife in meinem Kopf. Was er meinem Vater und deiner Schwester angetan hat und dann dir.«

»Was er mir *fast* angetan hätte.«

»Ja, auch daran denke ich. Er hätte dich töten können und dann meine Stiefmutter.«

»Er hätte auch *dich* töten können.«

»Ja, hätte er.«

Sie waren mehrmals abgebogen, und die Häuser waren jetzt größer und standen weiter auseinander. »Jetzt ist es nicht mehr weit«, sagte Caitlin. »Das hat gutgetan. Ich musste mit jemandem darüber sprechen, der dabei war. Hier schleichen alle auf Zehenspitzen um mich herum.«

»Sie machen sich nur Sorgen.«

»Das weiß ich doch.«

Sie bogen noch einmal in eine von hohen Bäumen gesäumte Straße ab. »Es ist gleich da unten«, erklärte Caitlin und zeigte auf ein weißes Haus im Kolonialstil. In allen Fenstern brannte Licht. »Gehen wir noch eine Runde um den Block? Ich will noch nicht aufhören zu reden.«

»Okay.«

Während sie weitergingen, fragte Caitlin Harry nach seinen Plänen, und er sagte, er habe noch keine, außer dass er nicht in Maine bleiben wolle.

»Wird deine Stiefmutter das nicht ärgern?«

»Mit Sicherheit, aber ich kann nicht länger bei ihr wohnen. Sie tut mir leid wegen allem, was sie durchgemacht hat, aber irgendetwas in mir… Es ist schwer zu erklären, aber ich traue ihr nicht hundertprozentig. Ich spüre, dass hinter der Geschichte zwischen ihr und Jake mehr steckt, als ich je erfahren werde.«

»Glaubst du, sie war an der ganzen Sache beteiligt?«

»Nein, das eigentlich nicht. Ach, ich weiß es nicht.«

Als sie wieder vor Caitlins Haus ankamen, fragte Caitlin: »Darf ich dich um einen Gefallen bitten?«

»Sicher, was du willst.«

»Kommst du mit rein und bleibst über Nacht? Nicht bei mir, es gibt ein Gästezimmer.«

Harry zögerte, aber Caitlins dunkle Augen wirkten im Mondschein groß vor Furcht und Erwartung, und er willigte ein: »Natürlich.«

Sie stellte ihm ihre Mutter vor, die im Morgenmantel in der Küche stand und eine Tasse Tee trank. »Ach, Harry«, sagte sie. »Es tut mir so leid wegen Ihres Vaters.« Sie sah ihren beiden Töchtern ähnlich, aber mehr Grace, fand Harry, mit ihrer kräftigen Kinnpartie und der Stupsnase. Sie hatte gütige Augen. Harry erklärte, wie leid es ihm wegen Grace tue, und wie sehr er sie in der kurzen Zeit ihrer Bekanntschaft gemocht hatte.

»Sie war schwierig, aber sie hätte ihr Leben auf die Reihe bekommen, das weiß ich.«

»Natürlich hätte sie das, Mom«, entgegnete Caitlin und verdrehte leicht die Augen, sodass nur Harry es sah.

Das Gästezimmer war im Obergeschoss. Caitlin, plötzlich ganz Gastgeberin, zeigte ihm, wo zusätzliche Decken im Schrank lagen, und brachte ihm einen Pyjama, der ihrem Bruder gehörte, und außerdem eine unbenutzte Zahnbürste. »Der Pyjama ist sauber, versprochen«, versicherte sie. »Dass du hierbleibst, ist ein verrückter Wunsch von mir, oder?«

»Nein, finde ich eigentlich nicht.«

»Wann, glaubst du, werden wir uns wieder so wie früher fühlen?«

»Ich weiß es nicht«, erwiderte Harry. »Ich weiß nicht, ob es uns überhaupt je wieder so wie früher gehen wird, aber ich denke, es wird uns irgendwann besser gehen.«

Caitlin zog die Tür des Gästezimmers fast ganz zu und küsste ihn. Ihr Pullover war aus dünnem Kaschmir, und er spürte ihre Rippen durch das Gewebe, ihren Herzschlag, einen Träger ihres BHs. Sie küssten sich, bis sie Schritte auf der Treppe hörten, und Caitlin öffnete die Tür, trat in den Flur hinaus und sagte zu Harry: »Frühstück gibt es leider schon im Morgengrauen.«

»Das habe ich gehört«, hörte er Mrs. McGowan aus dem Flur.

»Perfekt«, antwortete Harry.

Nachdem sie gegangen war, zog er den Pyjama an, schrieb eine SMS an Paul, um ihn wissen zu lassen, wo er war, und schlüpfte in das fremde Bett. Nachdem er das Licht gelöscht hatte, dachte er: *Niemals werde ich hier schlafen können*, aber das Nächste, woran er sich erinnerte, war, dass schwaches Licht durch die Fenstervorhänge drang und es nach gebratenem Speck roch. Er setzte sich im Bett auf und lauschte den Geräuschen des erwachenden Hauses. Er hatte die ganze Nacht durchgeschlafen, ein traumloser Abgrund. Es war ohne Frage seltsam, dass er sich plötzlich hier in dem Haus befand, in dem Caitlin und Grace aufgewachsen waren, aber es war auch nicht seltsamer als jeder andere Ort, an dem er hätte sein können. Er hatte kein echtes Zuhause mehr.

Gerade wollte er aufstehen, als sein Handy auf dem Nachttisch vibrierte. Er blickte auf das Display. Es war eine Nummer in Kennewick.

»Harry, hier spricht Detective Dixon. Tut mir leid, Sie so früh stören zu müssen.«

»Kein Problem. Was gibt es?«

»Ich wollte nur fragen, ob Sie zufällig wissen, wo Ihre Stiefmutter ist.«

»Wird sie denn vermisst?«

»In der Tat.«

»Ich weiß nicht, wo sie ist. Ich bin gerade nicht in Maine. Was soll das heißen, sie wird vermisst?«

»Na ja, sie ist gestern Abend nicht zu der Freundin zurückgekommen, bei der sie wohnt, und niemand kann sie erreichen. Ihr Wagen steht vor der Jake-Richters-Wohnung, aber dort ist sie nicht.«

»Es tut mir leid. Ich habe keine Ahnung, wo sie stecken könnte.«

»Wir suchen weiter. Bestimmt ist alles in Ordnung mit ihr, aber falls Sie von ihr hören, rufen Sie mich bitte an, okay?«

Harry versprach es und legte auf. Bei der Erwähnung von Alice fiel ihm ein verschütteter Traum wieder ein, den er in der Nacht zuvor gehabt hatte. Alice nackt am Fenster von Grey Lady, Harry beobachtete sie von der Einfahrt aus. Sie klopfte an das Glas, aber ohne ein Geräusch zu erzeugen. Sein Vater war ebenfalls da, er wechselte einen Reifen an seinem alten Volvo und achtete dabei auf niemanden. Im Haus herrschte Unruhe, und der Traum verblasste. Harry blieb noch eine Weile im Bett sitzen und wusste instinktiv und mit absoluter Sicherheit, dass entgegen Dixons Beteuerung mit Alice nicht alles in Ordnung war.

KAPITEL 35

FRÜHER UND JETZT

Nachdem Jake Alice erzählt hatte, er habe sie in der Nacht, in der Gina ertrank, vom Strand zurückkommen sehen, war sie in ihr eigenes Zimmer gegangen und hatte gewusst, sie würde nie wieder bei Jake schlafen. Dieser Teil ihres Lebens, der Teil mit Jake, war vorbei. Das Leben bestand aus Neuanfängen, manche waren gut und andere nicht. Ihr Leben hatte zum ersten Mal neu begonnen, als ihre Mutter das Geld aus dem Vergleich erhalten hatte und sie nach Kennewick gezogen waren. Es hatte neu begonnen, als Jake aufgetaucht war, als er am Strand vor ihr stand und sie spürte, wie er sie ansah. Selbst als Scott Morgan der ganzen Highschool erzählte, sie sei eine Schlampe, und als sie beschloss, dass das keine Rolle spielte, weil nichts, was sie sagten, ihr etwas anhaben konnte, war das ein Neustart gewesen. Und jetzt würde sie eben wieder neu anfangen müssen, weil Jake glaubte, dass sie etwas mit dem Tod ihrer eigenen Mutter zu tun hatte oder Gina hatte ertrinken lassen, obwohl beides Unfälle gewesen waren. Es waren Dinge, die *ihr* zugestoßen waren, nicht etwas, was sie selbst verursacht hatte.

In den Tagen darauf versuchte Jake nur einmal, Alice

zurückzugewinnen. Sie lag in ihrem Zimmer, hatte die Tür geschlossen und schmökerte in einem dämlichen Liebesroman, den sie bereits oft gelesen hatte. Jake klopfte an, dann kam er halb zur Tür herein.

»Was tust du?«, fragte er.

Sie hielt das Buch in die Höhe. »Lesen.«

»Ich dachte, vielleicht willst du ein wenig bei mir im Bett lesen. Es ist einsam da drüben.«

»Mir geht es gut hier, Jake.«

»Okay«, sagte er. »War nur eine Frage.« Sie dachte daran, wie er unmittelbar nach dem Begräbnis ihrer Mutter gewesen war, wie er sie beherrscht hatte. Er war ein anderer Mann geworden, jetzt, da sie ihn nicht mehr liebte und ihm nicht mehr vertraute. Durch ihre Gleichgültigkeit saß sie am längeren Hebel, und sie beschloss, sofort Nägel mit Köpfen zu machen.

»Jake«, sagte sie, als er gerade wieder gehen wollte.

»Ja?«, antwortete er und blickte sie hoffnungsvoll an.

»Ich werde mir einen neuen Job suchen. Und eine neue Wohnung.«

»Oh.«

»Ich dachte, ich sage dir schon mal Bescheid.«

Sie kündigte in dem Drogeriemarkt und bekam eine Stelle als Bürokraft bei einer Immobilienfirma. Ihr Studium gab sie auf, da sie nun Vollzeit arbeitete, und mietete eine Zweizimmerwohnung nicht weit von der Firma entfernt. In der Wohnung war es ruhig, und es gefiel ihr. Sie bereitete einfache Mahlzeiten zu, sah fern, und am Wochenende ging sie zum Schwimmen ins YWCA.

Die Firma – Coast Home Realty – wuchs und bezog neue,

größere Räume in einer Ladenpassage an der Route 1A. Alice organisierte den Umzug und arbeitete sogar mit Caroline, der Chefin des Ganzen, an der Planung der neuen Büros, und als sich das Unternehmen in seiner vornehmen neuen Umgebung etabliert hatte, fragte Caroline Alice eines Tages, ob sie je daran gedacht hatte, selbst eine Maklerlizenz zu erwerben. »Ich würde Sie höchst ungern als Büroleiterin verlieren, aber Sie wären eine gute Maklerin, da bin ich mir sicher.«

Alice hatte es nie ernsthaft in Erwägung gezogen, zum Teil, weil Immobilienmakler – zumindest die mit den höchsten Verkäufen – starke, kraftvolle Persönlichkeiten zu sein schienen. Alice antwortete also, sie glaube nicht, dass das etwas für sie sei, aber Caroline ließ nicht locker. »Niemand hier hat je so hart gearbeitet wie Sie. Es ist einfach eine Schande, dass wir Sie nicht dazu bringen können, ein paar fette Provisionen einzustreichen.«

Alice erwarb also ihre Lizenz, und zwei Monate später verkaufte sie ihr erstes Eigenheim an ein junges Lehrerehepaar, das von Orono nach Kennewick heruntergezogen war. Sie feierte, indem sie sich eine größere Wohnung und ein neues Auto zulegte. Dann fing sie an, mehr Zeit mit Chrissie Herrick zu verbringen, einer Kollegin aus der Immobilienfirma, die ihre Lizenz erworben hatte, nachdem ihr zweites Kind gerade in die Schule gekommen war. Chrissie, die gern redete, erinnerte Alice an Gina, aber an eine Gina, die wusste, wie das Leben lief. Sie war mit einem langweiligen und treuen Mann glücklich verheiratet und im Großen und Ganzen zufrieden mit ihrem Los. Chrissies Lieblingsbeschäftigung war, Alice zu erzählen, wie hübsch sie sei und dass sie ihr gern einen netten Mann beschaffen würde.

Alice ließ Chrissie nur ein einziges Mal ihren Willen – mehr aus Neugier als aus irgendeinem anderen Grund – und ging mit Chrissie und deren Mann sowie einem geschiedenen Versicherungskaufmann, der in Portland arbeitete, zum Essen aus. Als der nicht enden wollende Abend vorbei war, begleitete der Mann Alice zu ihrem Wagen, er legte eine Hand in ihr Kreuz und vollführte mit dem Daumen kreisende Bewegungen. Sie stellte sich vor, wie sie in diesen Daumen biss, und dann stellte sie sich den überraschten Ausdruck in seinem Schweinchengesicht vor, wenn das Blut zu fließen begann. Allerdings tat sie es nicht, sondern stieg nur rasch in ihren Wagen, schloss die Tür und ließ das Fenster gerade so weit herunter, dass sie ihm für den Abend danken konnte. Später lag sie dann im Bett und ignorierte das Läuten des Telefons – es konnte nur Chrissie sein, die auf ein Update hoffte –, und während sie langsam einschlief, fragte sie sich, ob es irgendwann noch einmal einen Neustart in ihrem Leben geben würde.

Dann lernte sie Bill Ackerson kennen, einen höflichen New Yorker, der nach Maine umsiedeln und einen Buchladen eröffnen wollte. Sie wusste, dass er sich zu ihr hingezogen fühlte, und er schien ein netter Mensch zu sein, aber sie entschied, dass sie nicht interessiert war. Als er sich das nächste Mal meldete, fragte er, ob er seinen Sohn mitbringen dürfe, um ihm einige der Objekte, sie sie bereits besichtigt hatten, noch einmal zu zeigen. Er brachte also Harry mit, der genau wie sein Vater aussah, aber er war beinahe schön, mit hohen Wangenknochen und gewelltem Haar. Er war so perfekt, dass es Alice beinahe schmerzte, ihn anzusehen. Etwas machte klick in ihr. Sie wusste nicht genau, was es war, aber sie wusste, dass gerade ein neuer Teil ihres Lebens begonnen hatte.

Alice fuhr zu Jakes Eigentumswohnung zurück, erbrach das Polizeisiegel und versuchte, die Tür zu öffnen. Sie war verriegelt. Damit hatte sie gerechnet, und sie holte eine Kreditkarte aus ihrer Handtasche und öffnete das Schloss damit, so wie sie es als Teenager gemacht hatte, wenn sie ihren Schlüssel vergessen hatte.

Der Abend dämmerte, und in der Wohnung war es dunkel. Sie benutzte die Lichtfunktion ihres Handys, um sich umzusehen. Sie ging sofort nach oben in das Schlafzimmer, das sich nicht verändert hatte, seit sie es zuletzt betreten hatte. Es war, als wäre die Zeit stehen geblieben. Sie machte das Handylicht aus und wartete, bis sich ihre Augen an die Düsternis gewöhnt hatten. Das Bett war gemacht, und sie fuhr mit der Hand über die Chenille-Bettdecke. Sie dachte daran, dass ihre Mutter in diesem Zimmer geschlafen hatte, bevor sie selbst darin geschlafen hatte, und dann erschreckte sie die plötzliche Erkenntnis, dass sie schon fast im selben Alter war, in dem ihre Mutter gestorben war. Sie verscheuchte den Gedanken und rief sich in Erinnerung, warum sie hier war. Jake hatte vor vielen Jahren Bilder von ihr gemacht, zu einer Zeit, da sie es noch nicht besser gewusst hatte, und sie wollte sichergehen, dass sie nicht irgendwo herumlagen, wo jeder sie finden konnte. Als sie noch hier gewohnt hatte, hatte er sie in einer Ausgabe von James Micheners *Hawaii* aufbewahrt, die immer auf seinem Nachttisch lag. Sie hätte sie damals mitnehmen sollen, aber sie hatte beschlossen, Jake dieses kleine Souvenir zu lassen.

Aber jetzt waren sie beide in den landesweiten Nachrichten, und sie musste diese Bilder an sich bringen.

Es dauerte eine Weile, aber sie fand sie in einem der Hardcover, die sich auf Jakes Kommode stapelten. Sie sah sie rasch durch und staunte, wie schön ihr junger Körper gewesen war. Sie sah in ihre eigenen Augen auf den Fotos und fragte sich, was diese andere Person damals gedacht hatte. Dann verstaute sie die Bilder in ihrer Handtasche.

Als sie zu ihrem Wagen zurückging, bemerkte sie, dass ein Kombi mit einem Bootsanhänger neben ihrem Volvo stand, der vorher nicht dagewesen war. Beim Anblick des Wagens überkam sie ein ungutes, aber vertrautes Gefühl, als müsste sie wissen, wem er gehörte. Aber das Gefühl verflog wieder, und dann ärgerte sie sich darüber, wie weit der Anhänger vorstand, sodass sie Mühe haben würde, aus ihrer Parklücke zu rangieren. Als sie um das Boot auf dem Anhänger herumging, bemerkte sie, dass zwei Leute in dem Wagen saßen, und sie beschloss, sie zu bitten, ein Stück weiter entfernt zu parken. Doch als sie sich näherte, ging das Licht im Kombi an, weil die Fahrertür geöffnet wurde, und ein Mann stieg aus, den sie kannte.

»Alice«, sagte Mr. Bergeron, trat auf sie zu und streckte die Hand aus.

Dann hörte Alice ein Geräusch, als würde ein Streichholz angezündet, und ihr ganzer Körper wurde starr. Sie versuchte zu sprechen, brachte aber kein Wort heraus, dann fiel sie einfach zur Seite um und schlug mit dem Kopf auf dem Asphalt auf. Ihr ganzer Körper schmerzte. Ein feuchtes, süßlich riechendes Tuch legte sich auf ihr Gesicht, und alles um sie herum wurde schwarz.

Mit einem Ruck erwachte sie wieder, ihre Nasenlöcher brannten, ihr Kopf pochte, und etwas drückte schmerzhaft gegen ihren Rücken. Sie hörte Wasser plätschern, spürte, wie sie schaukelte, und dachte: *Ich bin auf einem Boot.* Und dann fielen ihr der Parkplatz und Mr. Bergeron wieder ein. Ihr war übel, unter ihrer Zunge sammelte sich Speichel, und sie schloss die Augen. Dunkelheit senkte sich auf sie herab, dann brannten ihre Nasenlöcher wieder, und sie schüttelte den Kopf.

»Hallo, Alice. Bist du wach?«

Sie versuchte, etwas zu sagen, aber alles, was sie herausbrachte, war ein Stöhnen. Sie öffnete erneut die Augen – die Übelkeit verging allmählich – und stellte fest, dass sie nun in der Lage, war sie offen zu halten. Sie sah einen Himmel voller Sterne und die dunkle Gestalt von Mrs. Bergeron, die mit einer Wollmütze auf dem Kopf über ihr kauerte. Alice setzte sich auf und blickte sich um, bei der Drehung schmerzte ihr Kopf wieder heftiger. Sie waren weit draußen auf dem Meer, der Außenbordmotor war abgestellt, in keiner Richtung war Land zu erkennen. Mrs. Bergeron rutschte zurück und setzte sich Alice gegenüber hin. Wasser schwappte im Boden des Boots umher.

»Wo bin ich?«, fragte Alice.

»Das muss in etwa das Gebiet sein, in dem Gina ertrunken ist«, antwortete Mrs. Bergeron. »Ich dachte, du würdest dich daran erinnern.«

»Sie wissen, dass ich mich nicht erinnere.«

Mrs. Bergeron seufzte, dann hustete sie viermal rau und trocken, und es klang ungesund. Alice wusste, dass Mrs. Bergeron gerade an einem Bronchialkarzinom starb, weil sie Alice kurz nach Bills Tod einmal besucht hatte. Sie hatte sie zur Rede gestellt und behauptet, sie wisse, dass Alice etwas mit Bills Tod zu tun habe, so wie sie vor zwanzig Jahren etwas mit dem Tod ihrer Tochter Gina zu tun gehabt habe. Es war ein beunruhigender Besuch gewesen, aber er war nicht völlig überraschend gekommen. Vivienne Bergeron hatte Alice im Lauf der Jahre viele Male beschuldigt, in der Nacht ihres Ertrinkens mit Gina zusammen gewesen zu sein. Allerdings hatte sie in den letzten zehn Jahren kaum mehr von ihr gehört und fast schon gehofft, es würde dabei bleiben. Aber dann war Mrs. Bergeron in einem zu großen Regenmantel bei ihr aufgetaucht, und die gelbliche Haut ihres Gesichts hatte den Schädel darunter kaum mehr verhüllt. Alice hatte sie hereingebeten, sich ihr Geschwafel angehört und sich höflich nach ihrer Gesundheit erkundigt, und Mrs. Bergeron hatte erzählt, sie habe Bronchialkrebs und würde eine Welt, in der Menschen wie Alice Moss ungestraft mit Mord davonkamen, mit Freuden verlassen. Alice fragte sich, ob der Verstand der alten Frau ebenso seinem Ende entgegenging wie ihr Körper.

»Du kannst jetzt die Wahrheit sagen, Alice«, sagte Mrs. Bergeron von der anderen Seite des Boots her. »Es gibt nur noch uns beide.« Der Wind auf dem Meer trug die leise gesprochenen Worte fast davon, aber Alice konnte sie gerade noch hören.

»Ihr Mann«, sagte Alice, die sich vom Parkplatz an ihn erinnerte. »Wo …?«

»Er ist ein guter und treuer Mann«, sagte Mrs. Bergeron mit brechender Stimme. »Er musste noch eine letzte Sache für mich tun, und das hat er.«

»Sie sind verrückt.«

»Ich glaube, ich bin wirklich ein bisschen verrückt, weißt du? Das geht auch auf dein Konto, Alice. Bevor du mir meine Gina genommen hast, war alles in Ordnung mit mir.«

»Was haben Sie vor?«, fragte Alice. Sie wurde wieder klarer im Kopf und nahm jetzt wahr, dass etwas in ihr linkes Handgelenk schnitt. Es waren Handschellen, die an einer Kette befestigt waren. Die Kette war durch eine dieser großen Gewichtheberscheiben gefädelt, sie lag auf dem Mittelsitz des alten Boots und sah aus, als wöge sie fünfzig Kilo. Auf der anderen Seite des Gewichts führte die Kette zu Mrs. Bergeron weiter und war mit einer Handschelle an deren eigenem Handgelenk befestigt.

»Was ich vorhatte, ist bereits erledigt«, sagte die Frau, hob den Arm und rasselte mit der Kette. »Aus denen kommt niemand mehr raus. Der Schlüssel für die Handschellen liegt bereits auf dem Grund des Meeres. Es ist vorbei, Alice. Es gibt nur noch dich und mich.« Mit der freien Hand hielt Mrs. Bergeron etwas an ihre Nase, was wie eine halbe Zigarette aussah, und atmete tief ein. *Riechsalz*, dachte Alice. Damit hatte sie Alice aufgeweckt, und sie benutzte es auch, um selbst durchzuhalten.

Alice wurde eiskalt. Sie schüttelte den Kopf und versuchte, sich darüber klar zu werden, was hier geschah. Das Plätschern von Wasser im Boot wurde lauter, und ihre Füße waren bereits nass. »Das Boot sinkt«, sagte sie.

»Ja. Du hast nicht mehr viel Zeit. Uns beiden bleibt jetzt noch gleich viel Zeit.«

Alice zerrte heftiger an der Handschelle. »Das können Sie nicht tun.«

Mrs. Bergeron lächelte, und sie sah aus wie ein Totenschädel, da ihre Zähne mittlerweile zu groß für ihr Gesicht waren. »Ich *tue* es doch schon«, sagte sie. »Du hast mir mein Baby genommen, und das hier ist mein letzter Wunsch.« Sie lachte leise. »Mein Herzenswunsch, sozusagen.«

Alice stand auf und trat einen Schritt auf Mrs. Bergeron zu. Das Boot ruckte, und ihr Fuß brach durch den Rumpf. Wasser strömte herein.

»Das nützt alles nichts«, sagte Mrs. Bergeron. »Selbst wenn ich wollte, könnte ich es nicht mehr aufhalten. Wir werden zusammen sterben. Das Einzige, was du jetzt noch tun kannst, ist gestehen. Ich kann dich nicht dazu zwingen, aber vielleicht geht es dir dann besser. Es wäre für dich, nicht für mich. Ich weiß bereits, was du getan hast. Ich will dir nur die Möglichkeit geben, es selbst zu begreifen.«

»Gina war drogenabhängig. Sie war komplett irre.«

Das Boot kippte heftig zu einer Seite, und Alice hielt sich an der Umrandung fest, als die Hantelscheibe vom Mittelsitz rutschte und in das Wasser im Boot fiel. Ihr Verstand sprang zwischen Schock und Berechnung ihrer Aussichten hin und her. Sie riss an der Handschelle an ihrem linken Arm, aber sie konnte sich nicht daraus befreien. Ihre Augen suchten das Boot nach irgendetwas ab, was ihr helfen würde, über Wasser zu bleiben.

»Vielleicht war sie es, aber deshalb ist sie nicht gestorben.«

»Es war ein Glück für sie, dass sie so früh gestorben ist.«

»So ist es gut, Schätzchen, sag die Wahrheit.« Mrs. Bergeron packte ebenfalls die Umrandung des Boots. Ihre Augen wirkten riesig in ihrem Kopf. »Es gibt keinen Ausweg mehr.«

»Ich hätte sie nicht retten können. Das ist die Wahrheit.«

»Du warst mit ihr schwimmen, richtig?«

»Ich hätte nichts tun können. Das ist nicht fair.« Das Boot kippte, und Alice neigte sich zur anderen Seite, so weit sie konnte. »Wie …«, fing sie an. »Wie bin ich hierhergekommen?«

Mrs. Bergeron lachte. »Ich hätte nicht einmal mehr einen Monat zu leben gehabt, hätte in einem Krankenhausbett sterben oder dich mitnehmen können. Die Entscheidung fiel mir nicht schwer, und ich habe einen Mann, der bereit war, mir zu helfen.«

Alice wollte sich auf Mrs. Bergeron stürzen, aber das Boot kenterte, und die beiden Frauen stürzten in das kalte, salzige Wasser. Der morsche Kahn trieb außer Reichweite. Alice fühlte, wie das Gewicht an ihrem linken Handgelenk zog. Sie paddelte verzweifelt mit der freien rechten Hand, dann griff sie nach Mrs. Bergeron, als könnte die ihr helfen, über Wasser zu bleiben. Zusammen sanken sie unter die Oberfläche, aneinandergeklammert, fast als würden sie sich umarmen.

Ich sterbe, dachte Alice im Sinken, und der Gedanke war erschreckend, aber es war auch so unfair. Sie hatte in ihrem ganzen Leben niemandem etwas zuleide getan. Das Gesicht ihrer Mutter blitzte kurz in ihrem Kopf auf, nicht wie sie zum Ende hin gewesen war, sondern wie sie früher ausgesehen hatte, als sie noch hübsch war. Sie waren an einem Strand – Sonne, der kratzige Sand und ein Schwarm Möwen, die ihr Angst machten. Alice behielt die Atemluft so lange in der Lunge, wie sie konnte, und das schwarze Wasser rauschte in ihren Ohren.

Als sie die Luft dann nicht mehr anhalten konnte, öffnete sie den Mund und versuchte zu atmen, und kaltes Meerwasser füllte ihre Lunge.